Orbis

Buch

Es ist ein furchtbarer Schock für Deena Reuschel, als ihr Mann Tim während der Ferien in einem reißenden Fluß ertrinkt. Ein Unfall, wie die Polizei meint. Doch Deena ist überzeugt, daß mehr hinter dem Tod ihres Mannes steckt. Zusammen mit ihrem kleinen Sohn Jon macht sie sich daran, den mysteriösen Tod Tims aufzuklären. Unterstützung findet sie bei zwei Jugendfreunden ihres Mannes: bei Paul Kincaid, einem reichen Juwelier, und bei Martin Trayne, einem exzentrischen Einzelgänger, dessen Verlobte vor vielen Jahren in einem See ertrank. Sie ahnt nicht, daß der Mann, der Tim auf dem Gewissen hat, ganz in ihrer Nähe ist – und daß er nur auf die Gelegenheit wartet, Deena und ihren Sohn zum Schweigen zu bringen, bevor sie ihm gefährlich werden können.

»Brillant, absolut brillant. *Frau in Gefahr* ist voller wundervoller Charaktere, und die Spannung, die Jonellen Heckler erzeugt, ist so scharf wie ein Rasiermesser. Eine Bravourleistung!«
Lawrence Block

»Nervenzerfetzend spannend. Ein Thriller von geradezu hypnotischer Kraft.« *Mary Higgins Clark*

Autorin

Jonellen Heckler ist Autorin von bislang drei Romanen, hat sich darüber hinaus einen Namen als Lyrikerin gemacht. Mit *Frau in Gefahr*, einem Frauenthriller besonders raffinierter Machart, hat sie sich in den Rang einer Joy Fielding oder Mary Higgins Clark geschrieben. Jonellen Heckler lebt in Florida.

JONELLEN
HECKLER

Frau in Gefahr

Roman

Aus dem Amerikanischen
von Thomas Maier

Orbis Verlag

Die amerikanische Originalausgabe erschien 1993
unter dem Titel »Circumstances Unknown«
bei Pocket Books, New York

Umwelthinweis:
Alle bedruckten Materialien dieses Taschenbuches
sind chlorfrei und umweltschonend.
Das Papier enthält Recycling-Anteile.

Genehmigte Sonderausgabe 1999
Orbis Verlag für Publizistik, München
in der Verlagsgruppe Bertelsmann GmbH

Satz: IBV Satz- und Datentechnik GmbH, Berlin
Druck: Elsnerdruck, Berlin
Made in Germany
ISBN 3-572-01045-4

Wieder für Lou
in Liebe

Danksagung

Mein aufrichtiger Dank gilt denen, die mir so großzügig geholfen und Orientierung gegeben haben, während ich diesen Roman schrieb: Cynthia Cannell, Margaret Goff Clark; Gay Courter; Eduardo Diaz; William Grose; Lou Heckler; Steven Heckler; Karen Harmon; Harmon Photographers, Fort Myers, Florida; Patricia J. Hewitt; Morton L. Janklow; Ralph Keyes; Michael Kneebone, Designer, Goldschmied, Contemporary Gold Ltd., Naples, Florida; Mary DeBall-Kwitz; Dr. Lowell Levine, Direktor, Forensic Sciences Unit, New York State Police; Donna und Leo Malaschak; Jerry F. Nichols, CLU; Sally Peters; Anne Sibbald; Eric Simonoff und Margie Moeller-Tingley.

Die meisten Morde geschehen spontan. Diejenigen, die vorsätzlich begangen werden, wer weiß? ... Vielleicht kriegen wir es niemals raus, daß es Morde sind. Wenn der Typ clever genug ist, läßt er es wie Selbstmord aussehen oder wie einen Unfall oder sogar wie einen natürlichen Tod.

Was Cops wissen von Connie Fletcher

Prolog

Langsam kam sie in sein Blickfeld, straffte die Träger ihres Badeanzugs und zog das Handtuch fester um ihre Hüfte. Er glitt leise ins Wasser und bewegte sich an der Kante des Floßes entlang, vorsichtig, um nicht auf sich aufmerksam zu machen, um verborgen zu bleiben, während sie die unbefestigte Straße verließ und sich ihren Weg über den grasbewachsenen Pfad hinunter zum Ufer des Sees suchte. Aus dieser Entfernung waren ihre Gesichtszüge verschwommen, aber ihre Silhouette bewirkte ein bereits vertrautes, entschiedenes Schließen in seinem Herz. Die Beine zu dünn für die Hüften, die Hüften zu schmal für die Brüste, die Brüste zu klein für den elektrischen Sturzbach von schwarzen Haaren, der um ihren Kopf hing und ihre Schultern überschwemmte.

Wärme durchflutete seinen Bauch. Es überraschte ihn. Allmählich war er starr geworden, während er in der eisigen Tiefe auf sie gewartet hatte und Nebel um ihn herum aufstieg, während die Sonne ganz allmählich über den Horizont kletterte.

Sie hängte das Handtuch über einen Ast, drehte sich in seine Richtung und sprintete anmutig ins Wasser. Sie tauchte unter und kam keuchend wieder hoch. Zerfetzte Laute drangen zu ihm herüber: das Flüstern kleiner Wellen, ein flaches Husten. Sie würde zum Floß hinüberschwimmen, wie sie es jeden Tag tat. Der Augenblick war da. Er hatte ihn erträumt, geplant, gefürchtet, ihn so lange herbeigesehnt.

Sie begann, Wasser zu treten. Nach und nach erstarben ihre Bewegungen, bis sie fast völlig reglos im Wasser trieb. Ihr Blick glitt über das sumpfige Ufer, die Baumwipfel. Spürte sie, daß da noch jemand war, außer ihr? Er glitt vollständig hinter das Floß und tauchte bis zum Kinn unter, die Stirn an das verwitterte Holz gelehnt. Es roch nach Zeltlager und Waldhütten, nach ungenutzten

Feuerplätzen und Sommereinsamkeit. Jetzt hörte er, wie sie schnell durchs Wasser schnitt, Luft holte und mit einer Rolle hinabtauchte in die stille Welt, spritzend emporschoß, seufzte, untertauchte.

Es war wichtig, es einfach zu halten. Einfachheit brachte Erfolg in allen Dingen. Er überprüfte mit den Augen den Wald und die Hügel. Falls jemand irgendwo da draußen wäre, wüßte er es. Die Blätter waren durchscheinend, und die Leute verrieten sich selbst.

Sie schien Wärme abzustrahlen, während sie auf ihn zukam. Einige Sekunden lang flackerte eine Frage hinter seinen Augenlidern. Die Antwort, die ihn spaltete und verschmolz wie ein Blitz, war eine Empfindung, primitiver als Leidenschaft, subtiler als Sinnlichkeit, leuchtend, unfaßbar wie ein Stern.

Das Floß hob und senkte sich vor ihr. Und die Leiter. Ja. Sie stieß sich zu ihr, berührte sie, glitt hinauf. Etwas preßte sich von oben auf ihren Kopf. Sie erstarrte.

Etwas, das sich wie eine Faust anfühlte, packte ihr Haar, drückte sie nieder, hielten sie unten mit unheimlicher Kraft. Ein heißer Urinstrahl zwischen ihren Beinen. Sie kämpfte, versuchte loszukommen, wand sich voller Schmerzen, als sich Finger mit einer Drehung noch fester in ihrem Haar verklammerten. Ungläubig griff sie nach oben. *Es stimmte. Die Hand eines Mannes.* Er mußte über ihr sein, auf dem Floß, auf dem Bauch liegend.

Ihre Füße fanden die Fünfzig-Gallonen-Behälter, die an der Unterseite des Floßes festgebunden waren; mit den Zehen griff sie nach der Vertäuung des Pontons. Wenn sie es schaffte, sich unter den Ponton zu ziehen, mußte er näher an den Rand rutschen, um sie festzuhalten. Vielleicht hatte sie eine Chance, ihn ins Wasser zu ziehen.

Sie faßte nach der Leiter, drehte sich mit einem Ruck von ihm weg in den Schatten, und tausendfach riß es an ihrer Kopfhaut.

Er lockerte seinen Griff ein wenig und schloß die Hand wieder. Im selben Augenblick mußte er sich bewegt haben. Durch einen goldenen Schleier konnte sie seinen nackten Arm sehen, bis zur Schulter eingetaucht. Sie packte seinen Ellbogen, aber sie hatte keine Kraft. Das Gewicht des Wassers quetschte ihre Brust zusammen. Sie machte sich schlaff, befahl sich, nicht zu atmen. Ihr Angreifer war eine Person, ein menschliches Wesen. Sie konnte ihn überlisten. Er würde loslassen, wenn er glaubte, daß sie tot sei. Wenn sie weiterkämpfte, war es eine Sache von Sekunden, bis sie ihre Luft verbraucht hatte.

Sie wartete. Sein Griff blieb fest. Sie mußte Wasser einatmen. Nur ein bißchen. Das war alles, was sie brauchte. Wasser enthielt Sauerstoff. Sie würde ein wenig Wasser mit der verbrauchten Luft in ihrer Lunge mischen, sie würde ausharren, bis er aufgab. Vorsichtig öffnete sie den Mund. Wasser preßte sich in ihre Kehle, brannte in ihrer Luftröhre, explodierte in ihren Lungen. Ein stechender Schmerz in ihren Ohren. Dann senkte sich eine tiefe Ruhe auf sie herab. Sie spürte das kühle Wasser zwischen ihre Rippen sickern, spürte, wie es hungrige Hohlräume füllte. Immer tiefer fiel sie, weit, weit nach unten, kühl, kalt. So konnte sie eine Ewigkeit ausharren. Ausharren, bis er aufgab.

Sieben Jahre später

Sonntag

1 Er überquerte langsam die Straße und betrat den Central Park in der Nähe des Bootsteichs. Wie immer Sonntag morgens wurde er von Kindern mit ihren Eltern umlagert, die eine Flotte von Spielzeugsegelschiffen mit ihren Funkfernsteuerungen dirigierten. Er spürte die behütende Wachsamkeit der Mütter und Väter und Kindermädchen, als er vorbeiging. Ein Radarfeld, nicht auf ihn gerichtet, sondern allgemein. Ihr Stolz war fühlbar, diese Sorte Menschen, die Jungen mit den gleichen quadratischen Kinnen wie ihre Väter, die Mädchen mit den gleichen blonden Haarknoten oben auf dem Kopf wie ihre Mütter. Zwischen ihnen entlangzuschlendern, wühlte ihn auf.

Er bewegte sich im Kielwasser des Stolzes. Die Sünde des Stolzes floß von diesen Leuten ab wie Wasser. Er konnte ihn bei Menschen tolerieren, wenn er sich auf selbsterworbene Fähigkeiten von Format gründete. Aber *dieser* Stolz, Stolz auf zusammengezimmerte Beziehungen, bettelte um Strafe. Er beruhte nicht auf Fähigkeiten oder Talent, sondern auf Zufall und Wille. Frau trifft Mann. Mann nimmt Frau, damit sie ihm ein Kind gebärt. Kind wird geboren. Zufallsergebnisse ihres Tuns, zu Augustereignissen überhöht.

Sieh dir an, wie sie den Kreis schließen, diese Leute, machen Zäune aus ihrer Hingabe, halten dich zurück, schließen dich aus. *Meine Frau. Mein Mann. Meine Familie.* Eine anerzogene Arroganz. Ein Vermächtnis.

Bald würde ein weiteres Paar von einem großen Lehrer lernen, würde lernen, daß alles mit einem Schlag vorbei sein konnte, daß Stolz zu erzeugen keine Leistung ist, die Bestand hat. Er faßte in die Tasche seiner Anzugjacke, fand und befühlte das Foto, das mit Mann, Frau und Kind drauf. Er brauchte es nicht anzusehen, um sich an ihre Posen und den Ausdruck ihrer Gesichter zu erinnern. Es hatte Textur, gab ihm das Gefühl, einen Körper unter seinem Daumen zu spüren. Er konnte die scharfen Konturen der Schultern des Mannes fühlen, wie er dastand, einen Arm schützend um den Rücken der Frau gelegt, den anderen Arm gestreckt, um den kleinen Jungen an seinen Oberschenkel zu drükken. Sie lächelten. Er konnte die Zartheit der Frau fühlen, den feuchten Verlauf ihres Mundes, die biegsamen jungen Knochen des Jungen. Es kam ihm vor, als könne er die Tinte auf der Rückseite der Fotografie erhaben fühlen: *Tim. Deena. Jon, 5 Jahre.*

Jahre hatte er darauf gewartet, daß sie sein Revier betrat. Es war richtig gewesen, zu warten. Aber nun mußte er schnell sein. Schnell und vorsichtig. Er fixierte Deena vor seinem geistigen Auge. An der Neigung ihres Kinns – nicht unterwürfig, aber bestimmt entgegenkommend – erkannte er, daß sie keine große Gegenwehr leisten würde.

2 Deena rollte sich hinüber und preßte ihren Rücken gegen Tims warme Brust und warmen Brauch. Allmählich wurde der Raum vor ihren Augen klar, und sie sah nach Jon. Er schlief in einem warmen Kreis von Morgenlicht auf dem anderen Bett. Ein kleiner Junge jetzt, kein Baby mehr, aber immer noch süß wie ein Baby auf der pfirsichfarbenen Bettdecke. Würde sie jemals dieses Gefühl ablegen, ein Wunder vor sich zu haben? Tim legte eine Hand auf ihre Hüfte, und an der Art, wie er in regelmäßige flache Atemzüge verfiel, erkannte sie, daß er noch döste. Sie sah auf den Digitalwecker. Zehn Uhr fünf.

Ihr Blick glitt über die elegant gefältelten Gardinen und wallenden Stores, die spiegelverkleideten Wände, die polierten Kolonialmöbel und die ausladende, vornehme pfirsichfarbene Bettdecke. Sie stellte sich die schwindelerregenden Schluchten zwischen den Wolkenkratzern jenseits der Vorhänge an den Hotelfenstern vor, und ein Gefühl von Freude überkam sie. Bis jetzt waren es perfekte Ferien gewesen, und heute abend würden sie Tims Geburtsstadt New York City gegen die Muße der Berge und Tims Ferienort aus Jugendzeiten eintauschen, den sie noch nie gesehen hatte. Zuletzt schien es ihm doch gefallen zu haben, wieder hier zu sein, nachdem er die gesamte Zeit ihrer Ehe mit ihr in Kalifornien gelebt hatte.

Sie ging die Planung für den Morgen durch. Elf Uhr dreißig Brunch in der Tavern on the Green. Zwei alte Freunde Tims würden als Überraschung für ihn kommen. Sie hoffte, daß er sich darüber freute und nicht aus dem Gleichgewicht geworfen wurde. Sie war abwechselnd besorgt und elektrisiert wegen ihrer Entscheidung, die Männer heimlich einzuladen. Bestimmt würde Tim sich freuen, sie zu sehen. Er hätte so ein Treffen niemals initiiert, das verstand sie, aber sie spürte auch, daß sie sich alle danach sehnten, wieder vereint zu werden. Wenn die Briefe und Fotos von Martin und Paul einmal im Jahr an Weihnachten eintrafen, hockte Tim sich darüber, legte sie sorgfältig in das Album und las sie wieder und wieder. Die drei verband offensichtlich eine große Achtung füreinander, eine tiefe Beziehung, in ihrer Kindheit entstanden, aber dauerhaft getrübt durch eine persönliche Tragödie. Sie mußte geheilt werden. Obwohl sie Paul und Martin niemals getroffen hatte, spürte sie, daß sie es in Ordnung bringen konnte. Sie war gut in solchen Dingen.

Paul hatte erfreut geklungen, Martin erstaunt, als sie sie angerufen hatte. Beide hatten sofort zugesagt. Pauls Fotos zeigten ihn stets in seinem Geschäft. Steif stand er neben Vitrinen mit seinem handgefertigten Schmuck. Martin, Zeichner am Gericht, malte immer seine eigenen Karten, exquisite Szenen, aber ohne Menschen: ein schneebedecktes Feld mit Kiefern, ein lodernder Kamin, ein zugefrorener See, auf dem sich der Widerschein der Sterne brach. Das einzige Foto, das er vor fünf Jahren geschickt hatte, zeigte ihn im Dreiviertelprofil, als wenn er Angst vor Kameras hätte. Keiner der beiden hatte geheiratet.

Tim biß ihr sanft in den Hals. Sie drehte sich zu ihm und küßte ihn aufs Kinn. Gott, war sie glücklich. Sie war glücklich geboren. Das war ihre Gabe. Ihre Talente waren gewöhnlich. Tim würde protestieren, aber es war die Wahrheit. Sie war ziemlich durchschnittlich, mit Ausnahme ihrer sprudelnden Lebensfreude, der Fähigkeit, daran zu glauben, daß das Beste geschehen wird, und einem feinen Gespür für alles, was um sie herum geschah. Sie war unkompliziert, das wußte sie. Sie wollte ganz einfach nur die Freude eines weiteren Tages erleben, und – zuallererst – wollte sie bei Tim und Jon sein.

3 Manchmal schien sich sein Weg auf kosmischen Pfaden mit einem der Kindermädchen am Bootsteich oder auf der Straße zu kreuzen. Er hatte erlebt, wie sie auf einmal aufhörten, ihre Kinderwagen zu schieben und bewegungslos mit dem Rücken zu ihm stehenblieben, um sich dann zögernd, als hätten sie Angst, umzudrehen, langsam, und ihn dann zum ersten Mal anstarrten, eine Starren, verknüpft mit Erkennen. Wenn es junge Frauen waren, schoben sie ihre Kinderwagen schnell wieder weiter, um von ihm fortzukommen. Die Älteren verengten gewöhnlich ihre Augen und nahmen eine frontale Stellung ein, ihre Kinderwagen oder Schützlinge hinter ihnen, bis er ging. Hin und wieder, sehr selten, gab es eine, die ihn von Anfang an mit ihrem Blick verfolgte, ihn ausfindig machte und aussonderte. Heute gab es eine, mit Zwillingen in einem Doppelsportwagen. Als er zum ersten Mal durch die Kreise von Familien am Teich gewandert war, hatte er gespürt, wie er im Netz ihres Mißtrauens gefangen wurde. Seit einer Stunde hatte sie ihre Augen nicht von ihm abgewendet, obwohl er sich lässig auf einer Parkbank ausgestreckt hatte, die Füße übereinandergeschlagen und das Gesicht leicht zur Sonne geneigt. Sein Gesichtsausdruck war gütig; er hatte es darin zur Meisterschaft gebracht. Seine Kleidung war die eines

Gentleman. Solche Frauen erstaunten ihn. Er konnte nur vermuten, daß sie instinktiv Angst bekamen, wenn er an ihnen vorbeiging.

Sie hatten Grund dazu.

4

Tim streckte die Arme in dem Nest von Laken nach Deena aus, seine Hände suchten ihre Hüften, ergriffen sie, zogen sie herum und auf sich, bis sie Bauch an Bauch, Lächeln an Lächeln lagen. Durch ihr Nachthemd spürte sie die Wärme seines kräftigen Körpers, eines Körpers, der genau so dick und genau so gebaut war, wie er es haben wollte. Sie vermutete, daß er im Kopf einen Plan dafür gezeichnet hatte, genau wie er sich alle seine Werke vorstellte und ausmalte: Wohnhäuser, Bürogebäude, gelegentlich sogar ein Denkmal. Er kannte die Qualitäten des Beständigen und nutzte sie, um seiner gesamten Welt zu einer höheren Qualität zu verhelfen – Karriere, Ehe, sich selbst. Sie hatte noch nie einen Menschen getroffen, der so fest mit beiden Beinen auf der Erde stand. Und kein Langweiler. Bestimmt nicht.

Sie studierte sein Gesicht, ein wunderbares Gesicht, kräftig, oval, mit einem Paar forschender grau-grüner Augen darin. In der Landschaft dieses Gesichts waren die Trophäen von Sportarten vergangener Jahre zu sehen: ein Höcker auf dem Nasenrükken vom Racketball, ein Schnitt in der Wange vom Football, eine leichte Erhebung am Unterkiefer von einem Schiunfall. Wenn es einen Sport gab, den er noch nicht ausprobiert hatte, dann war es einer, von dem er noch nicht gehört hatte.

Er küßte sie, ein Kuß wohliger Zufriedenheit, und flüsterte: »Laß uns einfach den Zimmerservice bestellen.«

»Wie meinst du das?«

»Brunch. Ich habe keine Lust, aus dem Bett zu springen und herumzuhetzen, du etwa? Laß uns die Reservierung in der Tavern absagen. Oder auf später verschieben.«

Die Fotografien von Paul und Tim kamen ihr in den Sinn – der seitliche, fast argwöhnische Blick von Martin, Pauls Frontalansichten mit gestreckten Armen und einer rätselhaften Miene des Gehorsams darin. »Können wir nicht machen.«

»Warum nicht?«

»Nun… es ist Ostersonntag. Die Tavern ist den ganzen Tag ausgebucht. Wenn wir unsere Reservierung aufgeben, kommen wir nicht mehr hinein. Und ich möchte wirklich hin.«

Er schloß ein Auge und blinzelte ihr zu.

Sie haßte es, ihn anzulügen. Sie tat es nie. Und soweit sie es beurteilen konnte, log er sie auch nie an. Es würde sie erleichtern, wenn sie es ihm sagte und er sich auf das Treffen vorbereiten konnte. Sollte sie?

»Okay«, murmelte er, stieß sie spielerisch zur Seite und setzte sich auf. »Ich gehe duschen. Du weckst den Jungen. Wir machen's.«

Sie sah ihn an, wie er dastand und in seinen Shorts um das Bett herumging. Er hatte den Gang eines Fußballers: leicht hochgezogene Schultern, das Körpergewicht auf die Außenseite der Füße verlagert. Seine Knie und der Spann seiner Füße hatten vom Sport an der High-School und am College eine Menge abbekommen. Sie dachte daran, als sie Tim das erste Mal gesehen hatte. Sie war vom *Architect Quaterly* geschickt worden, um Fotos von ihm zu machen, im Anzug und mit Schutzhelm. Er war gerade vom College gekommen und arbeitete in seinem ersten Job in einem Architekturbüro. Sie hatte sich so in ihn verknallt, daß sie zwei Filme mehr verknipst hatte, als nötig gewesen wäre, nur um ihn am Reden zu halten.

Als er im Badezimmer verschwunden war, zog sie ihren Morgenmantel und Slipper über und kroch hinüber auf Jons Bett. Seine Haut verströmte einen deutlich zwischen dem Geruch sauberer Laken erkennbaren Duft. Das köstliche, unbeschreibbare Aroma eines Kindes. Er öffnete die Augen und sah sie aus den

Tiefen seiner Träume an. Seine Augenlider senkten sich wieder. »Zeit aufzustehen, Jon. Wir werden heute viel Spaß haben.«

»Noch eine Minute.« Seine Worte kamen langsam. Er wälzte sich schwer herum und verbarg eine Hälfte seines Gesichtes.

Sie rückte näher und drückte seine Schultern. »Wie lange ist eine Minute?« Das war seine Lieblingsfrage, die er ihr immer stellte.

Ein Lächeln erschien bei geschlossenen Augen, und er vergrub sein Gesicht im Kopfkissen.

5 Im Traum konnte Martin sich den Befehl geben aufzuwachen. Seine Atmung hatte wieder ausgesetzt, wie der plötzliche Stillstand einer defekten Maschine. Aus dem Schacht des Schlafes hinausklettern, das war die einzige Möglichkeit, sie wieder zum Laufen zu kriegen. Der Traum verschwand, und auf einmal war er sich der Matratze – hart unter seinem Bauch – bewußt, aber er war gelähmt, ein Mann im Koma, der darum rang, seine Muskeln zu bewegen, sein Körper ein toter Klumpen, abgetrennt von seinem Kopf durch irgendeinen unerklärlichen Kurzschluß.

Diese Phase des Kampfes versetzte ihn immer in Panik, zu begreifen, was passierte, aber nichts dagegen tun zu können. Sein Puls begann wild gegen seinen Adamsapfel zu klopfen. Er mußte sich daran erinnern, wie man atmete. Wenn es ihm gelang, ein Geräusch zu machen, zu grunzen oder zu wimmern, das hatte er bei früheren Gelegenheiten herausgefunden, dann schaffte er es, sich über die Schwelle in die wirkliche Welt zu stoßen. Also strengte er sich heftig an, ein Geräusch zu produzieren. Immer wieder schauderte er, spürte, wie sein Gesicht schweißnaß wurde, kämpfte, zwang seinen Mund, sich ein wenig zu öffnen, und quetschte schließlich einen dünnen Schrei durch den langen Tunnel. Dann gelang es ihm, ein steifes Knie wenigstens einen

Zentimeter zu bewegen. Er schlug die Augen auf und saugte gierig die Luft ein.

Der Raum war ein kühler Kokon, weiße Laken und blaue Wände, durchwirkt mit gelbgrauem Licht, das von den Rändern der Jalousien fächerte. Er setzte sich auf, sein Herz hämmerte in seiner Brust, er taumelte vom Bett, seine Füße wie ein Klumpen Holz. Im Badezimmer sah er in den Spiegel, um sich zu beruhigen, aber in seinen Augen stand noch immer der runde leere Blick des Schocks.

Er spritzte sich Wasser ins Gesicht und putzte sich die Zähne. Ihm fiel ein, was er geträumt hatte. *Jenny, seine Liebe. Unter Wasser. Einsam und still verlor sie ihr Leben.* Er hatte oft von ihr geträumt in den sieben Jahren seit dem Unfall. Immer stieß sie sich elegant nach oben, aufwärts, aufwärts, zurückgebeugt, die Arme ausgestreckt, Blasen entströmten ihrem Mund, als sie versuchte, die Oberfläche des Sees zu erreichen. In ihrem Gesicht spiegelte sich Hoffnung; nicht einfach Hoffnung, sondern Erwartung. Jeden Augenblick mußte sie frei sein. Immer wieder mußte er hilflos mit ansehen, wie das Licht in ihren Augen erlosch.

Er drehte die Dusche an und setzte sich auf den Kachelboden der Nische. Die Hände legte er an den Kopf, die Haut brannte vom heißen Wasserstrahl. Seit sie tot war, hatte er keine Kontrolle mehr über sich. Die Vorstellung vom Leben als eine Serie von Mißgeschicken hatte sich seiner bemächtigt. Das Mißgeschick der Geburt, das Mißgeschick, jemanden zu lieben, das Mißgeschick des Todes. Alles zufällige, ungeplante Ereignisse. Keine Hand drehte den Mond, kein wohlwollender Geist bewegte die Planeten, keine Sicherheitsnetze, keine Haltestricke. Nur ziellose Bewegung, endloser Raum.

Zuerst hatte er geglaubt, ihr Geist würde ihn aufsuchen und seine Fragen beantworten. *Was war passiert? Warum bist du ertrunken? Wie?* Er hatte es gewollt, hatte auf sie in der Dunkelheit gewartet, hatte die Fenster offengelassen, die Lichter gelöscht, hatte in den Ecken und an der Decke nach einem Luftzug Ausschau gehalten, einem vagen Schimmer. Stets verstärkten sich die vertrauten Geräusche von der Straße vier Stockwerke unter ihm zu einer unleugbaren Botschaft der Wirklichkeit. Sie war nicht da, sie würde nie wieder da sein. Es gibt Fragen, auf die es keine Antwort gibt.

6 Deena schloß den Reißverschluß ihrer Hose und zog die Gardinen zur Seite, um hinauszusehen. Ihr Zimmer lag im vierzehnten Stockwerk und ging nach Westen in Richtung Midtown, wo die Morgensonne auf Tausenden von Fenstern blinkte. In den wenigen Tagen, die sie hier waren, hatte sie eine Myriade von Dingen kennengelernt, die Tim für selbstverständlich hielt, weil er in der Stadt aufgewachsen war. Dies war ihre erste Bekanntschaft mit New York, und New York war fabelhaft, ein Füllhorn überquellenden Überflusses. Enge Buden überfließend von Zeitungen in einem Dutzend Sprachen, Schaufenster randvoll mit herrlichen Blumen und Früchten, Läden vollgestopft mit goldenen Brotlaiben, exotischen Salaten, frisch arrangiertem Fisch auf Eis, Bottichen, in denen Pickles schwammen. Was immer die Welt besaß, New York schien mehr davon zu haben. Und New York hatte sich die Besitztümer der Welt genau angesehen und nur das Beste für sich gefordert.

Das nächste Fenster ging nach Süden. Von hier aus konnte sie vier Blocks weit die Second Avenue hinuntersehen. Es herrschte nicht viel Verkehr, ein paar Taxis fuhren langsam Richtung Süden. Sie öffnete das Fenster, lehnte sich über die Brüstung und schätzte die Größe des winzigen Austritts davor, mehr Zierat als wirklich ein Balkon. Seit dem ersten Tag hatte sie darüber nachgedacht, ob sie dort hinausklettern sollte. War er stabil genug? *Letzter Tag. Letzte Chance.*

Tim würde es nicht mögen. Sie lauschte seiner Unterhaltung mit Jon im Badezimmer und hörte, daß er dabei war, Jons Haare zu fönen. Das und das Zähneputzen würden einige Minuten dauern. Sie mußte schnell sein. Sie nahm die Kamera von der Anrichte, hängte sie sich um den Hals und kletterte vorsichtig in den schneidenden Wind. Der Zementboden war kalt unter ihren Füßen in den Strümpfen. Sie war hoch genug, um auf Dachgärten hinuntersehen zu können; idyllische Flecken mit grünem Gras, kleinen quadratischen Pools, Tontöpfen mit roten Geranien, Plastikstühlen und Tischen, unbelaubte Äste von Bäumen voller Knospen. Bild für Bild stellte sie die Kamera mit dem Zoom auf die Gärten und Teile von Gärten scharf und drückte den Auslöser.

Gelbes Feuer wogte links auf dem Eastriver, aber die Sonne selbst wurde von der Ziegelwand des Hotels verdeckt. Wenn sie sich über das hüfthohe Geländer reckte, konnte sie nur die Hälfte der Sonne sehen. Ohne Mühe schwang sie ein Bein über das Geländer, hielt sich daran fest und lehnte sich hinaus über die Straße. Die Sicht war perfekt, die Sonne stand exakt in der richtigen Position, ein exquisites Gemälde. Aber sie brauchte beide Hände für die Kamera. Sie klemmte ein Knie zwischen die Stäbe, um sich Halt zu geben, und begann, langsam den Rest des Films zu verschießen.

»Deena!« Sie sah zum Fenster. Tim, mit einem Handtuch um die Hüfte, starrte sie verblüfft an.

»Alles in Ordnung.«

»Bitte komm rein!«

»Ich bin fast fertig.«

Ärgerlich schüttelte er den Kopf und ging weg. Sie hatten sich oft darüber gestritten, was er ihren »Leichtsinn« nannte. Tatsächlich war es praktisch die einzige Sache, über die sie sich stritten. Sie hatte ihm nie begreiflich machen können, daß sie nicht leichtsinnig war. Sie würde niemals etwas Verrücktes tun oder etwas Gefährliches. Sie schätzte Risiken genau ab. Er warf ihr ständig vor, keine Angst zu haben, aber das war nicht wahr. Sie hatte Angst, wenn berechtigter Anlaß dazu bestand. Aber sie war nicht übertrieben ängstlich. In aller Fairneß ihm gegenüber, was sie offenbar besaß, war eine außergewöhnliche Toleranz gegenüber Risiken, weil – und sie hatte eine Menge darüber nachgedacht – sie ohne Ängste geboren worden war. Sie hatte keine Angst vor Höhe. Auch nicht vor engen geschlossenen Räumen oder vor Schlangen oder irgendeinem der anderen Schrecken, die die Menschen im allgemeinen plagten. Ihr war klar, daß man sie in dieser Hinsicht merkwürdig fand.

»Mom!« Jetzt stand Jon am Fenster und sah sie mit verschlafenen Augen an. »Dad sagt, du sollst hereinkommen.«

»Eine Minute.« Sie verschoß die restlichen Bilder und zog sich über das Geländer zurück.

Tim, der vor dem Spiegel seine Krawatte zurechtrückte, beobachtete, wie Deena hinter ihm durch das Fenster hereinkletterte. »Du bist verrückt.«

Sie grinste. »Nein.«

»Doch.«

»Bin ich nicht.« Sie legte die Kamera aufs Bett und holte eine Dose mit einem neuen Film aus ihrer Tasche.

»Du denkst, dir kann nichts passieren. Jedenfalls nichts Schlimmes. Das denkst du.«

»Es ist noch nie etwas passiert.«

Jon trat in den unteren Teil von Tims Blickfeld im Spiegel. Er setzte sich auf den Teppich, um seine Socken und seine Schuhe anzuziehen. An der Art und Weise, wie er den Kopf einzog, erkannte Tim, daß Jon mit einer Eskalation des Streits rechnete. Er mußte dafür sorgen, daß er harmlos blieb. Aber verdammt, sie hatte eine erstaunlich einfache Sicht der Welt, und sie beruhte auf einer geradezu schulbuchmäßig perfekten Kindheit. Die meisten

Menschen hatten ein paarmal was zwischen die Zähne bekommen mit siebenundzwanzig Jahren. Nicht Deena. Sie rechnete nur mit dem Besten. Weil es immer so gewesen war. »Wenn du von dem Balkon fallen würdest, würdest du dir auf dem Weg nach unten sagen: ›Das ist schon okay, noch ist ja nichts Schlimmes passiert.‹ Du würdest die Kamera vors Auge halten und noch ein paar Bilder knipsen, hab ich recht?«

»Sicher. Es würden meine besten Fotos.« Deena lächelte Jon an. Tim drehte sich vom Spiegel weg und winkte ihm zu.

7 Martin stand jetzt an die Wand gelehnt und seifte sich langsam ein. Er war eigenartig geworden, das wußte er. Zerstreut und lethargisch. Das gutgemeinte Zureden der Freunde klang entfernt wie eine Unterhaltung, die man nicht ganz mitbekommt, und es wurde weniger, da ihn einer nach dem anderen aufgab. Man erwartete von ihm, daß er den magischen Prozeß der Trauer nun durchlaufen hatte, daß er die einzelnen Stadien abschüttelte, daß er sein Gleichgewicht wiederfand, wieder ganz an die Oberfläche kam. Statt dessen trug er immer noch den gleichen Kummer mit sich herum. Hatte ihn lediglich ein wenig aufgebrochen. Er war sanfter jetzt, hing lockerer um seine Knochen.

War heute Sonntag? Samstag? Sonntag? Sonntag, ja. O Gott. Wieviel Uhr war es? Er drehte das Wasser ab, stieg aus der Dusche, ging tropfend ins Schlafzimmer und zuckte zusammen, als er die Uhr sah. Er war spät dran. Er fand ein Handtuch, band hastig sein Haar zurück und grub im Wandschrank nach Schuhen, Hemd, Hosen, Krawatte und Sportsakko. Abgewetzt. Verknittert. Fleckig. Irgendwann einmal würde er sich um den ganzen Kram kümmern, aber meistens war es ihm gleichgültig. Es spielte nur eine Rolle, wenn ihn jemand genauer in Augenschein nehmen wollte. Wie heute. Er hatte keine Lust, sich um irgendeine gottverdammte Sache zu kümmern.

Als er sich fertig angezogen hatte, warf er einen Blick auf den *Daily Mirror*. Keine guten Nachrichten. Er ging zum Kühlschrank, öffnete ihn und holte den Schlüssel aus der Schüssel. Er ließ ihn mit dem Wechselgeld in die Tasche gleiten.

Auf der Straße wurde ihm klar, daß er einen größeren Fehler gemacht hatte als angenommen. Es fing an zu regnen. Niemals würde er ein Taxi bekommen. Und er war sechzehn Blocks von der *Tavern* entfernt. Er begann zu laufen.

8 Während sie sich durch das Gedränge im Foyer kämpfte, sah Deena zurück zu Tim. Er hatte ihren Mantel über den Arm gehängt und dirigierte Jon in die Reihe vor der Garderobe. Er würde einige Minuten brauchen, genug Zeit, alles zu arrangieren. Sie war dankbar für die lautstarken Unterhaltungen um sie herum. Tim würde von dem, was sie zur Hosteß sagte, nichts mitbekommen.

Sie wartete, bis sie an der Reihe war, und beobachtete die Leute, die durch die Eingangstüren hereinströmten. Was, wenn Paul oder Martin zu früh kamen, mitten in diesem Gewühl? Sie hatte die Ankunft der beiden absichtlich auf fünfzehn Minuten nach ihrem Eintreffen gelegt.

Der Mann vor ihr trat zur Seite, und sie wurde herzlich von einer großen dunkelhaarigen jungen Frau begrüßt.

»Deena Reuschel.«

Die Frau konsultierte ihre Liste. »Fünf Personen?«

»Ja. Aber ich will nicht, daß mein Mann erfährt, daß zwei weitere Gäste erwartet werden, bevor wir an unseren Tisch kommen. Es ist eine Überraschung.«

Sie blickte zur Garderobe hinüber und sah, wie Tim ihre Mäntel über die Theke reichte.

»Gewiß.«

»Die anderen werden in ein paar Minuten hier sein.«

»Ich sorge dafür, daß man Sie findet. Darf ich die Namen haben, bitte?«

Tim und Jon kamen jetzt auf sie zu und schlängelten sich durch den Pulk von Menschen.

»Ich schreibe sie Ihnen auf.«

Die Frau gab ihr einen Stift und eine kleine weiße Karte. In Blockbuchstaben schrieb sie

MARTIN TRAYNE
PAUL KINCAID

9

Die Sonne hatte sich vom Bootsteich zurückgezogen. Er roch, daß Regen aufkam. Es wurde sowieso Zeit. Die Frau stieß den Kinderwagen einige Schritte zurück und starrte ihn abwartend an. Er ging in die entgegengesetzte Richtung nach Westen aus ihrer Reichweite zu den Betonwegen des Parks. Einige Minuten lief er schneller und schüttelte den Bann ihres Hasses von sich ab. Jogger strömten vorbei. Kleine Mädchen mit Rüschenmützen. Bettler riefen ihm zu und winkten ihm.

Er mußte sich jetzt konzentrieren. Nachdenken. Er mußte hellwach sein, bereit, sorgfältig zu beobachten. Bislang hatte Deena lediglich aus einem halben Dutzend Bildern auf glänzendem Papier bestanden. In wenigen Minuten würde sie vor ihm Gestalt annehmen, würde einen Körper und Verstand besitzen. Er würde in der Lage sein, ihre Stärke beurteilen zu können, ihren Intellekt, und einschätzen, wie er sie töten könnte. Er hatte sich noch nie geirrt. Außer bei Jenny. Sie war enttäuschend fügsam gewesen. Seine Erinnerung zauberte Jenny in ihrem Sarg hervor, ihr schwarzes drahtiges Haar wild durcheinander auf dem Satinkissen, ihre fahle Hautfarbe. Es war gefährlich, bei ihr zu verweilen.

Als die Tavern in Sicht kam, thronend auf einem Rasenstück, überkam ihn Angst. *Sie würden Bescheid wissen. Sie würden ihn ansehen und Bescheid wissen.* Schwitzend blieb er auf dem Weg vor dem Restaurant stehen. Wie sollten sie irgend etwas wissen? Niemand auf der Welt konnte seine Gedanken lesen oder Einblick in seine Motive nehmen. Er war so undurchschaubar, wie andere durchsichtig waren. Er zog ein Taschentuch heraus und wischte sich über die Augen. Gleich war es vorbei. Er faßte nach dem Türgriff und fühlte im selben Augenblick Jennys Haar in seiner Hand. Er sah hinunter auf seine Finger und seine Handfläche, erwartete Blutklumpen zu sehen, Strähnen, Locken, eingraviert wie eine Tätowierung. Aber natürlich sah er nichts.

Der Lärm innen verwirrte ihn. Eine feste Mauer aus menschlichen Rücken und Schultern hinderte ihn am Fortkommen. Körper füllten schnell den Raum hinter ihm auf. Eingeschlossen spürte er, wie die Hitze von hundert Gehirnen sein eigenes versengte. Hier konnte er nicht warten. Würde er nicht warten. Er fing an, die Leute vor sich zur Seite zu stoßen und zu boxen. Die Erfahrung hatte ihn gelehrt, daß man mit solcher Aggression durchkam, indem man plötzlich heftigen Schmerz zufügte und ohne Augenkontakt vorwärts stürmte. Selbst der härteste New Yorker war dadurch für einen Augenblick eingeschüchtert.

Die Frau am Schreibtisch sah ihn auf sich zukommen. Sekunden später war er da, während unterdrückte Empörung hinter ihm rumorte. »Tisch Reuschel.« Er ließ es wie einen leise gesprochenen Befehl klingen.

Sie zwinkerte ihm zu.

»R-e-u-s-c-h-e-l.«

»Sie sind…« Sie senkte ihren Blick, las, sah dann wieder hoch zu ihm. »Mr. Trayne?«

»Kincaid.«

10 Tim griff hinunter und half Jon auf seinen Schoß. »Auf wen warten wir, Daddy?« Jon schmiegte sich mit einer Wange an ihn.

»Ich weiß es nicht, Kürbis.« Er sah zu Deena. »Auf wen warten wir?«

»Es ist eine Überraschung.« Sie lächelten sich an. Es gab ein Prinzip in ihrer Ehe, ein Versprechen, das sie sich am Hochzeitstag gegeben hatten: *Keine Überraschungen.* »Nur dieses eine Mal.«

»Sind es zwei Leute?« fragte Jon und zeigte auf die leeren Stühle an ihrem Tisch.

»Ja, Liebling«, sagte Deena.

»Dachte ich mir.«

Tim änderte seine Sitzposition und musterte kritisch die tadellos gekleideten Leute, die nach der Kirche ins Restaurant strömten, aber er sah niemanden, den er kannte. Deena winkte ab. »Versuch gar nicht erst, es rauszubekommen.«

Tims Blick glitt über die leuchtenden Farbtupfer des Crystal Rooms: Tulpen, Osterglocken, Iris und Lilien, rot, gelb, pink, purpur, weiß. Jenseits der riesigen Fenster erstreckte sich die regnerische Schönheit des Central Park im April.

Er bemerkte, wie Deena sich ein wenig aufrichtete. Die Kellnerin führte einen Mann zu ihnen. *Paul.* Kein Irrtum möglich. Schrecken durchfuhr ihn. Er stand auf und stellte seinen überraschten Sohn auf die Füße. Paul war schwerer, als er ihn in Erinnerung hatte, als ob alle seine Knochen doppelt so groß und doppelt so schwer geworden wären. Das weißblonde Haar war sandfarben geworden, aber die Augen hatten immer noch dieses intensive Blau. Wortlos streckten sie einander die Arme entgegen. Durch Pauls herzliche Umarmung hindurch spürte Tim die harten Muskeln seines Bizeps.

»Du Schurke«, flüsterte er bewegt.

Außer Atem ließ Paul ihn los. Er konnte nicht sprechen.

»Das ist… Deena.«

Sie stand jetzt und streckte Paul die Hand hin. Der nahm sie, preßte sie in seiner. »Wie schön, dich endlich kennenzulernen!« sagte sie. Als er ihre Hand losließ, legte sie impulsiv den Arm um seinen Hals und küßte ihn auf die Wange.

»Und unser Sohn, Jon.«

»Bist du Daddys Freund?« fragte Jon.

Paul ging in die Hocke, um ihm direkt in die Augen schauen zu können. »Ja. Wir sind zusammen aufgewachsen.«

»Vor langer Zeit?«

»Ja.«

Jon dachte einen Augenblick darüber nach und ließ dann zu, daß er ihn umarmte.

Vor langer Zeit. Für immer. Er, Paul und Martin hatten jeden persönlichen Kontakt gemieden. Ein unausgesprochener Pakt. Deena wußte es nicht. Deena war nicht dabeigewesen, als man Jenny aus dem See gezogen hatte, aufgedunsen und reglos. Zehn Monate hatte es gedauert, bis er sich wieder mit Deena in Los Angeles verabredet hatte. Sie war nicht auf Jennys Beerdigung gewesen, Schulter an Schulter mit Paul, weinend, vor ihm ein in trostlosem Elend weinender Martin. Er empfand Dankbarkeit, daß Deena niemals so schreckliche Ereignisse hatte durchleben müssen, um dieses grundlegende Prinzip verstehen zu können: Manche Situationen sind so bewegend, daß die Menschen, die dabei waren, sich niemals mehr wiedersehen möchten.

Plötzlich wußte er, wer auf dem anderen Stuhl sitzen würde.

Deena war physisch beeindruckender, als Paul aufgrund der Fotos angenommen hätte. Es hatte nichts mit ihrer Größe oder ihrem Gewicht zu tun, beides war durchschnittlich. Sie bewegte sich wie eine Tänzerin, hatte ihren Körper völlig unter Kontrolle; ihre Bewegungen und Gesten hatten etwas angenehm Dramatisches, ihre Stimme klang musikalisch, ihre Diktion war perfekt. Ihre braunen Augen und ihr rotes schulterlanges Haar glänzten. Er ordnete sie sofort ein: das polierte Produkt eines Upper-class-Elternhauses. Jahre voller Klavierstunden und Zahnkorrekturen und Museumsexkursionen. Die Art von Elternhaus, in denen Kindern Manieren weniger beigebracht, als sie vielmehr davon durchdrungen werden. Solche Frauen hatten keine Identitätsprobleme. Ihnen hatte man von dem Augenblick an, wo sie alt genug waren, um zu hören, gesagt, wie intelligent sie seien. Und sie waren grundsätzlich intelligent. Er lächelte sie an und erhielt ein Lächeln zurück.

»Ich kann kaum glauben, daß du das getan hast«, sagte Tim zu Deena. Kein Vorwurf klang darin mit, nur Erstaunen. »Kommt Martin auch?«

»Ja.«

Tim zögerte, nickte dann und sah Paul direkt an. »Es wurde Zeit«, sagte er. »Ich hab dich wirklich vermißt.«

Schon fühlte Tim die sengende Energie, die in Paul brannte. Paul mußte mit ihr geboren worden sein, dieser schreckliche Hunger, der ihn unaufhörlich verzehrte. Seine Quelle überstieg sein Verständnis, nicht aber sein Mitleid. Jede Freude war aus diesem Mann gewichen. Tim wußte nicht, weshalb, wußte nur, daß die Gaben, die ihm so reichlich zugefallen waren, Paul versagt geblieben waren: eine enge Beziehung zu den Eltern, Geschwister, die Liebe einer Frau, die Geburt eines Kindes. Paul war immer der Inbegriff von Verfolgtheit und Eifersucht gewesen, und trotzdem hatte seine offensichtliche Verletzlichkeit etwas Gewinnendes. Er weckte ein Gefühl rauher Zärtlichkeit in Tim, das niemals vergehen würde.

Paul sah Deena lüstern an, eine Reaktion, die so typisch war, daß sie Tim sofort irritierte. Aber diese Empfindung wurde schnell von einer anderen verdrängt, Mitleid, vermischt mit Vergebung. Tim hatte es nie fertiggebracht, sich innerlich von Paul zu distanzieren. Es war, als ob Paul voller Schrecken an Tims Händen über einem wild strudelnden Abgrund hinge, der ihn für alle Ewigkeit zu verschlingen drohte. Tim konnte ihn nicht loslassen.

Deenas Nervosität begann sich zu legen. Paul schien nett zu sein. Sie hätte an seinen Briefen merken müssen, daß er Herz hatte. Er schrieb stets lange Briefe, voller Anekdoten und mit »Besten Grüßen« unterzeichnet. Sie setzten sich, Tim auf ihrer linken Seite, Paul wählte den anderen Stuhl neben ihr. Jon saß neben Tim und knabberte Crackers.

Nachdem sie beim Kellner ihre Getränke bestellt hatten, fragte Paul aufrichtig: »Hattet ihr einen schönen Aufenthalt?«

Tim nahm Deenas Hand, und sie merkte, daß er zitterte. »Ja. Eine Menge Sightseeing. Und wir haben das eine oder andere gekauft. Deenas Fotografiererei ist sehr gefragt im Augenblick.«

»In Magazinen?«

Sie nickte. »Und bei Firmen. Ich bin zufrieden.«

»Sie ist zu bescheiden. Es läuft sehr, sehr gut bei ihr.« Tim zog ein sauber gefaltetes Taschentuch aus seiner Hosentasche und wischte sich damit über die Stirn. Ihr wurde klar, daß er wirklich kämpfte und sich abmühte, um die Unterhaltung in Gang zu halten. Vielleicht war es doch ein Fehler gewesen, Tim und Paul zusammenzubringen.

»Architektur hauptsächlich?«

»Ich...« Es war zu spät. Sie konnte nicht zurück und alles ungeschehen machen. Sie mußte das Beste aus der Situation machen. »...ich weite meine Arbeit ein wenig aus. Reisebilder. Landschaften und Porträts. Schnappschüsse. Kinder und Hunde. Außenaufnahmen. Ein wenig hiervon und eine Menge davon. Ziemlich planlos. Ich arbeite nicht mehr viel nach Auftrag. Ich mache die Bilder, die mich interessieren, und gebe sie an die Agenturen. Tim ist derjenige, der einen Plan hat und eine klare Richtung. Er hat diese Woche einen Vertrag für ein Kongreßzentrum in Arizona unterschrieben.«

Paul lehnte sich vor und sah Tim liebevoll an. »Das ist ja toll. Du verdienst wirklich das Beste.«

»Ich habe mich gefreut«, sagte Tim.

Es war genau so, wie Paul angenommen hatte. Das sich Loben und offene Necken zwischen Mann und Frau, die völlige gefühlsmäßige Distanz zu anderen, so grob ahnungslos, daß es ihn wütend machte. Aus ihrer Korrespondenz wußte er, daß sie sich ausschließlich auf den jeweils anderen konzentrierten, ein Verhaltensmuster, wie er es schon häufig beobachtet hatte, was ihn aber immer wieder in Staunen versetzte. Solche Paare hatten keinen Begriff von der Einsamkeit und der Sehnsucht derer, die sie umgaben, nicht mal ihrer eigenen Kinder. Schlimmer, er vermutete, daß sie sich nicht einmal betroffen fühlten, wenn sie es wußten.

Wachsende Unruhe bewegte seine Beine. Er merkte, daß er nicht mehr Tim und Deena zuhörte, sondern einer wütenden, sich stetig steigernden inneren Flut. In seinen dunkelsten Momenten glaubte er, daß die drängende Kraft, die ihn attackierte, Selbstgerechtigkeit war, aber in seinen besten Momenten wurde ihm klar, daß sie ganz einfach eine Funktion seines vorbestimmten Zweckes war, für eine Art emotionalen Ausgleich in der Welt zu sorgen. Falls er zu diesem Zweck der Vollstrecker sein mußte, dann würde er es eben sein. Nichts befriedigte Paul so sehr wie der verlorene und verschreckte Gesichtsausdruck eines Mannes, dessen Liebste plötzlich vom Tod dahingerafft worden war. Ein Vollstrecker war in letzter Konsequenz ein Instrument der Gerechtigkeit.

Er studierte Deena, taxierte sie im Geiste. Sie symbolisierte nicht altes Geld, sie war neues Geld – die erste, vielleicht zweite Generation ohne Hemdsärmel. Altes Geld war konservativ und mißtrauisch. Neues Geld war ungezwungen. Deena Reuschels Eltern hatten zweifellos ihre Kinder vor den Entbehrungen bewahrt, die sie selbst ertragen mußten, so erzeugten sie ein Bild der Welt als großzügigen und harmonischen Ort.

Sie würde keine Probleme machen.

»Wie wär's, wenn Sie sich bei Ihren Freunden entschuldigten und sich ein wenig mit mir unterhielten?« Eine wütend hervorgestoßene Drohung.

Paul sah auf. Ein massiger Mann schaute auf ihn hinunter. Nase und Wangen rot gefleckt vor Ärger. Wer? *Jemand aus dem Foyer.* Paul stand auf und folgte dem Mann zum Gang. Aus den Augenwinkeln sah er, wie Tim den Tisch verließ. Paul signalisierte ihm, daß er keine Hilfe brauche.

In der Eingangshalle starrte der Mann ihn an. »Sie Hurensohn«, knurrte er nah an Pauls Ohr. »Damit kommen Sie immer durch, was? Niemand haut Sie deswegen an. Niemand will eine Szene machen. Ich sollte die Scheiße aus Ihnen rausprügeln. Aber ich erkläre mich bereit, Ihre Entschuldigung anzunehmen.«

Paul zuckte mit den Schultern. »'tschuldigung.«

Der Mann rammte seine steifen Finger in Pauls Brust und schob ihn rückwärts gegen den Türbogen. Deena sah es und sprang auf, aber Tim packte sie am Arm. »Paul regelt das schon«, sagte er.

Aber er regelte es *nicht*. Die ganze Sache geriet außer Kontrolle, das Brunch, ihre Pläne. Was war da los? Sie entfernte sich schnell von Tim und ging hinüber zu Paul, als der dem Mann gerade einen Stoß zurück versetzte. »Wer ist das?« fragte sie Paul.

»Ich weiß es nicht.«

Sie baute sich mutig vor dem Mann auf. »Was wollen Sie?«

»Kümmern Sie sich um Ihren eigenen Kram.«

Sie sah sich nach dem Oberkellner um, der sich, das wußte sie, ängstlich in der Nähe aufhalten würde, und fand ihn. Auf einen Wink von ihr kam er zu ihnen.

»Was, bitte schön, ist das Problem?«

Der halbe Saal sah ihnen jetzt zu. Sie mußte diese Sache schnell beenden. »Dieser Gentleman belästigt meinen Gast. Er stört unsere Gesellschaft. Niemand von uns kennt ihn.«

»Würden Sie mir bitte folgen, Sir?« sagte der Oberkellner scharf zu dem Fremden. Sie sah dem Mann herausfordernd in die Augen, während er überlegte, was er tun sollte. Schließlich drehte er sich um.

»Ich werde mich darum kümmern, Madam«, sagte der Oberkellner mit warnendem Unterton.

Während sie und Paul zu ihrem Tisch zurückgingen, grinste Tim sie an und schüttelte den Kopf.

Er hatte Deena Reuschel falsch eingeschätzt. Er mußte mit ihr rechnen. Er mußte ihr urplötzlich den Atem abschnüren, seine Armbeuge wie eine gutplazierte Falle um ihre Kehle schnappen lassen. Er würde sie von hinten packen, sie zu sich hochziehen und sie tragen. Wie ein Blitz mußte er sich bewegen.

»Was war denn los?« fragte Tim, als Paul sich wieder gesetzt hatte.

»Schlägt mich einfach.«

»Ich kann mir überhaupt nicht vorstellen, weshalb sich jemand mit dir anlegen sollte?«

»Es kommt eben vor.« Er lachte. »Willkommen in New York.«

Martin erschien, als sie gerade anfingen zu essen. Wortlos glitt er auf den fünften Stuhl. Tim mußte zweimal hinsehen, bis er merkte, daß es nicht irgend jemand von der Straße war, der sich zu ihnen gesellen wollte, sondern daß es *Martin* war. Was hatte er mit sich angestellt? Wilde Haare: Schnurrbart, Bart, langer

Pferdeschwanz. Ein halb verhungerter Körper. Verknitterte Kleidung. Nichts vom alten Button-Down-Martin-Trayne. Nichts von alledem. In den vergangenen sieben Jahren war er fünfzehn Jahre gealtert. Er war offenbar in den Regen geraten und hatte sich in der Toilette abgetrocknet. Sein Haar und die Schultern seines Mantels waren völlig durchnäßt. Seine vertrauten grauen Augen blickten durch Strähnen feuchten Haares, als wenn er hinter einem Busch hervorgucken würde.

»Mart?«

»Hallo.« Er streckte seine Hand aus, und Tim schüttelte sie. »Tut mir leid, daß ich zu spät bin.«

Die Erinnerung an Jenny hing zwischen ihnen. *Das Bild einer staubigen Straße im Sommer, Tim rast auf ihr entlang zum See, Martin, der von der steilen Böschung wegstolpert, benommen, stößt einen heiseren Schrei aus, als er auf ihn trifft.* »Ist schon in Ordnung. Hör zu, das ist Deena.« Sie nickte behutsam. »Und Jon.« Jon sah ihn nur an.

Paul griff mit beiden Händen über den Tisch, um Martin zu begrüßen. »Mein Gott, wie gut, dich zu sehen!«

Unbehaglich sah Tim auf den Tisch voller Essen. »Wir hatten schon mal bestellt. Waren uns nicht sicher, wann du kommst.«

»Kein Problem. Ich hab keinen Hunger.«

»Keinen *Hunger*?«

»Nein.«

Es hätte ihn nicht überraschen sollen. So war Martin. Er lebte nach seinem eigenen Fahrplan. Er fühlte keinen Drang zu essen, wenn andere aßen, nur weil es sich so gehörte. Deena würde trotzdem nicht wohl dabei sein. Sie würde denken, sie hätte ihn beleidigt. Er bemerkte, daß sie die Gabel auf ihren Teller gelegt hatte.

»Okay. Wie steht's mit einem Drink?«

»Nur Wasser. Das wäre fein.« Er nahm seine Brille ab und trocknete sie.

»Morgen machen wir eine Tour mit dem Floß«, verkündete Jon.

Deena zuckte leicht zusammen. Sie und Tim hatten absichtlich vermieden, Martin zu erzählen, daß sie in die Berge fuhren.

Die folgenden Sekunden zogen sich bleiern hin. Es paßte zu Martin, daß er der einzige am Tisch war, der nichts von ihren Plänen wußte. »Wo ist das?« fragte er Jon.

»Im Sommerhaus von meinem Großvater.«

Sie suchte verzweifelt nach einem anderen Thema. Dort war Jenny ertrunken.

»Klingt, als ob es lustig werden könnte.«

»Die Leute finden, daß es zu kalt ist, aber mein Daddy sagt, es ist die beste Jahreszeit.«

»Ihr wohnt im Haus am See?« fragte Martin Tim.

»Ja.« Eine Entschuldigung.

Wieder Schweigen. »Grüß mir deine Eltern.«

»Sie sind in Florida. Kommen nur im Hochsommer nach Norden. Aber ich richte es ihnen bestimmt aus.«

Nervös fiel Deena kein anderes Gesprächsthema ein. Hilflos saß sie da, während Martin, ohne etwas zu sagen, in ihre Gesichter sah. Sie mußte blaß geworden sein, denn Martins Blick kam zurück und blieb auf ihr ruhen. »Ist schon in Ordnung«, sagte er.

Als das Dessert kam, hatten sie ihre Plätze am Tisch neu verteilt. Jon, der Martin mit der Reserviertheit betrachtete, die er in der Gegenwart des Schuldirektors an den Tag legte, hatte seinen Stuhl verlassen und saß auf Pauls Schoß und fütterte ihn mit den Kirschen von seinem heißen Fondantbecher. Deena war der Gesprächsstoff mit Martin ausgegangen, der auf keines ihrer Themen eingegangen war. Sie plauderte leise mit Paul über Schmuck, während Tim, jetzt mittlerweile auf Jons Stuhl, Martin Gesellschaft leistete. *Jetzt gibt es zwei getrennte Lager am Tisch*, dachte Tim. Das passierte immer, wenn Martin dabei war.

Auf der Suche nach einer Ursache, die Martins ungeschicktes Verhalten in Gesellschaft erklärte, hatte Tim sich vor langer Zeit dafür entschieden, daß Martins Eltern der Grund waren. Sie hatten erst in ihren späten Vierzigern zum ersten und auch letzten Mal Kinder in die Welt gesetzt – Martin und seine Zwillingsschwester Marie. Er war nicht im Gleichklang mit dem kulturellen Leben.

Aber Martins Loyalität überbrückte alle Differenzen. Tim konnte sich nicht an ein einziges Mal erinnern, wo er mit Mart aneinandergeraten war. Das gleiche altmodische Etwas, das ihn so anders machte, hielt ihn von jeder Gemeinheit ab. Als Kind war er einfach weggegangen, wenn sich jemand mit ihm schlagen wollte oder ihn hänselte. Er war der Freund, den man bei einer Tagestour dabeihaben wollte. Er hielt sich gut.

Paul war auffälliger. Er neigte zur Schmeichelei, und er mochte es, wenn man ihm schmeichelte. Deena hatte den richtigen Punkt erwischt, als sie nun überschwenglich die Eheringe lobte, die er für sie angefertigt hatte. *Handgearbeitet und handgraviert, präzise angepaßt, kein Paar gleicht dem anderen*, erzählte er ihr.

»Zeig mal«, sagte Jon. Sie nahm das runde Stück Gold ab und schob es ihm auf den Daumen. »Hübsch.«

Martin tippte leicht auf den Tisch, womit er andeutete, daß er Tims Ring sehen wollte. Tim legte seine Hand mit der Handfläche nach unten flach auf das Tischtuch. Martin betrachtete den Ring kommentarlos.

Der sanfte Schimmer von Deenas Hals versetzte Paul in Verzükkung. Er stellte sich ihre nackten geschwungenen Schultern unter ihrer Bluse vor. Erregung durchpulste ihn seit einer Stunde, sprudelte ungebeten hinter seinen Augen, füllte seinen Schädel.

Jon gab Deena den Ring zurück, und sie steckte ihn wieder auf ihren Finger. Wärme durchflutete sie, während Paul mit leisen Worten sprach, ohne jemals seinen Blick von ihrem Gesicht abzuwenden. Sie wußte, weshalb Tim Paul mochte. Er besaß unmittelbaren Charme, eine bezaubernde Freundlichkeit. Der Unterschied zu Martin war schockierend, als ob Paul mehr an Persönlichkeit abbekommen hätte, als ihm zustand, und zwar von dem Vorrat, der für Martin bestimmt gewesen war.

Wieder sah sie zu Paul. Er beobachtete sie aufmerksam, halb lächelnd, Bewunderung im Gesicht. Sie lächelte zurück. Schweigend blickte er sie weiterhin an. Erschrocken sah sie weg. Auf Parties hatte sie dieses Interesse in den Augen von Männern gesehen, als sie noch Single war, seitdem selten. Hatte er geglaubt, daß sie mit ihm flirtet? Verwirrt berührte sie das Tischtuch, dann legte sie verlegen die Hände in den Schoß. Als sie es wagte, wieder aufzuschauen, wurde ihr bewußt, daß es eitel gewesen war, so etwas zu denken. Da war nichts als Freundlichkeit in seinem Gesicht. Absolut nichts anderes.

Deena hatte die drei Männer im Sucher. Sie lachten alle. Sogar Martin. Sie hielt die Kamera so, daß sie vor dem Tulpengarten zu sitzen schienen, mit der Glasfront des Restaurants im Hintergrund.

»Fertig?«

Sie legten sich die Arme um die Schultern und setzten ihr bestes Jungengrinsen auf. »Los!« brüllte Tim aus der Mitte. Sie lachten wieder. Martin streckte zwei Finger hinter Tims Kopf hoch wie Kaninchenohren.

»Ich warte«, rief sie. Die Finger verschwanden. *Klick.* »Noch eines.«

Paul streckte Jon die Arme entgegen, und er lief ins Bild. »Hoch mit dir.« Er hob Jon auf seinen Arm. Jon ballte die Fäuste, hielt den Kopf schief und bleckte seine Zähne zu einer komischen wilden Grimasse. Sie richtete die Kamera aus. *Klick.* Paul setzte Jon ab, und er kam zu ihr gelaufen.

Als sie die Kamera sinken ließ, sagten sich die Männer bereits Lebewohl. Sie blieb, wo sie war, um Tim allein mit seinen Freunden zu lassen. Er drückte sie beide an sich, Martin zuerst. Als er Paul losließ, sagte dieser leise etwas Lustiges zu ihm. Wieder lachte Tim und küßte ihn laut auf die Wange.

Alles in allem hatte sie heute etwas Gutes getan.

11

Paul wartete, bis Tim und seine Familie im Taxi abgefahren waren und Martin außer Sichtweite nach Norden gegangen war, bevor er seine Richtung einschlug. Es würde ein langer Weg zur Garage sein, aber es würde ihm die Möglichkeit geben, zur Ruhe zu kommen und etwas Energie abzuarbeiten. Noch immer hatte er Deenas Parfüm in der Nase. Er ging zügig los und durchquerte während der nächsten zwanzig Minuten verschiedene Abschnitte des Broadways mit abgezirkelten Schritten. Keine Gestalt und keine Bewegung entging ihm. Bummelnde Männer sahen ihm neugierig ins Gesicht, wenn er an ihnen vorbeiging. Er vermied jeden Augenkontakt.

Schließlich bog er nach Westen ab, und während er den gleichen Schritt beibehielt, begann die Reise entlang den Bürogebäuden in unterschiedliche ethnische Wohnviertel: schwarz, dann Hispanos, dann gemischt. Einige Bürgersteige waren von spielenden Kindern in Beschlag genommen. Keines sprach ihn an. Nach fast zwölf Blocks betrat er die Garage. Es war sonntäglich still. Selbst während der Woche gab es hier keinen Wächter – perfekt für seine Zwecke. Die Autos passierten mit einer Plastikkarte das Tor.

Sein Stellplatz war auf der zweiten Plattform. Er nahm zwei Stufen auf einmal. Er öffnete die Hecktür des Bronco mit seinem Schlüssel, holte die Sporttasche heraus und trug sie die Treppe hinunter zum Notausgang an der Heckseite der Garage. Der Stock war da, wo er ihn das letzte Mal hingelegt hatte, über der Tür auf dem Rahmen. Er nahm ihn herunter und lehnte ihn, als er ging, gegen den Türpfosten.

Zwei Blocks weiter auf der anderen Straßenseite stand ein acht Stockwerke hohes Gebäude, in dem er erstmals als Kunststudent gewesen war. Es beherbergte billig vermietete Malateliers und Übungsräume für Schauspieler. Der mit Graffiti verschmierte Eingang war niemals verschlossen. Der Aufzug roch nach Schimmel. Er fuhr auf den sechsten Stock und betrat einen leeren Flur. Alle Türen waren geschlossen, außer einer, der Toilettentür. Er ging hinein und verriegelte sie. Wie oft hatte er sich hier an- und ausgezogen, er konnte sich nicht erinnern. Er wußte nur, daß es wie für ihn gemacht war, dieses Bad für die Schauspieler, Waschbecken, Ankleidetische, Toiletten und – das Wichtigste – eine Dusche. Selbst während der Woche machte das Gebäude einen verlassenen Eindruck. Er traf selten jemanden, und wenn, dann sahen sie an ihm vorbei.

Er schlüpfte in Jeans und Stiefel und Sweatshirt, faltete den Anzug zusammen und steckte ihn in die Sporttasche. Er zog den Reißverschluß zu und schob die Tasche hinter den Ankleidetisch in den Staub. Das Wechseln der Kleider in diesem Raum erregte ihn stets, erfüllte ihn mit Ideen. Im dämmrigen Spiegel studierte er die Entschlossenheit in seinem Gesicht, der Jäger, unbesiegt. Er hatte sich klug verhalten. Ohne Eile hatte er das Wesen der Frauen studiert und dadurch erfahren, wie er sie erwischen konnte. Es war fast mystisch, die Fährte in seinem Kopf, wo perfekt ausgearbeitete Lösungen erschienen, die genau zu seinen Erfordernissen paßten. Er vertraute ihnen bedingungslos. Nun übergab er ihnen Deena. Ihr Fall war anders. Innerhalb weniger Tage würde sie außer Reichweite sein. Und sie hatte einen unmittelbaren Beschützer, der sie vermutlich in den Bergen nicht allein lassen würde. Wann würde sie verwundbar sein?

Carmela Azaña tauchte vor seinem geistigen Auge auf, ihre vollen Brüste unter weißer durchbrochener Spitze, ihr mit zarten Bändern geflochtenes Haar. Siebenmal war er ihr gefolgt, bevor sie starb. Hinter ihr blieb eine Wolke aus Moschusduft, und sie bevorzugte Strümpfe mit Nähten, aber ihr Verhalten zeugte von völliger Unschuld. Sie liebte Schaufenster, eine Romantikerin, die auf die Spitze eines Hochzeitskuchens gehörte, ständig in Partykleidern, die ihre Jugend heraufbeschwörten. Die Vorstellung von einem Strauß mit rosafarbenen Rosen in feine elfenbeinfarbene Spitze gehüllt war ihm in den Sinn gekommen und hatte sich dort festgesetzt, während er über sie nachgedacht hatte. Schließlich war es ganz einfach gewesen. Er hatte das Bouquet an einem Geländer an der unteren Ebene der Kais befestigt, wo sie gerne am East River entlang spazierenging. Die Blumen zogen sie an. Sie stieg die steilen Stufen hinunter, näherte sich vorsichtig, berührte sie neugierig und begann sie loszubinden, um sie mit nach Hause zu nehmen. Er war ihr unauffällig gefolgt, dieselben Stufen hinunter, hatte urplötzlich seine Finger in ihre Haare gekrallt und ihre Stirn mit aller Kraft gegen das Geländer geknallt. Sein Fuß fand ihre Füße und stieß sie zum Wasser. Sie lag zurückgesunken in seinen Armen, betäubt und stumm, als er sie dem schnellen Strom übergab.

Er mußte sich wegen Deena entspannen. Er würde eine Lösung finden.

Er schloß das Badezimmer auf und trat hinaus in den hallenden Flur, gleitend, fuhr allein im Fahrstuhl hinunter, trat auf die im sonderbaren Tageslicht daliegende Straße hinaus, ging seinen Weg zurück zur Garage, stemmte die Türe auf, legte den Stock wieder oben auf den Rahmen, fand den Bronco, setzte rückwärts aus der Parkbucht, legte krachend den Vorwärtsgang ein und fuhr los.

12

Im äußeren Foyer des Apartmenthauses, wo er wohnte, hielt Martin inne und drehte den Schlüssel im Briefkastenschloß. Leer. Nicht einmal eine Rechnung.

Wo war er mit seinen Gedanken? Es war Sonntag. Schnell

schloß er den Briefkasten wieder, sah sich um und war erleichtert, daß ihn niemand beobachtet hatte. Er brauchte seine ganze Kraft, um die klemmende innere Tür zu öffnen. Sie war so oft braun angestrichen worden, daß die einzelnen Farbschichten niemals ganz getrocknet zu sein schienen. Die glänzende Oberfläche war weich und dick. Als er dann auf der anderen Seite war, mußte er sie mit Gewalt wieder schließen.

Die schlurfenden Schritte seiner Vermieterin waren über ihm im Treppenhaus zu hören. Die Balustrade ächzte unter ihren betagten Fingern, während sie abwärts stieg. Sie kam in Sicht, gebückt, die Hüften vorgeschoben, um das Gleichgewicht zu halten. »Da sind Sie ja«, sagte sie, blieb stehen und schob ihre Brille auf die Nase zurück, um ihn sehen zu können. Sie schob sie immer mit einer Hand an den Ecken hoch, niemals am Nasenbügel. Und immer rutschte sie wieder herunter, sobald sie losließ.

»Fröhliche Ostern, Mrs. Swenk.« Er begann, die Stufen hinaufzusteigen.

»Kein besonders frohes Osterfest für mich, wissen Sie. Ich war die ganze Nacht wegen Daniel auf.«

Ihr dritter Ehemann. Der zweite war auf einem Golfplatz gestorben.

»Tut mir leid, das zu hören.« Er drückte sich an ihr vorbei.

Sie verfolgte ihn mit ihrer Stimme. »Ich glaube, dieser neue Doktor gibt ihm die falschen Medikamente, aber er ruft nicht zurück, und jetzt ist Feiertag, und es ist so teuer, wenn ich ihn in die Notfallambulanz bringe, er hat sechs Kinder, *sechs*, aber sie sind alle weggezogen, verstehen Sie, es ist niemand da, der mir hilft, und er bekommt keinen Besuch, er freut sich auf Ihren Besuch, wenn Sie Zeit haben natürlich nur, das wäre sehr nett, weil –«

Keine Möglichkeit, sich dem Gewirr ihrer Sätze zu entziehen. Sie holte kaum Atem dazwischen. Jedesmal wenn er sie traf, konnte er höfliche zwanzig Minuten oder rüde zwanzig Sekunden einplanen. Tatsächlich schien es ihr gleichgültig zu sein. Er hatte gelernt, mitfühlend zu nicken und weiterzugehen. Sie würde weiterreden, solange er in ihrem Blickfeld war.

»– er wird schwächer, ich weiß wirklich kaum noch, was ich tun soll, wissen Sie, ich gehe nur noch hinaus, um einzukaufen, ich weiß nicht, was ich machen soll, man kann ihn nicht allein lassen, verstehen Sie, er kann nicht –« Er nickte mitfühlend, bis er sie nicht mehr sehen konnte. Sie hörte auf zu reden, als ob jemand die Nadel von einer Schallplatte abgehoben hätte.

In der Küche warf er seine Schlüssel in die Schale und knallte den Kühlschrank zu. *Spielt keine Rolle, ob Besuch oder kein Besuch. Ändert überhaupt nichts.*

Was für ein hartherziges Arschloch er doch geworden war. Was würde es ihm schon ausmachen, Daniel Swenk eine halbe Stunde zu opfern. Sie bat ihn seit Monaten.

Gab es nicht in seinem Wortschatz. Spielte keine Rolle.

Das Wohnzimmer sah aus wie ein dämmriges Feld mit Pilzen. Er öffnete die Vorhänge, und staubiges Licht fiel auf einen Fußboden voller niedriger Stapel mit Western-Heftchen. Er nahm eines, legte sich auf die Couch, hielt es über sein Gesicht und konzentrierte sich auf die Worte. *Die Felsspalte, die im Sandstein klaffte, war exakt so groß, daß ein Pferdehuf sich darin verfangen konnte.* Das Wiedersehen heute, so nett es gewesen war, spielte auch keine Rolle. Es würde sich nicht auf seinen Gehaltsscheck auswirken. Es wirkte sich auf überhaupt nichts aus.

13

Irgendwie war das Haus dem Schicksal entgangen, den muffigen Geruch abgeschlossener Räume anzunehmen. Als sie das Deckenlicht in der Küche und dann die Lampen im Wohnzimmer andrehte, sah Deena, weshalb. Die Einrichtung war auf dem Stand der Zeit, ein modernes mehrteiliges Sofa und leichte Sessel. Freundliche Bilder, dicke Kissen, ein Kamin, säuberlich von Asche gereinigt und vollgestapelt mit Holzscheiten.

Jon lief von Zimmer zu Zimmer, fand die Lichtschalter und rief: »Seht euch das an!« Sie und Tim folgten ihm grinsend.

Das große Schlafzimmer auf der ersten Etage war mit Antiquitäten eingerichtet und in Cremefarben gehalten. Die zwei anderen Schlafzimmer oben waren Mädchen- und Jungenzimmer wie aus dem Bilderbuch, offensichtlich das von Tim und seiner Schwester. Gails war hellgelb und hellrosafarben mit einem Ankleidetisch und einem vierfüßigen Doppelbett voller Puppen. Tims war in Erdtönen gehalten und stand voller Regale mit Modellautos und Lastwagen. Die Zimmer wirkten trotzdem nicht wie Schreine, weil die sentimentale Stimmung durch einen neuen Anstrich, neue Teppiche, neues Bettzeug und neue Vorhänge gemildert wurde. Statt dessen erfüllte sie eine Atmosphäre von alteingesessener Familientradition und zeitgemäßer Stimmung. Es war klar, wenn man die Reuschels kannte, daß das Zuhause, in dem Tim die Sommer seiner Kindheit verbracht hatte, so offensichtlich gepflegt und einladend sein würde.

»Ist das mein Zimmer?« fragte Jon, als er die Spielsachen sah.

»Na klar!« antwortete Tim vergnügt. »Sieh hier.« Er öffnete eine Plastikschachtel auf einem der Regale. Deena kam näher. »Meine Matchbox-Autos.« Dutzende auf einem Haufen.

Eifrig inspizierte Jon das Zimmer. »Darf ich mit allen Sachen spielen?«

»Klar. Warum tust du das nicht, während Mom und ich das Gepäck aus dem Auto holen?«

»Ich darf überall hineinsehen?«

»Ja.«

Zaghaft öffnete er die Schublade einer Kommode und fand Baseball-Karten. Er untersuchte den Wandschrank. »Ich kann das alles kaum glauben. Wo geht es dort hin?« Er zeigte auf eine Tür mit einem Riegelschloß, die nach draußen führte.

»Zur Treppe hinunter in den Garten hinterm Haus. Sie ist steil. Bleib davon weg. Ich zeig sie dir morgen früh«, sagte Tim.

»Okay.« Jon ging hinüber zu den Schränken, setzte sich davor und zog an den Griffen.

Selbst mit seinen fünf Jahren konnte man sich auf sein Wort verlassen. Er war immer direkt. Wenn er keine Lust hatte, das zu tun, was man von ihm verlangte, dann sagte er es.

Nachdem sie die Koffer und Lebensmittel ins Haus gebracht hatten, gingen Tim und Deena hinaus auf die durch Fliegengitter geschützte Veranda. Nachtluft drang durch ihre Jacke. Tim drehte sich ein wenig und zog Deena an sich, um sie vor dem Wind zu schützen. Die schwarzen Silhouetten der Bäume standen zwischen ihnen und dem See, eine glatte, holzkohlengraue Oberfläche, die dunkel im Sternenlicht glomm. Sie konnte nicht erkennen, wie groß er war, aber sie wußte von der Landkarte, daß er sich in vielen Biegungen dahinwand, mit vielen verschiedenen Teilen, breit und schmal, flach und tief. Er war mehrere Meilen lang.

»Das ist ein magischer Ort«, sagte sie.

Er gab keine Antwort.

»Wir sollten deine Eltern hier im Sommer besuchen. Sie fragen und fragen uns, und wir sehen sie immer nur im Winter in Florida.«

Seine Arme legten sich fester um ihre Schultern, aber er sagte nichts.

Als sie sich fürs Bett fertigmachte, entdeckte sie Jenny an einer Fotowand zwischen Badezimmer und Küche. Vielmehr nahm sie an, daß es Jenny war. Martin hatte seine Arme um sie gelegt. Martin als Teenager mit Zahnklammern. Mußte eine Party gewesen sein. Sie saßen auf einer geblümten Couch und tranken – was? Vermutlich Limonade. Sie waren noch Kinder, nur Kinder. Beide trugen Shorts, sangen etwas zur Kamera hin, schwenkten ihre Gläser und ließen jemanden hochleben. Jenny mit dem dunkel glänzenden, dichten Haar und den dunklen leuchtenden Augen. Sie war ein wenig dick, nicht viel, ein bißchen. Nein, ihre Beine waren ziemlich dünn, die Hüften schlank. Aber sie hatte einen großen Busen für einen Teenager. Das war es.

Um das Foto herum hingen viele andere in silbernen Rahmen: Tim mit nackten Füßen beim Wasserskifahren. Gail und ihr Mann Kemp in einer Zwei-Personen-Hängematte. Sie war acht Jahre älter als Tim. Sie konnte nicht sehr viel gemeinsame Zeit mit Tim am See verbracht haben. Als er zehn war, war sie verheiratet. Und der da... Ein Junge in Jeans, sah durch die Beine, nach vorne gebeugt mit dem Rücken zur Kamera. Paul? Ja, Paul. Dort war noch eines von ihm in Badehosen, wie er dabei war, Jenny einen Fisch hinten in die Bluse zu stecken. Mußte Jenny sein. Gene und Barbara knutschten im Boot. Eine Menge anderer Leute aller Altersstufen waren zu sehen. Babyaufnahmen von Gail und Tim, Geburtstagsfotos von Tims Großeltern und ihr Hochzeitsfoto... sie und Tim, beide einundzwanzig Jahre alt. Plötzlich stand Tim neben ihr in der Diele, strich sein zerwühltes Haar mit den Fingern zurück und ließ seinen Blick über die Fläche mit Gesichtern und Erinnerungen gleiten, die sie studiert hatte. Sein Blick verharrte auf dem Mädchen mit dem schwarzen Haar.

»Ist das Jenny?« fragte sie leise.

»Ja.«

»Sie sieht hübsch aus.«

»Sie war hübsch.«

»Sieht so aus, als ob ihr alle eine Menge Spaß gehabt hättet.«

Er nickte.

»Bist du deshalb nicht mehr hierhergekommen? Weil sie hier umgekommen ist?« Sie blickte ihm in die Augen und sah den Kummer.

»Ja.«

Sie konnte sich Jenny im diesigen Morgengrauen vorstellen, wie sie allein zu dem hölzernen Floß schwamm, konnte sich

Martin vorstellen, wie er sie unter dem Floß entdeckt hatte und sie weinend ans Ufer zog. Der Vorfall hatte etwas von einer Legende, er war so tragisch und so vage an den Rändern. Deena hatte die Geschichte nur einmal von Tim gehört. Er hatte ihr nur das Wesentliche erzählt und war anschließend tagelang deprimiert gewesen.

»Kommt Martin noch hierher?«

»Nein. Als er nicht mehr wollte, haben seine Eltern ihr Haus am See verkauft. Und Jennys Eltern auch. Sie haben sich scheiden lassen.«

»Und Paul?«

»Sein Vater wohnt immer noch hier. Paul besucht ihn. Seine Mutter ist tot.« Tim stützte die Hände in die Hüften und runzelte die Stirn.

»Hab ich was falsch gemacht, als ich sie für heute eingeladen habe? Ich wollte dir nicht weh tun. Ich wollte das Gegenteil.«

»Gott, nein.« Er schluckte hart. »Es war okay.«

Tränen traten ihr in die Augen. »Du liebst sie immer noch.«

Er verlagerte sein Gewicht und zuckte mit den Schultern. »Natürlich.«

»Jenny tut mir leid«, flüsterte sie. »Ihr alle tut mir leid.«

Bevor sie ertrunken war, konnte sich Tim an keine Zeit ohne Jenny erinnern. Er und sie, Martin und Paul hatten als Babies bei Picknicks am See auf einer Decke gelegen. In der dahinziehenden regenbogengestreiften Seifenblase des Sommers befuhren die vier zusammen den Himmel, Jahr für Jahr. Im Winter in der Stadt sahen sie sich kaum, aber sie waren unzertrennlich vom vierten Juli bis zum Labour Day. Jenny war ihre Seele, ihr Bewußtsein, die Speerspitze ihrer Wißbegierde. Als sie erwachsen war, wählte sie Martin.

Es konnte nicht sein, daß Jenny für immer nur noch zu einem von ihnen gehörte, daß sie Martin heiratete. Aber der kaufte ihr einen Verlobungsring, und sie nahm an. Tim trug es mit sich selbst aus, er litt, konnte nicht essen. Schließlich war er dazu bestimmt, Jenny Cunningham zu heiraten.

Eines regnerischen Morgens faßte er einen Entschluß. Er würde es ihr sagen. Als sie ihn am Ententeich traf, weinte sie. Paul, sagte sie, war bei ihr zu Hause gewesen und hatte ihr seine Liebe gestanden, hatte sie dazu bewegen wollen, Martin zu verlassen und mit ihm fortzugehen. Als sie es ablehnte, hatte Paul mit der Faust eine Fensterscheibe durchschlagen. Pauls Schmerz verletze sie, hatte sie gesagt. Ihr war ganz elend deswegen.

An diesem Tag behielt er seine Worte für sich. Und er hielt sein Versprechen an Jenny, Martin niemals zu erzählen, was Paul getan hatte.

14

Martin nahm den Humidor oben vom Kühlschrank und stellte ihn auf den Küchentisch. Ein schweres schwarzes Lackkästchen mit Chromgriffen, groß genug, um sechs Dutzend Zigarren darin aufzubewahren – dicke, teure. Bei Martins Großvater hatte es stets mitten auf dem Kaminsims gestanden, und er hatte es seinem Enkel vermacht. Obwohl es immer noch ein schwaches Tabakaroma verströmte, diente es jetzt einem anderen Zweck. In ihm bewahrte Martin Dinge auf, von denen er sich nicht trennen konnte, die er aber auch nicht wiedersehen wollte. Ins Kästchen verbannte Sachen kamen nie mehr heraus. Martin öffnete es nur, um etwas hineinzulegen.

Er schaltete die Schwenklampe ein, öffnete mit dem Daumen den Deckel und warf einen kurzen Blick auf den Inhalt des Kästchens. Schnappschüsse, vergilbte Zeitungsartikel, ein Satz Salz- und Pfefferstreuer aus Kristallglas und Sterlingsilber, ein Damentaschentuch, mit Spitze eingefaßt. Er wandte seine Augen ab, steckte seine Finger unter die Schichten aus Papier und Stoff und fühlte nach etwas Samtenen. Seine Finger streiften die gebogene Oberfläche, die er suchte. Er zog das Etui mit den Ringen hervor ans Licht.

Jennys Hochzeitsring und seiner auf elfenbeinfarbenem Satin. Keiner war je getragen worden. Jenny hatte ihren nicht einmal gesehen. Er hatte sie überraschen wollen. Ihr Glanz war stumpf geworden, aber die Schwertlilie, die Irisblüten, die sich um beide rankten, waren deutlich zu sehen. Sie sahen exakt so aus wie die von Tim und Deena. Merkwürdig, daß Paul die Ringe identisch angefertigt hatte. Das konnte ihm nicht aus Versehen passiert sein. Martin wußte, daß Paul ein genaues Verzeichnis seiner Entwürfe führte. Aus irgendeinem Grund hatte Paul Deena angelogen. Aber das war Paul. Martin war schon immer aufgefallen, daß Paul die Wahrheit gelegentlich umgestaltete, um sie seinen Erfordernissen anzupassen.

15 Paul schlich durch die eisige Dunkelheit der Hügel. Gelegentlich hielt er kurz inne und lehnte sich mit der Schulter an einen Baum. Die Fenster der Hütte wirkten wie beleuchtete Bühnen, auf die die Schauspieler kamen und wieder gingen. Weil ihr Haus außerhalb der Sichtweite anderer Häuser am See lag, zogen die Reuschels gewöhnlich keine Gardinen vor, außer im Badezimmer. An vielen Abenden war er in seiner Jugend von zu Hause hier herübergelaufen und hatte sich in den verrottenden Blättern herumgedrückt, fasziniert von der Parade von Leuten, die da durch den Lichtschein wirbelte. Die Reuschels schienen permanent glücklich gewesen zu sein. Es hatte ihn als Kind stets geärgert, aber auch inspiriert, mit anzusehen, wie beständig ihr Familienleben war, wie mühelos sie ihre Beziehungen untereinander webten. Gene, wie er in Gails Zimmer Regale mit ihr baute, Barbara im Wohnzimmerschaukelstuhl, ein Buch auf dem Schoß und offenbar Tim laut vorlesend; die ganze Familie am Küchentisch, wie sie späte Snacks aßen – Pizza und Popcorn, das er bis hierher riechen konnte. Wenn sie zusammen

das Geschirr spülten, bespritzten sie sich aus Spaß gegenseitig mit Wasser und lachten. Die Geräusche trugen von den Fenstern perfekt durch die Fliegengitter den Hügel hinauf, unterstützt von der akustisch idealen Oberfläche des Sees. Jahrelang hatte er Singen und Geheimnisse gehört, hatte gehört, wie die Toilettenspülung ging und Türen knallten. Dann und wann hatte er Weinen gehört, aber da war neben dem Weinen fast immer eine zweite Stimme gewesen, eine zarte Stimme, die Trost spendete.

Tims Familie, seine Frau und sein Kind, standen dem in nichts nach. Sie hatten sich umarmt, hatten sich unterhalten, hatten die Betten gemacht und ein Feuer im Kamin. Weil die Fenster fest vor der kühlen Frühlingsluft verschlossen waren, waren die Vorführungen Stummfilme gewesen, aber ihre Dramatik noch immer zutiefst anrührend. Aufmerksam war sein Blick Deena gefolgt, und ihre Anmut hatte sich ihm eingeprägt. In seiner Vorstellung tanzte er mit ihr, wie ein Ehemann sich seiner Frau nähern würde, entspannt, voller Hingabe und mit willkommenem Verlangen.

Sie und Tim machten jetzt die Lichter aus. In der Küche. Im Wohnzimmer. Im Badezimmer oben. Minutenlang kuschelten sie mit Jon in Tims altem Zimmer, dann knipsten sie seine Lampe aus. Das Licht im Treppenhaus ging aus, und er sah, wie Tim und Deena in ihr Schlafzimmer gingen, wie sie die Tür schlossen und sich in die Arme fielen. Ihre Umarmung war kurz. Deena entzog sich und drückte auf den Schalter an der Wand. Die Fensteröffnung wurde schwarz. Hatte sie sein wachendes Herz gespürt? Sie gehörte zu ihm, wie Jenny zu ihm gehört hatte. Sie war sein. Und sie wußte es.

Die Sterne wurden heller. Eine schmale Mondsichel war aufgegangen, während er gewartet hatte. Der Zauber des Hauses sprach zu ihm. Er erhob sich steif, zog seine Handschuhe aus, stopfte sie in seine Jackentaschen und rieb seine Hände aneinander. Er schlich den Hügel hinunter und erreichte die Außentreppe, die zu dem Zimmer hinaufführte, in dem Jon schlief. Vor langer Zeit hatte er die Stufen gezählt. Es waren dreizehn, und wenn er die Stufen ganz außen betrat, würden sie nicht knarren. Er machte sich auf den Weg nach oben, eine lange, schwierige Reise. Schließlich kniete er auf allen vieren mit der Wange an der Tür. Das Holz war warm, ein Trost. Das Haus und die Atmosphäre darin gehörte ihm. Er kam und ging, wenn niemand da war. Dann wanderte er durch die Räume wie ein Geist. Die Reuschels hatten den Klempner beauftragt, von Zeit zu Zeit die Kombinationen an den Zylindern zu ändern, aber das konnte ihn nicht abhalten. Er hatte ein Geheimnis. Als er neun Jahre alt war, hatte er einen Weg entdeckt, wie er ohne Schlüssel hineinkam, indem er ein Taschenmesser zwischen Tims Tür und den Rahmen steckte. Der Riegel ließ sich dann ganz einfach zurückdrükken, eine Zufallsentdeckung bei kindlichem Herumbasteln. Als Paul älter wurde, verstand er, wie es funktionierte. Der Riegel des Schlosses mußte voll ausgefahren sein, um einzurasten und in dieser Position zu bleiben. Wer auch immer das Schloß ursprünglich eingebaut hatte, hatte den Hohlraum im Türrahmen nicht tief genug gemacht. Nach und nach hatte er alle Außentüren im Haus der Reuschels ausprobiert und herausgefunden, daß man sie alle auf die gleiche Weise öffnen konnte. Einmal drinnen, ließ er den Riegel wieder zurückschnappen und verschwand durch eine andere Tür.

Die Reuschels hatten über Jahre immer wieder festgestellt, daß sie gelegentlich einen ungebetenen Gast hatten, aber sie hatten nie herausbekommen, wie oder wer.

Er mußte diese Tür nicht jetzt sofort öffnen. Es genügte ihm, zu wissen, daß er es konnte.

16 Der stechende Geruch von altem Spielzeug weckte Tim in der Dunkelheit. Große ölige Rechtecke trieben vorbei. *Wo war er?* In der Hütte. In seinem Zimmer. Die Rechtecke waren die Umrisse von Fenstern auf die Wand geklebt. Aber an den falschen Stellen.

Das war das Zimmer seiner Eltern.

Er war jetzt selbst Vater.

Seine Träume entließen ihn allmählich aus ihrer wiegenden Bewegung. Wovon hatte er geträumt? Er konnte sich nicht erinnern. Mengen von Leuten, verwirrende Betriebsamkeit. Er war durch sie hindurch getaumelt und gewirbelt. Geburtstagsfeiern? Fremde Länder? Irgend so etwas. Es waren keine glücklichen Träume gewesen. Er war mit dem leeren Gefühl von Verlust aufgewacht. Deena lag warm neben ihm. Er berührte sie, um sich zu vergewissern. Sie bewegte sich nicht.

Er fand die Taschenlampe und folgte ihrem Strahl die Treppe hinauf. Jon lag schlafend auf dem Bauch im Doppelbett, sein Atem ging gleichmäßig und tief, Arme und Beine hatte er von sich gestreckt, als ob er flöge.

Montag

1 Paul näherte sich der erwählten Gegend unmittelbar nach Tagesanbruch. Während er sich vorsichtig vorwärts bewegte, hielt er nach dem exakten Platz Ausschau, auf dem er stehen sollte. Sein sichtbarer Atem mischte sich mit dem Bodennebel, während er suchte. Er wußte aus Erfahrung, daß es in dieser Phase nichts Gesichertes gab. Er war an einen bestimmten Ort zitiert worden, einen Streifen Wald, wo der Fluß breiter wurde und gerade. Hier hatte er einen Teil seiner Jugend zurückgelassen, und das Gebiet trug seinen unsichtbaren Stempel. Die Vögel flogen nicht auf, während er ging, und die Tiere in den Erdhöhlen waren ruhig.

Mit gesenktem Kopf bewegte er sich zielstrebig zu dem Ort, wo der schwüle süßliche Geruch am dichtesten sein und wo er ehrfurchtsvoll stehen bleiben würde. Er fand ihn innerhalb von Minuten, machte einen Schritt vor und zurück, um sicherzugehen. Der Vorgang war mystisch. Er drehte sein Gesicht zum Fluß. Tim und seine Familie würden hier Rast machen. Es war nicht nötig, ihrer Spur durch das aufgeregte Hin und Her des Vormittags zu folgen. Er würde warten, und sie würden zu ihm hingezogen werden.

Er sah es deutlich vor sich, die Ankunft des Floßes, und wie sich dann auf ihren Wunsch männlich und weiblich langsam voneinander entfernten. Ihr Wesen hatte sich während der Nacht für Paul herauskristallisiert: königlich, besonnen, mit einem angeborenen Sinn für Korrektheit, den sie nicht verletzen würde. *Er sieht ihre Zurückhaltung. Die Männer pinkeln in den Büschen, sie sucht sich einen anderen Platz, abgelegen, wo der Junge sie nicht sehen kann. Hier. Wenn sie sich bückt, packt sie der Jäger. Keinen Laut gibt sie von sich.*

Nie würde er begreifen, weshalb es funktionierte, dieses Auffinden eines bestimmten Ortes. Hatte die Vorsehung sich verschworen, ihm zu helfen, oder war es sein Wille, der andere zwang, seinen Weg zu kreuzen?

2 Deena hob Jon in Tims Arme. Mit einem Schwung wuchtete Tim Jon hoch in die Luft, setzte ihn dann auf dem Flußufer ab und drehte sich wieder zu Deena um.

»Versuch jetzt, einen großen Schritt zu machen.«

Sie faßte Tims Hände, setzte einen Fuß auf die Kante des Floßes und sprang. Die Kamera hing schwer um ihren Hals. Ihre Stiefel sanken in den weichen Schlamm, aber es gelang ihr mühelos, auf höhergelegenen Boden zu kommen, während Tim das Floß aufs Ufer zog. Sie sah den Fluß hinauf. In den vergangenen zwei Stunden waren sie friedlich durch erblühenden Wald getrieben. Trotz der Stiefel hatte sie kalte Füße. Die Wassertemperatur lag unter zehn Grad, und der Gummiboden des Floßes strahlte eisige Kälte ab. Trotzdem hatte Tim recht gehabt. Es war eine wunderschöne Fahrt. Hinter jeder Biegung des Flusses tauchten neue Herrlichkeiten auf: Bergansichten, grünende Dickichte, ein Gewirr von schwarzen Ästen entfaltete hauchfeines zartes Blattwerk. Und sie waren völlig allein, der Zeit enthoben.

Tim schleppte die Kühlbox mit den Lebensmitteln und Deenas Fototasche vom Floß auf einen trockenen Platz am Ufer. »Komm, Jon, wir machen uns fürs Lunch fertig.« Er faßte Jon an der Schulter und führte ihn in die Büsche.

Deena sah ihnen nach, bis sie außer Sichtweite waren. Dann steckte sie die Kamera in die Fototasche und ging in die entgegengesetzte Richtung. Sie trat einige Zweige nieder und zog dornige Ranken mit ihren Handschuhen aus der kleinen Senke. Männer hatten es gut. Sie brauchten kein einziges Kleidungsstück auszuziehen, um auf die Toilette zu gehen. Sie fröstelte bei dem Gedanken an den Wind an ihrem Hinterteil.

3 Was, zum Teufel, war los mit ihm? Nie war es günstiger gewesen. Sie war exakt am richtigen Platz, vollständig vor den anderen verborgen. Und ganz nahe an einem Fluß. Ihre Schreie, falls es welche gäbe, würden vom Geräusch des dahinschießenden Wassers übertönt werden, dort, wo es auf die Steine traf. Der Fluß war still, verglichen damit. Und sie würde sich jetzt jeden Moment hinhocken. Die Erfahrung hatte ihn gelehrt, daß er am schnellsten zum Ziel kam, wenn er das Objekt von oben packte.

Verwirrt drehte er sich leise auf dem linken Fußballen und lehnte sich mit dem Rücken gegen einen Baum. Er schwitzte unter seinem Sweatshirt. Der Schweiß lief förmlich an ihm hinab. Sein Herz klopfte so laut, daß man es hören mußte. Er versuchte, nicht zu atmen. Als er sich wieder umdrehte, ganz langsam, nahm er sie ins Visier. Sie stand mit dem Rücken zu ihm und kämpfte mit ihrer Jacke und dem Reißverschluß ihrer Hose. Dann überraschte ihn der helle Schein und die Anmut ihrer Hinterbacken und ihrer Schenkel, wie sie da vor seinen Augen schimmerten. Sie hockte sich nieder, wie ein Tänzer sich hocken würde, mit feiner Kontrolle und perfekter Balance. Er schloß die Augen.

4 »Mom! Essen!« brüllte Jon und wischte sich die Hände, die er im Fluß gewaschen hatte, mit einem Küchentuch trocken.

»Vielleicht sehe ich mal nach ihr«, sagte Tim. »Du fängst schon mal an.«

Jon kniete vor der Kühlbox und fischte ein Sandwich aus einer Plastiktüte.

»Leg los, mein Lieber. Bin gleich wieder da.«

Tim starrte auf die Brombeerhecken und überlegte, wo Deena wohl in den Wald gegangen war. Er kniff die Augen zusammen und versuchte, ihre Gestalt in einiger Entfernung auszumachen. »Geh nicht ans Wasser, Jon. Und iß deinen Lunch.«

Jon nickte, und Tim ging schnell in den Wald hinein. Vielleicht war sie dem Fluß gefolgt. Er war voller Fische um diese Jahreszeit. Möglicherweise war sie so davon fasziniert, daß sie weiter gegangen war, als sie dachte. Trotzdem war es nicht ihre Art zu… »Deena!« Der Name wurde vom Wind über die Lichtung und den Fluß getragen und einen steilen Felsgrat auf der anderen Seite empor. »DEENA!« Das Unterholz schien sich durch seine Stimme zu rühren. Er hörte ein Rascheln, aber die Quelle war zu weit entfernt, zu unbestimmt, um sie mit den Augen ausfindig zu machen. Er stand bewegungslos, feiner Staub brannte ihm im Gesicht.

»Tim?«

Deena erschien im hellen Sonnenlicht keine zehn Yards von ihm entfernt. Erleichterung streifte seine Brust wie ein Finger. »Bist du in Ordnung?«

»Natürlich. Dauert bei mir nur etwas länger.« Sie kletterte über einen Stapel umgestürzter Fichten, ihr Haar blitzte golden auf, und sie sah ihn mit glücklichen Augen an.

Als sie in seine Reichweite kam, legte er einen Arm um ihre Hüfte.

»Hast du dir Sorgen gemacht?« Sie steckte eine Hand in seine Jackentasche.

Hatte er? *Wirklich?* »Nein.«

5

Tim konnte sich nicht an jede Biegung des Flusses erinnern. Es war zehn Jahre her, seit er zuletzt auf ihm gefahren war. Er saß am Ufer, kaute an einem Apfel, und während er auf den Strom hinaussah, folgte er in Gedanken dem Weg, den sie gekommen waren. Er war sich nicht ganz sicher, wie weit es bis zum White Water war, diese einsame unberechenbare Strecke mit Stromschnellen Klasse II, die über fast eine Meile zwischen den Felsen brodelten. Der Tag war zu kalt, als daß man riskieren konnte, naß zu werden. Sie würden das Floß bis hinter die

Stromschnellen tragen und den Fluß ab der Stelle wieder befahren, wo er sich beruhigte. Aber war das nun direkt vor ihnen oder weiter? Besser, wenn er ein Stück flußabwärts ging, um nachzusehen. Er konnte die Kammhöhe als Aussichtspunkt benutzen. Von da aus, da war er sich sicher, konnte er mindestens drei Meilen weit sehen. Es würde nicht länger als fünfzehn Minuten dauern.

Jon, der hinter ihm gespielt hatte, rammte plötzlich gegen seinen Rücken, legte seine Arme um Tims Hals und drückte ihn fest. Tim neckte ihn, indem er sich nach vorn beugte, bis Jon keinen Boden mehr unter den Füßen hatte, und dann schnell aufstand. Jon hing in der Luft, quietschte vor Vergnügen und umschlang mit den Beinen die Hüfte seines Vaters. »Du sollst mit mir ausreiten«, kommandierte er.

Tim sah Deena an. »Ich glaube, das könnte die Stelle sein, von wo aus man tragen muß. Aber ich werde ein Stück vorgehen und nachsehen.«

»Okay«, lächelte sie und tat die Brotreste und Verpackungen in eine Papiertüte.

Konnte er Jon tragen? Der Junge war ein Klötzchen. »Möchtest du mitkommen, mein Lieber? Du wirst den größten Teil der Strecke laufen müssen.«

»Ja!«

Tim lief im Galopp los, und der Junge hüpfte auf seinem Rükken auf und ab. Nach vierzig Schritten wurde ihm Jon schwer, und Tim ging in die Hocke, um ihn abzusetzen.

»Ich möchte reiten«, sagte Jon und klammerte sich fest.

»Nein, du mußt laufen.«

»Ich möchte aber nicht.«

Tim beugte sich auf eine Seite, bis Jon auf seine Füße kam. »Dann bleib bei Mom.«

»Möchte ich aber nicht.«

Ah, die Logik von Fünfjährigen, bewundernswert in ihrer

Gradlinigkeit. Tim sah zurück zu Deena. Er konnte sie kaum erkennen. Sie saß ihnen zugewandt auf der Kühlbox. »Ich möchte, daß du zu Mom zurückläufst.«

»Möchte ich aber nicht.«

»Jon, entweder du *läufst*, oder du gehst *zurück*.« Er mußte den richtigen Ton getroffen haben, die richtige Mischung aus Autorität und Zuneigung. Jon lief zu Deena zurück. Tim wartete ab, bis er sah, wie sie ihn mit offenen Armen in Empfang nahm, dann winkte er ihr zu und sprintete entschlossen aus ihrem Sichtfeld. Wenn er zögerte, würde Jon seine Meinung wieder ändern.

6

Der Fluß wurde von einer Menge toter Bäume in unterschiedlichsten Stadien des Umfallens gesäumt. Stürme gab es hier häufig, und sie waren sehr heftig. Wenn der Wind die Stämme nicht umschmiß, tat es das schnell steigende Wasser. Es nagte an den Wurzeln, buddelte sie aus, schickte die riesigen Stämme ächzend zu Boden und schleuderte sie in den reißenden Strom. Einige waren vom Blitz gespalten, sauber wie mit der Axt. Unter seinen Füßen lagen verrottete Zweige und Äste, vermischt mit den schrumpligen schlüpfrigen Blättern eines vergangenen Sommers.

Tim begann mit dem Aufstieg, legte sich ins Zeug, um richtig durchzuatmen. Deena und Jon kamen ihm in den Sinn. Vom Hügel aus würde er sie vielleicht sehen können. Als er fast oben war, versuchte er es, aber der Wald hinter ihm war dichter, als er angenommen hatte. Er erreichte den Gipfel und betrachtete die Aussicht. Der Fluß weitete sich in einem großen Bogen nach links um das Steilufer herum. Er erinnerte sich jetzt. Danach traf er auf eine Gefällestrecke mit gefährlichen Felsbrocken, und es begann das Gurgeln und Rauschen, das die Stromschnellen ankündigte. Seine Augen folgten dem Wasser, das allmählich weiß vom Schaum wurde.

Er machte ein paar Schritte bis an den Rand und schaute steil nach unten. In den Jahren, seit er zuletzt hiergewesen war, hatte der Fluß das Land am Fuß des Kliffs ausgehöhlt und weggespült. Er stand direkt über dem Strom.

Er hörte ein Seufzen ganz nah hinter sich.

Eine Explosion zog ihm seine Beine weg und schleuderte ihn nach vorn. Er hing in der Luft, fiel kopfüber Richtung Fluß, schlug mit den Knien auf, mit dem Ellbogen, fiel weiter, diesmal gerade, in senkrechter Linie, dann plötzlich erwischten ihn scharfkantige Aststümpfe, sofort drang Blut durch seine Kleider. Das Wasser kam schneller auf ihn zu, als er es für möglich gehalten hätte. Er schlug seitlich auf, ging unter wie ein Stein. Er fror, mein Gott, wie fror er, wo war oben? Die Strömung zerrte an ihm, riß ihn vom Leben fort. Er versuchte, irgend etwas zu fassen zu kriegen und erwischte nichts. Und dann, wie durch ein Wunder, war sein Kopf über Wasser. Er keuchte, Mittagslicht schimmerte durch einen Strudel von Wasser. Das Kliff. Jemand kletterte an ihm herunter, ein Mann, dunkel gekleidet.

Zum ersten Mal war er vor Angst wie gelähmt. *Beeil dich. Los.* Seine Knochen waren schwer, sein Körper sank weiter. Er wurde schneller, knallte immer wieder schmerzvoll gegen eine Reihe gefällter Bäume, streckte die Arme zum Schutz aus, während er gegen die Blutleere im Kopf ankämpfte und versuchte, bei Bewußtsein zu bleiben. Äste schlugen ihm ins Gesicht. Durch zerhackte Blicke zum Ufer erkannte er einen Schatten, der neben ihm herlief, stehenblieb, weiterlief, stehenblieb, ein Spiegel seines Vorankommens, seines Untergangs. *Paul!* Es war *Paul*, mit schwarzer Strumpfmütze und schwarzer Jagdjacke. Paul war der Mann, der am Kliff heruntergeklettert war. Aber wo war der andere Mann, der ihn geschlagen hatte?

Er mußte Paul helfen. Paul würde nicht an ihn herankommen können, um ihn zu retten, wenn er nicht *jetzt* etwas unternahm. Die anfängliche Taubheit hatte sich ein wenig gelegt. Er fühlte das warme Pulsieren seines Herzens. Er fühlte auch die Strömung, wie sie ihm unbeirrbar die Richtung wies, während sie auf seinen Körper und auf seinen Kopf einhämmerte. Er schaffte es, seine Arme in die Höhe zu strecken. Die Beine manövrierte er in einen rechten Winkel zum Ufer. Er war zwischen den Felsen, schlug auf, wurde zerschunden, und die Luft wurde ihm aus der Lunge geprügelt. Er befand sich zwischen den Bäumen, schlug erneut hart auf, stoppte abrupt, tastete umher. Durch das Wasser hörte er den verzerrten tiefen Klang von Waten. Und dann war Paul über ihm, über einen Stamm gelehnt, und griff hektisch mit beiden Händen nach ihm, packte sein Haar, riß seinen Kopf zur Seite, brutal, mit Höllenschmerzen, tiefer, tiefer.

Die ganze Wahrheit fuhr ihm mit einem Schlag in den Kopf. In einer einzigen Sekunde begriff er alles. Er wollte stehen, wollte auf gleicher Höhe mit Paul sein. Aber es war nicht möglich. Er kämpfte, um loszukommen. Die Finger hielten ihn fest. Wasser trommelte auf seine Augen, versengte seine Nasenlöcher. Er konnte nicht atmen. *Scheiße. Verdammte Scheiße.* Die Wut gab ihm Kraft. Er warf sich nach hinten, merkte, wie Paul ihm mühelos folgte. *Zieh ihn rein. Zieh das Schwein rein.* Er packte Pauls Handgelenke. Sie wurden unter seinen Fingern zur Watte. Er bekam keinen Griff. Sie gaben nach. Waren weich. Er quetschte, quetschte weiter, kniff die Watte mit solcher Kraft zusammen, daß er seine Daumen durch sie hindurchdringen fühlte. Ein elektrisches Summen begann tief in seinem Kopf hinter einer weit entfernten Tür. Der durchdringende Ton störte seine Konzentration. Er mußte sich darum kümmern, er mußte den Lärm stoppen, bevor er etwas anderes unternehmen konnte. Das Summen wurde lauter, während er langsam den langen dämmrigen Korridor entlangging. Weit. Weiter, als er dachte.

Als er schließlich die Tür erreichte, ließ sie sich ganz leicht öffnen.

7 *Heilige Maria, Mutter Gottes*, betete Mimi Trakas leise und lies die Schelle an ihrem Handgelenk läuten, schwenkte ihren Arm vor und zurück, vor und zurück. Warum *kam* Arlene nicht? Der Mann, der unter Wasser gedrückt worden war, schlug wild um sich, versuchte den Mann zu packen, der ihn unten hielt. *Mutter Gottes.* Während sie beobachtete, erlahmten die verzweifelt greifenden Bewegungen des Mannes. *Bete für uns Sünder... bete für uns... bete für uns...* Als sie ganz aufhörten, verharrte der Angreifer bewegungslos, lag quer über den Stamm, die Arme im Wasser. Schließlich stand er auf, streckte Beine und Rücken und hob den Kopf, um sich umzusehen.

Die Inkarnation des Bösen. Der Teufel persönlich? Wer war das? Jemand, den sie kannte? Unmöglich, auf diese Entfernung sein Gesicht zu erkennen. Mimi richtete ihren Blick durch das feine Netz von Ästen vor ihrem Fenster auf den Punkt im Fluß, wo der Körper des untergetauchten Mannes jeden Augenblick auftauchen mußte, wenn er tatsächlich tot war. Sie war neben dem Fluß geboren worden und kannte ihn gut. Er war böse an diesem Nachmittag, murrte aufgewühlt, aber er verhielt sich nach genau vorhersagbaren Regeln, die sie über acht Jahrzehnte hinweg beobachtet hatte. Sie spürte, wie ihre Luftröhre sich verengte, als sie die Rutschbahn sah. Ihr Bruder Fred hatte ihr den Namen gegeben, die breite, alles aufsaugende Passage zwischen Billy Rock und Skytop Rock. An dieser Stelle gab es aus der Strömung kein Entkommen, und auf halber Strecke in der Rutschbahn gab es eine flache Stelle. Fred hatte sich dort einmal das Bein gebrochen, als er plötzlich auf das flachere Stück geraten war, und war dann drei Meilen flußabwärts getrieben, bevor sie ihn rausziehen konnten.

Während sie noch starrte, erschien ein grauweißer Ballon, der auf- und niederhüpfend durch die Rutschbahn trieb. Der Mann nah am Ufer sah ihn auch. Er kletterte aus dem Wasser und lief am Ufer entlang, wobei er eine Hand über die Augen hielt, um nicht von der Sonne geblendet zu werden.

Was da auf und ab tanzte, war ein menschliches Gesicht. Aus dieser Entfernung konnte sie es nicht klar erkennen, aber sie wußte es. Ein Gesicht. Eines ohne Leben darin, Teil eines Körpers, in dem kein Widerstand mehr war, kein Widerstand gegen das fließende Wasser.

Sie hörte auf zu läuten. Jetzt war es zu spät für Arlene, um zu sehen, was sie gesehen hatte. Mimi hatte sofort gewußt, daß dies ein mörderischer Kampf werden würde. Sie war aus einem Nikkerchen erwacht und hatte gesehen, wie sich ein Mann von hinten an einen anderen Mann heranschlich, ihn schlug und dann vom Kliff stürzte. Sofort hatte sie geläutet. Auf der Stelle. Wo, in aller Welt, war Arlene? Die Enttäuschung schnürte ihr die Kehle zu. Sie hörte den rasselnden Atem in ihrer Kehle.

Wellen schlossen sich über dem Gesicht. Der andere Mann stand noch immer mit den Händen in der Tasche am Ufer. Er drehte sich in ihre Richtung und dann weiter einmal im Kreis. Ahnte er, daß sie da war? Er schien sich mit den Wäldern und dem Fluß auszukennen. Bestimmt wußte er von dem Haus. Ihr Herz machte einen Ruck in ihrer Brust.

Vielleicht auch nicht. Das Haus war neu. Wenn er seit längerem nicht mehr in der Gegend gewesen war, bemerkte er es vielleicht nicht. *Er kannte es nicht.* Wenn er gewußt hätte, daß es dort stand, hätte er seine Schandtat nicht in dessen Sichtweite begangen. *Würde er es jetzt sehen?* Ihr Sohn hatte das Haus so gestaltet, daß es mit der Umgebung verschmolz. Es hatte die Farbe von alten Blättern und dürrem Holz und stand oben in den Wäldern auf einem abgeflachten Kamm. Nur das Dach und das zweite Stockwerk waren unten vom Fluß aus zu sehen.

Sie sollte das Risiko nicht eingehen. Sie sollte versuchen aufzustehen, aus dem Bett heraus zur Treppe, und noch einmal zu läuten. Vielleicht schaffte sie es sogar die Treppe hinunter. Sie hatte immer noch einen einigermaßen brauchbaren Arm und ein funktionierendes Bein. Aber wie sollte sie sich am Geländer festhalten? Ihre Finger hatten keine Kraft, waren ungeschickt. Und ihre gelähmte Seite war erstaunlich schwer, wog soviel wie eine ganze Person, die man mitschleppen mußte.

Der Mann ging nun vom Ufer weg, hinaus aus ihrem Gesichtsfeld, wahrscheinlich zu seinem Wagen. Der Wagen, das war es, was ihre Aufmerksamkeit geweckt hatte, schon lange vor dem Frühstück. Sie hatte sich gewundert, als sie sah, wie er durch den Nebel im hohen Gras von Tommy's Field fuhr, mehr als zwei Meilen von der Hauptstrecke entfernt. Wie eine Erscheinung war er durch ihr Blickfeld gefahren, und nur das wiegende Gras war zurückgeblieben, als das Auto verschwand.

»Ja, Mama?«

Sie sah zur Tür. Arlene lehnte im Türrahmen, im Gesicht ein vertrautes, nachsichtiges Lächeln, das sagte: »Du läutest zuviel. Ich kann nicht jedesmal, wenn du läutest, einfach alles fallen lassen und hier heraufgelaufen kommen.«

Mimi wies mit ihrem guten Arm auf ihre Schwiegertochter und bewegte ihn dann zum Fenster. Das Geräusch der Schelle an ihrem Armgelenk ließ Arlene aufseufzen. Sie durchquerte den Raum und stellte sich neben das Bett. »Was ist los?«

Der Mann ist tot.

»Errrraaaaa.« Ihre eigene Stimme überraschte sie jetzt jedesmal. Sie konnte keine Worte mehr formen, und der Klang war unkontrolliert. Ein gutturales Wimmern. Resigniert ließ sie den Arm auf die Bettdecke fallen.

Arlene sah zum Fenster, studierte den Rahmen und das Fensterbrett. »Ich laß es besser zu, Mama. Es ist ganz schön kalt draußen.«

»Arrrraaaaa.« Ein Mann ist gestorben, vor meinen Augen. Ein anderer Mann hat ihn getötet.

»Es ist frustrierend, nicht wahr? Es tut mir so leid. Wenn du es nur aufschreiben könntest. Es muß schlimm sein, wenn man sich nicht verständlich machen kann.« Arlene beugte sich über sie und legte zart eine Wange an ihre. Mimi konnte es nicht fühlen. »Möchtest du, daß ich dir die Brille abnehme, damit du ein wenig ruhen kannst?« Sie machte eine Pause, ohne auf eine Antwort zu warten. »Nein? Dann bring ich dir etwas Pudding. Soll ich?«

Tränen hatten sich in ihrem Kopf seit Monaten angesammelt und sich zu einem großen Stein verfestigt. Es war ein Schock für sie gewesen, als sie nach dem Schlaganfall feststellte, daß sie nicht mehr weinen konnte. Wenn sie weinte, und sie weinte oft, weinte sie tief in ihrer Seele, mit trockenen Augen und unbeweglichen Lidern, traurig und allein.

8 Paul zögerte mit der Hand am Zündschlüssel. Ein aufdringliches unsichtbares Etwas war ihm entlang des Flußufers gefolgt. Jetzt war er außerhalb seiner Reichweite, aber immer noch brachte es sein Blut zum Summen. Eine Person. *Ein Zeuge?* Er hatte sich langsam in alle Richtungen gedreht, und sein Radar hatte die Quelle gesucht. Aber er hatte sie nicht gefunden. Keine Zeit, sie zu finden. Er mußte verschwinden.

Er zerrte am Schalthebel und setzte den Bronco ruckelnd in Bewegung, spürte, wie der linke hintere Reifen langsam einsank und dann auf festem Grund aufkam. Er hielt das Steuer gerade und bahnte sich vorsichtig einen Weg durch das Gestrüpp. *Konzentriere dich.* Das wichtigste war jetzt, nicht steckenzubleiben. Es gab unzählige Fallstricke zwischen hier und der Straße.

Das unsichtbare Etwas zerrte weiter an ihm, verwirrte ihn, lenkte ihn ab. Ein verhängnisvolles Etwas vielleicht. Sein Verderben. Wenn er es von Anfang an gespürt hätte, hätte er das mit Tim gelassen. Er hätte die Gelegenheit ausgeschlagen, wie er es so oft getan hatte.

Aber er hatte es nicht gespürt. Vielleicht war die Person nicht von Anfang an dagewesen.

Es gab keinen Weg zurück. Er konnte nicht bleiben, er konnte auch nicht später die Spur zurückverfolgen, ohne das Risiko einzugehen, gefaßt zu werden. Es war vorbei. Er konnte nur hoffen, daß er sich geirrt hatte.

9 Es mußte etwas passiert sein. Tim würde sie niemals so lange allein lassen. In der halben Stunde, seitdem er fort war, hatte sich der Himmel mit Wolken gefüllt, und ein nebelartiger Regen hatte sie eingehüllt. Die Temperatur fiel. Deena zog Jons Kapuze über seine leuchtenden blonden Haare und band sie fest zu. »Zieh deine Handschuhe an, Liebes.«

»Wo ist Dad?«

»Ich weiß es nicht.« Sie starrte auf die Stelle, an der sie ihn zuletzt gesehen hatte, der Eingang zu einem Tunnel aus Bäumen. Bestimmt würde er dort jede Sekunde wieder auftauchen. Aber das hatte sie bereits während der letzten Viertelstunde gedacht. Sie bückte sich, um Jon mit seinen Handschuhen zu helfen, und erschrak, als sie sah, wie seine Augen angstvoll geweitet waren. Sie begriff, daß er ihren Gesichtsausdruck nachmachte. Bewußt entspannte sie ihr Gesicht. »Wir sehen einfach mal nach, was mit Dad ist.«

Jon faßte ihre Hand und ging schweigend neben ihr her. Sie machte kleine Schritte, ließ ihn das Tempo bestimmen, weil sie nicht wollte, daß er durch schnelles Gehen in Alarmstimmung versetzt wurde. Aufmerksam beobachtete sie den Pfad, hielt nach Zeichen von Tim Ausschau, aber es gab keine. Sie hörte nichts als das Rauschen und Gurgeln des Flusses, das gelegentliche Heulen des Windes in den Ästen und ein paar vereinzelte Vogelschreie. Wo war er hingegangen? Zum Kliff. Das hatte er gesagt. Sie dachte an die Tortur, Jon beim Aufstieg zu helfen, und – für eine Sekunde – erwog sie die Möglichkeit, ihn unten warten zu lassen. Ärger stieg in ihr hoch. Sie spürte, wie ihre Wangen sich röteten. Wo war Tim? Er mußte doch wissen, daß sie nach ihm suchten. Bestürzung trat an die Stelle des Ärgers, eine vage Mutlosigkeit, die schnell zu Angst wurde.

Als sie am Fuß des Hügels ankamen, hatte die Panik Deena in wilde Entschlossenheit versetzt. Sie nahm die Steigung, so schnell es ging, zog Jon an der Hand hinter sich her, hob ihn über Stämme, trug ihn immer wieder ein Stück, um das Tempo zu beschleunigen. Sie schwitzte heftig und hörte sich schnaufen. Auf halber Strecke nach oben mußte sie sich setzen. Sie zog Jon auf ihren Schoß und hielt ihn fest. Minutenlang verharrten sie so, ohne zu sprechen. Durch die vielen Schichten ihrer Kleidung hindurch spürte sie Jons heftigen Herzschlag. Schließlich standen sie auf und kletterten den Rest der Strecke in einem gleichmäßigen Rhythmus. Die Brise vom Kamm blies ihnen entgegen, lange bevor sie ihn erreichten. Sie näherten sich langsam dem Gipfel und sahen ein Panorama vor sich aufsteigen: Bergspitzen, Wälder, die weit ausholende Biegung des Flusses, die Stromschnellen unterhalb davon. Ihr war klar, daß es vor ihnen steil abwärts ging. »Jon, bleib zurück.«

Jon blieb stehen. Ja, es ging von hier nahezu senkrecht hinunter. Der Fluß war genau unter ihnen.

Konnte Tim hinabgestürzt sein? Unwahrscheinlich. Er war vorsichtig, immer. Es sei denn, ihm war schwindlig geworden oder unwohl. Hier hinunterzufallen hieß, auf dem Weg nach unten ein- oder zweimal gegen die Felsen zu schlagen. Und auch auf Gesteinsbrocken im Wasser. Sie zuckte zurück. Eine Minute lang stand sie da und starrte einfach hinunter, hielt nach ihm Ausschau, suchte die Wirbel und das schäumende Wasser des Flusses ab. Die Felsen, das Treibholz, das im Schlamm steckengeblieben war, das andere Ufer.

Sie drehte sich rasch um, um nach Jon zu sehen. Er war noch da, genau dort, wo sie ihm befohlen hatte, stehenzubleiben. Er kauerte am Boden und blickte auf etwas unter einem Klumpen toter Blätter. Aller verbliebener Mut verließ sie.

»Was hast du gefunden, Liebling?« fragte sie und achtete darauf, daß ihre Stimme ruhig blieb.

Verwundert blickte er auf und hob die verrottete Masse hoch, so daß sie sehen konnte, was es war. Ein schwarzer Käfer lag auf dem Rücken im Dreck, seine Beine krallten sich in die Luft aus Protest gegen die Invasion von Licht und Luft.

10

Sollte sie zurück zum Floß gehen? Würde Tim dort sein? Warum sollte er jetzt dort sein, wenn er vorher nicht dort gewesen war? Nein, sie sollte besser Hilfe holen. Flußabwärts. Das würde am schnellsten gehen. Sie hatten mehr als die Hälfte der Strecke hinter sich, als sie Rast machten. Sie hatte keine Ahnung, wie weit es bis zur Ranger-Station war, von wo aus sie den Bus zurück zu ihrem Auto nehmen mußten. Und war sie auf dieser Seite des Flusses oder auf der anderen?

Sie schlidderte und rutschte das restliche Gefälle hinunter, bis sie wieder ebenerdig stand, und faßte hinter sich nach Jon. »Wir laufen zur Ranger-Station.«

»Wo ist das?«

»Nicht sehr weit.« Warum sagte sie das? Sie hatte ihn noch nie belogen, nicht einmal wegen des Weihnachtsmanns. »Hör zu ... ich weiß es nicht genau. Glaubst du, du schaffst es, oder bist du zu müde?«

»Zu müde.«

»Möchtest du dich ein bißchen ausruhen?«

Es lag etwas so rührend Männliches darin, wie er den Kopf schüttelte, daß sie beinahe angefangen hätte zu weinen.

»Dann laß uns gehen«, sagte sie, und sie marschierten langsam los und schoben die Zweige der jungen Bäume aus dem Weg. Wenn sie nach rechts gingen, um das Kliff herum, würden sie wieder auf den Fluß stoßen und an ihm entlanggehen, bis es dunkel wurde. Weiter konnte sie nicht planen.

11 Paul lehnte sich aus dem Fenster des Bronco und steckte die Parkkarte in den Schlitz. Das Tor hob sich. Langsam fuhr er die steile Rampe hinauf und manövrierte den Wagen präzise in die Parkbucht. Er stieg aus und ging einmal um den Wagen herum, um nachzusehen, ob noch irgendwo Schmutz zu sehen war. Er hatte ganze Arbeit in der Selbstwaschanlage geleistet. Wenn er weiterhin das Prozedere befolgte, würde alles in Ordnung sein. Das *Feuer* hatte schließlich aufgehört, nach ihm zu greifen, gelbe Wolken mit ausgefransten weißen Löchern in der Mitte, Wellen, die mit aller Kraft zuschlugen, sich dann schnell wieder zurückzogen und ihn betäubt und geschwächt zurückließen. Er hatte eine Höllenangst vor ihnen.

Jetzt hatte er sich wieder unter Kontrolle, hatte sie zurückerlangt, indem er die Erinnerung ausgelöscht hatte und sich nun völlig auf das Prozedere konzentrierte. Die nächste Stunde war entscheidend. Er würde das tun, was er immer getan hatte. Und alles würde in Ordnung sein. Er sah sich im Badezimmer der Schauspieler, wie er seine Schuhe reinigte, wie er duschte, sich rasierte, das Waschbecken ausspülte, seinen Anzug anzog, wie er die Tasche mit schmutzigen Kleidern, Handtüchern und Lappen zum Waschsalon brachte und ihren Inhalt neben desinteressierten, schlampigen, fetten Frauen wusch und trocknete, die Tasche zurück zum Auto brachte und hinunterging in die Frühlingsluft.

Alles würde in Ordnung sein.

Im Betontreppenhaus des Parkhauses war das *Feuer* wieder hinter ihm her. Soeben schaffte er es, vor ihm zu bleiben, jede neue Stufe nahm er mit seinem starken rechten Fuß. Er war eigensinnig gewesen, sagte das *Feuer*, undankbar. Er hatte nicht gehorcht.

12 Jon war jetzt hinter ihr, trat genau dorthin, wo sie hintrat, als ob er ihren Fußabdruck in imaginärem Schnee sähe. Sie vermutete, daß etwa drei Stunden vergangen waren, seitdem sie das Floß verlassen hatten, um nach Tim zu sehen. Es würde nicht vor Ablauf der nächsten zwei Stunden dunkel werden. Bestimmt würden sie es bis zur Station schaffen. An die Alternative wollte sie gar nicht denken. Die Temperatur war immer weiter abgesunken, vielleicht bis nahe dem Gefrierpunkt. Dem Flußlauf zu folgen, war ein bißchen einfacher gewesen, als sich den Weg durch den Wald zu bahnen, aber nicht viel. Immer wieder hatte es Stücke mit Matsch gegeben, um die man nicht herumkam. Glücklicherweise hatten sie nicht durchs Wasser waten müssen. Sie hatten es geschafft, einigermaßen trocken zu bleiben. Und der Nebel hatte sich verzogen.

Ihre Augen waren müde vom Spähen und ständigen Absuchen des Ufers nach einem Zeichen von Tim. Ihre ersten Empfindungen waren einer matten Resignation gewichen. Was immer sich als die Wahrheit herausstellen würde, sie würde damit fertigwerden, wenn nicht um ihrer selbst willen, dann wegen Jon. Die augenblickliche Aufgabe hieß, überleben.

»Mir ist kalt, Mami.«

Seine Stimme schreckte sie auf und machte ihr bewußt, daß ihre Aufmerksamkeit nachließ. Sie schüttelte die eisigen Spinnweben um ihren Kopf ab und faßte ihn an der Schulter. »Tut mir leid.« Warum hatte sie nicht die übriggebliebenen Sandwichs mitgenommen? Oder irgend etwas von ihrer Ausrüstung? »Mir ist auch kalt.« Sie suchte den Horizont ab und sah nichts, was sich bewegte. Sogar die Vögel waren verschwunden.

Die Geräusche des Wassers kamen ihr in den Sinn. Vielleicht würde ihnen wärmer, wenn sie nicht am Wasser entlangliefen, sondern durch den Wald. Während sie darüber nachdachte, betrachtete sie nachdenklich das sumpfige Gebüsch und die Brombeerhecken weiter weg. Ihr Blick folgte den Bäumen und dem

Fluß zu einem konvergenten Punkt, wo ein winziges braunes Rechteck schwach hinter einem Wust von Ästen durchschimmerte.

»Liebes, komm her. Ich heb dich hoch.« Sie faßte ihn unter den Armen und hob ihn mit Mühe hoch. »Sieh mal da drüben. Siehst du das kleine Haus?« Sie zeigte darauf.

»Wo?«

Sie zog einen Handschuh aus. »Folge meinem Finger. Genau da.«

Seine Augen weiteten sich.

»Siehst du es?« Erregung durchpulste sie. »Es ist... vielleicht...« Sie setzte ihn wieder ab. »...wo wir hingehen. Wir laufen weiter, okay?«

»Okay.«

Sie schleppten sich schweigend eine ganze Weile mühsam weiter, die verwitterte Struktur nahm in ihrem Blickfeld allmählich Formen an, wurde langsam größer. Zu groß für ein Ferienhaus. Es mußte sich um ein öffentliches Gebäude handeln. Es verunsicherte sie, daß sie niemanden auf der Veranda herumlaufen sah. War es verlassen? Sie beobachtete es weiterhin aufmerksam, während sie gingen. Als sie näher herankamen, beschlich sie auf einmal das unheimliche Gefühl, daß Tim dort war. Er würde auf sie warten. Es war logisch – der natürliche Ort, um sich wiederzufinden. Sie zwang sich, nicht zu rennen. Sie mußte ihre verbliebene Kraft einteilen. Außerdem würde Jon nicht mithalten können.

Als ob sie einen Traum betreten würden, betraten sie und Jon schließlich die große Lichtung, die die Station umgab. Sie war sich jetzt sicher, daß sie am richtigen Ort waren, sie waren nur ganz einfach von hinten gekommen. Möglicherweise verlief vor der Station eine Straße, die sie noch nicht sehen konnten. Das massive fensterlose Gebilde blockierte ihre Sicht. Der Fluß war an dieser Stelle besonders laut, heulte im Wind und floß fast so schnell wie ein Wasserfall.

Sie nahm Jon bei der Hand und überquerte den Hof. Als sie um die Ecke bog, öffnete sich der Blick weit vor ihren Augen. *Ein Krankenwagen. Drei Polizeiwagen. Leute in Uniformen im Gespräch.* Das Ereignis, das sie hierhergebracht hatte, war vorüber. Da gab es keinen Zweifel. Sie machten die traurigen langsamen Bewegungen von Menschen nach einer Tragödie. Im selben Augenblick wußte sie, was die Tragödie gewesen war.

13

Sie sahen sie. Einer nach dem andern drehte sich um und starrte ihnen entgegen. Voller Schrecken verlangsamte sie beim Anblick ihrer Mienen den Schritt. Überraschung und Erkennen, Sympathie und Begreifen. Keiner rührte sich. Wie betäubt durchschritt sie die riesige, unüberwindbar scheinende Distanz und zog Jon hinter sich her. Er hing zurück und war schwer an ihrem Arm. Was immer jetzt kam, es würde für den Rest seines Lebens in seiner Erinnerung lebendig bleiben. Sie mußte ihre eigenen Gefühle beiseite schieben und seine schützen. Sie zog ihn zu sich. Er hielt sich an ihrer Jackentasche fest und drängte sich an sie.

Während sie sich ihren Weg durch den Matsch bahnten, kam einer der Polizeibeamten auf sie zu. Vorsichtig kam er näher. Als sie vor ihm stand, fragte er leise: »Mrs. Reuschel?«

Er hatte Tim gefunden. Wie sollte er sonst ihren Namen kennen? Sie nickte.

»Tut mir leid, ich habe schlechte Nachrichten für Sie.«

Der Klang seiner Stimme war Bestätigung genug. Tim war tot. Sie wollte nicht, daß Jon dies hörte, nicht von einem Fremden. »Könnten wir...«, begann sie.

Sein Blick ging zu Jon. »Ist dir kalt, mein Sohn?«

»Ja.«

»Komm, wir setzen uns ins Auto, wie wäre das? Ich mach die Heizung an.«

»Okay«, sagte Jon.

»Tut mir leid, daß Sie beide bis hier herunterlaufen mußten. Wir wollten gerade mit der Suche nach Ihnen beginnen.«

»Ist mein Daddy hier?« fragte Jon.

Der Polizeibeamte sah sie kurz an.

»Ist mein Daddy hier?« wiederholte Jon.

Der Beamte zögerte, suchte nach dem richtigen Wort. »Nein.«

14

Paul stieg an der Zweiunddreißigsten Straße aus dem Bus und machte sich erleichtert auf den Weg zu seinem Atelier. Es gab keinen Grund zur Eile. Er hatte alles Notwendige erledigt und nicht länger das Gefühl, verfolgt zu werden. Zu Hause war kein guter Aufenthaltsort nach so einem Tag. Nur die Arbeit konnte ihn beruhigen. Der Gedanke an sein Wohnzimmer, sterile Polsterbezüge und öde Flächen zwischen Hochglanztischen, erzeugte eine große Leere in ihm. Er bevorzugte das Atelier mit seiner methodischen Unordnung, der Sammlung einzigartiger Stücke, alle von seiner Hand gefertigt. Sie bestätigten ihm, daß seine Seele ihre Würde bewahrt hatte, so niedrig seine Gedanken von Zeit zu Zeit auch sein mochten. Beständig zauberte er Schönheit aus ihr hervor. Er liebte es, von seiner Kunst umgeben zu sein.

Schon das Gebäude erzeugte ein Gefühl des Friedens in ihm. Als er näher kam, entspannte er sich. Im Innern erstreckte sich vor ihm eine Bienenwabe von Ateliers mit Glasfronten. Dämmerlicht drang durch die schweren Fenster in den Gang. Glücklicherweise arbeiteten um diese Uhrzeit nicht viele Künstler, und kaum ein Kunde lief herum. Er wollte mit niemandem sprechen.

Nacheinander schaltete er die Beleuchtung der Glasvitrinen in seinem Laden ein und bewunderte ihren Inhalt. Der Glanz beruhigte ihn. Er stieg die Wände empor und fächerte sich über ihm auf wie ein Schirm. Unter ihm war er sicher.

15 Der erste Polizist redete und redete immer weiter auf seine Mutter ein, aber Jon konnte ihn wegen des geschlossenen Fensters und des laufenden Motors nicht verstehen. Sie selbst sagte nichts, guckte nur traurig. Wenn sein Vater hier wäre, würde er seine Mutter niemals so traurig schauen lassen. Manchmal hob sich ihr Kinn und ihr Mund öffnete sich und ihre Augen schlossen sich ganz fest. Wenn sie das tat, dann hörte der Mann auf zu sprechen und wartete, bis sie die Augen wieder öffnete.

Der zweite Polizist saß neben Jon auf dem Rücksitz des Autos in der Wärme. Er hatte kein Wort zu Jon gesagt. Das Metallzeug überall an seiner Uniform roch kalt, und er brauchte eine Menge Platz.

Jetzt gingen seine Mutter und der erste Polizist weg von ihm zum Krankenwagen. Er wäre ihr gerne hinterhergelaufen, aber sie würde das nicht wollen. Sie hatte ihm gesagt, er dürfe nicht aus dem Auto aussteigen. Wollte der Mann sie in den Krankenwagen tun? Was, wenn sie seine Mutter wegbrachten? Er suchte nach dem Türgriff, aber er konnte ihn nicht finden.

»Warum bleibst du nicht hier bei mir?« fragte der zweite Polizist und gab Jon einen freundschaftlichen Klaps aufs Knie.

Jon sah, wie seine Mutter von der Seite des Krankenwagens zum Heck ging. Der erste Polizist öffnete die beiden Türen für sie, und sie stieg durch eine von ihnen ein. »Bringen sie meine Mutter irgendwohin?«

»Nein, in ein paar Minuten ist sie wieder hier.«

Es schien keine Lüge zu sein, nicht, wie er es sagte. Es schien wahr zu sein. Aber Jon suchte weiter nach dem Türgriff, damit er sofort hinterherrennen konnte, wenn der Krankenwagen losfuhr.

16 Im Innern des Krankenwagens herrschte ein ganz bestimmter Geruch, der Deena entgegenschlug, sobald die Türen geöffnet waren. Sie hatte ihn niemals vorher gerochen, aber sie wußte, es war der Geruch eines toten Körpers. Innen waren grelle Deckenlampen, die jeden Winkel des rechteckigen Raums ausleuchteten. Auf der linken Seite sah man eine Krankenbahre und die Umrisse eines Mannes, vollständig von einer leuchtend blauen Decke zugedeckt. Auf der rechten Seite saß eine dünne Frau in Uniform, etwa in Deenas Alter, auf einer Bank. Die Frau bedeutete Deena, sich neben sie zu setzen, und sie gehorchte. Der Polizist schloß die Türen.

»Ich bin bei ihm geblieben, damit er nicht allein ist«, sagte die Frau. »Ich denke immer, sie müssen sich am Anfang einsam fühlen.«

Die Bemerkung ärgerte Deena. »Ich möchte ihn sehen.«

Die Frau kniete sich neben die Bahre, hob die Decke hoch und faltete sie zurück. *Tim.* Zerschunden und schmutzig, Augen und Mund geschlossen, sein Haar stand ab. Unwillkürlich schrie sie auf. Er mußte qualvoll gestorben sein, grausam zerschlagen, kämpfend. Ihre Augen verengten sich, und sie mußte würgen. *Er konnte nicht tot sein.* Wenn sie schrie... laut genug schrie, lange genug, konnte sie diesen Augenblick ändern, konnte machen, daß er verschwand, verschluckt wurde von der Zeit, als wenn er niemals existiert hätte.

Auch wenn sie es dachte, wußte sie, daß es nicht so war. Nichts würde daran etwas ändern. Der Schrei wurde zu einem Schluchzen.

»Er weiß, daß Sie jetzt bei ihm sind«, sagte die Frau und glättete Tims Haar. »Und das ist ein Trost für ihn.« Sie legte eine Hand sanft auf Tims Ellbogen. »Es war eine schlimme Reise für ihn, den Fluß hinunter.« Sie sprach von ihm und faßte ihn an, als wäre er ein krankes Kind. »Dies ist ein guter Mann.«

»Sind Sie der Sanitäter?« flüsterte Deena.

»Einer von ihnen. Wir konnten nichts mehr für ihn tun. Er war bereits tot, als sie ihn vom Fluß hierherbrachten.«

»Was ist passiert?«

Die Frau schüttelte den Kopf. »Das wird Ihnen der Pathologe sagen müssen.«

»Dorthin wird er jetzt gebracht?«

»Ja, ins Krankenhaus.« Sie wandte sich Deena zu. »Möchten Sie ihn nicht anfassen? Es hilft ihnen auf ihrer langen Reise. Lassen Sie ihn ziehen.«

Deena zögerte, dann kniete sie sich hin. Sein Geruch war überwältigend. Die Frau sah sie voller Mitleid an. Deena drückte ihre Wange an Tims Brust und weinte.

17

Das schwierigste an den Situationen, die er erzeugte, war das Warten auf Nachrichten. Es verstand sich von selbst, daß er niemanden fragte. Er ließ die Informationen auf sich zukommen, wie es sich ergab. Manchmal dauerte es Wochen oder Monate. Manchmal erfuhr er nie, was er wissen wollte, auch wenn er sich noch so intensiv die Rundfunkmeldungen anhörte und jede Zeitung las, die er kriegen konnte. Er hatte entdeckt, daß die Zeitschriftenabteilungen kleiner Bibliotheken in der Nähe des Tatorts besonders gut geeignet waren, um an einigermaßen detaillierte Informationen zu kommen. Lokalzeitungen hatten den Platz für mehr als nur oberflächliche Berichte über Tatumstände, Überlebende, was unternommen worden war und Spekulationen. Ausnahmslos war der Tod seiner Opfer am Ende auf einen Unfall zurückgeführt worden. Aber die Kommentare von Ermittlern waren zwischenzeitlich immer zurückhaltend und vage. Er hatte keine Möglichkeit festzustellen, ob man ein Verbrechen vermutete. Er fühlte sich immer unbehaglich und war düsterer Stimmung, wenn er sich um genauere Informationen bemüht hatte. Trotzdem war er durch die Disziplin, zu der er gezwungen war, nach und nach reifer geworden. Er wurde gelassener und viel besser im Warten.

Dieses Mal würde es besonders schwierig werden. Er hatte sein Schema verletzt und damit vielleicht sein Glück zerstört. An die Stelle wohltuender Erleichterung, die er normalerweise nach einer Geschichte empfand, war Verwirrung und Angst getreten.

Er hatte Tim getötet.

Er tötete keine Männer. Niemals.

Er ging zu seiner Werkbank und setzte sich rittlings auf den Hocker. Aus einer Schublade wählte er einen schmalen Streifen hauchdünnes Gold aus, legte ihn vor sich hin und betrachtete seinen sanften Glanz.

Was hatte ihn blockiert? Deenas nackte Haut, ihre seidigen Schenkel? Von ihr war eine Kraft ausgegangen, die ihn flach gegen einen Baum gepreßt hatte. Er mußte sich selbst aus der Landschaft lösen, als sie gegangen war. Sie verbreitete eine ausgeprägte Atmosphäre von Widerstandsfähigkeit um sich. Er hatte sie vielleicht ganz einfach nicht bewältigt.

Er setzte seine Brille auf, zündete die Lötlampe an, ergriff das Gold mit einer Pinzette und bewegte die Flamme über die Oberfläche. In Sekunden begann das Gold dunkel kirschrot zu glühen. Er drehte die Lötflamme aus und hämmerte den weich gewordenen Streifen mit einem Klöppelhammer vorsichtig um die Fünfermarke eines Dorns.

Wieder zündete er den Brenner an, verlötete den Ring zu einem glatten Kreis und tauchte ihn dann in die Beizlösung. Kühl und befreit von der Schlacke kam er wieder zum Vorschein. Er betrachtete den unfertigen Ehering und dachte an die Braut, die ihn tragen würde. Miss Stephanie Johnston, eine schmächtige Frau, vielleicht zweiundzwanzig Jahre alt, mit langen schwarzen Haaren und einer unerwartet würdevollen Feierlichkeit. Sie erinnerte ihn an Siedler, die in Museen ernsthaft von Schwarzweißfotografien herausstarrten. Er hatte sie zweimal gesehen. Jedesmal hatte er Mühe, sie zu verstehen, wenn sie mit ihm sprach. Wenn sie allerdings mit ihrem Geliebten redete, war ihre Stimme kräftiger und ihr leises Lächeln zeugte von köstlichen Geheimnissen. Man sah, daß es dem Mann Freude machte, ihr zu antworten. Mr. Jason Weingarten.

Er saß völlig bewegungslos und lauschte dem Kontrapunkt seiner Gefühle. Ein lautloses Pochen ohne Worte vor einem lautlosen wortlosen Pulsschlag.

Seit Stunden hatte er sich eingeredet, daß Tim der Empfänger seiner abgeleiteten Energie war. Aber das stimmte nicht.

Deena Reuschel lebte, weil er sie wollte.

Und Stephanie Johnston? Er dachte einen Moment über Jason Weingartens Finger nach, wie sie ihren Ellbogen liebkosten, sie im Nacken kraulten, unter ihrem schwarzen Haar. Irgendwie rief ihre Beziehung in ihm nicht diese Verzweiflung hervor, die ihn wie ein Peitschenhieb traf, wie er es bei anderen Paaren erlebt hatte, wenn er ihr Flüstern und ihre Zärtlichkeiten mit ansehen mußte, während sie im Allerheiligsten seines Ladens waren.

Er würde sie gehen lassen.

Er wählte ein Graviereisen aus der Lade in seiner Werkbank aus und begann, ein Muster in den Ring zu ritzen. Einen Lebensbaum.

18

Nach einer Weile kam seine Mutter allein von dem Krankenwagen zurück. Es wurde bereits dunkel, aber er konnte erkennen, daß sie verstört war, und ihre Haare waren völlig durcheinander. Er hatte Angst. Der zweite Polizist stieg aus, und sie stieg ein. Sie schloß die Tür.

»Wo ist Daddy?«

»Er...«

Der erste Polizist öffnete die Tür auf der Fahrerseite und lehnte sich hinein. Ein Licht ging an. Seine Mutter schrie: »Bleiben Sie *draußen*! Ich möchte mit meinem *Sohn* sprechen! Um *Gottes* willen, lassen Sie uns allein!« Der Mann schloß die Tür. Das Licht ging aus.

Er hatte sie bisher nur ein einziges Mal so schimpfen hören, als er mit seinem Dreirad fast die Kellertreppe hinuntergefahren war. »Jon…« Sie klang, als müßte sie würgen. Sie umarmte ihn so fest, daß es weh tat. »Daddy ist tot«, sagte sie. »Irgendwie ist er in den Fluß gefallen. Weißt du, was das heißt, zu *sterben*?«

Jon erstarrte. Allison Lukas' Vater war tot, im Krieg getötet. Er lebte nicht mehr bei ihnen zu Hause.

»Ja. Kommt er wieder?«

Sie fing an zu weinen. »Nein.«

Das wußte er. Man sah niemals Leute wieder, wenn sie tot waren. Aber vielleicht kam doch irgendwann einer wieder. Vielleicht sein Dad. »Bist du sicher?«

»Ich bin sicher. Vielleicht möchte er, aber er kann nicht.« Sie weinte weiter.

Sein Vater hatte ihm einmal gesagt, daß niemand alles über die Welt wissen konnte. Vielleicht wußte sie ja nicht alles über tote Leute. Sein Vater würde ihn nicht allein lassen. Auf jeden Fall nicht für sehr lange.

»Jon, verstehst du, was ich dir sage?«

»Ja.«

Sie nahm ihn auf ihren Schoß und hielt ihn fest. Er fühlte sich müde und hungrig und elend, alles auf einmal. Seine Mutter kurbelte das Fenster ein wenig herunter, und einer der Männer sah durch den Schlitz hinein. »Wir können jetzt fahren«, sagte sie.

Die zwei Polizisten stiegen vorne ein, und das Auto sank tiefer und kam wieder hoch. Draußen begann es, rot und gelb und weiß zu blinken.

Der Krankenwagen blinkte ebenfalls. Er überholte und setzte sich vor sie. Sie folgten ihm einen steilen Hügel hinauf.

19 Barbara Reuschel lockerte die letzte Schalterabdeckung, löste sie von der Wand und legte sie mit der Schraube auf die Fensterbank. Sie sollte mit dem Anstreichen aufhören, bevor es Abendessen gab, aber sie war fast fertig, würde mit allem fertig sein, wenn es Zeit wurde, ins Bett zu gehen. Im runden inselförmigen Lichtschein der Lampen, die sie auf den mit Bettlaken abgedeckten Teppich gestellt hatte, begutachtete sie das Gesamtergebnis ihrer Arbeit. Ausgezeichnet, zumindest das, was sie davon sehen konnte. Drei Tage Arbeit hatten das Gästezimmer erheblich heller gemacht. Der Duft des Apfelkuchens, den Gene backte, zog zu ihr herüber. Das Telefon läutete dreimal und hörte mitten im Klingeln auf. Er mußte abgehoben haben. Sie tauchte die Rolle in die blaßgelbe Farbe in der Metallschale und verteilte sie gleichmäßig, bevor sie sie um die Steckdose herum auftrug. Einige Muskeln beschwerten sich übers viele Leitersteigen der letzten Tage, aber die Befriedigung überdeckte jedes Unwohlsein. Sie hatte noch niemals einen Anstreicher kommen lassen, und sie würde es auch niemals tun, solange sie ihre Knochen noch bewegen konnte. Anstreichen war ein schöner Job.

Die warme Floridabrise, die vom Golf herüberwehte, trocknete die Farbe sehr schnell. Die Feuchtigkeit an der Wand zog ein, sobald sie mit einem Abschnitt fertig war. Sie spürte, daß Gene in der Türöffnung stand, und wartete darauf, daß er etwas sagte, während sie mit einem feuchten Lappen die Spritzer von der Fußleiste wischte. Er tat es nicht. Wieder tauchte sie die Rolle in die Farbe. Weshalb war er gekommen? Sie sah auf, und blanker Schrecken durchfuhr sie, als sie sein Gesicht sah.

20 »Was soll ich tun, Gene?« Durch das Münztelefon des Krankenhauses konnte sie gedämpft Barbaras Schluchzen hören, aber ihr Schwiegervater war deutlich über die Entfernung zu hören.

»Was möchtest du, Deena? Möchtest du ihn nach Hause bringen, nach Kalifornien?«

Jetzt sprach sie schon so lange mit ihren Schwiegereltern, fast eine halbe Stunde, ohne daß etwas entschieden worden war. Sie spürte, daß sie sich in einem Zustand von Abgestumpftheit befand, in dem alle ihre Gedanken sich zu einem unbeweglichen Klumpen ineinander verwickelt hatten. Alles, was sie bis dahin getan hatte, schien falsch gewesen zu sein. Sie hätte Tim nicht allein fortlassen dürfen. Sie hätte keine Zeit verschwenden dürfen, indem sie dem Flußlauf folgte. Sie hätte sich im rechten Winkel vom Fluß fortbewegen müssen, bis sie die Straße gefunden hätte, um dann ein Auto anzuhalten. Sie war nicht entschlossen genug an die Sache herangegangen, und das hatte Tim das Leben gekostet. Sie sah zu Jon hinüber, der in der Mitte der Eingangshalle auf einem Plastikstuhl saß und seine Füße von sich streckte. Er hatte die Schultern eingezogen und hielt den Kopf gesenkt. Er schlief beinahe. »Ich weiß nicht. Ich möchte nicht, daß es sich hinzieht, das Begräbnis und alles. Ich möchte Jon nicht mehr zumuten als unbedingt notwendig.«

Barbara jetzt. »Er hat den See geliebt. Was empfindest du bei dem Gedanken, ihn dort zu begraben?«

Der See. »Ich weiß nicht.« Sie war kaum zu hören.

»Möchtest du ihn dort beerdigen?« Genes Stimme.

»Ja.«

»Ich kümmere mich um alles«, sagte Gene. »Ich weiß, wen ich anrufen muß. Ich verständige auch deine Eltern. Du brauchst heute nicht mehr mit ihnen zu sprechen, es sei denn, du möchtest es. Und ich sage der Telefongesellschaft Bescheid, daß sie den Anschluß in der Hütte anschließen. Es kann ein, zwei Tage dauern. Sie sind nicht besonders schnell da oben.«

»Brauchen wir ihn denn, Gene?« fragte Barbara. »Wahrscheinlich fahren wir doch Freitag wieder nach Hause. Wenn sie ihn einschalten, müssen sie sofort wieder abschalten.«

»Was meinst du dazu, Deena?« Genes Stimme wurde brüchig. Sie hörte es an den heiseren Lauten.

»Es ist egal.« Es wäre eine Erleichterung, wenn es ausgeschaltet bliebe. Sie fühlte sich nicht danach, mit Leuten zu sprechen, die anriefen, wenn sie das von Tim erfuhren.

»Wir kümmern uns also nicht darum«, sagte Gene. »Wir telefonieren bei einem Nachbarn.«

»Es sollte aber jetzt jemand bei dir sein, ein Freund. Ist jemand da?«

»Nein.« Wen sollte sie anrufen?

Barbara hustete und schneuzte ihre Nase. »Wir haben Freunde am See. Ich werde jemanden bitten, zum Haus zu kommen. Jetzt gleich.«

Der Gedanke an Fremde im Haus war ihr unerträglich, auch nur an einen einzelnen. Der Abend war voll von Fremden gewesen. Sie hatten ihnen die Temperatur gemessen, den Blutdruck, hatten Fragen gestellt und Formulare ausgefüllt. Sie hatte ihre Geschichte ein dutzendmal erzählt, wie Tim fortgegangen war und wie sie sich aufgemacht hatten, um ihn zu suchen. Sie hatte genug von den neugierigen Blicken, dem mechanischen Mitleid, war es leid, sich und Tim gegen Unterstellungen verteidigen zu müssen. *Er hat Sie und Ihren Sohn im Wald allein gelassen? Haben Sie sich gestritten? Sind Sie sicher, daß er nichts getrunken hat? Hat er Drogen genommen? War er wegen irgend etwas deprimiert? Hätte er einen Grund gehabt, sich selbst zu töten?*

»Bitte tu es nicht, Barbara.«

»Du möchtest doch bestimmt nicht allein bleiben«, sagte sie. »Das sind alte Freunde. Sie werden dir helfen.«

»Bitte nicht.«

»Wir tun's nicht«, sagte Gene tonlos. »Morgen nachmittag sind wir da. Wir lieben dich.«

Sie hängte den Hörer auf die Gabel und hob die kleine Pappschachtel vom Boden auf, die die Krankenschwester ihr gegeben hatte. Sie hatte den Empfang quittieren müssen. In ihr war Tims Schmuck und der Inhalt der Jackentaschen, deren Reißverschlüsse geschlossen gewesen waren. Sie würde die Autoschlüssel brauchen.

Sie hob den Deckel an und suchte nach den Schlüsseln. Dabei sah sie zum ersten Mal auf die Ansammlung von Gegenständen auf dem Baumwolltuch. *Seine Brieftasche*, feucht vom Wasser, das sie durchtränkt hatte – obwohl jemand offenbar den Versuch unternommen hatte, sie zu trocknen. Sie schaute sie durch. Tim sah sie vom Foto seines Führerscheins an. Im Geldscheinfach war eine Menge Bargeld. Die Kreditkarten steckten in ihren Fächern. *Seine Uhr*. Sie war wasserdicht und lief. Ein nasses Briefchen mit Streichhölzern. Münzgeld. Ein Taschenmesser. Sein Ehering. Sie berührte den Ring. Er paßte zu ihrem, ein goldener Reif mit Iris in voller Blüte. Würde Tim mit ihm begraben werden wollen? Wahrscheinlich. Sie dachte an Paul und an seine Mühe, die er sich mit der Gestaltung der Ringe gemacht hatte. Ein Akt der Zuneigung. Die Ringe waren sein Hochzeitsgeschenk an sie gewesen. Die Nachricht würde ihn nierderschmettern. Der Gedanke an Paul, wie er Tim beim Brunch umarmt hatte, offensichtlich überwältigt davon, ihn wiederzusehen, ließ sie zusammenzucken. Sie hatten als kleine Kinder zusammen gespielt. Sie hatten eine gemeinsame Geschichte. Von allen Menschen, die Tim kannten, hatten wenige so warmherzig reagiert.

Sie blickte zu ihrem kostbaren Sohn hinüber, der mit dem Kinn auf der Brust im Stuhl eingeschlafen war. Quälende leere Stunden in einem Haus, das überquoll von Erinnerungen an Tim, lagen vor ihnen. Sie war verloren. Es gab hier keinen Trost für sie, niemand, den sie kannte und dem sie vertraute und der ihren Mann geliebt hatte. Niemand, der mit ihr trauerte. Niemand, der sie stützte, wie sie Jon stützen mußte.

Das Bild von Tim, wie er Paul überschwenglich küßte, als sie sich am Sonntag verabschiedet hatten, kam ihr in den Sinn. Wenn *sie* hier ertrunken wäre, hätte Tim Paul gebeten zu kommen. Da war sie sich ganz sicher.

Sie würde ihn anrufen.

21

Barbara stand da wie gelähmt, als Gene zu ihr kam und sie in seine Arme nahm. Als sie sich in stummem Kummer aneinanderdrückten, schien es, als ob das Haus kein Dach mehr habe. Es war ins unermeßliche Universum verschwunden. Ihre Köpfe und ihre Schultern waren nackt, dem Wind ausgesetzt und der Laune Gottes. Sie hatte ihr Leben damit verbracht, ihre schützende Heimstatt aufzubauen, Schicht für Schicht, Farbe für Farbe, Stoff für Stoff, Teil für Teil, Gebet für Gebet, bis nicht die kleinste Lücke übriggeblieben war, durch die Leid eindringen konnte. Wenn sie in finanziellen Schwierigkeiten waren, hatte sie Wege gefunden, um das Heim zu retten. Wenn ihre Babies krank waren, hatte sie unverzüglich den Arzt verständigt. Sie hatte die Gaben des Gartens in Dosen und Gläser gesammelt, um den Übergriffen des Winters zu trotzen. Sie hatte die Kleinen vor Fremden gewarnt. Sie hatte Hochzeiten für die Kinder organisiert und Taufkleider für die Enkel genäht. Ihre natürliche Klugheit hatte jeden Mangel und jede Gefahr vorausgesehen und vereitelt. Jede, außer dieser.

Dienstag

1 Deena lag in Tims altem Bett neben Jon und lauschte seinem ungleichmäßigen Atem in der Dunkelheit. Den ganzen Abend über hatte er wieder und wieder so schrecklich geweint, daß sie angefangen hatte, sich Sorgen um seine Gesundheit zu machen. Sie hatte beschlossen, solange sie in der Hütte waren, bei Jon zu schlafen. Weil ihnen wieder und wieder die unverrückbare Tatsache von Tims Tod bewußt werden würde, wollte sie sichergehen, daß Jon stets von ihrer physischen Anwesenheit getröstet wurde. Sie würde ihn nicht allein lassen.

Der Mond warf einen silbernen Schein gegen die Regale mit Tims Büchern und Modellautos. Jon schlief seit Stunden, während sie, gefangen in einer endlosen Schleife, die Ereignisse des vergangenen Tages unablässig Revue passieren ließ. Tim mußte ein plötzliches Gesundheitsproblem gehabt haben, einen Herzanfall oder ein Aneurisma. Sie war sich völlig sicher, daß er sich nicht selbst umgebracht hatte. Sie ärgerte sich über das Gerede von Selbstmord, war wütend über den totalen Verlust der Privatsphäre, den sie bereits hatte ertragen müssen. Durch Tims Tod war sie in eine skurrile Situation katapultiert worden, in der ihre Vergangenheit, ihr Woher und Wohin, ihre Gesundheit, ihre finanzielle Situation und der Zustand ihrer Ehe zum Gegenstand offizieller Nachforschungen geworden war. Sie hatte keine Entscheidungsgewalt mehr über das, was kam. Sie konnte nur geduldig dasitzen und abwarten, daß der Bericht des Untersuchungsrichters sie entlastete. Wie lange würde es dauern, bis sie ihn bekam? Welche Belästigungen würde sie in der Zwischenzeit ertragen müssen? Ein Polizeibeamter war bei ihr und Jon geblieben, als sie im Krankenhaus gewesen waren, einer, der sehr klare Vorstellungen vom weiteren Vorgehen hatte. Als sie darauf bestanden hatte, daß er sie zum Mietwagen zurückbrachte, den sie morgens am Fluß hatten stehenlassen, hatte er darauf bestanden, daß sie nicht in der Verfassung war, um zu fahren. Sie hatte gewonnen, aber sie mußte sich bereit erklären, den Weg zur Hütte hinter dem Polizeiwagen herzufahren. Wie schauerlich es gewesen war, den Fahrersitz und die Spiegel von Tims Position auf ihre umzustellen. Wahrscheinlich würde sie noch monatelang auf Sachen stoßen, die in dem Zustand waren, in dem Tim sie zurückgelassen hatte.

Ein Lichtschein strich über die Wand. Sie setzte sich im Bett auf und sah aus dem Fenster. Scheinwerfer auf dem Kiesweg, der sich zwischen den Bäumen hindurchwand, wurden größer und größer. Ein Auto näherte sich, wurde langsamer, als es auf das Haus zufuhr. Sie knöpfte ihre Jeans zu, zog einen Sweater über ihre Bluse und glitt mit den Füßen in ihre Turnschuhe. Das Fahrzeug hatte außerhalb ihrer Sichtweite gehalten. Sie hörte, wie der Motor erstarb. Wahrscheinlich war es Paul. Sie hoffte, daß es Paul war.

Sie band ihre Schuhe zu, rannte die Treppe hinunter, durch die Küche und schaltete die Außenbeleuchtung ein. Im aufflammenden Lichtschein erkannte sie Paul. Er lief auf sie zu. Sie kämpfte mit der Tür und blickte, als sie offen war, in Pauls angstvolle Miene.

»O Deena!« sagte er, als sie ihn einließ. »Wie konnte das nur passieren? Es tut mir so *schrecklich* leid.« Er zog sie an sich, und sie lehnte ihren fiebernden Kopf an seine Schulter.

2 Es war so einfach. Sie empfand ihm gegenüber keinerlei Scheu. Sie ließ es zu, daß er seine Arme um ihre Taille legte. Ihr Körper war heiß, als ob sie aus dem Bett in seine Arme gekommen wäre. Sie erfüllte seine Sinne, ihr seidiges zerzaustes Haar weich an seiner Wange, der sinnliche Duft aus Schweiß und Parfüm, die schlanke, aber überraschend kraftvolle Form ihres

Rückens und ihrer Hüften. Sie war größer, als er sie in Erinnerung hatte und beträchtlich stärker, als ob Tims Tod sie hatte wachsen lassen. Er war vorsichtig und hielt sie nur leicht fest, ganz leicht. Er erinnerte sich sehr genau an die Zeiten, als er zu drängend gegenüber Frauen gewesen war und damit Ablehnung provoziert hatte.

Sie löste sich von ihm, trat einen Schritt zurück und sah ihn an. Er stellte fest, daß sie immer noch die Kleider trug, die sie auch im Wald angehabt hatte. Es berührte ihn seltsam, und er fand es bedauerlich, daß sie sich nicht gebadet und umgezogen hatte. Ihr Äußeres war ein Bindeglied zu Tim und den Ereignissen am Fluß. Er hatte neu mit ihr beginnen wollen. »Danke, daß du gekommen bist.«

»Ich habe Tim geliebt«, sagte er schlicht.

Das schien es zu sein, was sie hören wollte. Sie nahm ihn an der Hand und führte ihn ins Wohnzimmer, wo eine einzelne Lampe auf einem Beistelltisch brannte. Von diesem Augenblick an würde er für sie sein, was immer sie sich wünschte. Er würde in ihrer Realität leben. Seine Erinnerungen an gestern würden vollständig verschwinden. Er konnte das, konnte die Vergangenheit nachhaltig aussperren. Er hatte es schon früher getan. Und er würde sich in Geduld üben mit ihrer Trauer, warten, bis sie ihn allmählich akzeptierte.

Sie saß auf der Couch und sah zu, wie er ein Feuer im Kamin anmachte und den Schirm davorstellte. Sie blinzelte in die Flammen, Tränen liefen ihr übers Gesicht und tropften ihr vom Kinn, das sie sich mit dem Ärmel des Sweaters abwischte. »Ich verstehe nicht, wie es passieren konnte«, sagte sie. »Er war ein guter Schwimmer. Möglicherweise war er bewußtlos, als er hineinfiel.«

»Vielleicht.«

Sie streckte ihre Hand aus, und er ging zu ihr, setzte sich neben sie und nahm ihre Hand. Er hörte leise Geräusche auf der Treppe und drehte den Kopf. Da stand Jon im Pyjama, war fast schon unten. Ein schönes Kind, höflich und gefällig. Er würde gut zu ihm sein, besser als ein Vater. Er hatte geträumt, daß es so kommen würde.

Müde schielte Jon zu dem Paar auf dem Sofa. Seine Mutter. Und? *Sein Dad?* War er zurückgekommen? *Er war.* Er öffnete den Mund. Sein Vater sah zu ihm herüber, aber es war nicht sein Vater, es war jemand anderes, der Mann aus dem Restaurant, wo war *Daddy? Immer noch tot?*

Paul durchquerte den Raum und hob Jon hoch.

»Neiiin!« schrie Jon und strampelte wie wild in seinen Armen. »Nein! Nein! Mami! Mami!«

Er konnte Jon nicht festhalten, konnte ihn aber auch nicht absetzen. Das Winden und Treten brachte Paul aus dem Gleichgewicht. Jons Absätze zerkratzten ihm die Beine. Er fiel fast gegen das Geländer, während er versuchte, den Jungen sicher auf die Füße zu stellen. Wut packte ihn. Jetzt war Deena da, hob Jon hoch und trug ihn zum Schaukelstuhl hinüber. Während Deena sich von ihm entfernte, sah Jon über ihre Schulter zu Paul. Sie nahm Jon auf den Schoß und schaukelte sanft, während Paul versuchte, sich zu beruhigen. Er hatte das Gefühl, er müsse Deena den Jungen entreißen, ihn schütteln und gegen die Wand knallen. Er zog sich in den Sessel neben den französischen Türen zurück. Mutter und Sohn waren jetzt eine Einheit, Brust an Brust in dem knarrenden Stuhl. Sie bewegten sich, als seien sie auf einem langsamen Ausritt, an dem er nicht beteiligt war. Sie waren völlig ineinander versunken und hatten vergessen, daß er anwesend war.

Minuten vergingen, markiert vom rhythmischen Schaukeln. Der schnelle Schlag seines Herzens beruhigte sich nicht, sondern wurde immer heftiger. Er kannte menschliche Hingabe in allen ihren Formen, und diese war die narzißtischste von allen, denn sie schloß alle anderen aus. Sie fand innerhalb eines unsichtbaren Kreises statt, in dem nur Platz für zwei war. Seine Eltern hatten in einer Muschel wie dieser gelebt, eine schalldichte Muschel, durch die seine Stimme nicht durchzudringen schien. Es war, als hätten sie immer mit dem Rücken zu ihm gestanden, als wären sie unablässig von ihm fortgegangen. Sein Vater hatte nur Augen für sie gehabt, für seine Mutter. Geschenke gab es nur für sie. Lachen und Reisen für sie, nur für sie. Von ihnen hatte er alles gelernt, was solche Beziehungen anbelangt. Symbiotisch nährten sie sich gegenseitig, mehr und mehr, unaufhaltsam. Das einzige, was sie stoppen konnte, war die Abwesenheit eines Partners.

Er sah die Zukunft. Jon: Alles das, was von Tim übriggeblieben war. Deena: Besessen hegte sie die Überreste. Kein Raum für die Gefühle anderer zwischen den beiden, kein Raum für irgend jemanden. Er durfte es nicht zulassen.

Deena sah nicht auf. Ihr Kopf an den ihres Sohnes gelehnt, die Augen geschlossen, schaukelten sie weiter, atmeten den Atem des anderen. Es machte ihn wütend. Sie würde niemals frei für seine Liebe sein, solange sie den da hatte.

3

Martin hatte gelernt, sich nicht an seinen Schreibtisch zu stehlen, auch wenn er unabwendbar zu spät zur Arbeit kam. Er stand aufrecht auf der langen Rolltreppe, die vom höhlenartigen ersten Stockwerk des Zeitungsgebäudes zu den unordentlichen Büros im zweiten führte. Als er oben angekommen war, trottete er still zu seiner Ecke. Niemand sprach ihn an; eine wohlwollend gemeinte Verschwörung, die verhindern sollte, daß die Redakteurin mitbekam, wann er erschien. Chalmers bekam es gewöhnlich trotzdem mit und kostete es aus, wenn sie ihn daraufhin ansprach. Während er sich seinem Schreibtisch näherte, betrachtete er die übliche Sammlung von Müll, die sich über Nacht auf seinem Schreibtisch aufgetürmt hatte: Zeitungsausschnitte, zurückgesandte Zeichnungen, pinkfarbene Telefonnotizen, Computerausdrucke. Einer der Computerausdrucke steckte zusammengerollt in seinem Kaffeebecher. Ein Signal. Jemand war im Umkreis von hundert Meilen um Manhattan in den letzten vierundzwanzig Stunden ertrunken. Dies war eine Meldung darüber. Sie stammte aus dem Ticker, und Harvey Delittuso hatte sie ihm freundlicherweise zukommen lassen. Harvey, der Redakteur für Gartenthemen, saß am nächsten Schreibtisch und hatte Martin monatelang beobachtet, wie er Meldungen über Ertrunkene aus dem Faxgerät zog. Schließlich hatte er ihn daraufhin angesprochen. Traditionell stellte niemand im Redaktionsbüro Martin irgendwelche persönlichen Fragen. Er kultivierte seine selbstgewählte Distanz. Harveys Nachfrage war eine Grenzverletzung, und Harvey wußte das. Aber er hatte es ernst gemeint, und er hatte ihn unter vier Augen gefragt. Also hatte Martin es ihm erzählt. Anschließend hatte Harvey dann damit begonnen, während des frühmorgendlichen ersten Durchsehens die Stories selbst aus dem Faxgerät zu ziehen und sie kommentarlos in Martins Kaffeebecher zu stecken.

Martin zog das Blatt aus dem Becher und entrollte es. In den vergangenen Jahren hatte er aus einer riesigen Menge von Stories über Ertrunkene eine Gruppe von acht herausgefiltert, die zu einem vagen, aber erkennbaren Muster paßten. Den Rest hatte er weggeschmissen. Leute, die sich offensichtlich selbst ertränkt oder verhängnisvolle Fehler gemacht hatten, oder Leute, die eindeutig ermordet worden waren. Je konkreter er seine Theorie formulierte, um so neugieriger wurde er und um so größer wurde seine Angst bei jedem neuen Bericht, den er analysierte. Er glättete das Stück Papier auf dem Stapel von Gedrucktem und begann zu lesen.

Harvey Delittuso schleppte einen Haufen verpackter Gartenbücher, die ihm von Verlagen zugeschickt worden waren, navigierte um mehrere Ecken und setzte ihn neben seinem Stuhl ab. Martin mußte gerade hereingekommen sein. Er hatte noch seinen Mantel an, während er den Stapel auf seinem Tisch durchblätterte. Es war sonst nicht Martins Art, sich so auffällig zu benehmen. Normalerweise rollte er seinen Mantel sofort zusammen, warf ihn unter den Schreibtisch und glitt mit gesenktem Kopf schnell auf seinen Stuhl. Sie sprachen nie gleich miteinander. Martin drehte sich zu ihm um, mit dem ganzen Körper, sein Gesicht war verzerrt.

»He... bist du in Ordnung?«

Martin schüttelte den Kopf.

»Was ist los?« Harvey nahm das Blatt Papier, das Martin ihm hinhielt. Es war der Artikel von diesem Morgen. Ein Urlauber war in den Bergen ertrunken.

»Den kenn ich.«

4

Sechs Stunden waren es jetzt, daß er mit Deena allein gewesen ist. Ununterbrochen war das Kind zwischen ihnen gewesen und hatte Paul von ihr getrennt. Jon aß Smarties aus einer Schale auf dem Küchentisch. Deena saß auf der anderen Seite, ihre Stirn ruhte in ihren Händen.

Paul rührte die Eier in der Pfanne und steckte Brot in den Toaster. Solange es dunkel gewesen war und während die Sonne allmählich aufging, hatte er intensiv über Tims Sohn nachgedacht. Deena hatte nicht nur einfach eine enge Beziehung zu Jon. Die beiden waren geistig aneinandergefesselt. Dem stand er machtlos gegenüber. Paul würde immer an zweiter Stelle stehen, würde seine eigene Wildheit unterdrücken müssen, eine Wildheit, die jetzt in seinem Kopf hämmerte und hinauswollte.

Der Toast sprang hoch. Er strich Butter darauf und löffelte die Eier auf die Teller. Eine weitere Scheibe wanderte in den Toaster. Er drückte den Hebel herunter.

Und er hatte noch ein größeres Problem. Deena würde wahrscheinlich Ende der Woche abreisen und Jon mit nach Kalifornien nehmen. Das hatte er vorher nicht bedacht. Nichts hatte er vorher bedacht. Er hatte einfach alles geschehen lassen.

Von jetzt an mußte seine Vorgehensweise präzise geplant sein.

Welche Vorgehensweise? Er konnte nichts tun. Er hatte seine eigenen Regeln gebrochen, indem er Tim getötet hatte. Er konnte von Glück sagen, wenn er aus dieser Sache ungeschoren herauskam. Jon zu töten, selbst wenn er es wie einen Unfall aussehen ließ, verbot sich von selbst. Niemand würde glauben, daß es zweimal in derselben Familie passieren konnte. Er würde eine gnadenlose Jagd nach dem Täter auslösen.

Aber selbst wenn Jon tot war, würde Deena nach Hause fahren. Und sie würde zerbrechen. Es brachte nichts.

Als er einen der Teller vor sie hinstellte, überflutete ihn die Aura von Dankbarkeit, die sie umgab. Sie faltete ihre Hände und schenkte ihm ein zaghaftes Lächeln. *In seiner Fantasie stand sie entschlossen auf, legte ihren Arm um seinen Hals, bedeckte seinen Mund mit ihrem, preßte ihre schlanke Gestalt gegen seine Brust, seinen Bauch, seine Leisten. Er legte seine Hand flach auf ihren Rücken, spürte unmittelbar ihre Reaktion, spürte, wie ihr Rückgrat sich bog und ihr Atem sich beschleunigte.* Sie war jedes Risiko, das er auf sich nahm, wert, so wie sie das Risiko wert war, daß er bereits eingegangen war. Wie schaffte er es, daß sie bei ihm blieb?

Er stellte den anderen Teller vor Jon hin, der die Nase rümpfte.

»Sag danke, Liebes«, flüsterte Deena.

»Danke.«

Der Toaster stieß das Brot aus, und es fiel auf die Arbeitsplatte. Paul nahm es und strich Butter darauf. Während sie schweigend aßen, bedrängte ihn das süße Aroma von Deenas Haut. Sie hatte immer noch nicht gebadet oder sich umgezogen. Erregung durchströmte ihn. Sie legte die Gabel ab und sah ihm mit einem

Anflug von Überraschung in die Augen. Las sie seine Gedanken? Er war überrascht, als sie resigniert sagte: »Ich glaube, ich nehme eine Dusche. Vielen Dank, daß du Frühstück gemacht hast, Paul.«

Sie war weg. Er beobachtete Jon, der Pfefferpartikel aus seinem Ei pickte. Irgendwie sah er Jon klarer, wenn Deena nicht da war. Der Junge wirkte jetzt einsam und verletzlich. Wenn sie anwesend war, legte sie eine schützende Hülle um ihn, einen Nebel von langsam kreisenden Atomen.

Wenn Jon vermißt würde. Nicht tot, nur vermißt. Dann würde sie bleiben. Ewig.

Es würde beide Probleme lösen.

Ein Kind, völlig verstört vom Tod des Vaters, konnte durchaus weglaufen, konnte durchaus verschwinden und nicht gefunden werden. Es war plausibel.

Sollte er es tun? Wie? Jon entfernte sich nie aus ihrer unmittelbaren Umgebung.

Er würde einen Weg finden.

5

Martin lauschte dem Klang seiner eigenen Stimme, die ihn durch das Münztelefon anbrummte. »Hallo. Hinterlassen Sie eine Nachricht. Ich komme zurück.« Er drückte auf die Vier und wartete. Keine Piepser. Keine Nachricht. Er drückte die Sechs und hörte das mechanische Surren, was bedeutete, daß die Maschine sich auf Anfang stellte. Niemand hatte ihn wegen Tim angerufen. Sobald er den Artikel gelesen hatte, hatte Martin Paul zu Hause und in seiner Werkstatt angerufen, aber beide Male hatte sich nur der Anrufbeantworter gemeldet, und er hatte aufgelegt, ohne etwas zu sagen. Möglicherweise hatte Paul ebenfalls versucht, ihn zu erreichen und das gleiche getan. Wahrscheinlicher war, daß Paul noch nichts von Tim wußte. Es war zum Verzweifeln, wenn man Leute nicht erreichte. Er hatte es bei Deena in der Hütte versucht, aber das Telefon war abgestellt worden. Er hatte es sogar bei Tims Eltern in Florida versucht. Dreißigmal hatte er das Telefon läuten lassen. Was, um Gottes willen, war da draußen auf dem Fluß passiert?

Nicht eine Sekunde länger konnte er sich jetzt darum kümmern. Er griff sich seine Mappe und sprintete über den Flur des Gerichtsgebäudes. Der Gerichtsdiener sah ihn kommen und öffnete die Tür. Die Sitzung hatte bereits begonnen. Bevor er den Saal betrat, bremste er auf normales Schrittempo ab und ging schnurstracks zu seinem Platz in der Reihe von Reportern, wobei er jeden Blickkontakt vermied. Als er sich neben Rachel Culver niederließ, quittierte sie seine Ankunft mit einem gezischten *»Tardy«*. Ein Gruß, kein Fluch. Es war sein Spitzname, Tardy-Marty. Aus seiner Mappe kramte er Kohle-, Pastellstifte und Zeichenblock hervor. Hatte er während der ersten zwanzig Minuten dieses Fiaskos einen wesentlichen Zeugen verpaßt? Unwahrscheinlich. Es war Tag für Tag die gleiche Besetzung. Ein ermüdendes Millionen-Dollar-Verfahren für einen billigen Gangster. Reine Verschwendung.

Er begann, die Zeugin zu taxieren, zeichnete die ovale Form ihres Schädels und Kiefers und den Umriß ihres schulterlangen glatten Haares. Er teilte ihren Kopf mit einer feinen horizontalen Linie in zwei Hälften und ließ eine zweite dünne Linie längs durch ihr Gesicht laufen. Dann markierte er auf der vertikalen Linie die Punkte, wo die Nase enden und ihre Lippen aufeinandertreffen würden. Er betrachtete ihre Augen. *Selbstmitleid und Hinterlist.* Er war noch nicht lange genug hier, um den Kern ihrer Aussage mitbekommen zu haben, aber es war auch nicht notwendig. Ihre Erscheinung war Aussage genug. Das war es, was er einfangen mußte. Rachel würde den Rest beisteuern. Rachels Worte und Martins Zeichnungen. Eine bewährte Kombination.

Wer war diese Frau? Er sah zu Rachel. Sie zeigte auf den Namen auf ihrem Schreibbrett. *Georgette Henniger.* Georgette hatte ganz eindeutig etwas zu verbergen. Er schätzte den Abstand ihrer Augen und trug ihn auf der horizontalen Linie ab. Ihr Mund war nicht schmal, aber er erschien schmal, weil sie ihre Lippen in einer unbewußten Verweigerung zusammenpreßte. Er taxierte die Größe ihres Mundes und zeichnete ihn mit einigen leichten Strichen ein. Sein gesamtes Dasein als Erwachsener hatte er auf diese Weise zugebracht. In der Anonymität hinter einem hölzernen Geländer, die Finger von Holzkohle und Kreide verschmiert, versuchte er das Wesen von Angeklagten und Zeugen zu erfassen und auf Papier zu übertragen. Mit der Zeit hatte er gelernt, woran man erkennen konnte, wer schuldig und wer unschuldig war, wer log und wer die Wahrheit sagte. An den unscheinbaren Anzeichen von Schuld, ein grünlicher Zug unter der Unterlippe, eine Einkerbung in den Augenwinkeln, wo sie nicht hingehörte, die Neigung, sich im Zeugenstand immer auf eine bestimmte Weise seitlich nach hinten zu lehnen. Georgette log, wahrscheinlich aus Angst.

Es gab eine Menge Dinge in jedermanns Welt, vor denen man Angst haben konnte.

Seine Sicht wurde unscharf, und er merkte, daß er seine Tränen zurückhielt.

6

Mit einem Ächzen richtete sich Dr. Frank Haligan von Tim Reuschels Körper auf und blieb im Lichtschein der Lampe stehen, während er über seine Entdeckungen nachdachte. Seine Verletzungen paßten zur Theorie vom Sturz in den Fluß und einem anschließenden schnellen Treiben stromabwärts, möglicherweise mehrere Meilen. Wahrscheinlich war er aus einer Höhe von etwa vierzig Fuß abgestürzt – oder gesprungen – und hatte gelebt, als er auf dem Wasser aufschlug. Kurz darauf war er dann ganz in der Nähe des Aufschlagpunktes ertrunken. Die Verletzungen vor dem Ertrinken stammten hauptsächlich von grünem Holz – abgebrochene Äste von Bäumen wahrscheinlich. Die späteren Verletzungen stammten vom Aufprall auf im Wasser verrottenden Baumstämmen und glatten Felsen. Rumpf und Arme waren von einer langärmeligen Jacke ein wenig geschützt gewesen, aber Gesicht, Hände und Beine hatten – trotz Jeans – erhebliche Prellungen davongetragen, inklusive einer Reihe von Brüchen.

Reuschels Gehirn und Herz waren gesund, so daß sie – sofern die toxikologische Untersuchung nichts Ungewöhnliches ergab – wahrscheinlich von Selbstmord oder Gewaltverbrechen ausgehen würden. Letzteres hielt er durchaus für möglich, denn kaum sichtbar lief das Muster einer Zwillingsverletzung quer über seine Kniekehlen, wahrscheinlich der Abdruck eines großen Astes oder ähnlichem. Der Gegenstand konnte ihn mit ausreichender Wucht von hinten getroffen haben, um ihn, von wo auch immer, hinunterzustoßen. Andererseits konnte er den Schlag auch während des Sturzes oder im Fluß abbekommen haben. Möglich. Aber nicht wahrscheinlich. Das Muster bildete eine gerade Linie über beide Beine, was darauf hindeutete, daß die Beine im Augenblick der Verletzung in etwa parallel nebeneinander gestanden hatten.

Er ächzte wieder. Mit dreiundsechzig ermüdete er immer schneller. Auch fiel ihm auf, daß er immer weniger Geduld aufbrachte. In exakt acht Monaten würde er seine goldene Uhr, oder was zum Teufel auch immer sie ihm überreichen würden, in Empfang nehmen. Und dann würde er mit seiner Tochter ins sonnige Phoenix, Arizona, ziehen und Cameron County aus seinem Gedächtnis streichen. Er bedauerte jeden armen Hund, der heutzutage in dieser Gegend keines natürlichen Todes starb. Inzestuöse Politik hatte ein wahres Strafverfolgungsmonster geschaffen, ein träges System mit einer bedrückend niedrigen Aufklärungs- und Verhaftungsquote. Die Strafverfolgung in Cameron County war ein Witz geworden, eine Schande für den Staat

New York. Und seit fast einem Jahrzehnt hatte er unter dem ständig wachsenden Druck gestanden, jeden Todesfall, der nicht völlig eindeutig Mord war, als Unfall oder Selbstmord zu klassifizieren. Um einen Verdächtigen festzunehmen, brauchte der Sheriff so viele Spuren, daß man Mühle damit spielen konnte.

Das hier würde kein einfacher Fall werden. Der Verstorbene war ein kalifornischer Tourist. Eine Unmenge Papierkram mit der Polizei, verschwendete Spesen und viel Lärm um nichts, das würde dabei herauskommen. Außerdem würden sie versuchen, ihm Feuer unterm Hintern zu machen. Nein, er wäre gut beraten, in diesem Fall die Frage von Gewaltverbrechen nicht zu stellen.

Die Alternativen waren nicht besser. Für Selbstmord gab es nicht genügend Indizien. Wenn er auf Selbstmord plädierte, mußte er ihn eindeutig nachweisen. Wenn er aber Tod durch Unfall darunterschrieb, würde er unter Umständen Nachforschungen der Versicherungsgesellschaft wegen einer Verdopplungsklausel der Versicherungssumme auslösen. Hing davon ab, wie hoch Reuschel versichert war.

Diese Versicherungsgeschichte war zu seinem größten Problem geworden. Er hatte zu viele Todesfälle mit geringfügigen Verdachtsmomenten als Unfalltod an die Versicherungsgesellschaften gegeben. Ihre Nachforschungen konnten – und manchmal taten sie das auch – direkt in sein Büro zurückführen. Er war mehr als einmal bei Gericht gewesen und hatte gewonnen, aber er wollte nicht so viele Nachforschungen in Gang setzen, daß ein Muster erkennbar wurde, das auf ihn zurückverwies. Die Versicherungsgesellschaften schärften ihre Zähne. Gerade im letzten Sommer hatte der Pathologe von Dunbar County seinen Job und seine Pension auf diese Weise verloren. Es ging das Gerücht, er sei eines schönen Abends im Juni an die Haustür gekommen, nachdem es geklingelt hatte, und eine toll aussehende junge Frau habe vor ihm auf der Veranda gestanden. Sie entpuppte sich als

Versicherungsdetektivin, die dann letztendlich für seine Entlassung sorgte, indem sie eine Klage wegen eines Selbstmordes gegen ihn anstrengte, den er als Unfall eingestuft hatte.

Also. Was sollte er tun?

Er war ein Spieler. Acht Monate, so lange konnte er noch zwischen den Regentropfen tanzen.

7

»Es ist jemand bei ihr«, sagte Gene, als sie sich der Hütte näherten. »Ich bin froh, daß sie jemanden zu sich geholt hat. Wer ist es?«

»Ich weiß es nicht.« Barbara warf einen Blick auf die zwei Autos, die nebeneinander auf dem Einstellplatz standen. Eines war rot, das andere beige, beide ziemlich neu.

Sie parkten auf der Wiese. Jon stürmte aus der Küche, und Deena folgte ihm. Barbara öffnete die Wagentür, und Jon kam hineingesprungen, direkt in ihre Arme. Sie umarmten sich ganz fest.

»Opa...« Jon streckte seine Arme nach Gene aus, und er zog Jon auf seinen Schoß.

Barbara stieg aus und umarmte und küßte ihre Schwiegertochter. Sie waren von Anfang an Freunde gewesen, und sie spürte, daß es auch jetzt keine gefühlsmäßige Trennung zwischen ihnen gab. Sie ermahnte sich, daß sie für Deena und den Rest der Familie stark sein mußte. Kein Selbstmitleid.

Als sie und Deena sich voneinander lösten, kam ein Mann vom Haus auf sie zu. Mit einem heftigen Gefühl von Zuneigung erkannte sie, daß es Paul Kincaid war. Sie hatte ihn seit Jahren nicht gesehen. Scheu kam er näher. Als er bei ihr war, schlang Barbara einen Arm um seine Hüfte. »Paul – ich bin ja so froh, dich zu sehen. Vielen Dank, daß du hergekommen bist.«

»Er hat für uns gekocht«, sagte Deena und berührte seine Schulter.

Gene, der Jon auf dem Arm trug, gab Paul die Hand. »Fein von dir, zu kommen.«

»Das mit Tim tut mir leid«, antwortete Paul.

Barbara ließ ihn los. »O mein Gott. Man kann es kaum glauben. Es tut mir so leid für euch Kinder.« *Paul, Tim, Jenny, Martin.* Ein merkwürdiges Verhängnis ruhte auf dieser so innig geliebten und behüteten Gruppe von Kindern. Wer hätte jemals geahnt, was ihnen zustoßen würde. Ihr Leben am See war einfach gewesen – sie hatte sich stets bemüht, ihre Erziehung und die Umgebung, in der sie aufwuchsen, einfach und bescheiden zu halten. Sie hatte dieses abgeschiedene Leben als Schutz vor außergewöhnlichen Ereignissen gesehen.

»Mein Daddy ist gestorben«, sagte Jon zu Gene.

Gene tätschelte Jons Rücken. »Ich weiß, mein Junge.«

»Ich muß gehen.« Paul schien sich unwohl zu fühlen. »Zur Arbeit.«

»Wir verstehen«, sagte Barbara. »Es war sehr anständig, dir soviel Zeit für uns zu nehmen. Es bedeutet uns sehr viel.«

»Vielen Dank, Paul.« Deena gab ihm die Hand, und er ging mit gesenktem Kopf davon.

»Ich schätze, wir sehen uns noch in den nächsten Tagen«, rief Gene ihm nach.

Paul drehte sich kurz um. »Sicher.« Sein Blick fiel auf Jon. »Mach's gut.« Jon versteckte sein Gesicht an Genes Hals.

Sie traten zur Seite, als Paul den roten Wagen rückwärts in die Zufahrt setzte und wendete. Er winkte nicht, als er abfuhr. Barbara fühlte sich elend, als sie ihn losfahren sah. Es war bestimmt nicht einfach für ihn gewesen, in ihrer Trauer bei ihr zu sein. Sie rechnete es ihm sehr hoch an. Er hatte selbst so viel verloren. Sooft schon hatte der nasse Tod sein Leben heimgesucht. Tim. Und Jenny. Und natürlich seine Mutter.

8 Tims Eltern baten sie und Jon ins Wohnzimmer zu sich. Eng umschlungen standen sie da, umarmten sich, weinten. Jon begann durchdringend zu schreien, saß erst und lag dann auf dem Boden, trommelte mit den Fäusten auf den Teppich und trat mit den Füßen um sich. Niemand versuchte ihn zu stoppen. Schließlich trennten Gene und Barbara sich, schwach, würgend vor Kummer ließen sie sich in die Sessel fallen, schweigend, völlig erschöpft. Auch Jon hörte auf zu weinen, blieb mit dem Gesicht auf seinen Armen liegen.

Barbara und Gene stellten Deena Fragen. Wieder und wieder erzählte sie die Geschichte und Teile der Geschichte, und immer noch hatten sie Fragen. Ihr wurde klar, daß sie versuchten, die Tragödie durch Wiederholung real werden zu lassen, sie zu akzeptieren. Statt dessen schien durch das Erzählen alles immer bizarrer zu werden, bis sie sich schließlich nicht mehr sicher war, ob sie die Wahrheit sagte. Die Ereignisse konnten sich nicht so abgespielt haben, wie sie sie erinnerte. Er konnte einfach nicht tot sein. Es zehrte sie völlig auf, unbeugsamer Kummer und völlige Verzweiflung. Sie lag auf der Couch, hörte, wie ihre Schwiegereltern hin und her liefen, wie sie ihre Sachen ins Haus brachten und das Mittagessen in der Küche vorbereiteten. Wie konnten Gene und Barbara nur weitermachen? Sie wollte so nicht weitermachen.

Ab und zu kam Jon, setzte sich neben sie auf den Boden, legte seinen Kopf auf ihren Bauch und rieb ihre Arme. Dann spürte sie ein feines Beben von Energie. Wenn er ging, ging es mit ihm.

9 Nach dem Essen saß Deena mit Jon am Kaffeetisch und versuchte, mit ihm ein Puzzle zu legen, als sie hörte, wie Gene die Hintertür öffnete und mit jemandem sprach. Die Stimmen der Besucher klangen knapp und ein wenig zu laut für die Situation, aber sie verstand nicht, was sie sagten. Sie bog um die Ecke

in die Küche, als Gene hereinkam. »Sie bringen eure Sachen vom Fluß«, sagte er.

Sie ging zur Fliegengittertür. Zwei Polizeibeamte waren auf dem Einstellplatz. Der eine mühte sich damit ab, das Floß seitlich an die Wand zu stellen, der andere trug die Kühlbox mit ihrer Kameratasche darauf. Kühlbox und Kameratasche stellte er nebeneinander vor die Spüle.

»Mrs. Reuschel?«

»Ja.«

»Würden Sie bitte mit mir kommen? Wir möchten eine Minute mit Ihnen sprechen.« Er sah bedeutungsvoll zu Gene. »Mit Ihnen allein.«

Jon erschien hinter ihr. »Geht's um meinen Dad?«

Der Mann sah ihn mitfühlend an. »Ja.«

»Ich möchte auch mitkommen.«

Der Beamte wartete, daß sie »nein« zu Jon sagte. Sie konnte es nicht. »Hol deine Jacke.« Er riß sie von der unteren Hakenreihe und zog sie an. Sie knöpfte ihre Strickjacke zu, während sie dem Polizeibeamten folgte, Jon dicht hinter ihr. Der andere Mann lehnte mit dem Rücken an einem Kotflügel des Streifenwagens. Noch bevor einer von beiden etwas gesagt hatte, wußte sie, daß sie sich über die Unterhaltung ärgern würde. Ihre Haltung zeugte von Arroganz, als ob sie etwas wüßten, das sie nicht wußte, etwas, wozu sie nicht schlau genug war, um es verstehen. Sie setzte eine herausfordernde Miene auf. Was bei einem von beiden zu dem gewünschten Effekt führte. Er senkte seinen Blick. Sie las sein Namensschild: TABOR.

»Wir müssen Ihnen einige Fragen stellen«, sagte der andere. DIAZ.

»Officer Diaz, ich habe alles erzählt, was ich weiß. Viele Male.«

»Ja, Ma'am.« Eine Zurückweisung ihres Protests.

»Um was geht es? Kommen Sie zur Sache.«

»Sind Sie sich darüber im klaren, daß Ihr Mann einiges an Schulden hatte und eine beachtliche Lebensversicherung?«

Sie glauben, er hat sich selbst umgebracht. Ärger stieg in ihr hoch. Sie hatten einige schnelle Hintergrundnachforschungen angestellt und kamen jetzt damit an. »Er hat ein eigenes Architekturbüro gegründet. Vor drei Jahren. Man braucht Kapital, um eine Firma zu gründen und zum Laufen zu bringen. Er hat einen Kredit aufgenommen. Und natürlich hat er seine Lebensversicherung als Sicherheit dafür gegeben.«

»Die Lebensversicherung ist deutlich höher als seine Schulden.«

Die Bemerkung hing in der Luft. Eine Anklage. »Er wollte, daß ich zu Hause bleiben und unseren Sohn aufziehen konnte, ohne mir Gedanken über Geld machen zu müssen. Genau so haben wir es besprochen. Für *mich* ergibt das einen glasklaren Sinn.«

Diaz beobachtete sie sorgfältig. »Machte er sich wegen der Bankschulden oder irgendeiner anderen Sache, von der Sie wissen, ernsthafte Sorgen?«

»Er hat sich nicht selbst getötet. Und ich schlage vor, Sie sparen sich den Rest, bis Sie das Ergebnis der Autopsie haben.«

Sie hob ihre Augenbrauen ein wenig.

»Oder haben Sie es bereits?«

Diaz dachte kurz nach. Sein Zögern sagte ihr, daß er seine Antwort mit Bedacht formulierte. »Nein. Und wenn, wäre ich nicht befugt, es Ihnen mündlich mitzuteilen. Sie müssen es schriftlich beim Büro des Coroners anfordern.«

Sie wartete und sah ihn scharf an.

»Das mit Ihrem Mann tut uns leid, Ma'am. Wir wollten Ihnen nicht zu nahe treten. Wir versuchen nur herauszufinden, was passiert ist.«

Sie wandte sich ab, legte eine Hand auf Jons Kopf und schob ihn in Richtung Haus.

10

Deena lehnte über dem Rand der Wanne und badete Jon als Vorbereitung für seinen Mittagsschlaf. Beide hatten sie während der gesamten Prozedur geschwiegen. Eine fast irrationale Wut hatte sich ihrer seit der Unterredung mit Diaz bemächtigt, und sie wollte nicht nachlassen. Viele ihr unbekannte Gefühle waren in den vergangenen vierundzwanzig Stunden in ihr hochgestiegen. Sie fühlte sich hoffnungslos überfordert, diese unter Kontrolle zu halten. Ihr Körper bebte buchstäblich vor seelischer Pein. Sie konnte wahr und falsch nicht mehr unterscheiden. War es logisch, was er gesagt hatte, oder sollte sie provoziert werden?

Sie seifte den Waschlappen ein und wusch Jons Rücken.

»Glaubst du, Daddy hat das selbst getan?« fragte er.

Sie hörte auf zu schrubben. Ausdruckslos starrte er auf seine Fußspitzen. Sie ließ den Waschlappen ins Wasser gleiten und wechselte von den Knien in eine sitzende Position, so daß sie Jons Augen sehen konnte. »Nein.«

»Der Polizist tut's aber.«

»Er hat unrecht. Daddy hat uns geliebt. Er liebt uns immer noch. Er würde uns nicht verlassen, wenn er nicht müßte.«

»Glaubst du, jemand hat ihm weh getan?«

»Er ist krank geworden und ins Wasser gefallen. Es gibt einen Doktor, der uns erzählen wird, warum das passiert ist.«

»Woher weiß der es?«

Sollte sie ihm das alles erzählen? Sie studierte Jon, die suchenden blauen Augen, das aschblonde Haar, die kräftigen geraden Schultern, der Mund, den sie selten so traurig verzogen gesehen hatte wie jetzt. Vom Augenblick an, wo er sprechen konnte, war es ihr Grundsatz gewesen, alle seine Fragen so lange zu beantworten, wie er Fragen stellte, ihm aber keine Informationen darüber hinaus zu geben. »Er wird Daddy untersuchen, so wie dein Doktor dich untersucht.«

Sie sah, daß er dieses Verfahren akzeptierte. Er schwieg, während sie den Waschlappen suchte und auswrang. Sie zog den Stöpsel heraus, half ihm aus der Wanne auf die Bademätte und wickelte ihn von Kopf bis Fuß in ein riesiges Handtuch.

»Ich glaube, der Mann im Wald hat ihm weh getan«, sagte er.

Der Atem stockte ihr in der Kehle. »Was für ein *Mann*?« Sie kniete sich vor Jon.

»Hast du ihn nicht gesehen?«

»Nein.«

»Er war ganz schwarz angezogen, aber seine Haut war nicht schwarz.«

»Wo war er?«

»Zwischen den Bäumen, als ich zurückgelaufen bin.«

»Von Daddy zu mir?«

»Ja.«

Der Verdacht, den sie von Anfang an unterdrückt hatte, sprang sie an. *Er konnte ermordet worden sein.* Ein siebenundzwanzig Jahre alter Mann, dem kürzlich ein perfekter Gesundheitszustand attestiert worden war, starb nicht einfach so. Er konnte über ein Verbrechen gestolpert sein, das in den Wäldern begangen wurde, ein Zeuge, den man nicht einfach gehen lassen konnte. »Hast du sein Gesicht gesehen?«

»Nein, seinen Rücken.«

»Woher weißt du, daß er hellhäutig war?«

»Seine Hände waren weiß.«

Sie stand auf und lehnte sich an den Unterschrank des Waschbeckens, um sich abzustützen. »Warum hast du es mir nicht *dort* gesagt?« flüsterte sie.

»Ich dachte, daß auch andere Leute da sein dürfen. Dürfen sie doch, oder?«

Sie riß die Tür auf und stolperte in die Diele. »Gene!«

»Ja?« Seine Stimme kam von unten, wahrscheinlich aus der Küche.

»Bitte komm herauf.« Als sie zurück ins Badezimmer ging,

hörte sie ihn auf der Treppe, Barbaras Tritte gesellten sich dazu. Wegen der Dringlichkeit ihres Rufes waren seine Augen weit aufgerissen, als er in der Tür erschien. Barbara sah sie über seine Schultern hinweg an.

»Was ist passiert?« sagte er mit einem besorgten Blick auf Jon.

Sie ging näher zu ihm hin.

»Jon hat jemanden im Wald gesehen, unmittelbar bevor Tim starb.« Sie nickte zu Jon. »Erzähl es Großvater.«

»Ein Mann«, sagte Jon.

Gene blinzelte bei dieser Vorstellung. »Ein Mann… ist er zu deinem Dad gegangen?«

»Nein.«

»Was hat er gemacht?«

»Er ist weggegangen.«

»Hat er etwas gesagt?«

»Nein.«

»Hast du ihn hinterher noch mal gesehen?«

»Nein.«

Ein eigentümliches Schweigen folgte, Gene und Barbara wirkten verwirrt. Dann trat Barbara einen Schritt vor, nahm Jon samt Handtuch in den Arm und trug ihn aus dem Raum.

»Deena«, sagte Gene leise, »laß uns versuchen, ihn so ruhig wie möglich zu halten.«

Plötzlich verstand sie. Gene reagierte auf etwas, das er für Hysterie hielt. Jons Enthüllung bedeutete nichts für ihn, bewies nichts. Er glaubte, daß ihr Alarm bestenfalls verfrüht und schlimmstenfalls gänzlich unberechtigt war.

Verlegenheit beschlich sie. Er hatte recht. Sie benahm sich verrückt.

11 Schatten von Blättern zitterten auf den Wänden von Tims Zimmer. Jon lag schlafend im Bett, während Deena Tims Anzug, Hemd und Krawatte zusammenfaltete und in eine Plastiktüte steckte. Er würde Kleidung, Schuhe und Socken brauchen. Oder? Sie tat alles in seinen Handkoffer und steckte die Socken in einen seiner Schuhe. Würde er Unterwäsche brauchen? Sie hatte keine Ahnung von Beerdigungen. Sogar ihre Großeltern lebten noch. Sie wünschte, ihre Mutter wäre hier, aber sie würde nicht vor morgen eintreffen. Sie konnte Gene nicht fragen. Mit einem Papiertaschentuch wischte sie sich die Augen. Sie würde die Unterwäsche einpacken.

Mußte sie sich wegen des Rings jetzt entscheiden? Er glitzerte auf dem Nachttisch im Sonnenlicht. Sie nahm ihn und ließ ihren Daumen über die eingravierte Iris gleiten. Er hatte ihn immer getragen, hatte ihn niemals abgelegt. Würde er sich verlassen fühlen ohne ihn, von ihrer Liebe abgeschnitten? Hatten die Toten Empfindungen für das, was mit ihren Körpern geschah? War ein Körper noch eine Person? Hatte ein Mensch einen Geist, der seinen Körper überlebte? Die alten Fragen.

Sie war den Antworten nicht näher, als sie es schon immer gewesen war. Sie spürte Tims Seele nicht neben sich, wie sie versuchte, sie zu trösten. Sie hatte nichts von Tims Notlage gespürt oder von seiner geistigen Anwesenheit in dem Augenblick, als er starb, und sie wußte auch nicht, wo er jetzt war. Sie wanderte durch diesen endlosen Traum, umgeben von Leere. Sie wollte seinen Ring als Erinnerung an ihn. Sie wollte nicht, daß er vergraben wurde, fort für immer. Aber wenn sie ihn behielt, würde er, ausgeschlossen vom Leben und von der Freude, keine Verbindung mehr zu ihr haben, zu ihrer immerwährenden Liebe. Er würde ihn tragen wollen. Er mußte ihn tragen. Sie konnte sich nicht entscheiden. Sie legte den Ring zurück auf das Tischchen. Sie würde ihn noch einen Tag behalten. Sie schloß den Koffer und trug ihn mitsamt den Schuhen in die Diele, wo Gene wartete.

»Du bleibst hier mit Barb?« sagte er ruhig zu ihr. »Ich bringe die Sachen fort. Und ich nehme deinen Brief zum Büro des Coroners mit. Vielleicht kann ich das mit dem Bericht ja etwas beschleunigen. Dann brauchst du dir keine Gedanken mehr zu machen.«

Ihre Schwiegermutter saß auf der Veranda und starrte mit leeren Augen auf den See. »Mom, bist du okay?«

Barbara sah durch sie hindurch. »Es kann nicht vorbei sein. Es kann nicht sein. Es war so kurz. Wie konnte er einfach gehen?«

Deena schüttelte den Kopf.

»Er war wie Jon. So strahlend. Er machte soviel Freude. Ich lebe nicht in der Vergangenheit. Du weißt das. Ich spreche nicht von seiner Kindheit, ich spreche von heute und dem, was kommen wird.«

»Ja.«

»Er war so ein tolles Kind. Eine einzige Freude. Bei allem wollte er mir helfen. Er kletterte immer auf einen Hocker und kochte mit mir. Drei Jahre alt, vier. Ich maß die Zutaten ab, und er schüttete sie in die Schüssel. Damals kam es mir vor, als hätten wir uns für immer. Und jetzt ist es vorbei. Er ist nicht mehr. Vorbei und aus.«

Sie zog Barbara an sich, und minutenlang hielten sie sich fest. »Ich bin so froh, daß dir und Jon nichts passiert ist«, flüsterte Barbara. Sanft löste sie sich von Deena, ging ins Haus, zum großen Schlafzimmer und schloß die Tür.

Barbaras Erinnerungen hatten Deena beinahe schwindlig vor Mitgefühl gemacht. Eine Mutter zu sein... und sein Kind zu verlieren... die Erkenntnis vertiefte ihre Wunde. Ihre Brust schmerzte vor Rührung.

Sie mußte es rauslassen.

Sie verließ die Veranda und taumelte in die helle Sonne, rannte. Wo konnte sie hin? Wo würden Barbara und Jon sie nicht hören?

Der Schall trug weit wegen des Wassers. Ihr Atem ging stoßweise. Die Hände in die Hüften gestemmt, ging sie ums Haus.

Das Auto.

Sie kroch auf den Rücksitz und schloß sich ein. Wenn die Fenster geschlossen waren, war es nahezu schalldicht. Vom Augenblick an, wo sie Tims Körper im Krankenwagen gesehen hatte, hatte sie schreien wollen, bis ihr die Stimme versagte.

In harten Stößen brach es aus ihr hervor, leise zuerst, dann allmählich lauter und schriller. Sie war wieder auf dem Fluß, wartete im kalten Wind auf Tim, ängstlich, voller Hoffnung, schloß den Reißverschluß an Jons Jacke, band die Kapuze unter seinem Kinn. Sie starrte in den Tunnel von Bäumen, durch den Tim lächelnd und winkend davongegangen war. Sie konnte alles noch einmal ändern, sie konnte ihn zurückholen.

Konnte sie das nicht?

12

Deena saß da und wachte über Jons Schlaf, während die Nachmittagsschatten länger wurden und langsam durch den Raum krochen. Tim schien weit weg zu sein, aber Jon war ihr näher als je zuvor. Er sah Tim so ähnlich, und doch hatte er ihre Augen. Sie hatte immer das Gefühl gehabt, dies bedeute, daß sie beide ihre Sichtweise der Welt teilten. Es gab kaum etwas, worüber sie nicht der gleichen Meinung waren, als sei er mit einer genetischen Kopie ihrer Ansichten zur Welt gekommen. Immer noch war er dabei, sich ihre Wertmaßstäbe anzueignen, aber es war von Anfang an offensichtlich gewesen, daß sie ähnlich dachten. Nun spiegelten seine Ängste wegen Tim ihre eigenen wider.

Wieder und wieder hatte sie in allen Einzelheiten jede Minute und jede Meile vom Augenblick an, wo sie Tim zum letzten Mal lebend gesehen hatte, bis zum Krankenwagen noch einmal durchlebt. Es gab keine Anhaltspunkte. Absolut keine. Außer dem Mann, den Jon gesehen hatte.

Was war davor passiert?

Sie hatten gegessen. Und davor?

Sie hatten das Essen aus der Kühlbox geholt.

Und davor? *Hatten sie sich die Hände gewaschen.* Und davor? *Waren sie ausgetreten, Tim und Jon ein gutes Stück von ihr weg in den Büschen.* War der Mann zu dem Zeitpunkt auch dagewesen? Hatte er Tim beobachtet? Oder sie?

Davor. Sie steigen vom Floß. Tim zuerst, dann hebt er Jon rüber, dann hilft er ihr. *Weiter zurück.* Sie sind auf dem Floß. Tim hat den Rastplatz ausgesucht. Er ist dort früher schon gewesen. Oft. Aber als Kind. Nicht mehr in letzter Zeit. *Was siehst du?* Sie ist entspannt, ist sich keiner Gefahr bewußt. Ihr Blick ist in Abschnitte aufgeteilt, durch den Tunnel des Kameraobjektivs.

Die Kamera.

Sie stand auf und ging nach unten. Die Tür zum Elternschlafzimmer war geschlossen. Das leise Schluchzen Barbaras drang hindurch. Die Kühlbox und die Kameratasche in der Ecke der Küche standen noch genau so, wie der Polizist sie abgestellt hatte, oben auf der Kühlbox die Kameratasche mit verschlossenem Reißverschluß. Die Tasche fühlte sich schmutzig an, abgewetzt und feucht. Die Schnapper und der Reißverschluß waren steif von einem Tag und einer Nacht bei Temperaturen unter null Grad und Regen. Als sie ihre Hand hineinsteckte, spürte sie an der Feuchtigkeit, daß die Kamera wahrscheinlich ruiniert war. Sie nahm sie heraus und trocknete sie mit einem Küchenhandtuch ab. Die automatische Rückspulung war schwergängig, bevor sie sich in Bewegung setzte. Nachdem das Surren aufgehört hatte, öffnete sie die Kamera und holte den Film heraus. Er schien nicht naß geworden zu sein. Und Temperaturen unter null Grad schadeten ihm nicht.

Sie mußte sich genau überlegen, wo sie ihn entwickeln ließ. Falls Tim Gewalt angetan worden war, hatte sie keine Ahnung, wer darin verwickelt war. Sie mochte die hiesigen Behörden nicht. Das Beste würde sein, wenn sie aus Cameron County heraus Richtung New York führe, so weit, bis sie sich sicher fühlte.

13 »Schade, daß du heute weder dein Frühstück noch dein Mittagessen essen wolltest«, sagte Arlene und stellte eine Vase mit Frühlingsblumen auf die Kommode, wo Mimi sie sehen konnte. Ihre Schwiegermutter wirkte eingefallen, abwesend, mutlos. »Du scheinst dich nicht gut zu fühlen. Soll ich den Arzt rufen?«

Mimi schellte nicht. Das hieß nein. Wer konnte ihr einen Vorwurf machen, wenn sie resignierte? Was hatte sie noch vom Leben? Sie brauchte für die kleinsten Verrichtungen wie Essen oder Baden Hilfe. Es gab keine Abwechslung für sie, außer Fernsehen. Sie konnte nicht sprechen. Die einzige frische Luft kam durch das geöffnete Fenster, wenn es warm genug war, um es zu öffnen. Die einzigen Menschen, die sie zu sehen bekam, waren die, die in ihr Zimmer kamen. Trotzdem, seit gestern schien sie deutlich eingefallen zu sein. Eine Erinnerung oder ein Schmerz hatte sie gestern am frühen Nachmittag aus der Fassung gebracht. Unablässig hatte sie geläutet, und nachdem sie aufgehört hatte, hatte eine erkennbare Verschlechterung ihres Zustandes eingesetzt.

»Wir machen uns Sorgen um dich, Mom«, sagte sie. Mimis Augen zeigten, daß sie es gehört hatte, aber ihre Aufmerksamkeit wanderte zurück zum Fenster. *Was sie da draußen sieht, ist alles, was ihr von der Freiheit geblieben ist*, dachte Arlene. Sie hielt Mimis Ausblick so sauber wie möglich, putzte alle paar Tage das Fenster und sorgte dafür, daß der Fernseher ausgeschaltet war, wenn es Nachrichten gab und schreckliche Dinge berichtet wurden. Sie hatte ihren Kindern befohlen, nichts Trauriges hier hereinzutragen. Gesundheit oder ihr Verlust hat viel mit dem Zustand der Gefühle zu tun. Sie würde zum Beispiel nicht erlauben, daß man Mimi von dem Ertrunkenen von gestern erzählte. In Mimis Alter sollten Neuigkeiten nur aus schönen und angenehmen Dingen bestehen.

14

Die Farbfotos rutschten aus dem Umschlag in Deenas Hand. Sie sah sofort, daß das Wetter den Film nicht verdorben hatte. Die Bilder waren klar und die Farben in Ordnung. Sie legte den Umschlag zur Seite und schaute sie schnell durch. Die oberen waren die Bilder, die sie auf dem Balkon gemacht hatte. Derjenige, der die Bilder entwickelt hatte, hatte offenbar die chronologische Reihenfolge eingehalten. Sie zog einen Abzug ganz unten aus dem Stapel, wagte aber nicht, hinzusehen. Sie würde Tim in seinen letzten Stunden sehen, glücklich, nichtsahnend. *Mein Gott.*

Sie zwang sich, das Bild anzusehen. *Tim, wie er das Floß aufs Ufer zieht, grinsend.* Eine Nahaufnahme vom Floß aus gemacht. Tim lebend und gesund. Sie rieb sich die Augen, ihre Kehle war trocken. Sie mußte durchhalten... Was ist mit diesem Foto? Im Geiste sonderte sie es aus. Nicht zu gebrauchen. Kaum Hintergrund.

Sie legte das vorletzte Foto darauf. *Da.* Das Flußufer und der dichte Wald, während sie heranrudern. Sie erinnerte sich an den Augenblick, weil plötzlich die Sonne hervorgekommen war. Der Morgen war bewölkt gewesen, und Dunst und Nieselregen hatte sie beim Fotografieren behindert. In dieser Sekunde hatte auf einmal die Sonne durch die Bäume geschienen.

Es gab eine Menge dunkle Stellen auf dem Foto wegen der Dichte des Waldes. Sie schob den Abzug unter die Lampe auf der Theke und hielt die Lupe über die Szene. Bei einer der dunklen Formen zischen den Bäumen war jeder Irrtum ausgeschlossen. Ein menschliches Wesen. *Er hatte sie von Anfang an beobachtet.* Seine unvollständige Silhouette war fest mit einem Baumstamm verbunden, als wenn er dagegenlehnte oder sich gerade dahinter verstecken wollte. Vom Gesicht nichts zu erkennen. Kopf und Nacken verbreiterten sich zu einer Schulter. Der größte Teil einer langen Jacke. Die Verjüngung eines Beins zu einem Fuß.

Sie studierte die anderen Flecken. Keiner schien den Umriß eines Menschen anzudeuten. Es mußten Büsche sein oder schrägstehende Stämme. Sie bewegte das Vergrößerungsglas zurück nach links zu dem Mann. Aber der Umriß hatte auf einmal nichts Menschliches mehr. Die Landschaft war übersät mit dunklen Flecken und schwarzen Stellen. Was sie für einen Mann gehalten hatte, konnte gespaltenes Holz sein oder ein Haufen frischer Triebe oder die Widerspiegelung eines Felsens auf den entfernten Hügeln. Wer konnte das wissen? Sie drückte die Klingel auf der Theke, und der Besitzer erhob sich lächelnd von seinem Schreibtisch hinten im Laden.

»Ich möchte Sie bitten, von einigen Abzügen Vergrößerungen anzufertigen.«

In dem Moment stand Jon von seinem Stuhl auf, kam herüber zu ihr und tippte ihr auf den Arm. Sie hob ihn hoch und richtete das Vergrößerungsglas auf die Mitte des Bildes. Sorgfältig sah er hindurch, saugte an seiner Unterlippe und sagte nichts, so, wie sie es ihm befohlen hatte.

15

Hallo. Hinterlassen Sie eine Nachricht. Ich komme zurück.

»Halt's Maul«, murmelte Martin, drückte die Vier auf seinem Bürotelefon und wartete ab, bis sich der Anrufbeantworter zurückgespult hatte. Kein Piepsen. Niemand hatte ihn wegen Tim angerufen. Es war merkwürdig, fast so, als sei Tims Tod eine Erfindung, etwas, das Martin sich ausgedacht hatte. Er drückte die Sechs, und die Maschine stellte sich auf Anfang.

Paul wußte es ganz bestimmt noch nicht. Er mußte zu Paul in

die Werkstatt gehen und es ihm sagen, entweder heute abend oder morgen früh – wann immer er ihn erwischte. Er tippte die Nummer ein und wartete. Eine menschliche Stimme überraschte ihn.

»Paul Kincaid.«

Er war da. Martin legte auf.

16

»Ist es das, was du gesehen hast?« flüsterte Deena, während sie ihm die letzte Vergrößerung auf den Schoß legte und sich neben ihn auf die Plastikstühle im Wartebereich des Fotoladens kauerte. Sie waren im Prinzip allein. Der Besitzer war zurück zu seinem Schreibtisch gegangen. Jon starrte auf das körnige Bild. Es war so stark wie möglich vergrößert, ohne daß seine Deutlichkeit vollständig verlorenging. Dies war die dritte Vergrößerung des ursprünglichen Fotos nacheinander. Auf jedem hatte sie einen Bereich von acht mal zehn Zentimetern markiert, der vergrößert werden sollte. Allmählich war das fragliche Objekt deutlicher geworden und immer menschenförmiger. Es füllte das Format nun vollständig bis in die Ecken aus, war aber nach wie vor im Prinzip nicht eindeutig zu erkennen. Für sie war es eine dreiviertel Rückansicht eines weißen Mannes mit einer Strumpfmütze.

Jon rieb mit den Fingern über die glatte Oberfläche, als versuche er, ein Gefühl für die Beschaffenheit der Materialien zu bekommen: Wolle und Leder, menschliche Haut. »Irgendwie ja.«

»Laß mich mal…« Sie nahm das Foto, hielt es ihm aufrecht vors Gesicht und bewegte sich langsam von ihm fort. Seine Augen folgten dem Bild, verengten sich erkennend, während sie kleine Schritte auf die Theke zumachte.

Er nickte.

17 Er wußte, wo Pauls Laden war. Er war ein dutzendmal oder öfter in den vergangenen sechs Jahren an dem Gebäude vorbeigefahren. Jedesmal, wenn er in die Nähe gekommen war, hatte er vorgehabt, hineinzugehen und Paul zu besuchen, aber er hatte sich nicht dazu durchringen können.

Das Gebäude war eine alte Backsteinschule, von der Stadt aufgegeben und von einer Gruppe von Künstlern wieder hergerichtet worden. Er hatte über die Renovierung in der Zeitung gelesen, aber wenn man es sah, war es eine ganz andere Sache. Der riesige Innenraum war vollständig entkernt worden, um Platz für eine Reihe eindrucksvoller Ateliers mit Glasfront zu schaffen, jedes speziell als Ausstellungsraum für einen einzelnen Künstler entworfen, der seine oder ihre Arbeiten dort zeigen konnte.

Eine Hinweistafel verriet ihm, daß Pauls Atelier auf der ersten Etage am östlichen Ende war. Als er näher kam, sah er, daß die Tür offenstand. Paul war allein und polierte ein silbernes Halsband auf der Theke. Er schien überrascht zu sein, Martin zu sehen.

»Hallo, Mart.«

»Paul.« Er mußte bereits schlucken. *Sag es und dann raus hier.* »Hallo... es tut mir leid, daß ich derjenige bin, aber ich bin hier, weil es schlechte Neuigkeiten gibt. Tim... Tim... ist tot. Er ist gestern bei dem Ausflug mit dem Floß ertrunken.«

Pauls Augenbrauen hoben sich leicht. »Deena hat mich angerufen.«

»Wo ist sie?«

»Im Haus am See. Ich war die ganze Nacht bei ihr.« Ein merkwürdiger Anflug von Stolz lag in dem Satz.

»Was ist passiert?«

Paul schüttelte den Kopf.

»Gibt es schon Pläne wegen der Beerdigung?«

»Noch nicht.«

»Wo wird er begraben?«

»Am See.«

Verärgert sah er Paul an, der seinen Gesichtsausdruck korrigierte, um ernst auszusehen, ungeachtet der minimalen Informationen, die er gab. Paul war der ewige Meister der Verteidigung. Was für einen Unterschied machte es schon, was er Martin erzählte? Was sollte dieses Getue bedeuten? Bei Paul bedeutete es etwas. Garantiert.

Scheiße. Martin war immer der eine zuviel gewesen, wenn er mit Tim und Paul zusammen war. Was hier dahinterstand war, daß Paul die ganze Angelegenheit mit Tims Familie allein regeln wollte. Martin brauchte sich nicht persönlich einzumischen. Es genügte, wenn er zur Beerdigung kam. »Warum hast du mich nicht angerufen?«

»Hab ich. Du warst nicht da.«

»Wo? In der Arbeit oder zu Hause?«

Paul taxierte ihn vorsichtig. »Zu Hause.«

»Ich habe einen Anrufbeantworter.«

»Warst du heute zu Hause?«

»Nein.«

»Ich hab dir eine Nachricht draufgesprochen.«

»Ich hab den Anrufbeantworter abgefragt, Paul. Mehrmals. Du hast nichts hinterlassen.«

Der verbale Schlagabtausch hatte Paul hellwach werden lassen. »Mart, was soll das?«

»Wann hast du es mir gesagt? Ich bin den ganzen Weg hierhergelaufen, um es dir persönlich zu sagen.«

»Wann hast du zuletzt den Anrufbeantworter abgefragt?«

»Bevor ich das Büro verlassen habe, um hierherzukommen.«

»Ich bin gerade vom See zurückgekommen. Das Telefon ist dort nicht angeschlossen. Sofort nachdem ich hier war, hab ich dich angerufen. Ist ein paar Minuten her. Du mußt unterwegs gewesen sein. Hier, nimm mein Telefon, ruf das verdammte Ding an. Ich bin drauf.«

Das war krank. Sie stritten sich um nichts. Es spielte keine Rolle. Tim war *tot.* »Nicht nötig. Tut mir leid, Paul. Ich bin durcheinander. Ich hab's über das Fax erfahren.«

»Jesus.«

»Sag mir bitte Bescheid, wann die Beerdigung ist, okay?«

»Natürlich.«

Stumm vor Erregung verließ Martin Pauls Laden und ging zum Ausgang. Als er ihn fast erreicht hatte, hörte er, wie jemand seinen Namen rief, und er drehte sich um. Ein untersetzter, ihm bekannt vorkommender Mann in Hemdsärmeln rannte auf ihn zu. *Derek Vealey.*

»Mart! Ich wußte doch, daß du es warst!« Derek packte ihn und holte ihn mit einer herzlichen Umarmung von den Füßen.

Martin erwiderte die Umarmung. »Hallo, D. V.« Er hatte Derek nicht gesehen, seit sie Zimmergenossen in der Abschlußklasse am RIT gewesen waren. Das wunderbare humorvolle Gesicht war das gleiche geblieben, aber Derek hatte ein paar Pfunde zugelegt. »Was machst du hier?«

»Ich bin der Manager.«

»Von?«

»Diesem Laden hier.«

»Kein Scheiß? Herzlichen Glückwunsch.«

»Kaufst du was?«

»Besuch.« Martin hob die Schultern. »Paul Kincaid.«

»Ihr seid zusammen aufgewachsen, stimmt's?«

»Stimmt.«

»Hatte ich irgendwie vergessen. Er hat dich ein paarmal in der Schule besucht.«

Martin nickte.

»Wie klein die Welt ist.« Derek musterte Martins Bart und zog an seinem Pferdeschwanz. »Hast du dich verkleidet oder was?«

»Ja, ich bin jetzt berühmt.«

»Bist du wirklich. Ich seh deine Zeichnungen ständig in der Zeitung. Ich erzähl allen Leuten, daß ich dich kenne. Kleine Übertreibung. Ich hab dich nicht mehr gesehen, seit wir jung und hübsch waren.«

Er hatte schrecklich gern mit Derek in einem Zimmer gewohnt. Der Typ hatte einen unverwüstlichen Sinn für Humor und war außergewöhnlich loyal. Seit dem ersten Semester waren sie eng befreundet gewesen. Es war Martins Fehler gewesen, daß sie sich nach dem Examen aus den Augen verloren hatten. Er hatte alles treiben lassen.

»Du siehst ziemlich fertig aus, Marty. Was ist los?«

»Hab 'ne schlechte Woche.«

Derek verdaute es. »Noch nicht verheiratet?«

Martin wußte, daß Derek an Jenny dachte. »Nein.« Derek hatte ihn durch das schlimmste Jahr seines Lebens begleitet. Das erste Jahr nach ihrem Tod. »Und du?«

»Nein.« Er grinste. »Sind wir zwei Loser oder was?«

»Was.«

»Hast recht. Hör zu, ich muß los. Bin spät dran für einen Termin.« Derek begann die Stufen hinaufzusteigen, die zur Empore der zweiten Etage führten. »Hast du Lust zu Gino's zu kommen, Freitag abend? Ist so eine Art Ritual. Wir fangen so um zehn an und feiern, bis wir umfallen.«

Martin spürte, wie sich seine Kehle zuzog. Unmöglich. Und er wollte auch nicht erklären, warum. »Tut mir leid.«

»Aber du verschwindest nicht wieder von der Bildfläche, hörst du, Marty?« Zuneigung und Verständnis lagen in diesem Satz.

»Ich melde mich. Versprochen.«

Derek stand nun auf der Empore und sah von oberhalb eines riesigen runden Marilyn-Monroe-Porträts zu ihm herunter. Martin erkannte Dereks Stil in dem Gemälde. Marilyn trug das berühmte Trägerkleid und stand in der klassischen Pose mit gebauschtem Rock.

»Gefällt dir meine Erfindung?«

Martin sah genauer hin. Es war eine Uhr. Die »Zeiger« waren Marilyns Beine. Sie balancierte elegant auf ihrem rechten Fuß.

Derek grinste ihm bedeutungsvoll zu und wackelte mit den Augenbrauen. »Komm um zehn nach zehn wieder.«

Paul beobachtete Martin durch die Glaswand, bis er sein Gespräch mit Derek beendet hatte und durch den Haupteingang verschwunden war. Dann nahm er den Hörer ab und wählte Martins Nummer. Die Maschine spuckte einige Sätze aus und gab dann einen quäkenden Ton von sich. »Mart, hier ist Paul«, sagte er leise und gab seiner Stimme einen unheilvollen Klang. »Ruf mich so bald wie möglich an. Ich bin im Atelier.«

18

Während sie mit Jon zurück nach Cameron County fuhr, versuchte Deena, sich an das Gelände zu erinnern. Jede Biegung schien wichtige Informationen und Möglichkeiten zu bergen. Während des Wartens im Fotoladen hatte sie die Karte von Cameron County studiert. Sie wollte wissen, wer hier lebte und warum.

Die Stadt Cameron lag zwei Stunden nordwestlich von New York City, elf Meilen oberhalb der State Road 17. Jenseits dieser Kreuzung gab es keine andere Stadt mehr bis Somerset, neunzehn Meilen weiter nördlich. Die desolate Straße schlängelte sich durch Farmland und Berge. Unten im Farmland lag ein großer, sich in vielen Biegungen hinziehender See, und in den Bergen gab es einen schönen, gefährlichen Fluß.

Vom Dorf unten hatte sie nichts gesehen, als Tim sie im Dunkeln zur Hütte gefahren hatte. Auch von den Bergen hatte sie nichts mitbekommen, als sie Montag nachts dem Polizeiwagen vom Krankenhaus zur Hütte hinterhergefahren war. Bis heute waren ihre einzigen Eindrücke von der Gegend die, die sie während der Fahrt am Montagmorgen zum Fluß aufgenommen hatte. Sie hatte aber nicht richtig hingehört, als Tim die Gegend erklärt hatte, sondern hatte Jon und Tim mit Keksen und Milch gefüttert.

Nun fuhr sie fast jeden Block in der Stadt ab, nahm sich Zeit, kreuzte durch die spärlich bevölkerten Straßen, achtete auf Einzelheiten. Durch die Windschutzscheibe schien ihr das orangefarbene Licht des Sonnenuntergangs unablässig in die Augen. Es gab keine Überraschungen. Eine Feuerwache, einige Restaurants, ein Lebensmittelgeschäft, Kirchen, Bekleidungsgeschäfte, ein alter Gasthof, gepflegte weiße Häuser zwischen Geschäftsgebäuden. Vor den meisten Häusern flatterte die amerikanische Flagge neben der Haustür.

»Wo fahren wir hin?« fragte Jon.

»Wir fahren nur so in der Gegend herum.«

»Ich möchte nach Hause.«

»Gleich. Wir sind fast da.«

»*Wirklich* nach Hause. Zu meinem Haus. Mein *richtiges* Zuhause.«

Sie spürte den Schmerz, der aus ihm sprach. »Bald, Liebes. Nur ein paar Tage noch.« Sie steuerte den Wagen auf die Straße am Fluß, und sie verließen Cameron. Sie wußte, daß es von hier aus drei Meilen bis zum See und zwölf Meilen bis zum Fluß waren. Von dort waren es noch mal sieben Meilen nach Somerset, wo das Krankenhaus und das Beerdigungsinstitut waren.

Rechts lagen Hühnerfarmen und ein weiterer Gasthof; links erstreckten sich Weiden mit Kühen und Elektrozäunen bis zum Horizont. Die Abzweigung zum See wurde nur von einer grauen Scheune markiert. Sie bog nach rechts auf die sechs Meilen lange Schleife ein, deren Belag aus Kies und Schotter war. Hütte an Hütte kauerte fast schon im Wasser des Sees. Auf der anderen Seite der Straße lagen Farmhäuser in unterschiedlich gepflegtem Zustand, eingebettet in große Felder.

»Ich habe Angst vor dem Mann, Mama.«

»Vor wem? Dem Mann auf dem Bild?«

»Ja.«

Was hatte sie nur getan, ihn so zu ängstigen? Sie legte ihre Hand auf seine und drückte die kleinen Finger. Er drückte zurück. Sie bedauerte, daß sie ihn mitgenommen hatte. »Wir wissen gar nicht, ob der Mann Daddy etwas getan hat. Wahrscheinlich nicht. Hab keine Angst. Ich bleib immer bei dir und passe auf dich auf. Oder Großmutter und Großvater.«

Sie holperten die Zufahrt hinunter und fuhren auf den Parkplatz. »Hör zu, Jon. Erzähl Großmutter und Großvater nichts von den Fotos. Es könnte sie aufregen. Ich mag es nicht, wenn ich dich bitten muß, ein Geheimnis zu bewahren. Du sollst immer sagen können, was du möchtest. Aber jetzt wäre es nicht gut, wenn du es ihnen sagen würdest, okay?«

»Okay.«

Sie lehnte sich hinüber und versteckte die Fotos unter dem Vordersitz.

19

Das Apartment war dunkel, als Martin eintrat. Das einzige Licht war ein roter blinkender Punkt auf dem Anrufbeantworter in der Ecke. Martin konnte die Blinkzeichen mitzählen. Es hatte nur einen Anruf gegeben.

Er betätigte einen Schalter, und eine matte Lampe bildete einen gelben Kreis an der Decke. Er warf seinen Mantel auf einen Stuhl und drückte die Playback-Taste.

Paul, leise und bedrückt. Es war die Nachricht wegen Tim. Er hatte sich wie ein Arschloch benommen, Paul anzumachen, weil er ihn nicht angerufen hatte. Der Typ hatte sich die Mühe gemacht. Er hatte ihn nur ganz einfach verpaßt.

Martin sah auf die Digitalanzeige. 17:33. Kurz nach halb. Um diese Zeit hatte er Pauls Atelier verlassen.

Oder?

Die verrückte Marilyn fiel ihm ein. Sie hatte mit dem ganzen Gewicht auf ihrem rechten Fuß gestanden, ihr linker Fuß war ein wenig angehoben. Das war halb sechs. Der Scheißkerl hatte angerufen, nachdem er ihn angeblafft hatte.

20

Barbara legte ihren Arm um Deena und führte sie von der Hütte weg zum See. Eine ebene Fläche unter der Sichel des Mondes. »Ich wollte, daß du mit mir nach draußen kommst, weil es etwas Neues gibt«, sagte sie. »Über die Autopsie.«

Warum hatte Barbara gewartet, bis sie außer Hörweite von Jon waren? Deena mußte recht gehabt haben mit ihrem Verdacht.

»Gene hat mit dem Coroner gesprochen. Der Pathologe hat bei Tim nichts Ungewöhnliches feststellen können. Keine natürliche Todesursache. Aber auch keine unnatürliche.«

»Was soll das heißen?«

»Sie machen immer noch Bluttests und untersuchen Gewebeproben, aber soweit der Pathologe es bisher beurteilen kann, war er gesund. Nichts Ungewöhnliches. Absolut nichts. Sie arbeiten uns zuliebe so schnell wie möglich. Den schriftlichen Bericht bekommen wir wahrscheinlich morgen.«

»Ich verstehe das nicht. Was hat ihn getötet?«

»Sie wissen es nicht. Wir werden es vielleicht nie erfahren. Der Coroner sagte Gene, die Autopsie sei nicht eindeutig.«

Sie sah ihrer Schwiegermutter direkt ins Gesicht. »Ergibt das für dich irgendeinen Sinn?«

Es dauerte fast eine Minute, bis Barbara antwortete. »Nein. Aber vieles im Leben ergibt für mich keinen Sinn.«

21 Vom Foyer aus musterte Paul seine Eigentumswohnung wie ein Besucher – ein Spiel, das er fast immer spielte, wenn er eintrat. Er fand, es war ein Zuhause wie aus dem Bilderbuch – professionell eingerichtet, aber nicht übertrieben, und absolut sauber. Alle Statussymbole waren vertreten: Orientteppiche, Parkettböden, herkömmliche, aber recht massive Sitzmöbel, bezogen mit kräftigen Stoffen in gedeckten Farben, Lichtleisten, eine große geschwungene Bar, einen erhöhten Ausblick über den Central Park. Und trotzdem war die Wohnung nicht im geringsten protzig. Nicht im geringsten.

Er konnte sich nicht erinnern, wann zuletzt ein Besucher hier gewesen war oder ob überhaupt jemals einer gekommen war. Er vermutete, nein. Außer dem Dekorateur natürlich. Aber das war in der Woche gewesen, als er eingezogen war. Kaum zu glauben, über sechs Jahre wohnte er jetzt hier. Und alles glänzte heute noch wie am ersten Tag. Dafür hatte er gesorgt, hatte nach einem festen Zeitplan Staub gewischt und gesaugt, Fenster geputzt und die Badezimmer geschrubbt. Es gab ihm eine ungeheure Befriedigung, die blasierten Psychiater und oberschlauen Detektive ständig auszutricksen, wer auch immer sie waren. Er paßte in keines ihrer Profile. Er führte keine delikaten Tagebücher mit seinen Taten oder unterstrich Zeitungsausschnitte über die Opfer oder hinterließ seine »Signatur« am Tatort. Tatsächlich konnte er sich nichts Dümmeres vorstellen, als, sagen wir, einen Abdruck der Zähne zu hinterlassen, wie Ted Bundy. Nein, die besten und cleversten Täter waren diejenigen, die völlig unsichtbar blieben, weil ihr Werk Selbstmord oder Unfalltod vortäuschte. Davon gab es viele, da war er sich ganz sicher. Meister allesamt.

Er hielt seine Wohnung wegen der Möglichkeit in Ordnung, daß er jemals in Verdacht geraten sollte. Er wohnte im teuersten Wohnhaus, das er sich leisten konnte, und auf der höchsten Etage, die er sich leisten konnte. Unter ihm wachte ein gepflegter Portier in Uniform, und darunter hielt Paul sich stets ein blitzsauberes neues – aber nicht protziges – Automodell in der Parkebene des Apartmenthauses. Der Computer des zentralen Kreditbüros wußte nur Freundliches über ihn zu berichten. Er zahlte seine Rechnungen pünktlich, und die Hypothek und das Darlehen fürs Auto waren gerade so hoch, daß es menschlich wirkte. Er hatte die wichtigsten Zeitschriften abonniert und verwahrte die jüngsten Ausgaben in einem Korb neben seinem Lesesessel. Die Küchenschränke waren wohl bestückt, und es herrschte einen sympathische Unordnung. An Weihnachten gab er dem Briefträger ein anständiges Trinkgeld. Kriminologen unterschätzten ihre Beute, wenn sie ihn als krank bezeichneten. Eine kranke Person konnte unmöglich das tun, was er tat, und auch noch so gut.

Er ging in sein Schlafzimmer und begann sich auszuziehen. Sorgfältig begutachtete er jedes einzelne Kleidungsstück und sortierte sie in Körbe hinten in seinem Einbauschrank. Wäsche hell, Wäsche dunkel. Reinigung. Nichts für den Kleiderbügel. Seine Kleidung war verknittert, weil er so lange unterwegs gewesen war. Nackt stellte er sich vor den Spiegel, der eine Wand des Schlafzimmers vom Boden bis zur Decke einnahm, und bewunderte seinen schlanken Körper, die starken Oberarme und die Brust. Er nahm sich Zeit. Die Fähigkeit, den eigenen Körper ernsthaft zu würdigen, zeichnete den klaren Denker aus.

Gute fünf oder sechs Minuten betrachtete er sich, dann zog er einen Stützslip an und ein T-Shirt, stoßdämpfende Socken und verstärkte Schuhe und schnürte sie sorgfältig über seinen Knöcheln. Es gab nur eine Methode, Gewichtheben vernünftig zu betreiben: gut ausgerüstet und gut aufgewärmt. Zur Vorbereitung begann er, sich zu strecken, absolvierte eine stets gleiche Folge von Rumpfbeugen, Kniebeugen, Situps, und spürte, wie sich eine intensive Wärme in seinem Körper entwickelte.

Zuletzt kreidete er seine Handflächen ein und ging zur Stange. Hundertzehn Pfund. Es gab überhaupt keinen Grund, weshalb er mehr heben sollte. Überhaupt keinen Grund. Es gab nur eine sichere Methode, Verletzungen zu vermeiden, und die war, das richtige Gewicht auf die richtige Art und Weise zu heben.

Methodisch fing er an, Handflächen nach unten: Boden, Knie, Hüfte, Schulter, Hüfte, Knie, Boden, Knie, Hüfte, Schulter. Viele seiner besten Ideen waren ihm beim Gewichtheben gekommen. Er war jetzt eingestimmt, wartete, *Hüfte, Knie, Boden*, er sah Jon vor sich, beobachtete seine verletzbaren kleinen Beine und Arme, die unschuldige Form seines Kopfes. Er beobachtete Jon, weiter und weiter. Kraft durchpulste ihn, er stieß die Stange hoch über seinen Kopf, streckte die Arme aus und beugte sie dann wieder. Hoch. Nieder. Hoch. Nieder.

Ein gelber Farbstrich besetzte die Ecken des Raumes. Das brachte ihn bei seinem achtzigsten vollen Stoß ins Wanken. Ein kleiner Knoten erschien links auf seinem Hals. Er machte weiter mit seinem Programm, *Schulter, strecken, Schulter, strecken, Schulter, strecken*, er ignorierte ihn und kämpfte gegen den Eindringling an. Er wußte, warum er gekommen war. Paul hatte immer genau das gemacht, was ihm gesagt worden war. Jetzt wollte er frei sein, und er hatte bereits den ersten Schritt getan. Er legte die Stange auf dem Boden ab, kreidete seine Handflächen wieder ein und legte die Hände mit den Handflächen nach oben um die Stange. Er war stärker als jedes andere Lebewesen. Hatte er das nicht bewiesen, seit er zwölf war? Er allein würde über seine Zukunft entscheiden.

Der Dunst verzog sich aus seinem peripheren Gesichtsfeld, und Paul fühlte sich wohler. Sein schweißdurchtränktes Hemd schickte plötzlich einen kalten Hauch über seinen Rücken. Wieder dachte er über Jon nach und wo er ihn verstecken sollte, sah ihn in einer Höhle am Fluß, im tiefsten Teil, wo der Boden durch Mangel an Feuchtigkeit zu pulvertrockenem Sand geworden war, sah ihn in einem Sack, in einem zugenähten Schlafsack.

Er hob die Gewichte auf halbe Höhe und begann mit den

Armbeugen. Er zog die Gewichte an die Schulter, Unterarme und Brustbein spannten sich, und so etwas wie Freude rollte durch seine Brust, *Schulter, Hüfte, Schulter, Hüfte*. Wie würde er Jon füttern? Wie oft mußte er das Risiko auf sich nehmen und zu ihm gehen, um ihn am Leben zu erhalten? Die Antwort sprang ihm förmlich mitten in den Kopf, unbeirrbar wie eine Kompaßnadel. Er durfte nicht zu ihm zurück. Es war zu gefährlich. Wenn er Jon versteckte, mußte er ihn allein lassen. Der Gedanke brachte ihn aus dem Rhythmus. Er setzte die Gewichte ab und saß keuchend auf seinen Fersen.

Energie pulsierte durch ihn hindurch, dieselbe verzehrende Energie, die ihn schon so oft durchdrungen hatte. Tagelang würde er sie unterdrücken müssen. Er stöhnte und schlug die Hände vor die Augen, kauerte minutenlang am Boden, während es in ihm toste, mächtig, wild, überwältigend.

Mittwoch

1 Voller Staunen blickte Deena auf Tim, während sie an den Sarg herantrat. Er war eine Wachsfigur, die elfenbeinfarbene Gesichtshaut wirkte glänzend und fest, hier und da rosige Aufhellungen und graubraune Schattierungen. Schockiert schaute sie zu ihrem Schwiegervater auf – die einzige Person, die sie dabei haben wollte, bei dieser ersten Begegnung.

»Mein Gott«, sagte sie leise.

Sie wünschte, sie hätte die physische Kraft gehabt, Tim hochzuheben, aus dem Sarg heraus, um ihn fortzubringen aus diesem erstickenden Nelkenduft in den frühmorgendlichen Sonnenschein und die frische Luft auf der Veranda des Beerdigungsinstituts und dann immer weiter weg. Sie würde laufen mit ihm in den Armen, laufen, bis niemand sie mehr finden würde. Er gehörte nicht in diesen Raum in dieser Stadt. Sie fand es nicht richtig, das Standardverfahren bei Todesfällen einfach so hinzunehmen. Tims Tod war kein Standard, er war verdächtig. Aber was konnte sie tun? Wenn sie das alles auf den Punkt bringen könnte, wenn sie überhaupt irgend etwas bewirken könnte, welchen Schritt müßte sie als nächsten tun?

Sie könnte eine zweite Autopsie verlangen. Ganz bestimmt mußte sie dazu nur Tims Leichnam in eine benachbarte Stadt bringen, in die Staatshauptstadt oder zu einer medizinischen Fakultät. »Gene«, flüsterte sie, »ich möchte, daß noch jemand anderes sich Tim ansieht.«

Argwöhnisch sah er sie an. »Was?«

»Eine zweite Meinung einholen – woanders.«

»Warum?«

»Ich bin mit dem, was der Coroner sagt, nicht zufrieden.« Sie wunderte sich, wie lange ihr Schwiegervater brauchte, um zu begreifen, was sie sagte.

Er dachte darüber nach und schüttelte schließlich den Kopf.

Sie betrachtete Genes altes sonnengebräuntes Gesicht, seine weisen blauen Augen, sein graues Haar, das nicht liegenbleiben wollte, wenn er es kämmte. Der Vater ihres Mannes: ein Mann, der, laut Tim, seinem Jungen ein guter Spielkamerad und Freund gewesen war. Ein Mann, der Baumhäuser baute und bei Wissenschaftsprojekten in der Schule half. Ein Mann, der Tim – und sie – stets mit großem Respekt behandelt hatte.

Voller Mitgefühl sah er sie an. »Deena, ich habe den Tod schon oft gesehen. Ich habe eine Schwester verloren, als sie vier war. Alle meine Großeltern sind gestorben. Meine Eltern sind tot. Ich habe gelernt, nicht dagegen anzukämpfen – meine Hand zu öffnen und sie gehen zu lassen.«

»Das hier ist etwas anderes.«

»Ist es *nicht*. Wir glauben, jemandem die Schuld geben zu müssen, damit wir uns besser fühlen. Wir beschuldigen den Arzt, der alles getan hat, was in seiner Macht steht. Wir beschuldigen den Patienten, daß er nicht besser auf sich achtgegeben hat. Wir beschuldigen uns selbst, daß wir den Tod nicht aufhalten können, der so natürlich ist wie das Leben. Deena, der Pathologe hat alles getan, was *er* konnte. Wir müssen das glauben. Wenn der Mann keine eindeutige Ursache findet, dann findet er keine. Reif sein, das heißt auch, zu akzeptieren, daß das Leben Geheimnisse birgt.« Er sprach mit Leidenschaft.

»Ich frage nicht aus einem Schuldgefühl heraus, Gene.«

Er sah sie eine lange Minute freundlich an. »Tim ist mein Sohn. Meine Gefühle für ihn sind ähnlich wie deine. Aber es ist vorbei. Ich bin hier, um zu tun, was getan werden muß.«

Seine straffen Schultern sanken müde herab. Auf einmal wurde ihr klar, daß er in einem kritischen emotionalen Zustand war. Sie durfte ihn nicht quälen. Er mußte auf seine Art damit fertig werden. Als Antwort auf ihr Schweigen fragte er sanft: »Bist du damit einverstanden, daß wir ihn morgen beerdigen?«

Sie dachte an die lieben Menschen, die kommen würden, um mit ihr zu trauern, Menschen, die durch Verzögerungen und Zweifel nur weiter verängstigt würden. Sie dachte an Jon, der sie gebeten hatte, ihn nach Hause zu bringen. Vielleicht war sie in den vergangenen zwei Tagen von einem Wahn befallen gewesen, geboren aus Kummer. Sie mußte sich davon freimachen. Es gab keinen konkreten Grund, um den unvermeidlichen Prozeß des Abschiednehmens zu verlängern.

Gene drückte seine Wange liebevoll auf Tims Stirn, richtete sich wieder auf und drehte sich in Erwartung einer Antwort zu ihr um.

»Ja«, seufzte sie. »In Ordnung.«

2 Barbara Reuschel wusch das Frühstücksgeschirr ab und betrachtete den Himmel durch das teilweise geöffnete Fenster über der Spüle. Grauer Nebel sammelte sich in den Baumgipfeln. Die Unterseiten der jungen Blätter blitzten auf, bewegt von einem böigen Wind, der direkt vom Boden aufzusteigen schien. Innerhalb der nächsten halben Stunde würde es anfangen zu regnen, große schwere Tropfen.

Sie zog ihre Schürze aus, faltete sie zusammen und sah nach Jon, der im Schlafanzug vor dem Fernseher saß und Zeichentrickfilme anschaute. Als sie durchs Wohnzimmer ging, streckte er die Arme nach ihr aus. Sie kniete sich neben ihn, drückte ihre Wange an seine Brust, und er schlang seine Arme um ihren Hals. Sie hatte Jon nicht oft gesehen seit seiner Geburt, weil er so weit weg wohnte, aber er war immer unproblematisch – war zufrieden mit sich selbst und mit ihr. Sie hielt ihrem Sohn und Deena eine Menge zugute bezüglich Jons Herzlichkeit. Er war ganz offensichtlich ein geliebtes und freundlich behandeltes Kind.

»Wann kommt meine andere Großmutter?« fragte er.

»Vor dem Mittagessen. Möchtest du dich anziehen? Ich hab

deine Kleider heruntergebracht. Sie sind auf dem Schaukelstuhl.«

»Okay.«

»Brauchst du Hilfe?«

»Nein.«

Sie tätschelte ihm die Wange und drückte seine Hände. Dann ging sie langsam durchs Haus und schloß die Fenster gegen den drohenden Regen. Lebhafte Erinnerungen an Tim stiegen immer wieder in ihr auf. Sie fühlte seine Gegenwart so deutlich, daß sie ein- oder zweimal stehenblieb, seiner Stimme lauschte und den Schatten nachsah. Mehr als jemals zuvor konnte sie nun verstehen, warum Jennys Eltern ihre Hütte verkauft hatten und nie mehr zum See zurückgekehrt waren. Aber für sich selbst konnte sie das nicht akzeptieren. Sie würde bleiben.

Zurück in der Küche, wo die Tropfen bereits auf die Fensterbank über der Spüle spritzten, drückte sie das Schiebefenster hinunter, während sie auf die Zufahrt starrte. Deenas Eltern würden schon völlig durchnäßt sein, wenn sie nur von ihrem Auto zum Haus gingen. Oder sie fuhren auf den freien Einstellplatz, wo Gene parken wollte, wenn er mit Deena vom Beerdigungsinstitut zurückkam. Sie mußte Deenas Leihwagen aus dem zweiten Einstellplatz heraussetzen und in der Zufahrt parken, um Platz zu schaffen. Hatte Deena die Schlüssel dagelassen?

Sie waren in der Küchenanrichte. Barbara nahm sie und ging schnell hinaus in den dichter werdenden Regen. Entfernt flackerten Blitze. Im dämmrigen Licht sah Barbara, sobald sie die Autotür geöffnet hatte, daß der Sitz für ihre langen Beine zu nahe am Lenkrad war. Sie fand den Hebel, stellte den Sitz zurück und schlüpfte hinein. Dabei spürte sie auf dem Boden unter ihren Füßen etwas Glattes. Sie griff nach unten und legte den Gegenstand hinüber in den Fußraum auf der Beifahrerseite: ein großer Umschlag, darin ein kleines ziemlich schweres Röllchen.

Sie manövrierte den Wagen in seine Position halb die Einfahrt hinauf. Als sie stoppte, begannen Regentropfen auf die Windschutzscheibe zu fallen. Der Lärm und das Prasseln des Regengusses schwollen plötzlich an und nahmen ihr die Sicht. Blitze zuckten grell über das Auto hinweg. Donner vibrierte im Armaturenbrett. Besorgt dachte sie an Jon. Er suchte sie bestimmt. Sie hatte ihm nicht gesagt, daß sie das Haus verlassen würde. Und nun war sie im Unwetter gestrandet.

Vielleicht konnte sie das Auto vorsichtig hinunter zum Einstellplatz rollen lassen. Nein. Sie sah zu wenig, um jetzt überhaupt etwas zu unternehmen. Sie würde warten müssen. Das schlimmste war sicherlich in ein paar Minuten vorbei. Jon war ein Kind, auf das man sich verlassen konnte. Ihm würde schon nichts passieren.

Müßig las sie die Adresse auf dem Umschlag, und ihr wurde klar, daß sie zu einem Fotoladen in Bridgeville gehörte. Sonst gab es keine Aufschrift. Sofort neugierig geworden, legte sie den Umschlag auf ihren Schoß. Das hin und her rutschende Gewicht darin waren bestimmt Fotos. Aber Tim und seine Familie waren nicht einmal vierundzwanzig Stunden in der Hütte gewesen, bevor er ertrank. Und sie waren an einem Sonntag angekommen. Wann sollten sie diese Fotos entwickelt haben?

Deena. Und Jon. Deena mußte gestern mit Jon nach Bridgeville gefahren sein.

Barbara öffnete die Lasche, schob ihre Hand hinein und fühlte den Inhalt. Fotos, kein Zweifel möglich. Aber es waren nicht ihre, und das war nicht ihr Auto. Ein Übergriff. Unverzeihlich. Sie würde Deena nicht ausspionieren. Was immer Deena getan hatte, sie hatte es in gutem Glauben getan, und es ging Barbara nichts an.

Sie legte den Umschlag zur Seite, nahm ihn wieder, zog den Stapel mit Fotos ans Licht und sah sich das oberste an. New York City von oben. Nervös begann sie, den restlichen Stapel durchzusehen. New York, noch mehr New York, ein Sonnenaufgang,

Schnappschüsse von Tim und Jon mit Martin und Paul, Tulpen, Osterglocken, Jon und Tim, Jon mit Schwimmweste, Bäume und Wasser, Tim und das Floß am Ufer. Es war eine Chronik der Stunden, die zu Tims Tod führten. Die Gewalt der stummen Geschichte fesselte sie.

Im Umschlag war noch mehr. Negative in Plastikhüllen. Vergrößerungen, auf einigen Markierungen mit Fettstift. Das waren Abzüge von einigen wenigen letzten Aufnahmen. Das Flußufer. Der Wald. Die Vergrößerungen waren nicht geordnet, aber sie hatten eine erkennbare Folge. Sie zentrierten sich um einen Abschnitt des Waldes.

Deena mußte nach dem Mann gesucht haben, den Jon angeblich gesehen hatte. Sie glaubte offensichtlich das Undenkbare. Warum sollte sie sonst den Umschlag versteckt haben? Barbara studierte die Vergrößerung, auf der kein Ausschnitt eingezeichnet war, die letzte. War darauf die Silhouette eines Mannes zwischen den Bäumen?

Sie bemerkte, daß der Regen nachgelassen hatte und daß die Fenster beschlagen waren. Sie durfte den Wagen nicht hier stehen lassen. Deena würde sofort vermuten, daß sie die Fotos gefunden hatte. Sie wischte mit den Fingern über die Windschutzscheibe und verschaffte sich so viel Sicht, daß sie die Handbremse lösen und den Wagen in seine alte Position rollen lassen konnte. Dann stellte sie den Fahrersitz vor und schob den Umschlag wieder darunter.

Im Haus fand sie Jon in Zeichentrickfilme versunken, immer noch im Pyjama. Er hatte sie nicht vermißt. Am Wasserhahn in der Küche füllte sie ein Glas mit Wasser und trank es über die Spüle gelehnt hastig leer. Ihre Schwiegertochter war einer der logischsten Menschen, die sie kannte, und einer der intelligentesten. Sie mußte sich in dieser Sache schon sehr sicher gewesen sein, um sie so nachhaltig zu verfolgen. War es möglich, daß sie recht hatte?

Die Fotografien konnte sie nicht erwähnen. Wenn Deena entdeckte, daß Barbara ihre Privatsphäre verletzt hatte, war ihr Verhältnis möglicherweise zerstört. Auch ihrem Mann konnte sie es nicht sagen. Sie wußte, welchen Standpunkt er vertreten würde. Er war ein lieber und guter Mensch, der ausschließlich in einer linearen, unzweideutigen Welt ohne Fantasie lebte. Unbewiesene Dinge existierten ganz einfach nicht.

3 Während er durch den Maschendraht spähte, der seinen Kellerverschlag abriegelte, drückte Paul im Schein der Glühbirne an der Decke mit dem Daumen auf das Vorhängeschloß. Der Geruch von heißem Wasser und flüssiger Stärke schwappte vom Waschraum hinten im Flur zu ihm herüber. Im Vorbeigehen hatte er eine weißhaarige Frau bemerkt, die über ein Becken gebeugt Wäsche ausspülte. Sie würde ihn nicht stören. Frauen waren vorsichtig, wenn es darum ging, dieses dumpfe Labyrinth von Gängen zu betreten.

Das Vorhängeschloß schnappte auf. Er steckte einen Finger durch die Maschen und zog an der Tür. Der Metallrahmen schrammte über den Zementboden, als er nach außen aufschwang. Er mußte ihn anheben, um die Tür ganz zu öffnen. Der Verschlag war ein Würfel von acht Fuß Kantenlänge und er beherbergte alles, was er nicht in der Wohnung haben wollte, plus eine riesige Sammlung von Flohmarktschätzen. Sein Sammeltrieb war zwanghaft, und er war ein impulsiver Käufer. Der würfelförmige Raum war bis zur Decke voller Kartons.

Er war stolz auf dieses verborgene Lager, ein Requisitenraum für das Drama seines Lebens. Kein Stück darin war unrechtmäßig erworben oder konnte zu ihm zurückverfolgt werden. Jedes besaß genügend Unschuld. Es war die Mixtur der Gegenstände und sein ganz spezieller Gebrauch davon, der ihnen Charakter verlieh. Seine besondere Vision.

In diesem Lager hatte er das mit Spitzen umwickelte Sträußchen ausgeheckt, das Carmela Azaña die Stufen der Promenade hinuntergelockt hatte. Einige Blüten von einem Straßenhändler waren alles, was er an diesem Tag hatte kaufen müssen. Er war vorsichtig. Er bewahrte keinerlei Überreste von einem Projekt auf, sondern warf sie in Abfalleimer auf Bürgersteigen.

An den Karton, den er jetzt suchte, kam er ohne Schwierigkeiten heran. Es kam ihm fast so vor, als arrangiere der Inhalt des Verschlages sich in seiner Abwesenheit ständig neu, entsprechend seinen Bedürfnissen. Er mußte nie lange suchen. Als er die Hand auf den Karton legte, hielt er einen Moment lang inne und wartete auf Zustimmung, auf das Zeichen, daß er richtig handelte. Er spürte es als eine feine Strömung der Befriedigung. Er stellte den Karton hinter sich in den Flur, schloß die Tür, drehte den Schlüssel im Vorhängeschloß und löschte das Licht.

Der Aufzug war leer. Die Stahlseile sangen leise im Schacht, während er zur neunten Etage hinauffuhr. Er trat in einen leeren Flur. Wie glücklich war er, daß er sich in diesem Haus eine Wohnung leisten konnte, wo die Bewohner wohlhabend genug waren, um gesteigerten Wert auf ihre Privatsphäre zu legen, aber nicht so reich, daß sie nicht zu arbeiten brauchten. An den meisten Tagen sah er niemanden, außer dem Portier.

Die Hände staubig und voller abblätternder Pappe, kniete er auf dem Läufer im Wohnzimmer vor dem Karton und entfernte das Klebeband. Ein Geruch schlug ihm entgegen, eine Mixtur von Beruhigendem und Erschreckendem. Fichtennadeln, Gefahr vor Hunden, verkohlte Marshmallows, Schokolade, Menschenhaar, Steine und Ton, Tau. Die Bestie auf dem Speicher. Sommerhitze zwischen Dachbalken eingesperrt, trockener ausgebleichter Stoff von Kleidern, ordentlich aufgereiht von den Sparren hängend. Vergilbte Zeitungen um Glas.

Er holte den Schlafsack aus seinem Nest und breitete ihn flach aus. Er hatte vergessen, wie klein er war. Wieviel Freude hatte er ihm nachts unter dahintreibenden Wolken gebracht, wie sehr hatte es ihn getroffen, als sein Vater ihn als Bestrafung hoch oben unter dem Dachfirst verstaut hatte.

Die richtige Größe. Er tastete mit den Fingern über beide Seiten und drehte ihn dann wieder um. Immer noch geschmeidig und wasserdicht, darauf würde er wetten. Er machte den Reißverschluß rundherum auf, und es blieb ein Verbindungssteg von kaum mehr als zehn Zentimetern. Dann legte er die Hälften zusammen.

Heute morgen hatte er in den halbwachen Minuten vor dem Aufwachen von dem Schlafsack geträumt. Ein schwarzes Rechteck auf einem Röntgenbild. Innerhalb des dunklen Umrisses waren die weißen Knochen eines Skeletts zu sehen gewesen. Jons Skelett. Er war in dem Wissen aufgewacht, daß er irgendwie alles falsch gemacht hatte, verkehrt herum. So war sein Plan für Jon nicht in Ordnung. Bewegungslos hatte er dagelegen und versucht, dahinterzukommen, während der Schlafsack dreidimensional und fest verschlossen über ihm schwebte, ausgefüllt von der Form des Kindes. Er hatte hinaufgegriffen und den Reißverschluß berührt, hatte daran gezogen und beobachtet, wie die Reihe von Metallzähnen sich öffnete. Wasser tropfte heraus.

4

Als Martin oben an der Rolltreppe ankam, winkte Harvey Delittuso ihm mit einer Hand zu. In der anderen hielt er den Hörer von Martins Schreibtischtelefon.

»Eine Frau«, sagte Harvey, als Martin näher kam.

Martin warf einen schnellen Blick in Richtung Ella Chalmers. Sie telefonierte in ihrem Glasverschlag und stand mit dem Rükken zu ihm. Es sähe ihr ähnlich, seine Nummer zu wählen, wenn sie ihn hereinkommen sah, und ihm die Hölle heiß zu machen, weil er zu spät war.

»Wer?«

Harvey zuckte mit den Schultern.

Mit fester Stimme sprach er in den Hörer. »Trayne.«

»Hallo, Martin.« Weibliche Stimme.

Martin antwortete mit dem Gesicht zu Harvey. »Selbst hallo.«

»Ist es ungünstig im Augenblick?«

Es war nicht Chalmers. Zu gedämpft. »In zwölf Minuten muß ich los zum Gericht.«

»Hier ist Deena.«

Deena.

»Reuschel.«

»Ich weiß.« Er suchte nach einem Satz.

»Hat dir jemand... hat Paul... das mit Tim... gesagt?«

»Ich hab's gehört. Furchtbar.«

»Ich wollte nur sichergehen. Ich war... ein wenig durcheinander. Hab nicht richtig denken können. Eben hab ich an dich gedacht. Die Beerdigung ist morgen um zehn Uhr. In der Erlöserkirche in Cameron.«

»Ich werde kommen.«

»Besser, ich halte dich nicht länger auf.« Eine Entschuldigung.

»Warte... was ist passiert?«

»Mit Tim?«

»Ja.«

»Ich weiß es nicht.«

Martin zog seinen Mantel aus und setzte sich. »Du warst nicht dabei?«

»Nein.«

»Was ist mit der Autopsie?« *Nicht Drängen.*

»Bis jetzt ›Nicht schlüssig‹.«

Diesen Terminus hatte er nur selten gehört. In seiner sechsjährigen Karriere bei den Zeitungen, während der er sich an Gerichten, in Gefängnissen, in der Gerichtsmedizin und in Krankenhäusern herumgetrieben hatte, hatte er vielleicht dreimal erlebt, daß er benutzt worden war. »Das verstehe ich nicht.«

»Ich auch nicht. Aber wenn es tatsächlich so sein sollte, muß ich es wohl akzeptieren.«

Nicht schlüssig? Nicht schlüssig wurde für verschleierte Selbstmorde verwendet. Für alte Leute, bei denen so vieles nicht stimmte, daß es reine Spekulation war, welche Zeitbombe als erste hochgegangen war.

»Martin... bist du noch da?«

»Bis morgen.«

5 »Was hat Martin gesagt?« Ihr Schwiegervater nahm sie am Arm, als sie aus dem privaten Aufenthaltsraum in den Hauptsaal des Beerdigungsinstituts kam.

»Er wußte es schon.«

»Gibt es sonst noch jemanden, den du anrufen mußt, bevor wir fahren? Ich hätte das Telefon in der Hütte anschließen lassen sollen, dann könntest du es benutzen.«

»Ist schon in Ordnung. Mir fällt niemand mehr ein.«

Sie warf einen Blick zu dem Raum, in dem Tim aufgebahrt lag. Gene drückte sie an sich. »Komm, wir fahren nach Hause.«

Das Gespräch mit Martin hatte sie aufgewühlt. Sie hatte seine unausgesprochene Kritik, daß sie mehr für Tim tun sollte, durchaus begriffen. ›Nicht schlüssig‹ war einfach nicht genug.

Überrascht stellte sie fest, daß der Bürgersteig vor dem Haus naß war. Es mußte geregnet haben, während sie drinnen gewesen waren. Ein gutgekleideter Mann kam von der Straße auf sie zu. Seine mit Brillantine zurückgekämmten Haare erinnerten an die fünfziger Jahre. Er gab Gene die Hand, dann ihr.

»Deena, das ist Bob Norville.«

Der Direktor des Beerdigungsinstituts, gleichzeitig der Coroner. »Guten Tag.«

»Ich freue mich, Sie kennenzulernen«, sagte er. »Wie bedauerlich, daß es zu dieser Gelegenheit sein muß. Gene und ich sind seit vielen Jahren befreundet. Ich habe Ihren Gatten gekannt.« Er fügte nicht hinzu, und ich habe ihn sehr gemocht, aber sie merkte es daran, wie er sprach. Das war jemand, der Zuneigung für die Reuschels hegte. »Ist alles nach Ihren Vorstellungen arrangiert?« Er fragte *sie*. Die Tatsache, daß er sie als Witwe zur Kenntnis nahm, rechnete sie ihm hoch an. Plötzlich wurde ihr bewußt, daß sie wegen ihrer Zurückhaltung in den vergangenen vierundzwanzig Stunden in Genes Schatten gestanden hatte.

»Ja. Außer...« Warum war sie so folgsam gewesen? Warum hatte sie Gene vorgeschickt, um für sie zu sprechen? Es war an der Zeit, das Ruder zu übernehmen und deutlich zu werden. »Womit ich nicht zufrieden bin, ist das Ergebnis der Autopsie.«

Norville straffte sich. »Noch gibt es kein endgültiges Ergebnis.«

»Wie ich es verstanden habe, hat Ihr Pathologe bei Tim nichts Ungewöhnliches feststellen können.«

»Dr. Halligan hat mir seine vorläufige Meinung mitgeteilt. Und die lautet, Tod durch Unfall.«

»Ich möchte mit ihm sprechen.«

Es ehrte ihn, daß er nicht zu Gene hinsah. Er blinzelte sie an, seine Haltung war die eines Mannes, der einen Wunsch ernsthaft prüfte. »Das kann arrangiert werden.«

»Wann?«

Gene verlagerte unwohl sein Gewicht, sagte aber nichts.

»Es wäre vielleicht sinnvoll, auf seinen schriftlichen Bericht zu warten. Dann haben Sie etwas Konkretes, worüber Sie sprechen können.«

»Ich möchte nicht warten.«

Norville schien ihre Gefühlslage abzuschätzen. Sorgfältig formulierte er seinen nächsten Satz. »Wenn Sie vorher zu Dr. Halligan gehen, mißversteht er Ihre Nachfragen möglicherweise als Versuch, ihn unter Druck zu setzen. Ich bin mir sicher, daß Sie sich nicht in seine Objektivität einmischen wollen.«

Sie spürte die zunehmende Wärme von Genes Hand auf ihrem Ellbogen. Sie sah zu ihm hin. Er war bleich geworden.

Auch Norville bemerkte Genes Gesichtsfarbe. »Mrs. Reuschel, ich verspreche Ihnen, daß ich Dr. Halligan auffordere, so schnell wie irgend möglich mit dem Bericht fertig zu werden. Sie können sich auf mich verlassen.«

Er wollte sie nicht hinters Licht führen. Der Mann tat sein Bestes. Ein letztes Mal sah sie ihm voll ins Gesicht. Dann sagte sie: »In Ordnung.«

6 Paul lehnte am Türrahmen und lauschte. In der Schlucht aus Beton und Stahl wurden vierundzwanzig Ateliers nahezu gleichzeitig aufgeschlossen und geöffnet, als vierundzwanzig Künstler ihren Arbeitstag begannen. Er liebte diese wenigen Minuten um zehn Uhr herum, das Durcheinander von Stimmen, das Klicken und Klacken von Schlüsseln und Schlössern, das Quietschen von Türangeln, den Luftzug, der durch die Gänge fegte und immer wieder seine Richtung änderte, je nachdem, welche Tür geöffnet wurde. Um zehn nach zehn würde alles vorüber sein, die merkwürdige Symphonie würde verstummen, und an ihre Stelle würde entferntes Klopfen und Hämmern aus dem Innern der Ateliers treten und das Geräusch von Wasser, das in die Putzbecken an den äußeren Enden des Gebäudes lief. Ideen waren wie elektrisch in dieser Atmosphäre. Er brauchte sie nur zu empfangen.

Wieder dachte er an den Schlafsack, zusammengerollt neben seinem Koffer. Zweimal hatte er den Kofferraumdeckel des Maxima auf dem Parkplatz angehoben, um ihn sich anzusehen, bevor er hereingekommen war. Der Schlafsack würde ein Gefängnis sein, wasserdicht und warm, bestimmt für das Vakuum einer Höhle. Und trotzdem, der Traum vom Morgen nagte an ihm, das Bild vom Wasser, das aus dem Futter tropfte.

Er konnte den Jungen nicht einschließen. Er konnte den Jungen nicht verstecken. Er konnte den Jungen nicht stehlen. Dieser Plan war unbrauchbar.

Verunsichert zwang er sich, in dem Durcheinander von Geräuschen aus dem Gang auszuharren, bis er verstand. *Der Sinn des Schlafsacks war nicht, Wasser draußen zu halten, sondern Wasser drin zu halten.* Er konnte bei Jon genauso Erfolg haben, wie er ihn bei den anderen gehabt hatte. Aber er mußte bei Jon auch genauso vorgehen, wie er bei den anderen vorgegangen war – indem er ihn ertränkte. Schnell, sehr schnell. Ihn ganz unter die Wasseroberfläche drücken, bevor Jon auch nur begriff, was Paul vorhatte. Dann würde er ihn in den Schlafsack stecken und ihn verschließen.

7 Briefkästen und Feldwege flogen vorbei, Meile um Meile einer unbekannten Landschaft. So viele Möglichkeiten, daß Deena keinen logischen Punkt fand, an dem sie mit ihren Nachforschungen über Tim ansetzen konnte. Der Sicherheitsgurt spannte sich um ihre Hüfte, während der Wagen schnell über die bergigen Straßen glitt. Gene fuhr zu schnell. Er fuhr immer zu schnell.

»Ich weiß, was du denkst«, sagte er. »Ich hab es vorher nicht erkannt. Du bist zum ersten Mal in Cameron County. Ich mache dir keinen Vorwurf, daß du dich nicht wohl fühlst. Es ist alles fremd für dich. Ich wollte, du könntest es so sehen wie ich. Es ist mein Zuhause, und die Leute hier sind meine Freunde.«

»Kennst du Dr. Halligan?«

Eine Pause. »Hab ihn nie kennengelernt, aber er hat immer hier gelebt. Hoch angesehen. Wohnt an dieser Straße auf einem großen Stück Land, das seinem Großvater gehört hat. Er ist in Ordnung. Glaub mir.«

Es hatte keinen Sinn. Wieder hatte sie Genes Abwehrmechanismen in Gang gesetzt. Sie verschränkte die Arme und starrte auf die sich windenden gelben Linien, die über Hügelsand aufwärts führten, durch Schluchten, die von überhängenden Zweigen so überdeckt waren, daß die Markierungen auf dem Zement zu verschwinden schienen.

Er bemerkte ihre Haltung und schüttelte seinen Kopf. »Sei vorsichtig.«

»Was meinst du?«

»Ich habe Familien gesehen, die nach dem Tod eines Familienmitglieds auseinandergebrochen sind. Geschwister, die um Möbel und Geld stritten. Paare, die sich scheiden ließen. Cousins, die nicht mehr miteinander sprachen. Es ist eine emotional sehr belastete Zeit. Laß uns zusammenhalten.«

Die Worte hatten nichts Scharfes. Sie berührte ihn an der Schulter. »Wir bleiben zusammen. Ich hab dich immer gemocht, Gene, aber selbst wenn es nicht so wäre, ich bin dir etwas schuldig dafür, wie du und Barbara Tim aufgezogen habt. Du hast einen feinen Menschen aus ihm gemacht, der ein wunderbarer Ehemann und Vater war. Das werde ich nie vergessen.«

Minutenlang schwiegen sie. Sie holte ein Taschentuch aus ihrer Handtasche und schneuzte sich die Nase. Gene verlangsamte die Geschwindigkeit ein wenig und zeigte durch die Windschutzscheibe, als sie begannen, einen Hang hinunterzufahren. »Frank Halligan lebt genau da drüben. Das ist sein Briefkasten, der blaue. Leute, die ihn kennen, sagen, er habe Herz. Er wird nichts verbummeln. Mach dir keine Sorgen.«

Eine Steppdecke aus Feldern und Wiesen erstreckte sich vor ihnen in grünen und braunen Tönen. Wenn jemand das Land und seine Einwohner kannte, dann Gene Reuschel. Er war eine mögliche Quelle für Hintergrundinformationen. Als sie den gegenüberliegenden Kamm erreichten, sagte sie: »Du hast recht. Ich kann es einfach nicht so sehen wie du. Du mußt mir helfen.«

Gezielte Fragen von ihr würden ihn vielleicht verärgern. Sie beschloß, ruhig zu sein und abzuwarten, was er ihr anbot. Seine Kommentare waren sparsam und vage, bis sie die Rundstrecke um den See erreichten. Dann begann er, als er wegen des holprigen Untergrunds und dem Matsch gezwungen war, langsamer zu fahren, die Geschichte einiger Häuser zu erzählen. Ihre Augen wurden ihre Kamera, und sie hielt sie der Reihe nach fest, während sie sich einprägte, was er erzählte. Die Häuser waren nicht besonders groß, aber von riesigen Waldflächen umgeben. Erstaunt stellte Deena fest, daß Martins und Pauls Sommerhäuser recht nah bei dem Anwesen der Reuschels lagen. Die Traynes hatten ihre Hütte verkauft, sagte Gene, aber Mr. Kincaid, ein Witwer, lebte nun ständig in seiner Hütte. Gene fuhr an seinem eigenen Haus vorbei und die gesamte sechs Meilen lange Schleife um den See herum. An der Stelle, an der Jenny ertrunken war, hielt er kurz an. Es war ein Platz zum Schwimmen wie aus dem Bilderbuch, verschönert mit einer Wagendeichsel und einer hölzernen Plattform und mit einer herrlichen Aussicht auf bewaldete Hügel. Als sie auf der gegenüberliegenden Seite des Sees entlangfuhren, zeigte er ihr Jennys Haus. Das dreistöckige Farmhaus lag nicht am See, sondern zur anderen Straßenseite hin und war in einem neueren Stil gebaut wie die Häuser, die in Cape Cod am Wasser standen.

Als sie wieder an Pauls Haus vorbeikamen, sagte Gene: »Mike Kincaid sehe ich nur selten. Ich habe den Eindruck, daß er schwere finanzielle Zeiten erlebt hat nach dem Tod seiner Frau. Ich weiß nicht genau, weshalb, denn sie stammt von einer alten, vermögenden Familie ab. Solange sie lebte, war er nirgendwo angestellt. Jetzt arbeitet er als Buchhalter, zu Hause. Sie blieben immer für sich, er und sie. Aber Paul saß bei uns häufiger am Abendessenstisch als zu Hause.«

Gene steuerte den Wagen seine Zufahrt hinunter in den Einstellplatz. Deena stieg aus und trat in eine Pfütze. Sie sah hinunter und bemerkte, daß die Pfütze ein Kranz von Wasser war, der um den Leihwagen herumlief. Regentropfen glänzten auf dem Dach und auf der Kühlerhaube. Barbara mußte damit gefahren sein.

»Bin in einer Minute wieder da«, sagte Gene. »Ich seh nur nach den Reifen. Diese Straße fetzt sie in Stücke.«

Deena stieg die Stufen hinauf und betrat die Küche. Barbara stand am Tisch und löffelte Plätzchenteig auf ein Blech. Einige Sekunden lang sah sie nicht auf. Dann hob sie ihr Kinn, und Deena begriff die Wahrheit.

»Du hast die Fotos gefunden, stimmt's?« sagte Deena zu ihr.

»Ja.«

»Was für Fotos?« Deena drehte sich beim Klang von Genes Stimme um. Er kam von der Fliegengittertür auf sie zu.

Barbara wartete darauf, daß sie etwas sagte. »Vom Montag, auf dem Fluß«, antwortete Deena. »Gene, du wirst es nicht mögen. Du wirst es nicht hören wollen.«

»Zeig sie mir.«

Plötzlich war Jon neben ihr. »Jon, hol die Bilder für Großvater.«

Er ging hinaus und kam mit dem Umschlag zurück. Gene nahm ihn mit ins Wohnzimmer, ließ sich schwer am Ende der Couch nieder und setzte seine Lesebrille auf. Er begann mit den Vergrößerungen. »Was ist das?«

»Der Mann, Großvater. Siehst du ihn?« Jon saß neben ihm und legte seinen Finger auf den dunklen Fleck.

»Das sieht für dich wie ein Mann aus?«

»Ja, das tut es«, sagte Jon.

Gene studierte die Vergrößerungen und dann die kleineren Fotografien. Schließlich legte er den Stapel zur Seite am Ende des Tischs. »Warum tust du das?« fragte er Deena. »Tu das nicht.«

»Er ist es«, sagte Jon.

Gene stand auf und sah Deena stirnrunzelnd an. »Tu das nicht.« Er drehte sich zu Jon um. »Wenn es ein Mann ist, dann hat er ein Recht, dort zu sein. Ich möchte, daß du mir zuhörst.« Er faßte Jon mit beiden Händen an der Schulter. »Du bist *sicher*. Du lebst und bewegst dich in Sicherheit. Du legst dich abends in Sicherheit schlafen. Nichts bedroht dich. *Niemand* ist hinter dir her. Niemand war hinter deinem Vater her! Er ist *gestorben*. Menschen *sterben* – normalerweise, wenn sie alt sind, aber manchmal passiert es auch früher. Ich möchte nicht, daß du mit dem Gedanken aufwächst, du würdest beobachtet und du seist in Gefahr. Ich möchte nicht, daß du mit Angst aufwächst. Es gibt keinen Grund dafür!«

Das Knirschen von Kies. Mehr als ein Auto kam die Zufahrt heruntergefahren. Ihre Mutter und ihr Vater. Möglicherweise ihre Schwester oder Tims Schwester.

Gene ließ Jon los und drückte die Fotos Deena in die Hand. »Tu sie weg.«

8

»Du wieder?« sagte Sergeant Ed Flanders und starrte Martin durch das kugelsichere Glas über der Theke an.

»Ich wieder«, antwortete er knapp und trug seinen Namen ins Buch für die Asservatenkammer ein, die Bezeichnung des verlangten Stücks und die Bezeichnung des Gerichtsfalles. Er schob das Buch in den Behälter unter dem Fenster.

»Was ist es diesmal?« Ed sah blinzelnd zur Seite. »Was für ein Tonbandgerät?«

»Das Volk gegen James Dario. Kannst du nicht lesen?«

»Hab ich nicht.«

Es war ein Spiel, das sie oft spielten, aber heute hatte es keinen Charme. Martin trat zwei Schritt zur Seite und wartete darauf, daß Ed die Tür aufschloß. Ein Fremder, der die beiden beobachtete, würde denken, er und Ed würden sich kaum kennen, dachte Martin. Sie redeten stets so wenig wie möglich. Früh in ihrer sechsjährigen Freundschaft hatten sie festgestellt, daß sie sich ähnlich waren, so ähnlich, daß sie nur eine Art verbaler Kurzschrift brauchten, um sich zu verständigen.

»Das Volk gegen James Dario?« Ed steckte seinen Schlüssel ins Schloß und ließ Martin in den Verschlag mit den Beweisstükken ein. »Was hat er verbrochen?«

Eine Antwort war überflüssig. Flanders hatte das Strafregister von jedem Schläger und jedem Angeklagten in New York City im Kopf. Und er hatte eine Antenne für Schuld.

Flanders führte ihn in einen der Gänge hinein und zeigte auf ein Regal. »Darf ich Ihnen einen Stuhl und eine Tasse Kaffee bringen, Mr. Trayne?«

Der alte Nonsens. Martin sagte stets ja, und Ed brachte niemals irgend etwas. »Wenn Sie so freundlich wären.«

Flanders zog ab. Martin ging näher an das Regal heran und betrachtete den Minirekorder, der die Worte und Schüsse von Dario perfekt festgehalten hatte, als er seine Rivalin um das Grundstück, Ellen Patteka, in ihrem Wagen erschossen hatte. Patteka hatte den Rekorder vor dem Treffen in ihrer Manteltasche deponiert. Diese Art von Paradox war immer wieder erstaunlich. Eine Frau, clever genug, um ein Tonbandgerät mitzunehmen, aber auch naiv genug, um sich mit einem Mann wie Dario einzulassen. Martin war der einzige Gerichtszeichner, den er kannte, der unbelebte Objekte aus der Kriminalszene für fast so interessant hielt wie die Personen, die in den Fall verwickelt waren. Die Objekte, die mit einem Fall in Zusammenhang standen, waren ein wesentlicher Bestandteil jeder Story, und er hielt sie, entgegen den Wünschen des Redakteurs, fast so oft auf Papier fest wie die Personen selbst. Martin zog seine Mappe unter dem Arm hervor, holte seinen Block und einen Holzkohlestift heraus und begann, den Gegenstand zu skizzieren – den letzten, den er für die Montage über das Dario-Verfahren benötigte.

»Da sind wir, Mr. Trayne.« Flanders rollte einen Bürostuhl zu ihm, in der Hand eine Tasse mit dampfendem Kaffee.

»Darf ich?« Flanders hielt ihm den Stuhl hin. Martin setzte sich. »Zweimal Sahne, einmal Zucker, richtig?«

»Richtig.«

»Nehmen Sie sich ruhig Zeit, Mr. Trayne.« Ed stellte den Kaffee auf ein leeres Regal. »Yessir, lassen Sie sich Zeit.« Er markierte Unterwürfigkeit.

Martin betrachtete die fleischigen schwarzen Wangen des Mannes, die leuchtenden, gewitzten dunklen Augen. »Was ist denn mit dir los?«

»Du siehst nicht gut aus heute.«

»Tu ich nicht?«

»Nein, tust du nicht.«

»Ein Freund von mir ist gestorben, okay?« Er fuhr fort zu zeichnen. Minuten vergingen. Flanders bewegte sich nicht. »Das ist alles, Edward«, sagte er, ohne aufzusehen.

»Und du glaubst, es stinkt«, sagte Flanders langsam.

Martin runzelte die Stirn. »Nein.«

»Yessir, tust du wohl.«

»Wie kommst du darauf?«

Flanders zeigte mit zwei Fingern auf seine Augen und dann auf Martins.

»Ich hab Neuigkeiten für dich, Ed. Nicht jeder in diesem Leben beendet es, indem er ermordet wird. Du bist zu lange bei der Truppe. Vielen Dank für die Anteilnahme.«

Der Mann beobachtete ihn weiter. »Wirst du in der Sache etwas unternehmen?«

Martin seufzte. »Ich hab ein kleines schmutziges Geheimnis, Edward. Nur für deine Ohren. Ich leide unter Verfolgungswahn. Leute, die jahrelang am Gericht sitzen und Täter und Opfer von Gewaltverbrechen zeichnen, werden paranoid. Sie glauben, hinter jeder Sache steckt eine Verschwörung.«

»Unternimmst du was?« Leiser jetzt.

Er senkte seinen Stift und hielt ihn mit dem Daumen am Zeichenbrett fest, während er sein Werk betrachtete. Das Tonbandgerät konnte ein wenig mehr Struktur gebrauchen. Es wirkte eindimensional. Er betrachtete Flanders Schuhe. Sie glänzten, nicht ein Striemen. Er ließ das Hemd aus und konzentrierte sich auf das beiläufig neugierige Gesicht.

Martin hatte dieses Gesicht bei zahllosen Gelegenheiten gezeichnet: die kurios hochgezogenen Augenbrauen, der intelligente durchdringende Blick, die flache Nase, der breite fehlerlose Zahnbogen und das vorstehende Kinn. Er konnte sich nicht genau daran erinnern, wann er Ed Flanders zum ersten Mal gesehen hatte, aber es war zweifellos bei Gericht. Während der ersten vier Jahre in seinem Job war Flanders häufig im Gerichtssaal gewesen und hatte bei der einen oder anderen Verhaftung seine Aussage gemacht. Ed war unglaublich clever gewesen und meistens auch sorgfältig. Seine Verhaftungen waren wasserdicht. Martin hatte Respekt vor Flanders, lange bevor sie jemals miteinander gesprochen hatten, lange bevor Martin erfahren hatte, daß Flanders beim New Yorker Police Department allgemein verehrt wurde.

Ed war tüchtig und scharfsinnig in seinem Job gewesen. Glänzend. Eine Zielscheibe, die dann schließlich auch getroffen wurde. Fast alle Knochen hatten sie ihm gebrochen, als sie endlich von ihm abließen. Martin hatte ihn nur am Namen auf der Fiebertabelle am Fußende des Krankenhausbettes erkannt. In den zwei Jahren seither hatte Ed den Gebrauch von allem wiedererlangt, außer von seinem Mut. Er hatte darum ersucht, auf einen ruhigen Posten versetzt zu werden. Also die Asservatenkammer. Martin verstand das, dieses plötzliche Ausweichen vor dem Risiko, das Bedürfnis, in einer Zelle zu sitzen, emotional geschützt. Die Spielchen, die er mit Flanders gespielt hatte, hatten ein abruptes Ende gefunden. Er pflegte in Coffee-Shops und an Straßenecken nach Flanders zu suchen, hatte seinen Kommentar zu seinem momentanen Angriffsziel gegeben, hatte sein künstlerisches Empfinden benutzt, um Eds Einschätzung der Situation zu bestätigen oder zu verwerfen. Ihm waren Dinge aufgefallen, die Ed entgangen waren. Wie damals, als Ed den anständigen Kerl beschattete, der seine Frau ganz einfach nicht umgebracht haben konnte, und er bemerkt hatte, daß er in jedem Restaurant geschickt das Trinkgeld klaute, das der Gast vor ihm dagelassen hatte. Kleine Dinge.

Flanders stand jetzt über ihm, bewegte sich nicht, wartete auf eine Antwort.

»Vielleicht.«

9 Paul stand von seiner Werkbank auf, umrundete sie schnell und wischte sich die Hände ab. Er erkannte den Kunden, Carlos Leal, in schwarzer Trauerkleidung. Ehrfurcht und Vergnügen durchströmten Paul. Nur selten hatte er die Gelegenheit, das Ergebnis seiner Anstrengungen direkt in Augenschein zu nehmen. Er mußte sich mit Zeitungsberichten begnügen, die den Kummer des hinterbliebenen Verlobten schilderten. Im Falle von Carmela Azaña war Carlos Leal nicht in dem Artikel erwähnt worden.

»Mr. Kincaid.« Eine Feststellung, keine Frage.

Paul postierte sich so, daß die Theke sicher zwischen ihnen stand. Gedämpfte Lichtstrahlen von dem riesigen Nordfenster spielten auf ihr, als Leal seine Brieftasche öffnete und den Inhalt durchblätterte. Was er wollte, war leicht vorherzusagen. Er würde seine Anzahlung zurückfordern. Und Paul würde sie ihm aushändigen. Ein übliches Verfahren, außer daß der trauernde Verlobte normalerweise einen nahen Verwandten schickte, um das Geld zu holen.

»Ich bin gekommen, um meine Ringe abzuholen.« Er fand den Zettel und hielt ihn ihm entgegen.

»Ihre *Ringe*?«

»Für die Hochzeit.«

Verblüfft musterte Paul die braunen Augen des jungen Mannes und wappnete sich dann dagegen, irgendwelche Kenntnis von Carmelas Schicksal einzugestehen. »Ich dachte, Sie würden die Dame mitbringen, um sie anzuprobieren.«

Ein schmerzhafter Ausdruck jetzt, erkennbar an den Augenbrauen und am Mund. »Haben Sie es nicht gewußt? Sie ist gestorben.«

Er erwiderte den Gesichtsausdruck des Mannes und sah, daß seine Mühe ihn rührte. »Wie?«

»Sie ist ertrunken.« Leal schlug die Augen nieder. »Ich muß die Ringe haben als Erinnerung an sie.«

»Natürlich.« Paul nahm den Zettel. »Ich hole sie.« Er war in einer unhaltbaren Situation. Er mußte kooperativ erscheinen. Er spürte eine seltsame Atemnot, als er Carlos Leal die Sicht mit seinem Körper versperrte und die Scheibe mit den Zahlen auf dem Safe drehte. Drinnen standen neun mit Samt ausgeschlagene Kästchen geöffnet nebeneinander. Die beiden ersten waren leer; in den restlichen sieben steckte jeweils ein Paar Ringe – einer für den Mann und einer für die Frau. Er griff nach dem letzten Kästchen in der Reihe. Diese waren seine beste Arbeit. Natürlich. Sie waren die neueste Fabrikation aus seiner Spezialsammlung. Er war wesentlich geübter geworden seit dem ersten Paar, das er angefertigt hatte. Aber damals war er schließlich auch erst auf dem College gewesen. Mit einem sauberen Poliertuch nahm er die beiden Ringe aus ihren Schlitzen, steckte sie in die Schlitze eines anderen Kästchens und stellte das leere Kästchen sorgfältig wieder in die Reihe. Er schloß den Safe und wandte sich Carlos Leal wieder zu. »Hier sind sie.«

Leals Augen weiteten sich anerkennend, als er die goldenen Reifen betrachtete. »Wunderschön.« Er berührte sie, tastete mit einem Finger über die flache Gravur auf dem kleineren von beiden. »Eine wunderschöne Blume.«

»Iris«, sagte Paul.

Leal faßte in die vordere Tasche seiner Jacke und zog eine Rolle mit verknitterten Geldscheinen heraus. »Vierhundert Dollar Rest, richtig?«

Dies war seine Chance, möglicherweise die einzige. »Obwohl diese Ringe speziell für Sie angefertigt sind, bin ich unter diesen Umständen selbstverständlich bereit, Ihnen die Anzahlung zurückzuerstatten.«

Eine kurze Pause, als ob Leal das Angebot abwägte. »Danke, aber ich möchte sie kaufen.«

Einmal aus der Hand gegeben, würde er niemals mehr an die Ringe herankommen, genau wie bei Martin und Jenny und Tim und Deena. Der Gedanke daran, diese zu verlieren, wühlte ihn auf. »Wenn ich... ein Vorschlag. Ein guter langjähriger Kunde befand sich in der gleichen unglücklichen Situation wie Sie. Er beschloß, die Ringe zu nehmen. Einen Monat später hat er sie zurückgebracht. Ihm war klargeworden, daß sie eine dauernde Erinnerung waren, aber nicht an seine geliebte Frau, sondern an ihren Verlust.«

Das schien zu wirken. Leals Blick huschte über die Kreise aus glänzendem Gold und ruhte dann auf Paul. »Möglicherweise trifft das für mich auch zu. Aber mein Herz sagt mir, ich soll sie behalten, auch wenn es nur für kurze Zeit ist.«

Weiterer Widerstand würde das Gespräch nur anheizen, und er vermied Konflikt wo immer möglich, um zu verhindern, daß jemand auf die Idee kam, ihn näher unter die Lupe zu nehmen. Er würde Leals Wunsch entsprechen müssen. »Sehr gut. Vierhundert Dollar.« Die Worte hatten eine unbeabsichtigte Schärfe.

Leal schien es nicht zu bemerken. Er zählte vier Geldscheine ab und legte sie in Pauls Hand. »Vielen Dank, Mr. Kincaid. Die Ringe sind sehr schön.« Er schloß das Kästchen und steckte es in seine Brusttasche.

Gleich würde es zu spät sein. Paul suchte nach einer Idee, eine weitere Möglichkeit. »Nichts zu danken. Mein Beileid. Und... jederzeit, sollten Sie Ihre Meinung ändern, kommen Sie zu mir. Ich werde Ihrer Bitte entsprechen.«

10 Auf dem Bürgersteig legte Carlos eine Hand an seine Brust und preßte das Kästchen gegen sein pochendes Herz. Die Erinnerung an Kincaids Gesicht machte ihn wütend, diese Heuchelei, diese Fassade. Dachte er vielleicht, Carlos könnte sich nicht vorstellen, daß er Carmela getötet hatte? Die Eitelkeit der amerikanischen Männer verblüffte ihn. Sie unterschätzten ihre Feinde. Er hatte Kincaids Wollust schon am ersten Tag bemerkt, als Carlos mit Carmela vor dieselbe Theke getreten war, um die Ringe in Auftrag zu geben. Glaubte Kincaid, sie hätte nicht bemerkt, wie er ihr durch die Straßen gefolgt war? *Heute nachmittag war er wieder da*, hatte sie Carlos gesagt. *Er beobachtet mich.*

Er hätte Mr. Kincaid gleich zur Rede stellen sollen, als Carmela ihm zum ersten Mal erzählt hatte, daß sie Angst hatte. Aber auch er hatte Angst gehabt – Angst vor einem Kampf, bei dem er vielleicht verhaftet und deportiert worden wäre, weggeschickt von ihr. Wenn er damals, als er Argentinien verließ, begriffen hätte, daß er in diesem Land vollkommen machtlos sein würde, wäre er nicht hierhergekommen. Die illegale Einreise in die USA hatte ihn impotent gemacht. Überall waren ihm die Hände gebunden. Er konnte sich nicht über Löhne beschweren. Er konnte nicht wohnen, wo er wollte. Konnte sich nicht verteidigen. Konnte nicht den Schutz der Gesetze für sich reklamieren. Er hatte gelernt, unsichtbar zu sein. Und er hatte gelernt, sich selbst zu hassen.

Manchmal stieg sein Heimatland vor ihm auf wie ein Pfad. Dann roch er den Rauch von einem Schwein, das am Spieß gebraten wurde, den Duft von Orangenscheiben, die in die Krüge mit

Wein gepreßt wurden. Zu Hause hätte er nicht gezögert. Dort hätte er Hilfe gehabt, Hilfe von einem halben Dutzend Männer, um Mr. Kincaid um Mitternacht aus seinem Bett zu zerren und ihm sein Geständnis mit der Spitze eines Messers aus der Kehle zu schneiden.

Hier würde er warten müssen, vorsichtig abwarten, bis die Stunde der Rache und der Gerechtigkeit gekommen war. Ganz langsam würde er Mr. Kincaids Kinn zerquetschen, seinen Schädel unter seinem Stiefel, genau in dem Augenblick, wenn die Zunge des Mannes die Wahrheit über Carmelas Tod ausstoßen würde. Wenn er den richtigen Moment abpaßte, um Kincaid zu töten, wurde er vielleicht niemals gefaßt. Carlos Leal existierte gar nicht.

11

Die Hütte wimmelte von Besuchern, Verwandte und Freunde. Der Geruch von gebratenem Hähnchen und Eiersalat hing in der Luft. Einige saßen mit Papptellern auf dem Schoß auf der Treppe, andere standen auf der Veranda herum. Ein kollektives Murmeln wie von Insektenschwärmen. Deena und Jon hatten den Schaukelstuhl in der Mitte des Wohnzimmers mit Beschlag belegt und hielten sich eng umschlungen. Vor sich sah sie ihre Mutter und ihren Vater, ihre Schwester Linda und ihren Schwager Christopher, Tims Schwester Gail und ihren Mann Kemp, Barbara, Gene, Nachbarn vom See und Nachbarn aus der Stadt. So viele neue Gesichter. Sie hatte jedes genau studiert, als sie einander vorgestellt worden waren. Aber keines hatte an die Quelle des Verdachts in ihrem Innern gerührt. Größtenteils waren es Hausfrauen und ältere Paare. Mittwoch morgen war keine günstige Zeit für Männer, um ihr Büro zu verlassen. Heute abend im Beerdigungsinstitut würde sie eine Menge mehr Gesichter zu prüfen haben.

Es kam ihr vor, als sehe sie all die Bekannten und Familienmitglieder, so lieb sie ihr waren, aus großer Entfernung. Nur Jon war nah und wirklich. Sie beide hatten einen gemeinsamen Tag verbracht, der so bedeutsam war, daß er sie für immer – von den anderen getrennt – zusammenschweißen würde. Der Rest der Welt wirkte gedämpft und verschleiert. Sie wußte, daß Jon genauso empfand. Sein Körper war feucht und heiß, als er sich an sie schmiegte. Seit dem Zwischenfall mit Gene war er keine Sekunde von ihrer Seite gewichen.

Genes schroffe Reaktion hatte ihr klar gezeigt, warum sie ihre Gedanken bei sich behalten und die Möglichkeit eines Mordes allein weiterverfolgen mußte. In dieser Gruppe gab es niemanden, der sich ohne weiteres auf ihre Seite stellen würde. Sosehr alle sie mochten – und daran zweifelte sie nicht –, sie würden, zumindest zunächst, ihren Standpunkt abwegig finden oder gefühlsmäßig davon abgeschreckt werden. Sie studierte einen nach dem anderen, gab auf und beschloß, vorsichtig zu sein. Sogar ihre Schwester Linda, die sie aus vielerlei Gründen bewunderte, war nicht zu einem so plötzlichen Stellungswechsel in der Lage, wie er erforderlich war. Sie glich zu sehr ihrem Vater, neigte dazu, zu beschwichtigen und die Dinge so zu lassen, wie sie waren.

Deenas Glieder schmerzten vor Ungeduld. Sie war es nicht gewöhnt, dermaßen eingeschlossen zu sein, gehemmt durch Traditionen, festzustecken inmitten von Ritualen. Im leuchtenden Aprilmittag hinter den Fenstern verdampften die Spuren von Tims Schicksal und kühlten weiter ab. Der Fluß änderte allmählich seinen Lauf, der Himmel, der in dem Augenblick, als er ertrank, vom Schrei seiner Seele in Stücke gerissen worden sein mußte, senkte sich wieder friedvoll über den Wald. Bald würde nichts mehr an seinen Kampf erinnern. Vielleicht jetzt schon nicht mehr.

12 »Ich möchte nicht schlafen.«

Deena legte einen Finger auf ihre Lippen, führte Jon in Tims ehemaliges Zimmer und schloß die Tür hinter sich. »Ich verlasse für eine Weile das Haus«, flüsterte sie. »Ich hab dich hier raufgebracht, um dir zu sagen, weshalb.«

»Darf ich mit?«

»Großvater Reuschel wäre böse, wenn ich dich mitnähme. Wir wollen ihn nicht ärgerlich machen. Er ist schon so traurig.«

»Wo gehst du hin?«

Sie streckte die Arme aus. »Komm her.« Er drückte sie, und sie setzten sich zusammen auf das Bett. »Ich möchte es dir nicht sagen. Wenn dann jemand kommt und dich fragt, kannst du ganz ehrlich antworten, du wüßtest es nicht.«

»Hat es mit Daddy zu tun?«

»Ja.«

»Glaubst du immer noch, daß der Mann ihm weh getan hat?«

Sie sah in Jons blaue Augen. Er war zu jung. Sie sollte nicht zu großes Vertrauen in ihn setzen. Aber ihn auszuschließen, das war schlimmer. Das war ihre gemeinsame Sache, gleichgültig, was käme. Sie vertrauten auf die Offenheit des anderen. »Ich bin mir nicht sicher.« Sie drehte den Digitalwecker auf dem Tisch so, daß sie die roten Zahlen darauf lesen konnten. »Was steht da?«

»Eins, zwei, sieben.«

»Meinst du, du könntest hier im Zimmer bleiben und so tun, als würdest du schlafen, bis ›drei, zwei, sieben‹?«

»Warum?«

»Du sorgst dafür, daß mein Geheimnis gewahrt bleibt. Wenn du aufstehst, bin ich wieder da.«

»Erzählst du mir dann, wo du hingegangen bist?«

»Ja.«

Wenn er sie bat, nicht zu gehen, würde sie bleiben. Sie konnte seine Bedürfnisse nicht einfach übergehen. »Und wenn der Mann *dir* weh tut? Wenn *du* stirbst?«

Der Gedanke, daß so ein Mensch möglicherweise existierte, brachte sie in Wut. »Werd ich nicht. Ich lehne es ab, zu sterben.«

Er richtete sich auf und sah sie an. »Weil du verrückt bist?«

»Wahrscheinlich.«

»Total verrückt?«

Sie mußte lächeln. Er erwiderte es mit einem halben Grinsen. »Total verrückt«, sagte sie.

Er begann die Schnürsenkel seiner Schuhe aufzumachen. »Genau wie ich.«

13

Als sie aus dem Schlafzimmer herauskam, lehnte Gene an der Wand und wartete auf sie. Hatte er gehört, was sie zu Jon gesagt hatte? Sie sah an seinem Gesichtsausdruck, daß dies nicht der Fall war. Er blickte sie mit offensichtlicher und aufrichtiger Zuneigung an und nahm ihre Hände in seine.

»Deena«, sagte er ruhig, »es tut mir leid, daß ich mich wegen der Fotos so aufgeregt habe. Ich verstehe, wo du dich befindest. Glaub mir, ich verstehe es.«

Erleichterung und Hoffnung durchfluteten sie. »Danke, Gene.«

»Ich hab dich unten beobachtet. Du willst diese ganze Zeremonie nicht, stimmt's? Ich mache mir wirklich Sorgen um dich, und ich möchte, daß du mir zuhörst. Ich weiß, alles kommt dir vor wie eine unangenehme Formalität, das Begräbnis und alles drum herum. In deinem Herzen willst du nicht daran teilnehmen. Du möchtest das alles ignorieren, möchtest so tun, als ob es nicht stattfände. Ich habe es genau so gemacht, als ich jünger war und mich an den Gedanken des Todes gewöhnen mußte. Dies ist deine erste Erfahrung damit – eine schreckliche. Furchtbar. Niemand wird dir einen Vorwurf aus deinem Verhalten machen. Aber... dieses sich Hineinsteigern in einen Verdacht, dieses Besetztsein von dem Mann auf den Fotos, das Mißtrauen gegenüber dem Arzt, der die Autopsie durchführt, dies alles ist ganz einfach ein Mittel, um dich beschäftigt zu halten. Ein Abwehrmechanismus, verstehst du? Ein Mittel, um den Schmerz zu unterdrücken und den Kummer hinauszuschieben. Es ist wichtig für dich, daß du damit aufhörst und fortfährst mit dem Prozeß des Trauerns. Du solltest es nicht aufschieben. Du mußt zulassen, daß du Kummer hast. Laß zu, daß man dich tröstet. Es ist der Weg zur Heilung. Sogar andere zu trösten, bringt Heilung. Bitte komm zurück in unseren Kreis.«

Sie fühlte sich, als habe er sie geschlagen. Er meinte es gut. Gene meinte es immer gut. Aber er lag falsch. Ja, sie schob ihren tiefsten Kummer hinaus. Ja, ja. Sie konnte es sich jetzt nicht gestatten, sich ihrer Trauer ganz hinzugeben, es würde sie lähmen, sie abhalten vom wichtigsten, was sie zu tun hatte: die Wahrheit herauszufinden, und zwar schnell. Ihre Trauer konnte sie aufschieben, aber die Nachforschungen über Tims Tod konnten *nicht* aufgeschoben werden. Sie konnte die Fährte verlieren, und der Mörder konnte entkommen – falls es einen Mörder gab. Tim würde es verstehen. Er würde ihr sagen, daß sie recht hatte.

Aber Gene war nicht Tim.

»Ich werde in den Kreis zurückkommen, Gene. Ich bin bereits zurück.«

»Nein, du ziehst dich zurück, möchtest nicht bei uns sein, du schließt uns aus. Laß uns gemeinsam in ihm sein.«

»Wir sind es, Gene.« Sie drückte seine Hände und ließ sie los.

»Trauere, solange wir hier für dich da sind. Laß Jon trauern. Lenk ihn nicht mit diesen anderen Sachen ab. Ganz offen, auch Barbara und ich brauchen deine Hilfe, um über unseren Verlust hinwegzukommen.«

Schmerz und Einsamkeit stiegen in ihr auf. Sie konnte nicht antworten.

»Bleib bei uns«, sagte er und küßte ihr sanft auf die Stirn. »Laß uns zusammenhalten.«

Sie nickte.

Langsam stieg er die Treppe hinunter. Sie zögerte, war verwirrt. Nach einem Augenblick ging sie ebenfalls hinunter in das Wohnzimmer voller Leute. Gene saß mit dem Rücken zu ihr auf der Couch und sprach mit Gail. Deena ging hinter ihm vorbei in die Küche und nahm ihre Handtasche und ihre Schlüssel von der Anrichte. Die drei Frauen arbeiteten am Tisch und füllten Essen auf Tabletts nach. Sie bemerkten sie, stellten aber keine Fragen.

14

Deena beobachtete den Straßenrand und hielt nach einer Öffnung im Dickicht Ausschau. Sie mußte das Auto vollständig vom Highway verschwinden lassen und es verstekken, um nicht die Neugierde der Einheimischen oder der Polizei auf sich zu ziehen. Der Regen vom Morgen hatte riesige Pfützen auf dem Seitenstreifen hinterlassen. Der Waldboden würde gewiß matschig sein. Sollte sie das Risiko auf sich nehmen, steckenzubleiben? Sie preßte Daumen und Mittelfinger einer Hand auf ihre Wangenknochen, um den Druck in ihrem Kopf zu verringern.

Eine kleine Lichtung zwischen den Brombeerhecken zog ihre Aufmerksamkeit auf sich. Als sie näher kam, sah sie, daß es ein von Forstfahrzeugen gespurter Weg war, überwuchert mit Unkraut. Sie versuchte, sich die Karte in Erinnerung zu rufen. War das nah genug an der Stelle am Fluß, wo sie und Tim und Jon angehalten hatten, um Lunch zu essen? Oder mußte sie weit laufen?

Sie mußte es versuchen. Vorsichtig bog sie ab und holperte über den Pfad. Hohes Buschwerk quietschte und schrammte an der vorderen Stoßstange, während dichte Büschel davon unter den Wagen gezwängt wurden. Innerhalb von Sekunden konnte sie den Weg kaum noch erkennen. Die Wagenspuren verschwanden, statt dessen flache Haufen von modrigem Laub unter hochaufragenden Eichen. Sie erahnte den Weg, indem sie den Abstand zwischen den Bäumen abschätzte. Eines der Vorderräder stieß an etwas Hartes. Sie trat auf die Bremse und sah nach hinten. Sie war weit genug von der Straße weg, um nicht gesehen zu werden. Weiterzufahren hatte keinen Sinn. Sie stellte den Motor ab, entfaltete die Karte und fuhr den Weg, den sie gekommen war, mit einem gelben Marker entlang. Sie war annähernd in der richtigen Gegend. Sie mußte nur noch ihren Mut zusammennehmen und losgehen.

Sie zog ihre Stiefel über die Jeans, steckte die Karte in ihre Jakkentasche und zog ihre Handschuhe an. Als sie ausstieg, hielt sie inne. Sie fühlte sich stets nackt ohne ihre Kamera, hilflos, als wäre sie eine Waffe, die sie zu ihrer Verteidigung einsetzen könnte. Sie hatte sie mit Absicht zu Hause gelassen. Sie würde sie behindern.

Sie trabte los, die Angst im Nacken. Dann und wann hielt sie an und überprüfte den Weg, den sie gekommen war, aber sie sah nichts als Wildnis. Aber die Vorstellung von einem Mann, der sie beobachtete, ließ sie nicht los, und sie beschleunigte ihren Schritt, bis sie lief.

Nah beim Fluß kam sie heraus. Keuchend suchte sie nach einem Zeichen, das sie wiedererkannte. Nichts war gleich. Zwei Tage nachdem Tim ertrunken war, war jede Spur ihres Besuches verschwunden – alles, was sie gesehen hatte, alles, was sie fotografiert hatte. Verloren folgte sie dem Flußufer, unsicher, ob sie überhaupt zum Auto zurückfinden würde.

Die auseinandergefaltet im kalten Wind flatternde Karte machte sie wieder sicher. Sie befand sich flußaufwärts von der Stelle. Sie zwang sich, langsam darauf zuzugehen. Es war ein Fehler gewesen, so loszurennen. Schließlich wollte sie nicht verfehlen, weshalb sie hierhergekommen war.

Als sie an die Stelle kam, wo sie gepicknickt hatten, wirkte alles farblos und normal. So ein wichtiger Ort, und trotzdem hatte er nichts Besonderes. Die Spuren, die das Floß hinterlassen haben mußte, als Tim es ans Ufer gezogen hatte, waren nicht mehr zu sehen, fortgewaschen. Kein Abfall lag herum. Der Abdruck der Kühlbox war verschwunden. Sie blieb eine ganze Weile unter den Bäumen, markierte im Kopf die Stelle, wo der Mann gestanden haben mußte, falls er existierte, und bohrte mit der Stiefelspitze im Schlamm, wo immer sie etwas zu sehen glaubte, das nicht hierhergehörte. Es brachte kein Ergebnis. Sie gab auf, ging flußabwärts und untersuchte das Stück, wo Jon den Fremden gesehen hatte, als er sich zum Kliff aufmachte. Jetzt war sie Tim, folgte seinem Sohn mit seinen Augen, während er zu Deena zurücklief, wurde verfolgt, als er zum Kliff davonstürmte. Was hatte er gesehen oder getan, das ihn zur Zielscheibe gemacht hatte? Und wo war er wirklich umgekommen? Sie sah auf ihre Armbanduhr. Eine Stunde und fünfundzwanzig Minuten waren vergangen, seitdem sie von zu Hause fort war. Viel länger, als sie gedacht hatte. Jon würde sich Sorgen machen, wenn er aufwachte. Sie mußte an einem anderen Tag wiederkommen, um die Sache zu beenden.

Wenn sie jetzt ging, würde sie nie wieder zurückkommen. Sie würde nach dem Begräbnis mit Jon zurück nach Kalifornien fahren und für den Rest ihres Lebens von diesem Alptraum verfolgt werden.

Vorsichtig und langsam ging sie zu der Anhöhe. Geleitet von den unsichtbaren Fußspuren Tims, tastete sie den Wald mit ihren Augen ab. Hier war er gewesen. Und hier. Sie begann zu klettern, ihre Wadenmuskeln wurden hart vor Anstrengung. Er mußte diesen Hügel leicht und schnell hinaufgegangen sein. Er war in Form gewesen.

Vom Kamm war Tim in den Fluß gefallen. Es gab keine andere Erklärung. An keinem anderen Punkt war er so nah am Wasser gewesen, daß es ihn hätte packen können. Aber warum war er gefallen?

Auf dem Gipfel formte sie mit beiden Händen einen Kreis und legte sie wie ein Fernrohr an die Augen – ein Kindertrick, der den Blick beschattete und die Aufmerksamkeit gleichzeitig auf einen kleinen Ausschnitt konzentrierte. Während sie so dastand, suchte sie den Horizont sorgfältig ab und stoppte schließlich an einem umgedrehten V, das fast völlig hinter einer Unmenge junger Blätter verborgen war. Sie nahm ihre Hände herunter und starrte hin. Es war das Dach eines Hauses auf einer anderen Anhöhe.

15

Die Wäsche auf der Leine war steif vor Kälte, aber trokken. Arlene Trakas zog die hölzernen Klammern von den Kleidungsstücken und faltete jedes in den Plastikkorb, wobei sie sich auf die Finger blies, um sie beweglich zu halten. Sie war der einzige Mensch, den sie kannte, der – aus freien Stücken – keinen Wäschetrockner besaß. Während der schlechten Zeit im Winter benutzte sie den Keller, durchzog ihn kreuz und quer mit Leinen, aber den größten Teil der Zeit war sie auf die gottgegebene Luft draußen angewiesen, um die Bakterien aus ihrer Wäsche zu vertreiben. Kein Familienmitglied, ausgenommen Mimi, war jemals in einem Krankenhaus gewesen, abgesehen von der Geburt. Noch verloren sie Zeit oder ganze Tage krank im Bett. Arlenes gesunde Handhabung der Wäsche war einer der Gründe, weshalb das so war. Arlene bügelte alles, sogar Unterwäsche und Handtücher, um sie wieder weich zu bekommen. Die Hitze des Bügeleisens brachte den Geruch des Windes und der Sonne in ihre Küche. Kein Geruch der Welt war wie dieser. Kein Trockner brachte fertig, was sie mit der Hilfe Gottes schaffte.

Sie richtete sich vom Korb auf, die Klammern klapperten in der weiten Tasche ihrer Schürze. Eine Frau kam quer über das winterliche Gras auf sie zu. Arlene bekam nur selten Besuch, und das war niemand, den sie kannte. Stiefel, Jeans, strähniges rotes Haar und dunkle leere Augen. Es gab kein Entkommen. Arlene war draußen im Freien, zu weit vom Haus weg, um hineinzugehen und die Tür zu verriegeln. Unwillkürlich schaute sie zur Garage und suchte Jaspers Schutz. Wie viele Monate würde es dauern, bis sie diese Gewohnheit überwunden hatte? Siebzehn Jahre hatte sie diesen kostbaren Hund gehabt, bevor sie ihn im Rosenbeet gefunden hatte, tot.

Die Frau hielt Abstand, als ob sie Arlenes Wachsamkeit bemerkt hätte. »Mein Name ist Deena Reuschel«, sagte sie. »Mein Mann ist am Montag im Fluß ertrunken. Haben Sie davon gehört?«

Die Witwe. Gott hab Erbarmen. »Ja.«

»Darf ich Ihnen vielleicht einige Fragen stellen?«

»Zunächst einmal, es tut mir sehr leid für Sie. Eine furchtbare Sache. Aber die Polizei war deswegen schon hier gewesen. Gestern.«

Ein neuer Grad von Intensität in ihren Augen. »Haben Sie irgend etwas Ungewöhnliches am Montag gesehen? Haben Sie *ihn* gesehen?«

»Nein.« Das Wort hing zwischen ihnen. Eine Zurückweisung. War sie so weit weg vom Schmerz eines anderen, daß sie dieser jungen Frau nicht einmal ein simples Zeichen von Gastfreundschaft geben konnte? »Darf ich Ihnen eine Tasse Kaffee anbieten?«

Ein Nicken. Während Mrs. Reuschel ihr ins Haus folgte, dachte sie an Mimi. Arlene hatte geschickt dafür gesorgt, daß sie nichts von der Polizei mitbekommen hatte. Ohne Mantel war sie nach draußen gerannt, als sie sie kommen sah, und hatte mit ihnen im Hof gesprochen, in sicherer Entfernung von Mimis Fenster. Mimi wußte nach wie vor nichts von dem Unglück auf dem Fluß, den sie als ihr Eigentum ansah.

Sie konnte Mrs. Reuschel an der Seitentür ins Zimmer neben

der Küche hereinlassen. Ihre Unterhaltung würde von ihrer Schwiegermutter nicht belauscht werden. Schließlich war sie mehr als nur ein bißchen taub. Mrs. Reuschel folgte ihr mit einer entmutigten Miene, die Arlene ans Herz ging.

»Ich kann nicht bleiben«, sagte sie, als sie in die Küche kamen und Arlene den Korb unter das Bügelbrett stellte. »Ich muß zurück zu meinem kleinen Jungen.«

»Also.« Arlene schloß die Tür zum Eßzimmer, nur um sicher zu sein wegen Mimi. »Ich habe eine kleine Thermoskanne mit einem Dinosaurier drauf. Ich schütte Ihren Kaffee hinein, und Sie können die Kanne für Ihren Jungen mitnehmen.« Die emotionale Verstörtheit der Frau war so offensichtlich, daß sie nicht reagierte. Arlene überlegte verzweifelt, was sie noch sagen sollte. Der Kaffee, den sie Mrs. Reuschel einschenkte, änderte ihren Gesichtsausdruck nicht. »Sahne, Zucker?«

»Nein.«

Arlene steckte den Stopfen auf den Hals der Thermoskanne, drehte den Deckel fest zu und drückte sie Mrs. Reuschel in die Hand. »Was kann ich noch für Sie tun?«

»Waren Sie die einzige Person hier am Montag? Haben Sie Kinder oder einen Gatten?«

»Ich habe beides, aber sie kommen erst am späten Nachmittag nach Hause. Mein Mann arbeitet, und die Kinder sind in der Schule.«

»Gibt es noch andere Häuser hier in der Nähe?«

»Nicht in der Nähe. Die Gegend hier war bis vor kurzem staatliches Schutzgebiet. Wir waren die erste Familie, die eine Baugenehmigung bekommen hat. Nachdem wir sie hatten, änderten die Behörden ihre Meinung und setzten die Schutzbestimmungen wieder in Kraft. Aber wir durften weitermachen und bauen.«

Mimi fing an zu läuten. Das rhythmische Läuten, das bedeutete, daß sie ganz einfach Gesellschaft haben wollte. Mrs. Reuschel schaute in Richtung des Geräusches und dann zu Arlene. Ihr Mund öffnete sich zu einer wortlosen Frage.

»Die Mutter meines Mannes. Sie ist krank.«

»Könnte sie etwas gesehen haben?« Ein Flüstern.

»Sie ist sehr alt und schwach. Sie hatte einen Schlaganfall und liegt den ganzen Tag im Bett. Sie weiß nicht mal von der Sache mit Ihrem Mann. Wir halten schlechte Nachrichten von ihr fern.« Ihr Tonfall klang bittend – sie hörte es an sich selbst. Aber sie konnte nicht zulassen, daß Mimi gestört wurde. Es war sinnlos. Und es könnte sie töten.

Mrs. Reuschel nickte und trat wortlos hinaus auf die Veranda. »Vielen Dank«, sagte sie. Ihr Gang war steif, als sie mit eingezogenen Schultern davonlief, die Haltung eines Menschen ohne Hoffnung. Arlene wollte ihr etwas nachrufen, einen letzten freundlichen Satz, aber ihr fiel nichts ein.

Mimi war gut zu Arlene gewesen, gut für Arlene. Vor ihrem Schlaganfall war Mimi ein Mensch gewesen, der gerne gelacht hatte, sie war organisiert gewesen und klug. Eine Vertraute. Arlene würde sie in ihren letzten Jahren beschützen. Gleichgültig was passierte.

Sie hatte Apfelsaft für Mimi, nahm einen Löffel aus der Schublade und ging zur Treppe. Immer noch läutete die Schelle. Mimi würde beunruhigt sein, wenn sie erfuhr, daß Arlene den Arzt angerufen hatte und daß er kommen würde. Ein Verrat ihrerseits. Mimi haßte Ärzte. Aber sie hatte seit Montag fast nichts gegessen.

Seit Montag.

Arlene stellte das Glas auf den Tisch im Vorraum und lief durch das Eßzimmer und Wohnzimmer zur Seitentür. Mrs. Reuschel war am Fuß des Hügels kaum noch zu sehen, zu weit weg, um sie noch zu erwischen. Arlene stürzte nach draußen. Sie stand auf der Veranda und schrie: »Kommen Sie zurück! Kommen Sie zurück! Mrs. Reuschel! Kommen Sie *zurück*!«

Das Gesicht und dann die Schultern drehten sich in ihre Richtung. Arlene winkte.

16 Deena saß auf den Stufen und lauschte Arlenes fast lautloser Stimme, die aus Mimis Zimmer zu ihr herunterdrang.

»Mom, ich weiß, daß du niedergeschlagen warst. Ich möchte, daß du mir sagst, warum. Ich hab dich schon mal danach gefragt, aber jetzt hab ich eine neue Idee. Hast du vielleicht etwas draußen vor dem Fenster gesehen, das dich so aus der Fassung gebracht hat? Ist es das?«

Die Schelle.

»War es ein Mann, etwas wegen einem Mann?«

Die Schelle.

»Ist er... ertrunken?«

Die Schelle, laut und anhaltend, dann stoppte sie abrupt. Deena hatte den Eindruck, daß Arlene ihre Schwiegermutter in den Arm nahm. Kein Geräusch drang aus dem Zimmer.

Schließlich sprach Arlene weiter, ihre Stimme klang tiefer. »Eine Frau ist zu mir gekommen, um mit mir zu reden. Es war ihr Mann, den du gesehen hast, derjenige, der umgekommen ist. Sie ist sehr nett. Sie ist hier unten. Darf ich sie zu dir bringen? Ich möchte, daß sie hören kann, was du zu sagen hast. Sie ist sehr nett, Mom.«

Die Glocke, gefolgt von einem Knarren über ihr. Arlene erschien oben an der Treppe und gab Deena ein Zeichen. »Sie antwortet mit der Schelle«, sagte Arlene. »Wenn sie nicht klingelt, heißt das *nein*. Ihr Name ist Mimi. Sie möchte, daß die Leute sie so nennen.«

Die kahle stickige Diele führte in einen hellen Raum. Direkt vor einem großen Panoramafenster stand ein Krankenhausbett, Kopf- und Fußteil in Sitzposition hochgekippt. Mimi belegte nur einen kleinen Teil des Bettes, ihr Kopf und ihre Knie ragten hervor, wo die Matratze abgeknickt war. Sie war wie eine Statue in grau und weiß vor lebhaft rosafarbenen Laken. Eine silberne Kuhglocke war mit einem Stück weißen Garns an ihrem Handgelenk befestigt. Zuerst sah Deena ihre Augen nicht, aber sie ging um das Bett herum, bis sie in Mimis Blickfeld war. Es waren schwarze Augen, erschreckend lebendig in einem zerfallenen Körper.

»Mimi? Ich bin Deena.« Sie sah zu Arlene, um die Erlaubnis einzuholen, fortfahren zu dürfen.

»Nur weiter«, sagte Arlene.

»Sie glauben, Sie haben meinen Mann gesehen?«

Mimi riß ihr Handgelenk nach oben, bis die Schelle anschlug.

»Darf ich...« Deena umrundete das Bett, bis sie hinter Mimis Kopf stand. Mimis Sicht aus dem Fenster bestand aus knospenden Baumwipfeln, einem Feld, der gegenüberliegenden Anhöhe und einem Teil des Flusses, der zwischen dem Steilufer und entlang der Schlucht schäumte. In ein, zwei Wochen würde der Blick nahezu vollständig vom Blattwerk der Eichen verdeckt sein. Wenn Deena dann hierher zurückgekommen wäre, hätte sie Arlenes Haus von dem Kliff aus wahrscheinlich gar nicht sehen können.

Arlene brachte jetzt einen Stuhl für sie und stellte ihn neben Mimis Bett. Deena setzte sich, und Arlene ließ sich auf einer Zedernholzkommode in der Ecke nieder, wo Mimi sie sehen konnte.

»Ich glaube, daß mein Mann – sein Name war Tim – von diesem Kliff gestürzt ist. Ist das richtig?«

Mimi schüttelte ihre Hand heftig Richtung Fenster. Das gleichzeitige schnelle Läuten zeugte von einer derart heftigen Erregung, daß Deena erschrak. Dies war keine unintelligente Frau. Dies war keine Frau, die ihr Bewußtsein mit dem Schlaganfall verloren hatte. Die Intensität von Mimis Reaktion war eine Warnung. Sie beugte sich zu Mimi hinüber. »War jemand bei ihm da oben?«

Das Läuten ging weiter, hallte von den Wänden und der Decke wider.

»Ein weißer Mann in schwarzer Kleidung?«

Immer noch die Glocke.

»Hat er Tim gestoßen?«

Mimis Arm kam zur Ruhe. Sie rührte sich nicht. Schweiß perlte auf ihrer Kopfhaut und lief über die Stirn. Arlene sprang von der Zedernholzkommode auf und legte eine Hand an Mimis Gesicht. »Sie ist klamm.« Arlenes Hand glitt hinunter und befühlte die Schultern von Mimis Nachthemd. »Feucht. Möglicherweise ist es zuviel für sie. Mom, bist du krank?«

Mimi bewegte sich nicht. Vielleicht verlor sie das Bewußtsein. Arlene nahm ein Handtuch und drückte es sanft gegen Mimis Genick und Schläfen. Mimis ermatteter Blick blieb bei Deena.

»Soll ich gehen?« fragte Deena.

»Nein«, sagte Arlene. »Machen Sie weiter.«

Deena zögerte.

»Sie möchte, daß Sie weiterfragen.«

Mach es allgemeiner. »Mimi, hat der Mann Tim getötet?«

Die Glocke.

Entsetzt legte Deena ihre Hände an die Ohren. »Hat er sich angeschlichen und ihn überrascht?«

Die Glocke.

»Hat er Tim geschlagen?«

Die Glocke.

»Er hat ihn *geschlagen*?«

Die Glocke.

»Jesus!« Deena begann zu schluchzen. »Womit hat er ihn geschlagen? Mit seinen Fäusten?«

Mimi keuchte, bewegte sich nicht.

Deena senkte ihre Hände. »Nicht mit den Fäusten. Er hat ihn

mit...« Sie stand auf. »Wohin hat er geschlagen?« Sie zeigte auf ihren Kopf. Ihren Rücken. Ihre Hüfte. Ihre Schenkel. Ihre Beine. Mimi schellte.

»Auf die Beine. *Mit* etwas?«

Die Glocke.

Deena lief zum Fenster und starrte hilflos auf die Phantomszene. »Und das hat Tim ins Wasser geschleudert?«

Die Glocke, die Glocke.

»Was ist dann passiert?« Nicht richtig. Sie mußte es anders formulieren.

»Lassen Sie mich versuchen«, sagte Arlene. »Ist der Mann danach fortgegangen?«

Mit einem heftigen Schwall mußte Mimi sich übergeben. Arlene sprang zum Bett und drehte Mimi behutsam auf die Seite. »Sie muß würgen. Helfen Sie mir.« Deena schob Mimis Kopf nach vorn und versuchte, ihren Mund mit einem Zipfel des Handtuchs zu säubern. Der Gestank erinnerte sie an den Geruch im Krankenwagen.

»Awaaawwwaaa.« Ein Aufheulen, primitiv und guttural.

Deena weinte. »Was sollen wir machen?«

»Sie kommt schon in Ordnung. Es geht wieder, nicht wahr, Mom?« Arlene strich Mimis schwarzes Haar zurück. »Es geht wieder. Ich nehme das.« Sie knüllte das Handtuch zusammen. »Ich bringe eine Waschschüssel. Eine Minute.« Sie verließ den Raum.

Deena sank auf den Stuhl. Erschöpft sahen sie und Mimi sich gegenseitig an. *Frag mich*, sagte Mimi wortlos.

»Dann... ist er hinunter zum Fluß geklettert«, flüsterte Deena, »und hat Tim untergetaucht, hat ihn unter Wasser gedrückt, stimmt das?«

Mimis Arm flog zuckend hoch gegen ihre Hüfte. Kaum hörbar schlug die Glocke im Bettzeug an.

17 Deena und Arlene standen aneinandergedrängt im Wind neben dem Haus. »Im Haus wollte ich nicht darüber sprechen«, sagte Arlene. »Ich wollte nicht, daß sie uns hört.«

Deena nickte.

»Sie werden ihr nicht glauben, wissen Sie. Eine alte Frau, die nicht sprechen kann. Sie ist senil.«

»Meinen Sie das wirklich?«

»Das werden sie sagen.«

»*Ich* glaube ihr.«

»Das steht außer Frage.« Arlene steckte ihre Hände in die Taschen ihres Pullovers. »Sie hat es gesehen.«

Bei dem Gedanken, daß Tim geschlagen worden war, wurde Deena wieder ganz elend. Sie faltete ihre Arme über dem Magen. »Ich hätte sie fragen sollen, ob sie den Mann erkannt hat?«

»Ich kriege es raus.«

»Ich habe kein Telefon hier. Ich muß Sie anrufen.«

»Steht im Telefonbuch. N. R. Trakas. Rufen Sie mich an, wenn Schule ist. Ich kann das meiner Familie nicht erzählen.«

»Nein, tun Sie es nicht.«

Arlene rieb sich die Wangen, als wollte sie sich vergewissern, daß sie wach war. »Wir könnten alle zur Zielscheibe werden, nicht wahr? Wenn es irgend jemand herausbekommt?«

»Haben Sie Mimi erwähnt, als die Polizei hier war?«

»Die meisten Leute kennen sie und wissen, daß sie hier mit uns lebt. Sie ist hier geboren. Aber für diese Leute ist sie nicht mehr lebendig. Vollinvaliden werden übersehen, als wären sie bereits Geister.«

Lachen. Drei Kinder mit Büchern unter dem Arm jagten sich gegenseitig am Fuß des Hügels.

»Meine«, sagte Arlene mit Entschiedenheit.

Deena eilte den Hang hinunter an den Kindern vorbei, die nur flüchtig aufsahen, als sie davonging.

18 Die Räder berührten den Randstreifen, zogen den Wagen nach rechts und schreckten Deena auf. Sie riß am Lenkrad, um zu verhindern, daß sie ganz auf den Seitenstreifen geriet. Gummi rumpelte und rutschte über Steine und Erde, quetschte sie unsanft in ihren Sicherheitsgurt, bevor der Wagen zurück auf die Fahrbahn holperte. Die Bewegung gab ihr einen Adrenalinstoß. *Paß auf.* Sie fuhr, als wäre sie allein auf dem Highway. Mehrmals hatte sie die Mittellinie überfahren und viel zu hart aufs Gas getreten. Sie war in Mimis Zimmer, saß im Stuhl, hörte zu und sah Tim durch Mimis Augen, sah seinen Angreifer. Immer wieder überkam sie Zorn. Nein, nicht Zorn, nicht Wut. Dieses Gefühl hatte keinen Namen.

Abrupt bog sie auf die Uferstraße des Sees ab, schleuderte, bremste und gab wieder Gas. Das Auto sprang über Schlaglöcher und Risse und wirbelte eine Staubfahne im Rückspiegel auf. Tim war quer über die Beine geschlagen worden, so hart, daß er hinuntergestürzt war. Es mußten Quetschungen davon zurückgeblieben sein. War Halligan blind? *Beruhige dich.* Zahllose Wundmale mußten auf Tims Körper gewesen sein. Sie hatte das zerschundene Fleisch an seinem Kopf gesehen. Vielleicht konnte Halligan die eine Art Schläge nicht von der anderen unterscheiden?

Die Hütte kam in Sicht. Nur noch wenige Autos waren übrig. Familie, vermutlich. Sie nahm den Fuß vom Gaspedal, und mit dem verbliebenen Schwung rollte sie die Einfahrt hinunter. Dort mußte sie hart bremsen, um zum Stehen zu kommen. Ein Quietschen hallte im Einstellplatz wider. Sie drehte den Schlüssel ein wenig nach links, und der Motor erstarb. Ohne die Bewegung des Wagens verstärkte sich die Bewegung in ihrem Innern. Sie fragte sich, ob sie aufstehen konnte. Gene erschien am Fenster neben ihr und klopfte leicht dagegen. Sie ließ es halb herunter. »Hattest du meinetwegen das Gefühl, du müßtest gehen?« sagte er ängstlich. »Ich entschuldige mich.« Er griff hinein, zog am Türgriff und öffnete für sie die Tür. »Verzeih mir.«

Sie stieg aus und stand einen Augenblick vor ihm. Ein Bild unauslotbaren Kummers. Keine Freude konnte jemals mehr ganz zu diesem Mann vordringen. »Ich bin nicht deinetwegen weggefahren. Ich brauche ganz einfach nur viel Platz.«

»Abgemacht. Du sagst mir, wann, und ich helfe dir.«

Sie legte ihren Kopf an seine Schulter, und er hielt sie fest.

»Deena, ich möchte dir etwas sagen, bevor du hineingehst. Bob Norville hat heute nachmittag einen Umschlag vorbeigebracht. Es ist eine kurze Stellungnahme des Pathologen. Nicht der vollständige Autopsiebericht. Den kriegen wir später.«

Sie machte sich von ihm los. »Wo ist er?«

»Hier.« Er zog ein Stück Papier aus der Tasche.

Es war ein Formular. Ihre Augen übersprangen die gedruckten Worte und gingen sofort zu den handgeschriebenen Einträgen. *Tod durch Ertrinken. Unfall. Nähere Umstände unbekannt. Gesprungen oder gefallen. Dr. med. F. S. Halligan.*

19

Nachdem er die Bundesstraße 6 erreicht hatte, nahm er die erste Abfahrt und fuhr in die Drive-in-Spur eines Fastfood-Restaurants. Eingekeilt zwischen zwei Pickups in der endlosen Schlange von Autos, schloß er das Fenster, um den Gestank draußen zu halten. Wenn er nicht so hungrig wäre, hätte er es gelassen. Eine körperlose Stimme quakte ihn von der Tafel mit den Speisen an, hohe Randsteine blockierten den Fluchtweg, Frauen betatschten sein Essen. Er verabscheute Situationen, in denen er sich eingepfercht vorkam. Er gab seine Bestellung durch und fuhr in die Kurve. Vor ihm wechselte Geld die Hände, verschmutzte und verklebte Scheine, schmierige Münzen. Er sah die Hamburger vor sich, sah die Fettflecken, ihr Erkennungszeichen, das sie auf dem Boden der Pappschachteln hinterließen. Der Schlafsack, sicher verborgen im Kofferraum, kam ihm in den Sinn.

Seine Erkennungszeichen hinterlassen.

Was hatte er sich bloß gedacht? Er verlor den Verstand, fing an, unlogische Entscheidungen zu treffen. Der Schlafsack würde Fasern hinterlassen, hatte schon Fasern hinterlassen, in seinem Wohnzimmer, an seinen Kleidern und im Auto. Wenn er Jon hineinsteckte, mußte er das Ding für immer loswerden.

Lautes Hupen schreckte ihn auf. Er nahm den Fuß von der Bremse, ließ den Wagen weiterrollen und suchte in einem Haufen Kleingeld nach den passenden Münzen. Er mußte den Schlafsack – und seinen menschlichen Inhalt – an einem Ort fortwerfen, wo ihn niemals jemand finden konnte. Und im Universum gab es nicht gerade viele solcher Plätze.

20

Jon stand im Bett auf. »Mommy, es ist vier, sieben, sieben.«

»Ich war länger weg, als ich dachte. Du hast mir sehr geholfen. Danke.«

»Wo warst du?«

Sie winkte ihn zu sich und flüsterte ihm ins Ohr. »Ich bin noch einmal zum Fluß gefahren, dahin, wo wir Picknick gemacht haben.«

Er kam mit seinem Mund an ihr Ohr. »Hast du den Mann gesehen?«

»Er war nicht da.«

»Was hast du gesehen?«

Das spitze Dach kam ihr in den Sinn, Arlene, die im Hof Wäsche aufhängte, die Helligkeit in dem Krankenzimmer, Mimis Konturen vor dem Fenster. Wieviel konnte sie Jon davon anvertrauen? *Nichts. Zu seinem eigenen Schutz.* »Der Arzt, der Daddy untersucht hat, hat uns heute eine Nachricht geschickt. Darin steht, daß Daddy durch einen Unfall ums Leben gekommen ist.«

»Aber was ist mit ihm passiert?«

»Er weiß es nicht genau.«

»Er muß es aber wissen«, sagte Jon plötzlich. Dann ließ er sich zurück auf die Matratze fallen und starrte an die Decke. »Er ist dumm. Frag jemand anderen.«

Immer waren sie gleicher Meinung. Sie konnte sich darauf verlassen, daß er laut aussprach, was sie dachte. »Das ist nicht so einfach.«

»Warum?«

»Komm, steh jetzt auf. Wir essen jetzt etwas Leckeres zu Abend.« Sie tätschelte sein Bein.

»Hast du *gar nichts* gesehen, als du dort warst?« Sein Blick war direkt und durchdringend.

Er wußte, daß sie seinen Fragen auswich. Und er würde merken, wenn sie ihn anlog. »Laß uns gehen.« Ihre Worte schienen ihn zu treffen, aber er ließ zu, daß sie ihn hochhob und aus dem Zimmer trug.

21

Myra Swenk zog den Hocker hinüber zur Tür, so daß sie sich daraufstellen und durch den Spion sehen konnte. Sie haßte es, ihn dafür zu benutzen. Ihre Schwester hatte den gestickten Bezug dafür gemacht. Lilienblüten auf einem Lavendelhintergrund. Sie mußte einen anderen Hocker kaufen, das war's, was sie machen mußte, einen ohne Bezug, einen Metall- oder Plastikhocker, nein, kein Plastik, das konnte Geräusche machen. Eines Tages würde sie es tun. Die Hände an die Tür gelegt, hievte sie sich in die richtige Position und preßte ihr Auge an das Okular. Wer es auch war, er war zu nah, und es war zu dämmrig da draußen, um...

Es war dieser Mr. Trayne. Sah immer aus wie ein Landstreicher, dachte sie, mit diesen Haaren im Gesicht, schmuddelig. Wie dieser blöde Fernsehchef mit dem ekelhaften Bart. Jedesmal, wenn sie dem Mann beim Kochen zuschaute, konnte sie sehen, wie Härchen ins Essen fielen. Sah immer schläfrig aus, dieser Mr. Trayne. Vielleicht stand er ja ständig unter Drogen. Daran hatte sie noch gar nicht gedacht. Er hatte hängende Augenlider. Aber nein, das Weiße in seinen Augen war immer klar, nicht blutunterlaufen. Darauf achtete sie stets bei Leuten, auf den Zustand der Augen. Die Augen sind die Fenster zur Seele.

Mr. Trayne. Der immer weglief, wenn sie mit ihm redete, einfach an ihr vorbei, als wenn er sie nicht hören würde oder als wenn das, was sie sagte, keinen Sinn hätte. Und er klopfte nur, wenn er etwas brauchte. Was war es diesmal? Sie seufzte und stieg vorsichtig vom Hocker. Vielleicht hatte er ja die Miete für sie. Herzlich schlechte Aussichten dafür. Mr. Trayne hatte nie Geld oder tat jedenfalls so. Vielleicht war er ja gekommen, um Daniel zu besuchen. Keinen Ton würde sie sagen, wenn er nach Daniel fragte. Der Junge war gefühllos. Alle waren sie gefühllos aus dieser Generation. Wie Daniels Kinder. Konnte man nicht ändern. Wir haben's ihnen so beigebracht.

Sie zog den Hocker zurück an seine Position im Wohnzimmer und fing an, sich an den Schlössern zu schaffen zu machen. Sie hatte drei. Die Leute sagten, bei so vielen Schlössern kommt man nicht raus, wenn's brennt. Aber Diebe sind wahrscheinlicher als Feuer. Das Aufschließen der Schlösser verschaffte ihr immer ein wenig Zeit. Während sie sie aufsperrte, stellte sie sich vor, daß, wer auch immer es gewesen war, den sie durch den Spion gesehen hatte, weggegangen war und nun ein Schurke dastand, bereit, sie zu würgen. Aus gutem Grund ließ sie immer die Sicherheitskette vor, obwohl sie gehört hatte, daß eine kräftige Schulter gegen die Tür sie ohne weiteres aus dem Rahmen brechen konnte. Sie ließ sie vorgelegt und schaute vorsichtig nach draußen. Mr. Trayne war noch da und hatte sein Bettlergesicht aufgesetzt.

»Hallo, Mrs. Swenk. Ich komme, um zu fragen, ob ich Ihr Auto geliehen haben könnte.«

Einfach so rausplatzen, noch nicht mal ein Wie-geht-es-Ihnen. Keine Manieren, nicht im geringsten. »Das letzte Mal, als Sie mein Auto geliehen hatten, war der Tank leer, als Sie es zurückbrachten, und ich kann das nicht leiden, verstehen Sie? Ich brauche das Auto. Was ist, wenn ich einen Notfall habe?« Er war harmlos, aber nachlässig, harmlos, aber nachlässig. Nimm nur mal sein Apartment, sie hatte ihren Augen nicht getraut, als sie drin war, nicht schmutzig, Gott sei Dank, das war ein Segen, aber völlig durcheinander, *Gott im Himmel*, überall auf dem Boden Bücher, saubere Teller – saubere, das gebe ich zu – auf der Arbeitsplatte, als wenn er sie abwäscht, aber niemals auch nur einen einzigen in den Schrank zurückräumt, falls sie jemals im Schrank gewesen waren, was sie bezweifelte. Und die Hälfte seiner Kleider auf dem Boden des Schranks, als wenn er nicht genügend Bügel hätte und es sich nicht leisten könnte, welche zu kaufen. Dann hatte er das Schloß ausgewechselt. Die Mieter durften das, ohne vorher um Erlaubnis zu fragen, trotzdem faßte sie es als Beleidigung auf, wenn sie ihr keinen neuen Schlüssel brachten. Wenn sie jetzt an seinem Apartment vorbeikam, erwartete sie immer, daß die Unordnung unter der Tür durchkroch. Manchmal dachte sie lange darüber nach, wie es jetzt wohl da drin aussehen würde.

»Ich muß morgen früh zu einer Beerdigung außerhalb der Stadt. Diesmal tanke ich. Versprochen.«

Er sah auf die Schlüssel an den Haken. Sie sollte das Schlüsselbrett in die Küche hängen, an der Wohnungstür war kein guter Platz. Aber sie konnte es nicht umhängen, Daniel machte solche Sachen immer, und sie war nicht Daniel. »Ich dachte, Sie hätten vielleicht die Miete für mich. Es kann nicht Monat für Monat so weitergehen, sehen Sie das nicht ein? Ich brauche das Geld, und jetzt wo Daniel krank ist...«

»Ich bezahle.«

»Sie bezahlen *zu spät*.« Das hatte er verstanden, vielleicht. Sie glaubte zu sehen, wie ein Anflug von Schuld sich seinen Weg durch das schreckliche Gestrüpp von Haaren bahnte. Der Mann hatte ein Gewissen, das hatte sie mit der Zeit festgestellt, aber er handelte nicht danach, kam nicht von seinem Rückstand herunter und *handelte*. Na ja, vielleicht hatte er ja wirklich Geldprobleme oder sonst was Schreckliches, aber er wirkte immer wie benommen, als hätte ihm gerade jemand eins über den Schädel gegeben. Sie konnte nachsichtig sein, war nachsichtig, sie war immer der Meinung gewesen, daß es besser war, einen anständigen Mieter zu haben, der schlecht zahlte, als ihn rauszusetzen und das Risiko mit einem neuen Mieter einzugehen.

»Mhm. Kann ich es jetzt haben oder nicht?«

»Daniel freut sich auf Ihren Besuch. Wann wird das sein? Jetzt schläft er gerade.« Es gab Länder, in denen war Tauschhandel völlig selbstverständlich, und in einigen Teilen dieses Landes gab es ihn auch.

»Wenn ich die Autoschlüssel zurückbringe?«

Gott allein wußte, wann das sein würde. Letztes Mal hatte sie schließlich auf einem Stuhl im Hausflur vor seinem Apartment gesessen und darauf gewartet, daß er nach Hause kam und sie ihn auffordern konnte, die Schlüssel zu suchen. Verlegt hatte er sie, hatte er behauptet. Eine halbe Stunde lang hatte er seine Sachen durchwühlt, während sie auf dem Stuhl saß und zuhörte. Kein Wunder. Kein *Wunder*. Vielleicht konnte ein Mädchen ihn irgendwie auf Trab bringen, aber sie hatte noch nie gesehen, daß er ein Mädchen über Nacht reingeschmuggelt hätte wie andere. Vielleicht war er keiner, der's mit Mädchen hatte. Daran hatte sie noch gar nicht gedacht. Es hieß, die, die ihre Mutter nicht mögen, mögen auch keine Mädchen. Das würde den Mangel an Manieren erklären. Nun ja, wenn er niemals eine Mutter gehabt hatte... Das drang zu ihr durch, traf sie in den weichen Partien unter den Rippen. Mrs. Daniel Swenk konnte ihm noch einen kleinen Aufschub einräumen und ihm ab und zu mal einen ordentlichen Stoß geben, wenn es nötig war.

Nie wußte sie, welcher Schlüssel welcher war. Sie suchte fast alle durch, versuchte die Schildchen zu lesen und das vom Auto zu finden. Tatsächlich benutzte sie es kaum, aber das brauchte er nicht unbedingt zu wissen. Sie nahm die richtigen Schlüssel vom Brett und hielt sie ihm unter die Nase. »Sie bringen sie mir sofort zurück. Verstanden? Sofort. Und bringen Sie die Miete mit.« Als er sie entgegennahm, glaubte sie, ein wenig Anerkennung wegen ihres mütterlichen Tonfalls in seinen Augen zu sehen, vielleicht aber auch nicht.

22

Paul hielt den Strahl der Taschenlampe auf das Eis unter seinen Füßen gerichtet. Hoch über ihm pulste die gewölbte Decke von Tausenden von Fledermäusen. Seine Haut prickelte von dem feinen Sprühregen, der ununterbrochen von oben herabrieselte. Als er mit zehn Jahren das erste Mal in dieses zusammenhängende Höhlensystem gekommen war, hatte die Vielfalt und die Pracht ihn sprachlos gemacht. Diese Höhle, der Ballsaal, war die eindrucksvollste. Riesig, kunstvoll geformt, erhob sie sich wie das Innere einer großartigen Kathedrale über einer gewaltigen ebenen Eisfläche. Die kleinste Höhle, die er hier unten gefunden hatte, hatte keinen Namen, eine lange Röhre, die nirgendwohin führte, kaum groß genug für einen Mann, der auf dem Bauch über den Boden kroch, der so trocken und sandig war, daß er ins Fleisch schnitt. Wie viele Höhlen existierten in diesem Labyrinth? Er hatte keine Ahnung. Er wußte nur, daß sie nicht alle kartografisch erfaßt waren.

Um diese Jahreszeit mieden die Höhlenforscher die Engelshöhlen. Sie waren heimtückisch kalt und berüchtigt für ihren Schwierigkeitsgrad. Sie waren nie zur öffentlichen Attraktion geworden, weil sie ein zu großes Risiko darstellten.

Wie schwierig würde es sein, Jons Körper über diese glatte Oberfläche zu transportieren? Eine Verletzung, die ihn bewegungsunfähig machte, und Paul würde in der Falle sitzen. Es würde Wochen dauern, bis er gefunden wurde.

Der goldene Lichtstrahl seiner Taschenlampe fand, wonach er suchte: die Teufelstreppe in einer Ecke des Ballsaals. Schritt für Schritt bewegte er sich darauf zu. Noch näher. Die Natur hatte Steinstufen gegraben, die abwärts scheinbar auf eine Wand zuführten. Auf den ersten Blick schienen sie den Ballsaal mit einer tiefergelegenen Höhle zu verbinden. Unerfahrene Forscher mochten von den ebenen Tritten und der glitzernden Schönheit der darüberhängenden Formationen verführt werden. Aber die Treppe endete abrupt über einem Schacht. Er hatte Steine hineingeschmissen und viele Sekunden später ganz schwach ihren Aufschlag gehört. Nichts, was in diesem Abgrund verschwand, kam jemals wieder heraus.

Drei oder vier Minuten. Mehr würde er nicht brauchen, bis er fertig war. Den Wagen in einer Wende auf den verlassenen Parkplatz setzen und dann rückwärts das Gefälle hinunter bis fast in den Eingang, das Bündel nehmen und durch die äußere Höhle in den Ballsaal tragen, dann vorsichtig übers Eis und es dann hinunter in die Finsternis werfen. Sobald er es los war, sobald es außer Sicht war, konnte ihm nichts mehr nachgewiesen werden.

23

Wem gehörte dieses Haus? Es gab Gardinen, Teppiche, Stühle und Sessel. Allerdings keine Spielsachen. Hier wohnten nur Erwachsene. Er wünschte sich, es wären Kinder da. Warum brachten sie seinen Daddy in *dieses* Beerdigungshaus? Warum brachten sie ihn nicht in das Beerdigungshaus von Großvater Reuschel am See? Niemand war hier die Großmutter oder der Großvater. Niemand hatte ihm Saft angeboten oder ihm die anderen Zimmer gezeigt. Hier lebte überhaupt niemand. Das hatte er sofort gemerkt, als er hereingekommen war. Es gab keine Bücher, kein Fernsehen, keine Katze und keine Briefe. So verlassen wie hier war er sich noch nie vorgekommen. Unterwegs im Auto hatte er sich darauf gefreut, seinen Dad zu sehen. Er war über den Parkplatz gelaufen. Aber dann, als er ihn sah, sah sein Dad aus wie eine große Puppe in einem Bett. Sein Dad konnte nicht mit ihm sprechen. Sein Dad war nicht mal da. Nur diese große Puppe war da. Und er wußte, daß er seinen richtigen Dad nicht anrufen konnte, und nirgendwo in der ganzen Welt konnte er ihn finden. Nicht mal zu Hause in Kalifornien. Da mußte er weinen.

Zu viele Leute waren um ihn und seine Mutter. Immer noch drängelten sie herein, mehr und mehr. Die Männer hatten heiße Hände, und sie kamen mit ihren Gesichtern ganz dicht vor seines. Niemand schien besonders nett zu sein, als ob sie nur versuchten, nett zu sein. Er hielt weiter nach dem Mann aus dem Wald Ausschau, nach der Jacke und dem Hut, aber die meisten waren alte Männer. Eher dick, nicht groß. Er war wirklich sehr müde. Wie gerne würde er sich auf den Teppich setzen, aber seine Mutter würde es nicht mögen.

Jemand sah ihn von dem anderen Raum aus an. Jemand in der Reihe. Paul Kincaid, der mit seinem Dad gespielt hatte, als sie kleine Jungen waren. Großmutter sagte, daß sie Paul liebte und daß er ihr irgendwie leid tat, weil er immer allein war.

Paul blinzelte Jon mit einem traurigen Gesicht zu. Es gab ihm ein gutes Gefühl, jemand, der seinen Dad liebgehabt hatte und auch ihn wirklich gern hatte. Seine Mutter schien weit weg zu sein. Alle schienen weit weg zu sein. Er wollte mit Paul sprechen. Jetzt gleich. Er wollte ihn fragen, wie es war, als Paul und sein Dad kleine Jungen gewesen waren. Was hatten sie gespielt? Hatten sie mit Matchbox-Autos gespielt? War sein Dad lustig gewesen?

Paul mußte warten und warten und warten, bis er an die Reihe kam. Als seine Mutter Paul begrüßte, drückte sie ihn ganz lange. Paul war wie ein Onkel. Nicht nur ein Freund.

Paul saß vor Jon in der Hocke und flüsterte, so daß niemand sonst hören konnte, was er sagte. »Tut mir leid mit deinem Dad, Jon. Ich möchte dich besser kennenlernen, bevor du zurück nach Kalifornien fährst. Ich werde dich vermissen. Hast du Lust, etwas mit mir zu unternehmen? Vielleicht morgen? Nur wir zwei?«

Jon nickte. Alles war so durcheinander. Er hatte Angst wegen dem Mann, und sein Großvater wollte nichts davon wissen. Und als seine Mutter vom Fluß zurückgekommen war, wollte sie Jon nicht sagen, was sie gesehen hatte. Sie konnte auch sterben, ziemlich bald. Er durfte zu niemandem etwas sagen.

Er erinnerte sich, wie sein Dad Paul in New York einen Kuß gegeben hatte. Sein Dad hatte gelacht. Er war glücklich gewesen. Vielleicht konnte er Paul davon erzählen, von den Bildern. Nur Paul, sonst niemandem.

24

Unwirklich, diese Leichenhalle mit Tims Körper in der Mitte wie ein Altar. Den ganzen Abend waren die Leute zu dem Sarg gegangen, waren stehengeblieben, hatten ihn angesehen, hatten geweint. Fremde für sie. Aber nicht für ihn.

Eingebettet in den Schimmer der Kerzen und unter dem gefilterten Licht der Punktstrahler ging ein Leuchten von seinem Körper aus. Eine Atmosphäre des Friedens und sogar der Auferstehung umgab ihn. Im Beerdigungsinstitut herrschte Stille. Die Familie stand im Halbdunkel, allein mit ihren flüsternden Stimmen. Die Trauergäste waren fort. Deena hatte genau hingehört, was die einzelnen Leute zu ihr gesagt hatten, während sie vorbeizogen. Alles hatte sie hören wollen. Jedes Wort, jeden Namen.

Als sie und Jon als erste angekommen und allein gewesen waren mit Tim, hatte Jon in ihren Armen geweint. Aber als dann die Besucher gekommen waren, hatte er brav neben ihr gestanden und die Gesichter der Leute gemustert. Suchte er dasselbe, wonach sie suchte? Jetzt winkte ihre Mutter Jon zu sich und nahm ihn mit aus dem Raum. Die anderen folgten, und sie verstand. Dies war ihre Gelegenheit, Tim adieu zu sagen. Beim Gottesdienst am nächsten Morgen würde der Sarg geschlossen bleiben.

Sie drückte sich zwischen einigen stillen Betenden hindurch, vergaß alle Höflichkeitsfloskeln, war nur noch in Gedanken. Sie lehnte sich über ihn und versuchte die Gegenwart seiner Seele zu verspüren. Eine Parfümwolke stieg ihr heftig in die Nase, viel stärker als das Blumenduftspray. Der Geruch kam tatsächlich von seinem Körper. Was für ein Gift hatten sie da genommen? Sie stellte sich die Rückseite seiner Beine vor, die Quetschungen, die dort ganz bestimmt vorhanden waren, und zuckte zusammen.

Jetzt war nicht die Zeit, um der Sache nachzugehen. Wenn sie genügend Beweismaterial zusammenhatte, konnte sie ihn exhumieren lassen. Jetzt mußte sie kooperativ erscheinen, um Tims Killer zu täuschen und um ihre Familie nach Hause schicken zu können, damit sie ihr nicht mehr im Weg war. Sie wollte dieses Begräbnis nicht als Niederlage begreifen, sondern als Trick.

Sie holte Tims Ehering aus ihrer Tasche. Sie würde ihn ihm mitgeben als Zeichen ihres Vertrauens. Sein Finger war überraschend weich, als sie danach griff, und der Ring glitt ganz leicht darauf.

Er ist immer noch mein Mann. Minutenlang stand sie bei ihm, wollte ihn nicht gehen lassen, erinnerte sich an jede Facette seiner Lebenskraft und seiner Freundlichkeit. Erst als sie einen Entschluß gefaßt hatte, was sie als nächstes für ihn tun mußte, brachte sie die Kraft auf, von seiner Seite zu weichen und zu gehen.

25 Mike würde im Fernsehsessel sitzen. Garantiert. Paul steckte seinen Hausschlüssel in die Tasche und trug seinen Koffer am Arbeitszimmer vorbei. Sein Vater, in den Sessel gestreckt mit einer Illustrierten vor dem Gesicht, senkte sie ein wenig und nickte ihm leicht zu. Paul ging zu seinem Zimmer, der Parkettboden knarrte unter seinen Füßen. Die ganze Hütte knarrte unaufhörlich – vor Alter, wegen des Windes und der Mäuse in den Wänden. An manchen Wochenenden war das Knarren das einzige Geräusch in der Hütte. Er und Mike sprachen selten. Mikes Stimme war heiser, wenn er sprach, weil er sie so lange nicht gebraucht hatte. Sehr gut. Er hatte diese Stimme oft genug gehört. Das Schweigen seines Vaters war eine unerwartete Wohltat gewesen, die der Tod von Pauls Mutter bewirkt hatte. *Sarah.* Er spürte einen Stich, wenn er an sie dachte.

Er tastete nach der Lampe. Konnte sein Vater sie nicht ein einziges Mal für ihn anlassen? Sparte er die Pfennige auf der Stromrechnung? Es war mehr ein Geizen mit Gefühlen als mit Geld, da war sich Paul sicher. Ein dunkler Raum vermittelte nicht das Gefühl, daß man willkommen war. Er fand den Schalter und stellte seinen Koffer in die Ecke. Das war kein Jungenzimmer, war es nie gewesen. Es sah nach Sarah aus. Ihre handgehäkelte Bettdecke. Die dekorativen Kissen. Die Spitzenvorhänge. Der Schminktisch, der Sarahs Mutter gehört hatte. In diesem Zimmer hatte er sich nie zu Hause gefühlt, auch wenn die Durchdringung des Raums mit ihrer Person manchmal tröstlich für ihn gewesen war.

Die Markierungen von den Geburtstagen waren immer noch auf dem Türpfosten. Jedes Jahr, bis er zwölf war, hatte sie seine Größe gemessen. Jeder Bleistiftstrich trug ein Datum. In manchen Jahren war er schneller gewachsen als in anderen. Er hatte schnell groß werden wollen. Er rieb mit dem Daumen über die rote Linie oben über allen anderen Markierungen. Die Größe seines Vaters, unüberbietbar in jenen Tagen, obwohl Paul jetzt ein wenig größer war als sein Vater.

Wie sie gerungen hatten, als er ein Kind war und Paul verzweifelt versucht hatte, seinem schmerzhaften Griff zu entkommen. Sogar die Geburtstage waren ein Männlichkeitstest. Die Schläge seines Vaters, für jedes Jahr einen, hinterließen bleibende Quetschungen in seinem Oberarmknochen. *Sieben, acht, neun! Und einen zum Weiterwachsen!* Kranker Bastard. Stark und männlich. Und sie... hatte weggesehen. Er hatte versucht, mit ihr über seinen Vater zu reden, aber sie hatte es mißbilligt. Manchmal hatte er sie nachts und frühmorgens im Bett gesehen, Bauch an Bauch schlafend, ihre Glieder ineinander verschlungen, nicht ein Hauch Platz zwischen ihnen. Wie sein Vater sie angehimmelt hatte. Blumen, Früchte, Parfüm, geprägte Schachteln mit riesigen Schleifen. Noch jetzt sah er ihr Gesicht vor sich, wenn sie duftige Kleider und Dessous aus blaßrosa Seidenpapier wickelte. Unaussprechliches Entzücken, Ehrerbietung, eine atemberaubende unterschwellige Sinnlichkeit zwischen Mann und Frau.

Nein, sie wollte nicht zuhören. Damals konnte Paul noch nichts damit anfangen, aber was unausgesprochen hinter ihrer Haltung stand, wurde ihm klarer und klarer mit jeder neuen Markierung: Sarah würde Paul nur so lange lieben, wie Paul seinen Vater liebte oder so tat, als ob er ihn liebte.

Was konnte er tun? Er betete seine Mutter an. Sie war alles, was er hatte.

Die Bleistiftstriche kletterten höher und höher, und zwischen ihnen lagen Jahre der Scham und des Leidens unter der Faust seines Vaters. Pauls Aufstieg zur roten Marke wurde zur Obsession, diese Höhe von fünf Fuß und elf Zoll sein einziges Ziel. Er stopfte sich voll mit Spinat, Hüttenkäse, mit allem Essen, was er nicht mochte. Heimlich kaufte er sich extra Vitamine von seinem Taschengeld. Jetzt kam es ihm fast komisch vor, wie er die Hoffnung in sich genährt und Pläne geschmiedet hatte. Wie er fantasiert hatte, groß genug zu sein, um den Mann zu töten.

26

Auf dem Parkplatz des Beerdigungsinstituts ließ Deena Gene und Barbara vorgehen und beugte sich dann hinunter, um leise mit Jon zu sprechen. »Ich möchte, daß du bei Großmutter und Großvater im Auto mitfährst. Ich komme nach.«

»Warum?«

»Ich möchte allein fahren. Dann kann ich nachdenken.«

»Ich laß dich nachdenken. Ich sage nichts.«

»*Bitte*. Tu es für mich«, flüsterte sie.

»Was gibt's?« fragte Gene, während er zurückkam.

Sie richtete sich auf. Jon klammerte sich fest an ihre Hand. Sie konnte es nicht von ihm verlangen. Nicht heute abend.

»Brauchst du etwas, mein Lieber?« sagte er zu Jon.

»Ja.« Jon ließ sie los. »Kann ich mit dir kommen, Großvater?«

»Ist deine Mutter einverstanden?«

Sie strich ihm übers Haar, und er senkte den Kopf. »Ja. Ich werde ein bißchen herumfahren. Ich bin bald zu Hause.«

»So ist es richtig«, sagte Gene.

27

Es war schon eine Weile dunkel, als Frank Halligan hörte, wie die Pferde die hintere Wiese verließen und um das Haus herum in den Hof vor dem Haus kamen. Das bedeutete immer, daß ein Besucher zu Fuß kam. Das Tor an der Straße war verschlossen. Niemand konnte auf sein Grundstück fahren.

Er stand unbeweglich und lauschte nach den Tieren, damit sie ihm sagten, ob es jemand Freundliches war oder eine Bedrohung. Sie beschwerten sich nicht. Ein gutes Zeichen. Er hörte an den Bewegungen der Pferde, daß der Besucher an die vordere Tür kam. Also ein Fremder. Seit seine Frau tot war, nutzte er weniger als die Hälfte seines Hauses, die Küche, das Eßzimmer und ein Badezimmer im Erdgeschoß. Es sparte Geld und Ärger. Er hatte den Eßzimmertisch rausgeschmissen und ein Bett hineingestellt. Er kam und ging ausschließlich durch die Tür an der Küche; die

Haustür vorn blieb verschlossen. Jetzt klopfte der Fremde an. Er ging dem Geräusch entgegen, machte im Vorbeigehen die Lichter an und war überrascht, als er vor einer Frau um die Dreißig stand, schwarz gekleidet und mit hohen Absätzen. Akademikerin, vermutete er. Glänzendes erdbeerblondes Haar, glatte Gesichtszüge. Braune, ernste Augen.

»Dr. Halligan?« Etwas Anklagendes lag in ihrer Stimme.

»Das bin ich.«

»Ich möchte Ihnen einige Fragen zu einer Autopsie stellen, die Sie an einem Mann durchgeführt haben. Er ist am Montag ertrunken. Sein Name ist Tim Reuschel.«

Schwäche überkam ihn. Damit hatte er seit wenigstens vierzehn Monaten gerechnet. Und da war sie, hier an seiner Türschwelle. Eine Versicherungsdetektivin, möglicherweise dieselbe, die dafür gesorgt hatte, daß Jim Wedig aus seinem Job als Pathologe von Dunbar County rausgeschmissen wurde. Wie lange denn, glaubten diese Verrückten im Büro des Sheriffs, konnten sie diese Farce noch weiterspielen? Alles fiel nun auf ihn zurück, direkt auf ihn. Er war drauf und dran, alles zu verlieren.

»Ich muß mich entschuldigen, daß ich hier bei Ihnen zu Hause eindringe, aber ich wollte privat mit Ihnen sprechen.«

Glück gehabt. Wenn sie ihn bei der Arbeit aufgesucht hätte, hätte es die ganze Stadt in einer halben Stunde gewußt. So konnte er sich vielleicht erklären, die Situation erläutern, seine Haut retten. Diese Frau hatte die Macht, ihm seine Lizenz wegzunehmen. Seine Reputation. Seine Pension. Gott, sie konnte ihn sogar ins Gefängnis bringen. Er mußte unbedingt mit ihr sprechen, bevor sie zu jemand anderem ging. »Wenn ich kooperiere, schützen Sie dann meine Interessen?«

»Was meinen Sie damit?«

»Bewahren Sie mich davor, daß mir in dieser Angelegenheit allzu übel mitgespielt wird?«

Sie sah ihn scharf an. »Natürlich.«

28

Im Haus roch es modrig. Deena folgte Dr. Halligan durch das Wohnzimmer und ein behelfsmäßig aussehendes Schlafzimmer in die Küche. Eine schwache Glühbirne in einer Lampe an der Wand. Zwei Irish Setter sprangen aus einer Ecke auf, schnüffelten an ihren Schuhen und rieben sich an ihrem Mantel. Sie setzte sich dorthin, wo er hinzeigte, auf eine lackierte hölzerne Bank an einem dazu passenden Tisch. Er glitt auf die gegenüberstehende Bank, rückte seine Brille zurecht und sah sie an. Sie spürte seine Angst.

»Was ist mit Mr. Reuschel?« fragte er vorsichtig.

»Er wurde von hinten gegen die Beine geschlagen.«

»Und Sie sind hier, um rauszufinden, warum ich die Zwillingsverletzung nicht im Bericht erwähnt habe. Ich bin nicht unfähig. Ich habe sie gesehen. Diese spezielle Wunde war verdächtig. Ich weiß das.«

Sie öffnete den oberen Knopf ihres Mantels.

Einer der Hunde kam als Reaktion auf Dr. Halligans heftige Bewegungen zu ihm und stupste ihn am Knie. Halligan streichelte den Kopf des Hundes. »Ich bin darauf vorbereitet, Ihrer Firma Informationen über diesen und andere Fälle zu geben, aber nicht ohne eine umfassende Schutzzusicherung, was meine Person anbelangt. Schriftlich. Und ich glaube, daß ich mir besser einen Anwalt nehme, bevor ich das Gespräch mit Ihnen fortsetze, Miss –«

»Mrs.«, sagte sie.

»Mrs. «

»Reuschel.«

29 Die rhythmische Bewegung stoppte, als wenn jemand eine Hand auf eine sachte schwingende Hängematte gelegt und sie angehalten hätte. Aber er war nicht in einer Hängematte – dazu lag er zu flach. Hitze begann sich vom Zentrum seiner Brust zum Hals, zum Kinn und zu den Lippen auszubreiten. Sein Herz schlug wild gegen sein Brustbein, während der Schlaf ihn festhielt, festhielt, und die Luftsäule über ihm sich langsam umstülpte und leerte. Er bekam keine Luft. *Gott*, da war es wieder. Er *konnte nicht atmen*.

Er kämpfte, um sich zu bewegen. Speichel lief ihm aus dem Mundwinkel. Wie durch ein Wunder spürte er plötzlich sein Handgelenk an der Wand. Er fand einen Atemzug, würgte, kam hustend hoch, alles schmerzte. Die Wand war das Polster der Couch. Er lag auf der Couch. Zu Hause. Im Dunkeln.

Martin legte einen Arm über sein Gesicht, wischte sich die Augen und die Nase am Ärmel, hustete. Fror. Er zog sein nasses Hemd aus und trocknete sich die Haarsträhnen damit ab. Der Straßenlärm, der durch die Fensterscheiben drang, sagte ihm, daß es noch früh war. Vor elf.

Als er das Licht anmachte, fühlte er sich besser. Im Küchenschrank fand er eine Dose Ginger-ale, öffnete sie und suchte erfolglos nach Eis. Die Kohlensäure tat seinem Hals gut und linderte etwas das wunde Gefühl. Im Schlafzimmer faltete er ein T-Shirt vom Wäschestapel auf der Kommode auseinander und zog es über den Kopf, während er sich vor den Computer setzte. Am Regal über dem Monitor hingen acht Zeitungsausschnitte in chronologischer Folge. Die Stories und Fotos von acht Frauen. *Jenny Cunningham*, Suzanne McVaugh, Allison Hout, Marie Sietz, Deborah Lundin, Rebecca Turregano, Beth Pyle, Carmela Azaña. Er hatte viele Stunden damit zugebracht, über ihr Leben und ihren Tod nachzudenken. Still warteten sie über seinem Schreibtisch, umgeben von gedruckten Worten. Manche warteten seit Jahren.

Sie waren alle ertrunken, als sie allein gewesen waren. Alle waren sie in einem Umkreis von hundert Meilen um New York ertrunken. Sie waren alle zwischen achtzehn und dreißig Jahren alt gewesen. Alle waren als Unfalltote klassifiziert worden. Alle, außer einer – Carmela Azaña – waren verlobt und wollten heiraten.

Wenn sie umgebracht worden waren, wie waren sie dann ausgewählt worden?

Ein- oder zweimal hatte er daran gedacht, seine Verbindungen zur New Yorker Polizei zu nutzen, um ein Gespräch mit einem Detective von der Mordkommission zu bekommen. Aber er konnte sich nicht dazu durchringen. Es gab Bürger, die ununterbrochen mit ihrem Verfolgungswahn beschäftigt waren. Sie stückelten lächerliche Fetzen von Ereignissen und Informationen zu komplizierten Geschichten zusammen, brachten das ganze Durcheinander zur Polizeistation und verlangten aufgeregt, daß man ihnen zuhörte. Rentner. Frauen in den besten Jahren, deren Ehemänner sich allzuviel ihren Geschäften widmeten. Entlassene Patienten aus Nervenheilanstalten. Martin stand bei Gericht in dem Ruf, etwas schrullig zu sein. Da brauchte er nicht noch seinen Teil dazu beizutragen.

Er hatte nicht genügend Informationen. Er brauchte Einzelheiten über diese Frauen, Nuancen, die in keiner Zeitungsmeldung auftauchten. Er mußte ihre Familie interviewen, ihre Liebsten, wenn er sie finden konnte. Einige waren sicherlich nicht mehr zu finden. Darauf wettete er. Menschen, die eine Tragödie erlebt hatten, beluden den Möbelwagen und zogen weg.

Jenny war das einzige Opfer, zu dem er ausreichend Zugang hatte. Immer wieder kam er auf sie zurück. Immer wieder hatte er die zwanzig Jahre ihres Lebens neu arrangiert, hatte ihre Freundschaften überprüft, mit wem sie sich unterhalten hatte, war Erinnerung um Erinnerung durchgegangen. Wenn sie die erste in der Reihe war, warum war sie ausgewählt worden?

Sie lebte den Winter über in Manhattan.

Aber sie lebten nicht alle in Manhattan oder auch nur in New York. Trotzdem waren sie wahrscheinlich gelegentlich – vielleicht auch häufig – in Manhattan gewesen. Wo? Das würde er fragen, wenn er könnte.

Sie hatte den Sommer über am See gelebt. Aber das hatte er eigentlich zu den Akten gelegt. Jenny war das einzige Opfer, dessen Tod im *Cameron Star* gemeldet worden war. Die Zeitung hatte ihre Hausaufgaben wahrscheinlich gemacht. Wenn eines der anderen Opfer regelmäßig seine Ferien in der Gegend verbracht hätte, hätten sie es berichtet.

Sie war verlobt gewesen. Wie konnte das mit den anderen Morden zusammenhängen? Eine Verlobungsanzeige in der Zeitung vielleicht, komplett mit Foto. In welcher Zeitung? Die Frauen kamen aus New Jersey, Connecticut, New York. Eine Menge verschiedener Zeitungen. Keine tragfähige Theorie. Es sei denn, der Killer ging regelmäßig in Bibliotheken. Nein. Zu umständlich.

Wieder und wieder war er das alles durchgegangen.

Alle innerhalb eines bestimmten Zeitraums im selben Krankenhaus geboren. Möglich. Aber sehr zu bezweifeln, daß jemand vom Krankenhauspersonal sie über so viele Jahre verfolgt hatte. Zu abwegig.

Und was war mit Tim? Falsches Geschlecht. Richtiges Alter. Vierzehn Meilen von dem Ort entfernt gestorben, wo Jenny gestorben war. Hatte eine Verbindung zu Manhattan. War tatsächlich gerade dort gewesen.

Was, wenn alle Opfer unmittelbar vor ihrem Tod in Manhattan gewesen waren? In welcher Straße, welcher Avenue? Was hatten sie in Manhattan *gemacht*?

Er setzte seine Finger auf die Tastatur und begann, Tims Daten in das Programm einzugeben, das er entwickelt hatte, um die Opfer miteinander zu vergleichen. Der Computer erkannte vielleicht Verbindungen, die er übersehen hatte.

Wozu sollte es gut sein? Er hatte nicht genügend aussagekräftige Informationen. Er verhielt sich in dieser Sache, wie er es bei allen anderen Situationen auch machte – wie ein Zuschauer. Wenn er etwas herausbekommen wollte, mußte er *fragen*. An Türen klingeln und fragen.

30

Halligan war abrupt aufgestanden und hatte den Raum verlassen, als er begriffen hatte, wer sie war. Seine Stiefel scharrten auf dem Parkettboden im hinteren Teil des Hauses. Sie hatte das Geräusch von fließendem Wasser gehört, von Schubladen, die in einer Kommode hin- und herglitten, von einem Fenster, das geöffnet wurde oder einer Tür. War er ins Badezimmer gegangen? Suchte er nach einer Pistole? Sie hörte nichts, außer den Fußtritten, die hin und her gingen. *Jetzt war sie soweit gekommen*, hatte sie sich gesagt, *jetzt würde sie auch bleiben.* Die Hunde waren ihm nicht gefolgt. Sie lagen auf dem Bauch, dösten und beobachteten sie aus halb geöffneten Augenlidern. Sie war mit Hunden aufgewachsen und kannte ihre Sprache. Diese hier fühlten sich sicher genug, um ihre Anwesenheit zu tolerieren, während er nicht da war. Sie mußten gut behandelt worden sein, ohne übermäßige Strenge. Ihr Benehmen zeugte von der Vernunft und vom Gefühl ihres Besitzers. Sie hoffte, daß sie recht hatte.

Plötzlich war Halligan im Eßzimmer, verdeckt von der Küchenwand. Ihr Blick folgte seinen Schritten. Er erschien mit erhobenen und ausgestreckten Armen, eine Geste der Kapitulation. »Sie sind am Drücker. Sagen Sie's.«

»Was?«

»Was Sie von mir wollen?«

»Ich will wissen, wer meinen Mann ermordet hat.«

»He.« Halligan setzte sich ihr gegenüber hin und rieb seine Handflächen an den Hosenbeinen. »Es ist nicht sicher, daß er ermordet wurde. Diese Zwillingsverletzung kann alle möglichen Ursachen haben.«

»Er *wurde* ermordet.«

Halligan lehnte sich grübelnd zurück. Dann beugte er sich wieder vor. »Mag sein. Aber erwarten Sie keine kompetente Hilfe in Cameron County.«

»Sie eingeschlossen?«

»Hören Sie. Es war keine ganz eindeutige Sache. Ich hab es ganz einfach übergangen.«

»Eine Angewohnheit von Ihnen, wenn ich richtig verstehe. Wen glaubten Sie denn vor sich zu haben?«

Er seufzte, ein Seufzer voller Müdigkeit und Bedauern. »Lassen Sie uns Klartexte reden. Sagen Sie mir, was Sie wollen.«

Donnerstag

1 Der Regen prasselte mit solcher Kraft auf das grüne Leinwandzelt, daß Deena den Priester, der ihr gegenüber auf der anderen Seite des Sarges stand und betete, kaum hören konnte. Viel mehr Menschen waren zum Friedhof gekommen, als sie erwartet hatte, und drängten sich unter das Schutzdach, als der Regen stärker wurde. Die Klappstühle, die für die Familie gedacht waren, waren entfernt worden, um mehr Platz für die Trauernden zu schaffen. Immer noch standen einige jenseits des schützenden Zeltes unter Schirmen.

Der Sarg mit seinem riesigen Strauß aus duftenden gelben Rosen überragte die Versammlung. In dem Gedränge waren Deena und Jon so nah an ihn herangerückt, daß Jon außer den Messinggriffen und dem polierten Holz nur wenig davon sehen konnte. Sie hielt ihn an der Hand und streichelte mit ihrem Daumen sanft seinen Handrücken. Er antwortete dann und wann mit einem Drücken. Gene, Schulter an Schulter mit Deena, stützte sie am Ellbogen mit festem Griff. Den anderen Arm hatte er um Barbara gelegt.

Durch das Trommeln über ihr hörte Deena Tims Namen in den Sätzen des Priesters, aber der Rest seiner Worte war ausgelöscht. Sie öffnete ihre Augen ein wenig und sah auf das Meer von Rosen und Schleifen, die im Wind oben auf dem Sarg hin und her wogten. Würden Barbara und Gene ihr vergeben, wenn sie ihnen irgendwann erzählte, daß Tims Körper während des Gottesdienstes und der Beerdigungszeremonie gar nicht im Sarg gewesen war, daß sie sie – in gewisser Hinsicht – belogen hatte, alle belogen hatte, die sich hier versammelt hatten?

Sollte die zweite Autopsie nichts ergeben, brauchte sie den Reuschels nichts davon zu sagen, niemandem würde sie etwas davon erzählen, nicht einmal Jon.

Wo war Tims Körper jetzt? Halligan hatte versprochen, daß Bob Norville ihn während der Nacht aus dem Sarg holen und, ohne daß es jemand merkte, zurückbehalten würde. Halligan hatte versprochen, daß, während die Begräbnisfeierlichkeiten in der Kirche abliefen, der Körper von der Leichenhalle ins Somerset Hospital transportiert und dort vom Forensic-Sciences-Team der Staatspolizei untersucht würde. Und er hatte versprochen, daß, sobald alle den Friedhof verlassen hatten, Tims Sarg aus dem offenen Loch wieder herausgeholt würde, um abzuwarten, bis Tims Körper wieder zurückgebracht worden war. Dann würde er beerdigt werden.

Der Priester beendete das Gebet und hob die Arme. »Und nun möge der Herr euch segnen und euch von…«

Was waren Halligans Versprechen wert?

»…möge das Antlitz des Herrn über euch leuchten und er möge euch gnädig sein… der Herr erhebe sein Angesicht und gebe euch Frieden…«

Was hatte sie sonst für eine Hoffnung?

»…jetzt und immerdar. Amen.«

2 Seit er ein Kind war, hatte er nicht mehr geweint. Er hatte bewußt damit aufgehört, hatte sich gezwungen, an nichts zu denken, wann immer er sich bedroht gefühlt hatte. Aber jetzt war er nahe davor.

Paul räusperte sich und versuchte die Bilder seiner Mutter zu vertreiben, die sich während des Segens eingeschlichen hatten. Die Menge war in Bewegung, einige wandten sich vom Sarg ab, einige steuerten auf Deena zu. Den ganzen Morgen über hatte er sie mit einer Verehrung angesehen, die alles Verlangen übertraf, das er jemals gefühlt hatte. Im Schatten des Zeltes zwischen der dunklen Kleidung der Trauernden leuchtete ihre elfenbeinerne Haut und ihr kupferfarbenes Haar. Die Schönheit ihrer vollen Lippen und der sanften braunen Augen bewegte ihn. Würdevoll war sie während der Kondolenz gewesen, beim Begräbnis wach und offen. Fremden hatte sie gestattet, sie zu umarmen, und sie hatte mit ihnen geweint. Geschlagen, aber immer noch strahlend vor einem Hintergrund aus Rosen, empfing sie jetzt diejenigen, die zu ihr kamen. Sollte er etwas sagen? Es war nur korrekt, wenn er seinen Vater vorstellte. Mike hatte ihm bereits den Rükken zugedreht und sich in die Reihe eingereiht.

Während er hinter ihm stand und den Geruch des Haarwaschmittels von Mikes spärlichem Haar einatmete, sah er zum millionsten Mal, daß er zwei Zentimeter oder so größer war als sein Vater. Er hatte Mike in etwa eingeholt, als er sechzehn oder siebzehn geworden war. Aber da hatte es keine Rolle mehr gespielt. Nachdem er zwölf Jahre alt geworden war, war seine Größe nicht mehr auf dem Türrahmen eingetragen worden. Das letzte Mal war ihm noch lebhaft in Erinnerung. Seine Mutter, überraschenderweise in Augenhöhe mit ihm, hatte einen Bleistift flach auf seinen Kopf gehalten und die Stelle auf dem Holz mit einem winzigen Strich markiert. Sein Vater war immer wütender gegen Paul vorgegangen, hatte ihn jedes Jahr brutaler herausgefordert und war gleichzeitig immer zärtlicher und fürsorglicher gegenüber Sarah geworden. Paul wurde größer, und gleichzeitig hegte er und entwickelte er den Plan weiter, wie er seinen Vater töten würde. Darüber zu fantasieren hielt ihn aufrecht, fesselte ihn stundenlang und linderte seine Wunden. Jedes Detail hatte er genau geplant, und er hatte bereits damit begonnen, seinen Bizeps zu trainieren. Es würde ein Mord mit der blanken Hand werden, ohne Spuren. Unfalltod durch Ertrinken.

Mehr und mehr war das zeremonielle Messen an Pauls Geburtstag mit Emotionen beladen gewesen. An dem Tag, an dem Paul zwölf wurde, hatte sein Vater ein Stück entfernt mit verschränkten Armen dagestanden, hatte ihn angegrinst und sich die Lippen geleckt, während Sarah anfing zu messen. *Glaubst wohl, du bist schon 'ne ganz heiße Nummer, Sonnyboy. Wollen mal se-*

hen. Bei seiner Größe war Paul immer noch zehn Zentimeter unterhalb der roten Linie, aber unglaublicherweise genauso groß wie seine Mutter. Sie hatte vor Freude gelacht, als sie es entdeckte, und ihn noch einmal gemessen. Der Kontrast zwischen ihrem ehrlichen Stolz und dem triumphierenden Grinsen seines Vaters schnitt ihm grausam ins Herz. In diesem Augenblick, als ihr Lächeln beinahe seine Wange streifte, hatte er plötzlich gewußt, wie er seinen Vater am besten bezwingen konnte.

Er war noch nicht groß genug, um Mike zu töten. Aber groß genug, um Sarah zu töten.

3 Einen Augenblick lang hatte sie das Gefühl, als gäbe es nicht genügend Luft unter dem Zelt. Das Licht, das durch die Leinwand drang, warf einen grünlichen Schimmer auf die Vielzahl von Gesichtern, die alle in ihre Richtung sahen. Es war, als ob ihre intensive Trauer jedes Sauerstoffmolekül aufgebraucht hätte. In einer plötzlichen Wallung von Hitze und Kälte legte Deena ihren Kopf in den Nacken und versuchte, an dem schrägen Dach und dem Himmel darüber Luft zu holen. Und dann faßte jemand ihre Arme mit gemurmelten Beileidsbekundungen. Ein schwerer, kahl werdender Mann. Sie antwortete, und er ging weiter. Eine ältere Frau mit einem Hut und Schleier erschien vor ihr und sprach tröstende Worte. Deena hatte sie tags zuvor in der Hütte gesehen. Sie versuchte, sich an den Namen der Frau zu erinnern. Wieso hatte sie Tim gekannt? Deena hatte den Kontakt zum normalen Leben, das den Tod und die Beerdigung umgab, verloren. Die Parade von Leuten und die Gebräuche hatten etwas von der faden Wiederholung eines fiebrigen Traums, unwirklich im Unterschied zur Lebendigkeit und Dringlichkeit ihrer Suche nach dem Mörder Tims.

Einige Lücken taten sich um sie herum auf, als Paare und Gruppen am Rand des Zeltes in den nachlassenden Regen traten.

Das Zuschlagen von Wagentüren unterstrich die geflüsterten Sätze derer, die hinter ihr und Jon und Gene und Barbara in einer Reihe entlangmarschierten. Die Frau, die sie jetzt unter der Kapuze eines Regencapes hervor ansah, gab ihr einen kleinen zugeklebten Umschlag und sagte: »Es tut mir so schrecklich leid, Mrs. Reuschel.« Erschreckt sah Deena in die blauen Augen und auf die dicken fleischigen Wangen. Bevor sie antworten konnte, hatte Arlene die Reihe verlassen und ging hinaus auf den Rasen.

Deena konnte nicht sagen, wieviel Zeit vergangen war, aber das Wetter klarte langsam auf. Während der endlosen Minuten, während der sie am Sarg gestanden und Trauergäste empfangen hatte, hatte der Regen nachgelassen, und die Sonne begann die Grabsteine, die um das Zelt herum standen, allmählich zu trocknen. Paul Kincaid war beinahe der letzte in der Reihe. Er führte einen düster aussehenden Mann vor ihm, der nur sein Vater sein konnte. Sie sahen sich so ähnlich, daß sie mehrmals von einem zum andern blickte: die schlanke Figur und die kraftvolle Haltung, die Adlernasen, das vorgestreckte Kinn und das sandfarbene Haar. Der deutlichste Unterschied zwischen ihnen lag in ihrem Benehmen, Paul war vital und besorgt, Mike wirkte zurückgezogen. Pauls Gegenwart gab ihr plötzlich neue Energie und Willenskraft. Sie spürte wieder ihre Zehen in den Schuhen. Paul Kincaid war einer der wertvollsten Freunde, die sie im Augenblick hatte. Und er würde helfen, wenn sie ihn um Hilfe bitten mußte.

4

Der Friedhof war verlassen, außer der Limousine und dem kahnartigen verrosteten Wagen, der gerade um die Kurve kam und darauf zufuhr. Deena, die eine grasbewachsene Böschung Arm in Arm mit Gene hinunterging, blieb stehen. Der Wagen kam heran, und Martin Traynes Gesicht wurde hinter der Windschutzscheibe sichtbar. Barbara und Jon waren bereits in der Limousine. Der Chauffeur hielt die Tür auf und wartete. »Ich komme sofort«, sagte Deena zu Gene. Er ließ sie los.

Martin stieg aus und lehnte sich ans Wagendach, während sie zu ihm hinüberging. »Ist es vorbei?« fragte er.

»Ja.« Sie kam näher und sah, daß seine Stirn und seine Finger verschmiert waren und der Ärmel des Mantels voller Flecken.

»Die Batterie«, murmelte er. »Ist verreckt. Unterwegs.«

»Hast du Zeit, noch ein bißchen mit zum Haus zu kommen? Eine Kleinigkeit essen?«

»In Ordnung.« Er tauchte auf den Fahrersitz ab. Ein knirschendes Wimmern war zu hören, als er die Gänge einlegte.

Sie drehte sich wieder zur Limousine um und wunderte sich, daß weder Gene noch der Chauffeur zu sehen waren. Bob Norville hielt die Tür für sie auf. Er mußte die ganze Zeit vorn gesessen haben, hinter den getönten Scheiben. Als sie näher kam, suchte sie in seiner Miene nach einem Zeichen, daß ihre Wünsche erfüllt worden waren. Seine Augen sagten ihr nichts, aber als er ihre Hand nahm, um ihr ins Auto zu helfen, drückte er Tims Ehering hinein.

5

Paul fuhr die lange Strecke um den See, um nicht am Haus der Reuschels vorbeizukommen, und bog südlich in das Grundstück der McNaughtons ein. Mit zehn Hektar hatten die McNaughtons das größte Stück Land in der Gegend. Die meisten waren fünf Hektar groß. Die gepflasterte Zufahrt führte unter Laubbäumen hindurch, die das Haus von der Straße abschirmten, und endete in einer Sackgasse zwanzig Yards vom Wasser.

Er näherte sich vorsichtig, aber das Haus war von der abgeschlossenen Stille eines Feriendomizils nach der Saison umgeben. Die McNaughtons waren Kanadier und nie vor Juni hier. Er stellte den Maxima mit dem Kofferraum zum See hin im Wendehammer der Sackgasse ab, stieg aus und stemmte die Hände in die Hüften. Seine Augen tasteten die Waldlandschaft ringsum ab. Mit der Wahl des Geländes war er sehr zufrieden. Von den Dutzenden von Besuchern, die sicherlich nach der Beerdigung zum Haus der Reuschels gekommen waren, war nichts zu sehen oder zu hören. Das Grundstück der McNaughtons war nach allen Seiten hin von Bäumen und nach zwei Seiten von Hügeln wunderbar abgeschirmt. Ihr Seeufer war eines der wenigen, das einen natürlichen Hafen bildete. Ihre Anlegestelle war vollständig geschützt.

Unbemerkt würde er Jon herauslocken, mit ihm von der Gesellschaft verschwinden und dann mit ihm am Seeufer entlang von Reuschels Haus zur Anlegestelle der McNaughtons gehen. Er schätzte, daß er für diese Strecke vier Minuten brauchte, weitere drei oder vier Minuten, um Jon zu ertränken und in den Schlafsack zu stecken. Paul würde seine nassen Kleider – welche auch immer – ausziehen, sie ebenfalls in den Sack tun und schnell trockene Sachen anziehen, die er im Kofferraum versteckt hatte. Zehn Minuten, höchstens, und es war vorbei. Paul würde verschwunden sein, um den See herum und dann hinaus zu den Höhlen.

Ein wenig hatte er sich wegen des roten Autos Sorgen gemacht. Rot war auffällig, wurde leicht bemerkt. Aber er war nicht mit dem Bronco zur Beerdigung gefahren. Er hatte es sich zur Regel gemacht, den Truck nicht zu benutzen, wo er erkannt und mit ihm in Verbindung gebracht werden konnte. Zuerst war er unbekümmert stolz auf den Bronco gewesen. Als er ihn gekauft hatte – brandneu und bar bezahlt –, war er mit ihm herumgefahren und hatte seinen Vater ein wenig mit ihm geärgert. Aber schon nach ein paar Stunden hatte er sich beruhigt. Er sollte seine Waffe sein. Deshalb mußte er ihn verstecken. Er mietete den Einstellplatz in Midtown und hielt sich von ihm fern, außer er ging auf Jagd.

Und heute? Er lauschte einige Minuten und drehte sich dabei langsam einmal um seine Achse. Es würde klappen. Er berührte das Auto, damit es ihm Glück brachte, und marschierte los durch den Wald. Das Wetter war ihm wohlgesonnen, die Wolken waren weiß und jagten dahin und hatten nichts Unheilverkündendes.

6

Deena,
sie hat ihn nicht erkannt, aber sie hat seinen Truck gesehen. Konnte bisher nichts Genaueres von ihr erfahren. Sie wird schwächer. Schläft sehr viel.
Arlene

Deena faltete das Blatt wieder zusammen. Dann entfaltete sie es und las es noch einmal. Ein Truck. Sie setzte sich auf den Deckel der Kommode und betrachtete sinnend die Hartriegelblüten auf der Tapete. Wenn sie das vorher gewußt hätte, hätte sie die Autos auf den Parkplätzen an der Kirche und am Friedhof beobachten können. Standen jetzt Trucks hier? Sie würde es überprüfen. Die Leute hatten überall auf dem Gras um die Hütte und an der Straße ihre Autos abgestellt. Sie würde unter dem Vorwand, etwas frische Luft schöpfen zu wollen, hinausgehen und nachsehen.

Gott, sie wollte für immer hier drin bleiben. Hier war es ruhig und kühl. Dieser kleine Raum war wahrscheinlich der einzige Ort, an dem sie allein sein konnte. Leise Stimmen grummelten hinter der Tür wie entfernter Donner. Und wenn die Gäste fort waren, würde immer noch die Familie dasein, so kostbar und doch so weit entfernt von dem, wo sie jetzt war.

Sie mußte geduldig sein. Innerhalb der nächsten vierundzwanzig Stunden würden sie alle nach Hause fahren. Sie würde ihre Freiheit wiedererlangen, würde mobil sein und nachforschen können. Sie hatte Gene bereits gesagt, daß sie allein in der Hütte bleiben wollte, nachdem sie abgefahren waren, »um ihre Gedanken zu sortieren«.

Aber sie hätte immer noch Jon bei sich.

Konnte sie ihn mit ihren Eltern nach Kalifornien zurückschikken, nur zwei Tage? Würde er sich fügen? Sie könnte es versuchen.

Sie hatte keine Geduld mehr. Eine schleichende Panik war in ihr, die ihre Hand beben ließ. Das Papier zitterte jetzt, während sie versuchte, zu einer Entscheidung zu kommen, was sie damit machen sollte. Schließlich zerriß sie das Blatt und den Umschlag in kleine Stücke und ließ alles zwischen dem Abfall im Papierkorb unter dem Waschbecken verschwinden.

7

Thunfischreste und Mayonnaise von dem Sandwich hingen in Martins Schnurrbart. Er spürte sie feucht und klebrig zwischen den Bissen. Mit einer durchweichten Papierserviette wischte er sich den Mund ab und hielt seinen Blick von den Leuten abgewandt, die um ihn herumschwirrten. Bei Smalltalk fühlte er sich unwohl. Er konnte keinen Sinn darin entdecken. Er würde Deena kurz sein Beileid aussprechen und dann so schnell wie möglich verschwinden. Mit Tims Eltern hatte er sich bereits unterhalten. Wenn er ein paar Worte mit Deena und Jon gewechselt hatte, waren seine Verpflichtungen erfüllt. Er wußte nicht, wo sie gerade war. Seit er hereingekommen war, hatte er sie nicht gesehen.

Es war merkwürdig, hier zu sein ohne Tim. Martin war nie gerne bei den Reuschels rumgehangen, wenn Tim nicht dagewesen war, im Gegensatz zu Paul. Paul schien es immer am liebsten gewesen zu sein, wenn Tim nicht da war und er die Rolle des Sohnes spielen konnte; Gene beim Boot zur Hand gehen oder so etwas. Nicht so Trayne. Er mochte die Reuschels, aber er hatte ihnen nicht viel zu sagen. Diese freundlichen wohlmeinenden Fragen von Barbara brachten ihn nur durcheinander. Das war es, was an Tim so toll gewesen war, er brauchte Martins Konversation nicht.

Auf der anderen Seite des Raums kam Deena langsam die Treppe herunter und blieb zögernd stehen, blaß, die Stirn in Falten. Martin schluckte das letzte Stück seines Sandwichs hinunter und spülte hastig mit Cola nach. Jetzt gleich würde er es tun und es hinter sich bringen. Sie ging schnell vorbei. Er folgte ihr in die Küche und drückte sich seitlich an den Leuten entlang, die den Eßzimmertisch umlagerten. Als er bei ihr war, berührte er sie an der Schulter. Mit leerem Blick sah sie ihn an.

»Ich fahre gleich«, sagte er.

»Danke, daß du gekommen bist.« Der Satz klang flach, als ob sie ihn zum hundertstenmal an diesem Tag gesagt hätte. Er war genauso gewesen – ganz genauso –, als Jenny gestorben war. In vielerlei Hinsicht war er es jetzt noch.

»Ich wollte Jon auf Wiedersehen sagen.«

Ihr Mund öffnete sich ein wenig, als sie sich nach ihm umsah. Schließlich zeigte sie ins Wohnzimmer, wo Jon allein auf dem Boden neben dem Tellerschrank saß.

»Ich schreib dir«, sagte Martin. »Weihnachten.«

Sie nickte. »Ich würde mich freuen.«

Er ging hinüber zu Jon, der teilnahmslos auf Martins Schuhe sah, als er näher kam. Martin hockte sich vor ihn hin. »Ich gehe jetzt. Nett, daß wir uns kennengelernt haben. Und… das mit deinem Dad… tut mir wirklich leid.«

Jon starrte ihn an, als hätte er gar nicht zugehört.

Was konnte er noch tun? Er konnte nicht gut mit Kindern umgehen. Sie reagierten im allgemeinen nicht auf ihn. Obwohl… der Kleine sah Tim sehr ähnlich. Martin kniete sich neben ihn. »Jon?«

Das Kind sah ihn an.

»Gibt es etwas, das du gerne haben möchtest?«

»Nein.«

»Erinnerst du dich, wie ich heiße?«

»Martin.«

»Ich ... denke an dich. Ich hoffe, daß es dir hilft.« Er stand auf und schaute ein letztes Mal zu Jon, der sich nicht gerührt hatte und erneut auf Martins Schuhe starrte. Es hatte keinen Zweck. Es war alles vorbei. Für immer. Tim würde nicht mehr zurückkommen. Das Kind war ganz einfach klug genug, das zu wissen.

Martin stolperte durch das Eßzimmer in die Küche und steuerte auf das Sonnenlicht hinter der Fliegengittertür zu. In diesem Moment trat Paul ein, sichtlich überrascht, Martin zu sehen. »Ich gehe gerade«, sagte Martin tonlos. Er bemerkte deutlich, daß es Paul ebenfalls nicht nach einer Unterhaltung zumute war.

»Mach's gut.« Paul streckte ihm die Hand hin, und Martin schüttelte sie.

8 Noch mehr Schuhe vor ihm. Männerschuhe. Aber dieser Mann beugte sich nicht herunter, sondern wartete einfach ab. Jon folgte den Hosen, dem weißen Hemd und der roten Krawatte zum Gesicht. Es war Paul Kincaid, und er lächelte sehr nett. Das Lächeln war wirklich eine Überraschung. Niemand sonst im ganzen Haus lächelte. Paul wollte Spaß mit ihm machen, wollte, daß er sich besser fühlte. Jon sprang auf, und Paul sagte: »Komm, laß uns was spielen.«

»Was denn?«

»Was hast du denn hier?«

»'ne Menge. In meinem Zimmer. Möchtest du raufgehen?«

Paul lächelte wieder. »Es ist so ein schöner Tag. Warum holst du nicht ein Spiel runter, und wir setzen uns auf die Veranda.«

9 Deena stand an der Straße. Dort waren keine Trucks geparkt. Kein einziger. Im Hof auch keiner. Eine lähmende Erschöpfung lastete auf ihrer Brust, auf ihren Knochen. Martin eilte die Steigung herauf und blieb stehen, als er sie sah. Mit schwindeligem Kopf faltete sie ihre Arme über ihrem Magen. Wenn sie sich nur irgendwo hinsetzen könnte. Sie mußte sich setzen. Sofort.

Ohne etwas zu sagen, lief Martin zu seinem Auto. Sie ging vorn daran vorbei, als er den Zündschlüssel drehte und der Motor ein schwaches Jaulen hören ließ. Sie öffnete die Beifahrertür und kroch auf den Sitz neben ihm. »Ich weiß, es ist verrückt, aber mir ist plötzlich ganz elend. Eine Minute, ja?« Sie lehnte sich mit der Stirn ans Armaturenbrett. Eine Woge von Übelkeit stieg in ihr hoch und ließ langsam wieder nach. Als sie sich aufrichtete, schaute Martin aus dem Fenster. Er war ein merkwürdiger Mensch, so abwesend, nicht einfach, herauszubekommen, warum Tim ihm so nahegestanden hatte.

»...verrückt«, murmelte er, ohne sie anzusehen.

»Was meinst du?«

»Es ist nicht verrückt.«

Sie wußte, daß Martin schrecklich gelitten hatte, nachdem Jenny gestorben war. Fast einen Monat lang hatte er überhaupt nicht mehr gesprochen. Er verlor dreißig Pfund und mußte ins Krankenhaus. Tims einzige Schilderung von Jennys Tod im See und dem dann folgenden schrecklichen Leiden Martins war ihr immer in Erinnerung geblieben, beinahe Wort für Wort, obwohl es Jahre her war. Martin verstand ihren Schmerz. »Hast du jemals...« War wahrscheinlich keine gute Idee, mit ihm über Jenny zu sprechen. Er war nicht so zugänglich wie Paul.

»Jemals –?«

»Dich schuldig gefühlt? Ich fühle mich... schuldig... wegen Tim. Als ob ich... das alles hätte verhindern müssen. Ich habe mich falsch verhalten. Hast du das bei... Jenny auch so empfunden?«

Er antwortete nicht. Sie konnte sein Gesicht nicht sehen. Schließlich blickte er sie mit ernster Miene an. Sie verstand es als Hinweis, daß sie ein Eindringling war. Seine Gedanken gehörten ihm.

»Also, komm gut zurück in die Stadt«, sagte sie sanft.

Tränen liefen über sein Gesicht. »Ich fühle sie immer noch. Die Schuld. Ich war zu spät. Zwanzig Minuten. Ich war nicht da. Ich... war... nicht da.«

Ihre eigenen Tränen brannten ihr auf den Wangen. Sie wußte nicht, was sie antworten sollte. Beide schwiegen einige Minuten.

»Ich will es einfach nicht so hinnehmen«, flüsterte er. »Ich kann es nicht. Ich möchte jemandem die Schuld geben, möchte jemanden verantwortlich machen dafür, jemand anderen als mich, jemand anderen als Jenny. Ich fange an, mir einzubilden, daß ihr das jemand angetan hat. Ich möchte so verzweifelt daran glauben, daß ich es tatsächlich tue. Ich glaube es. Aber es kann nicht sein. Es ist jetzt wie eine Krankheit für mich. Ich komme nicht mehr davon los. Es ist in meinem Kopf. Ich glaube es. Ich wünsche es.«

Vielleicht ist Jenny auch ermordet worden. Wie Tim. Wie betäubt preßte Deena ihre Finger auf die Lippen.

»Und *das* ist verrückt. Das ist es, was verrückt ist. *Ich* bin verrückt.« Erbittert brach er ab und probierte die Zündung, die einige Brummtöne von sich gab, bevor sie sich verabschiedete.

Es war nicht sicher genug, die Sache zusammen mit Martin weiterzuverfolgen. Sie konnte ihm nicht erzählen, was Tim zugestoßen war. Noch nicht. Sie durfte nicht einmal eine Andeutung machen. Sie würde alle ihre Bemühungen gefährden.

»Ich glaube, ich muß diese Batterie mal wieder überbrücken.« Seine Verletzlichkeit war einer Irritation gewichen. Ihr wurde klar, daß sie ihn mit ihrer Nichtantwort in Verlegenheit gebracht hatte. Sie suchte nach einer Bemerkung, die ihm wieder heraushalf.

Deenas Schweigen war ihm Antwort genug. Wenn sie irgend etwas Ungewöhnliches bei Tims Tod vermutete, würde sie es ihm sicherlich sagen. Die Einsamkeit, öde und vertraut, schlug wieder über ihm zusammen. »Ich habe Starterkabel im Kofferraum. Kann ich deinen Wagen nehmen?«

»Ja.« Sie rührte sich nicht.

Alles Licht war seit Sonntag aus ihr gewichen. Ein sichtbarer Glanz war um sie gewesen, als er sie in der Tavern getroffen hatte, eine unbändige Energie. Sie hatte es geschafft, ihm über die Teller und das Geschnatter hinweg ein ungewohntes Gefühl von Wohlbehagen zu vermitteln. Nichts davon war mehr vorhanden. Nichts. Eine Schale.

Er mußte Schluß damit machen, mit diesem Selbstmitleid. Es führte zu nichts. Er mußte ihr, verdammt noch mal, aus dem Weg gehen, sie sich vom Leib halten. Vergiß diesen mitleiderregenden kleinen Jungen, vergiß die ganze verdammte Geschichte. Er konnte an allem, was passiert war, nichts ändern. Er war nicht das Gesetz, wollte es, um Himmels willen, auch gar nicht sein. Er hatte auch kein Geheimrezept, mit dem es irgend jemand bessergehen konnte.

Wollte es auch gar nicht versuchen.

10

»Nach der nächsten Hand muß ich gehen«, sagte Paul. »Wer ist dran?«

Nein. Jon schob die Karten zu einem Stapel auf dem Tisch zusammen. »Noch drei Spiele.«

»Nur eines noch. Ich glaube, du gibst.«

Wenn Paul ging, würde es keinen Spaß mehr geben. Paul spielte gerne Schummeln. Er mochte es richtig gern. Es machte Spaß, so ganz allein mit Paul auf der Veranda zu sitzen. Und Paul benahm sich, als wenn er's auch gerne täte.

»Soll ich für dich geben?«

»Ich mach's schon.« Jon hob einen Packen oben vom Stapel ab und machte einen neuen Stapel. Er würde langsam mischen und ganz langsam geben. »Warum mußt du nach Hause fahren?«

»Ich hab einen Laden in New York, wo ich Schmuck für Leute mache. Niemand hilft mir. Wenn ich nicht da bin, ist der Laden zu, und die Leute, die mich besuchen wollen, sind enttäuscht.«

»*Ich* möchte dich besuchen.«

»Ich weiß.«

Jon mischte Karten, indem er einige von dem einen Stapel auf den anderen legte. Er nahm einige von unten aus dem zweiten Stapel und legte sie oben auf den ersten Stapel. Das wiederholte er öfter.

»Jetzt mach weiter, gib Karten.«

»Ich bin fast fertig.« Er mischte sie noch ein wenig mehr. Wenn Paul ging, würde alles wieder traurig sein. Und er mußte wieder anfangen, an seinen Daddy zu denken. Solange sie Karten gespielt hatten, hatte er nicht an Dad gedacht.

»Jon.«

»Okay.« Er verteilte die Karten so langsam, wie er konnte, und dann fingen sie an zu spielen. Paul war albern. Er tat so, als wäre er verrückt, wenn Jon ihm seine Karten abnahm. Er machte Geräusche, wenn Jons Stapel höher und höher wurde. *Ackkkk. Ouuuuh! Iiiiih!* Jon lachte jedesmal. Dann war es vorbei. Jon hatte alle Karten, und Paul hatte keine mehr.

»Ich muß gehen«, sagte Paul und tätschelte Jons Arm.

»Noch ein Spiel.«

»Ich kann wirklich nicht. Ich würde gerne, aber es geht nicht.«

»Warum?«

»Hab ich dir doch gesagt.«

Jon verzog sein Gesicht.

»Hey«, sagte Paul. »Ich geh herum und sag allen auf Wiedersehen, und dann komm ich zurück und sag dir auf Wiedersehen. Wie findest du das?«

Dann schaffte er es vielleicht doch, daß er blieb. »Okay.« Jon beobachtete Paul für den Fall, daß er vergaß zurückzukommen. Paul ging ins Wohnzimmer, sprach mit jedem und schüttelte Hände. Großmutter Reuschel drückte Paul an sich. Jon hörte, wie Paul nach *Deena* fragte. Die Leute sahen sich um, aber sie war nicht da. Sie mußte oben im Schlafzimmer sein. Sie versteckte sich manchmal und weinte. Er merkte immer, wenn sie es tat.

Paul kam auf ihn zu. Jon konnte ihn packen und festhalten. Dann änderte er vielleicht seine Meinung und blieb. Oder er wurde ärgerlich.

»Tschüs.« Paul hielt die Hand hoch. Jon schlug zu und streckte dann seine Hände aus. Paul schlug ziemlich hart, aber es tat nicht weh. Kein Wunder, daß Dad gerne mit Paul gespielt hatte, als sie klein waren. Paul war gut. »Wir sehen uns, Jon.« Paul verließ die Veranda durch die Fliegengittertür und kam an der Stelle vorbei, wo Jon saß. Jon legte seine Hand ans Fliegengitter. Mit einem Lächeln schlug Paul noch einmal gegen Jons Hand. Dann ging er und verschwand um die Ecke des Hauses. Jon betrachtete die Karten auf dem Tisch. Er wollte nicht denken, woran er gerade dachte, an seinen Dad, wie er zwischen den Bäumen verschwunden und nie mehr wiedergekommen war, an seine Mutter, wie sie in den Krankenwagen gestiegen war.

»Jon.« Es war Paul, er sprach mit leiser Stimme. Er stand an der Hausecke und winkte ihm zu, als wollte er sagen, *komm zu mir, komm zu mir.* Jon stand von seinem Stuhl auf und ging zum Ende der Veranda, um zu sehen, was Paul wollte. Paul war ganz aufgeregt. Er sagte: »Eine Entenmama mit ihren Babies. Da hinten.« Er zeigte auf eine Stelle am See. Jon schaute hin, aber er konnte sie nicht sehen. »Beeil dich.« Wieder die leise Stimme. Eine laute Stimme würde die Enten erschrecken.

Jon sollte nicht ohne einen Erwachsenen ans Wasser gehen. Aber Paul war ein Erwachsener. Jon blickt zurück zu all den

Leuten im Haus. Noch immer redeten alle miteinander. Niemand schaute sich nach ihm um. Jon ging die Stufen hinunter. Paul lief am See entlang und winkte Jon immer noch freundlich zu. Die Enten schwammen wohl ganz schön schnell. Jon fing auch an zu laufen.

11

»Unternehmen gescheitert«, seufzte Martin und entfernte die Starterkabel von seiner und Deenas Batterie.

»Was jetzt?«

»In die Stadt fahren. Eine neue kaufen. Einbauen.«

»Nimm mein Auto«, sagte Deena.

Martin nickte.

Wie lang war sie jetzt schon hier draußen? Sie schätzte, mindestens fünfzehn oder zwanzig Minuten. Zu lange. Die Leute waren quer über den Kontinent gefahren, um heute hier bei ihr sein zu können. Sie mußte sich ihnen wieder widmen. »Die Schlüssel stecken.«

Martin warf die Kühlerhauben der beiden Autos zu. Sie wandte sich von ihm ab und ging die steile Zufahrt im Trippelschritt hinunter, während die Angst wieder in sie einsickerte. Wenn Jenny und Tim beide ermordet worden waren, war der Mörder ein und dieselbe Person. Es war extrem unwahrscheinlich, daß der Tod zweier so enger Freunde nichts miteinander zu tun hatte. Sie dachte an Halligan und Bob Norville. Die beiden in ihren Verdacht einzuweihen, hatte sie womöglich in größere Gefahr gebracht, als sie gedacht hatte.

Als sie die Küche betrat, kam ihre Mutter auf sie zu und umarmte sie. Ihre magischen Kräfte hüllten sie ein. Diese Frau hatte Deena Bergsteigen, Windsurfen und Eisfischen beigebracht, hatte ihr Neugier und Mut von Kindheit an eingeflößt. Mariah Harper war eine schlanke und stabile Erscheinung in neutralen Farben: goldfarbene Haut voller Sommersprossen, makellos weiße Zähne, ergrauendes schwarzes Haar. Sie trug kein Make-up und, wie Deena meinte, sie brauchte auch keines. Ihre Augen leuchteten vor Interesse und Anerkennung.

»Deenie, wie kann ich dir helfen?« murmelte ihre Mutter.

Sie atmete den erdigen Duft ihrer Mutter ein und hoffte, daß er ihr Kraft gab. Aber die Schwäche blieb in ihr. Würde sie jemals geheilt werden? »Nimm Jon mit, wenn du morgen fährst, und kümmere dich ein paar Tage um ihn. Ich möchte allein sein.«

»Wird er das mitmachen?«

»Ich frage ihn.«

»In Ordnung.«

Sie ließ ihre Mutter in einer plötzlichen Anwandlung von Sehnsucht nach Jon los. »Wo ist er?«

»Zuletzt hab ich ihn mit Paul zusammen beim Kartenspielen auf der Veranda gesehen. Vielleicht ist er noch dort. Paul ist vor ein paar Minuten gegangen.«

»Gegangen?«

»Er sagte, wir sollten dir Grüße ausrichten, und er würde sich bald wieder melden. Wir wußten nicht genau, wo du warst.«

»Ich war oben auf der Straße bei Martin. Sein Auto sprang nicht an. Ich habe Paul nicht vorbeikommen sehen. Vielleicht hat er am Haus seines Vaters geparkt und ist durch den Wald zurückgelaufen.«

Es waren so viele Leute im Wohnzimmer versammelt, daß sie die Veranda nicht genau einsehen konnte, bis sie an den französischen Türen war. Die Stühle auf der Veranda waren leer. Auf dem Tisch lag ein zerwühltes Kartenspiel. Mit einem Stechen in der Seite ging sie zum Fliegengitter. Der grasbewachsene Hof und der See dahinter waren still. Nur einige Vögel hüpften im Grün herum.

Sie lief durch die Hütte zurück, beantwortete Zurufe, blieb für eine kurze Unterhaltung stehen und entschuldigte sich, daß sie weiter müßte. Sie hätte Jon nicht so lange allein lassen sollen.

Suchte er vielleicht nach ihr? Deena nahm zwei Stufen auf einmal und sah in den Schlafzimmern und im Bad nach. War er in einem der Schränke? Sie überprüfte sie und ging ins Badezimmer und zog den Duschvorhang zur Seite. Er war nicht da. Wie kam sie auch auf die Idee? Schnell ging sie hinunter zum Elternschlafzimmer und zum Bad. Jemand war im Bad. Sie klopfte an die Tür. »Jon?«

»Bin in einer Minute draußen.« Eine weibliche Stimme.

Deena ging zurück zur Schlafzimmertür. Von dieser Stelle aus konnte sie die ganze Hütte überblicken. Ihre Augen suchten den Boden ab. Jon saß gerne irgendwo in einer Ecke. Eben hatte er neben dem Tellerschrank gesessen.

»Was ist los?« fragte ihr Vater, während er zu ihr kam.

»Ich kann Jon nicht finden.«

12

Der Junge hinkte hinterher und wurde allmählich müde, aber da er bis hierher gelaufen war, hatte Paul ein oder zwei Minuten herausgeholt, die er ursprünglich nicht eingeplant hatte. Er würde das Tempo ein wenig drosseln, aber vor Jon bleiben, um ihn in möglichst schneller Bewegung zu halten. Das Gebüsch und die kleinen Hügel am Hafen der McNaughtons konnte er bereits sehen.

Paul nahm die Landschaft hinter ihm ins Visier. Niemand. Und sein sechster Sinn sagte ihm, daß niemand unterwegs war. Niemand hatte sie loslaufen sehen. Sekundenschnell waren sie unter den Bäumen gewesen, geschützt gegen jede Sicht. Er hatte es sauber und einfach durchgezogen, wie immer.

Jon legte einen Schritt zu und zog mit ihm gleich. »Wo sind sie?«

»Es sind schnelle kleine Biester. Wir haben sie noch nicht eingeholt. Aber ich weiß, wo sie ihr Nest haben. Da hinten unter einem Anlegesteg. Ist nicht mehr weit.«

Jon fiel wieder zurück.

»Du mußt sie dir ansehen. Acht Babies. So süß, wie sie nur sein können.«

»Meine Mutter macht sich aber vielleicht Sorgen.«

»Es ist nicht mehr weit.« Sie überquerten eine kleine Erhebung, und die Anlegestelle kam in Sicht. Jon folgte ihm in die Senke und auf die verwitterten Bohlen. »Sie mögen den Schatten darunter.«

»Werden sie denn rauskommen?«

»Am besten legst du dich auf den Bauch und lehnst dich vor. Dann kannst du sie sehen.«

Jon kniete und legte sich dann flach hin, mit dem Kopf über den Rand. Paul bückte sich neben ihn. So flach auf dem Bauch wirkte der Junge klein und zierlich. Er würde nur halb so lange brauchen wie bei den anderen Unternehmungen. Ohne Anstrengung konnte er Jon unter Wasser halten.

Eine Erinnerung schoß ihm durch den Kopf. Mikes Fuß auf seinem Rücken quetschte die Luft aus ihm heraus, bestand darauf, daß er sich für irgendein Vergehen entschuldigte. Paul war ungefähr in diesem Alter gewesen, fünf oder sechs. So mußte er für Mike ausgesehen haben, so klein, so zerbrechlich. Noch immer konnte er den zunehmenden Druck auf seinem Rückgrat spüren, spüren, wie ihm die Luft aus der Kehle zischte. Er hatte nicht mehr sprechen können. Wollte, aber es ging nicht. Damals war zum ersten Mal das gelbe *Feuer* aufgetaucht, zuckend und rollend am Rand seines Gesichtsfeldes. Das *Feuer* hatte seinen Dad gestoppt. Von da an hatte er in seiner Schuld gestanden. Er tat, was immer das *Feuer* von ihm verlangte.

»Ich seh sie nicht.« Jon wollte sich von den Planken hochstemmen und aufstehen.

Tu es. Er zögerte, während Jon bereits auf den Knien war. *Tu es.*

Deena stand wie gelähmt im sumpfigen Gras direkt am See. *Es konnte nicht noch einmal passieren. Oder konnte es doch?* Ihr Vater war ganz ruhig zur Straße gegangen, um nach Jon zu fahnden. Es gab keinen Grund, sich Sorgen zu machen, hatte er gesagt. Wahrscheinlich war Jon mit einem der Gäste irgendwo. Oder war für einen Moment allein weggegangen. Vielleicht war er verstört und wollte die vielen Besucher nicht sehen. Es war nachvollziehbar, hatte er gesagt. Kinder tun solche Sachen.

Aber sie kannte Jon. Er würde es nicht tun.

Die Oberfläche des Sees war fast spiegelglatt, nur der Wind kräuselte sie hier und da ein wenig. Meilenweit war nichts zu sehen, was schwamm. Jon war ein guter Schwimmer. Da war sie sich sicher. Er würde nicht ertrinken, es sei denn, jemand verletzte ihn oder stellte ihm eine Falle.

Mom, ich habe Angst vor dem Mann.

Es konnte wieder passieren.

Tim war nur ein paar Minuten von dem Platz entfernt umgekommen, wo sie gesessen hatte. Sie hätte einschreiten können. Sie war zu spät gekommen, hatte Fehler gemacht, die im nachhinein offensichtlich waren. Sie mußte jetzt sofort entschlossen vorgehen. Aber wie?

Instinktiv drehte sie sich nach rechts und begann zu laufen.

Da waren keine Enten. Nicht mal ein Nest konnte er da unten entdecken. Nur häßliche Spinnweben mit Käfern. Nichts Schönes. Und jetzt hatte er Splitter in der Haut. Zwei oder drei. Sie hatten sich in sein Knie gespießt, als er wieder aufgestanden war. Jetzt mußte seine Mutter sie mit einer Nadel wieder rausholen, und es würde weh tun. Er fühlte sich nicht mehr mutig. Er wollte seinen Dad. Aber sein Daddy lag tot in der Erde. Sie hatten ihn auf einem Hügel ganz allein gelassen. Er wußte ganz genau, daß sein Daddy einsam war. Aber wenn er das seiner Mutter sagte, würde sie sagen, »nein, ist er nicht, weil Gott bei ihm ist.«

So, wie die Sonne jetzt von hinten auf Paul schien, sah er aus, als hätte er kein Gesicht. Sein Kopf war nur ein brauner Kreis. Er streckte seine Arme nach Jon aus, als wollte er ihn festhalten. Paul beugte sich über ihn, als wenn er ihn packen wollte. Jon wünschte sich, daß Paul ihn hochhob. Er wünschte sich, daß Paul ihn festhielt und daß er seinen Kopf an Pauls Schulter legen konnte. Paul war ein bißchen wie Daddy. Er spielte Karten und war lustig und nett.

Er streckte Paul seine Arme entgegen. Paul stoppte, als hätte er es sich anders überlegt. Er hob Jon nicht auf. Er tat überhaupt nichts. Dann faßte er Jon um den Bauch und zog ihn schnell hoch. Seine starken Finger schmerzten wie Bisse. Es war ihm, als flöge er auf Pauls harten Brustkorb zu. Paul tat einen Arm unter seinen Hosenboden und einen Arm um seinen Rücken und drückte ihn in einer festen heißen Umarmung an sich, die ihm den Hals verdrehte. So wie Paul es machte, machte es ihm angst. Es war zu fest. Und wo Pauls Finger gewesen waren, stach es ihm im Bauch.

»Das tut mir weh«, sagte er zu Paul mit der weinerlichen Stimme, die Mom Jammern nannte. Sie konnte es nicht leiden, wenn er jammerte, und sagte es ihm jedesmal, wenn er es tat. Würde Paul ihm auch sagen, daß er jammerte? Paul atmete laut. Er sagte nichts. Seine Arme lockerten sich ein bißchen, aber er hielt Jon weiterhin fest.

Es war okay. Immer noch fest, aber okay. Es war nicht das ›böse Anfassen‹, vor dem seine Mutter ihn gewarnt hatte. Er drückte ihn nur an sich. Jon drückte Paul auch an sich und drehte sein Gesicht zu seiner Schulter. Er wußte, daß Paul es gern hatte, wenn er ihn an sich drückte. Paul legte seine Wange an Jons Haar und wiegte sich langsam hin und her. Er rieb Jons Rücken. Jon tat so, als ob er schliefe, so wie er immer bei seinem Daddy geschlafen hatte, wenn dieser ihn trug.

Nach einer Minute ging Paul los. Jon öffnete seine Augen ein kleines bißchen. Sie gingen von der Anlegestelle herunter. Paul trat hinunter aufs Gras. Dann wurde es holprig. Ab und zu blinzelte er. Sie gingen am See entlang, zurück zu Großvaters Hütte. Ziemlich bald hörte er, wie jemand zu ihnen gelaufen kam, und Paul sagte: »Wir haben nach den kleinen Entchen geguckt.« Jon tat so, als würde er schlafen, weil er nicht von der Schulter herunter wollte. Er wollte festgehalten und getragen werden, so lange wie möglich. Er blinzelte durch seine Wimpern, um zu sehen, wer neben ihm lief. Es war seine Mutter.

Zu dritt bildeten sie eine Einheit: Mann, Frau, Kind. Mit Jon warm an seiner Brust und Deena an seinem Ellbogen war Paul Vater und Ehemann. Friedvoll gingen sie langsam zur Hütte zurück.

Fast hatte er sich um die Chance für dieses Glücksgefühl gebracht. Es schmerzte ihn, wenn er daran dachte, wie nah er davor gewesen war, dieses Kind zu vernichten. Als er Jon von der Anlegestelle hochgehoben hatte, war er überrascht gewesen und hatte sich geschämt, wie weich seine Rippen und sein Körper sich unter seinem Griff anfühlten. Jon war leicht wie eine Feder und fügsam. Ein Junge. Ein Baby. Im scharlachroten Meer seiner Erinnerung tauschte er den Platz mit Jon. Und er konnte ihm nicht weh tun.

Sie gingen ins Haus, und er ließ sich mit Jon auf dem Schoß im Schaukelstuhl nieder und setzte ihn sanft in Bewegung. Jon schlief nicht, da war er sich ziemlich sicher, aber er hielt die Augen geschlossen und lag entspannt in seinen Armen. Deena saß ihm gegenüber auf der anderen Seite des Raumes, und in ihrem Gesicht leuchtete Dankbarkeit.

13 Martin stocherte mit einer Gabel in dem Essen auf seinem Teller herum. Das Essen war die typische Verpflegung für Hinterbliebene: Kasserollen und Aufläufe, die die Nachbarn mitgebracht hatten. Kartoffelgratin. Hackbraten. Thunfisch und Nudeln überbacken. Reispudding. Er sollte nicht hier sein bei diesem Familientreffen, aber er wußte nie, wie man mit Anstand ›nein‹ sagte. Nachdem er die neue Batterie eingebaut hatte, hatte Gene darauf bestanden, daß er zum Abendessen blieb. Martin war sich nicht ganz sicher, wie Barbara dazu stand, aber ihre Erschöpfung war deutlich sichtbar. Martin und Paul waren die letzten im Haus, die keine unmittelbaren Angehörigen waren. Verlegen nahm Martin einen Klappstuhl in der Ecke in Beschlag.

Paul war anders. War es immer gewesen. Er saß auf der Couch zwischen Gene und Barbara, trank Eistee und gab gelegentlich seinen Kommentar zu dem ab, was eigentlich eine reine Familiendiskussion hätte sein müssen, nämlich ob Deena übers Wochenende allein in der Hütte gelassen werden sollte.

»Ich bleib bei dir«, sagte Deenas Schwester zu ihr. Linda war eine ältere knochigere Ausführung von Deena mit tiefrotem Haar.

»Ich brauche ein paar Tage nur für mich allein.« An Deenas Tonfall konnte man erkennen, daß sie das schon mehrfach zu Linda gesagt hatte.

»Wo ist das Problem? Sie bleibt ganz einfach hier«, sagte Deenas Vater. Martin konnte keinerlei Ähnlichkeiten zwischen dem hageren dunkelhäutigen Mann und seiner Tochter entdecken. Weder in der Kopfform noch in den Gesichtszügen, noch in der Haut- und Gesichtsfarbe. Aber sein gewinnendes Benehmen mußte die Vorlage für ihres gewesen sein. »Sie hat ein Recht darauf, allein zu sein.« Er gab seinem Statement etwas Endgültiges und ließ ein mattes Lächeln für Deena folgen. Martin vermutete, es war das äußerste an Entschiedenheit, zu dem Mr. Harper fähig war.

Jon saß neben seiner Mutter auf einer Seite der erhöhten Kaminplatte mit der Miene des verlassenen Sohnes. Seinen linken Arm und sein linkes Bein preßte er gegen ihren rechten Arm und ihr rechtes Bein. *Deena hat ihn gebeten, auch abzufahren*, dachte Martin.

»Ich muß heute abend zurück in die Stadt, aber ich bin das ganze Wochenende über hier«, sagte Paul. »Ich bin bei meinem Vater und seh mal nach dir.«

Deena nickte.

»Und Jon fährt mit uns, in Ordnung?« Mrs. Harper stand außen und lächelte ihm zu. Jon reagierte nicht. Es war also keine Frage, sondern offensichtlich schon entschieden. Für niemanden schien es eine Neuigkeit zu sein, außer für Paul, dessen Augenbrauen sich ein wenig hoben.

Martin nahm einen Bissen Pastete: Zucker, Eier und so reichlich Pecannüsse, daß ihm die Zunge brannte. Sein Mund lief voller Speichel. Was er bisher gegessen hatte, war seiner Meinung nach nahezu ungenießbar gewesen. »In Ordnung, Engel?« Mrs. Harpers Verhältnis zu Jon schien weniger eng zu sein als Barbaras, obwohl sie das Jahr über näher bei ihm wohnte. Deenas Mutter wirkte sehr anziehend, aber Martin vermutete, daß sie einen sehr starken Willen haben konnte. Jons Nicken war nur ein leichtes Beugen des Kopfes. Deena nahm Jons Hand. Die Art, wie sie ihre Hand auf seine legte, so, daß ihre Finger seine völlig bedeckten, war ein Zeichen ihrer Autorität. Es mußte ihre Idee gewesen sein, daß Jon auch abfahren sollte, und Jon hatte sich gefügt.

Paul versuchte, Jons Aufmerksamkeit auf sich zu lenken. Er lehnte sich vor, bis Jon ihn sah. Jon stand auf, ging hinüber zu Paul und kletterte auf seinen Schoß. Pauls Umarmung war besitzergreifend, fast erdrückend. Übertrieben.

Wann hatte sich ihre Beziehung entwickelt? Martin hatte etwas verpaßt. Der gleiche alte Paul. Der Mann zog eine Show ab.

Es war ein völlig unangemessener Augenblick, um zu demonstrieren, wie sehr Jon ihn mochte, während Mrs. Harper versuchte, Kontakt zu ihrem Enkel zu bekommen. Sie empfand es genauso. Sie sah kurz zu den beiden hinüber und drehte sich dann abrupt um. Indem sie die Kerzen auf dem Eßzimmertisch ausblies, blieb sie mit dem Rücken zu der Gruppe stehen. Schließlich holte sie einen der Stühle vom Tisch herüber und plazierte ihn außerhalb des Kreises von Verwandten. Als sie sich setzte, bemerkte Martin, daß sie ihn so hingestellt hatte, daß ihr Blick auf Paul versperrt war.

Die Pastete auf Martins Teller war verschwunden. Hatte er sie schon aufgegessen? Er betrachtete den Hackbraten und die Kartoffeln und legte seine Gabel darüber.

»Ich möchte euch sagen, wieviel es für Jon und mich bedeutet, daß ihr bei uns seid«, sagte Deena stockend. »Was immer wir jetzt tun, können wir nicht ohne euch tun, ohne eure Hilfe.« Sie hatte große Mühe, ihre Stimme zu kontrollieren. Wenn sie dünner wurde oder versagte, wartete sie und sprach dann weiter. Ihre Offenheit war erstaunlich, dachte er. Er würde sich nicht in so persönlichen Worten einer Gruppe von Menschen erklären, auch nicht, wenn ihn jemand darum bäte. »Weil wir alle Tim geliebt haben, sind wir nun auf besondere Weise für immer verbunden. Ich möchte, daß ihr wißt, wie sehr Jon und ich jeden von euch schätzen.« Er hatte nach dem hohlen Klang der Unaufrichtigkeit gelauscht. Die Sätze waren perfekt konstruiert, aber sie waren nicht einstudiert. Da war er sich sicher.

Was *tat* er? Er war nicht im Gerichtssaal – das war *Leben*, wirkliches *Leben*. Und er zerpflückte die Ansprache der Frau, als wäre es eine Zeugenaussage. Was für ein gefühlloser Scheißkerl er doch geworden war, daß er nirgendwo dabeisein konnte, ohne jede Nuance und jede Geste zu interpretieren. Er lehnte sich vor und stellte seinen Teller unter den Stuhl. Er mußte hier weg. Er verdiente es nicht, hier zu sein.

Barbara war aufgestanden und zu Deena hinübergegangen. Sie setzte sich zu ihr, sie preßten ihre Wangen aneinander, und in ihren Augen standen Tränen.

Er konnte jetzt nicht aufstehen, wollte es auch nicht. So unangenehm es war, er besaß die Menschlichkeit, ruhig und still sitzen zu bleiben. Deena war aufrichtig. Er sah es an ihrem gebeugten Rücken, am rötlichen Ton auf ihrer Stirn. Sie war über jede Vorstellungskraft hinaus gestreßt. Und sie meisterte die Situation perfekt.

Er hatte angefangen, an sie zu glauben, als sie im Auto gesessen hatten und er wegen Jenny geweint hatte. Sie hatte nichts darauf gesagt, aber sie hatte ihre Finger auf ihre Lippen gepreßt, sichtlich gerührt von seinem Bekenntnis.

Der Lichtschein des Feuers auf den zwölf oder so Gesichtern dieser Familie weckten den Künstler in ihm. Er konnte es nicht ändern. Versunken konzentrierten sich seine Augen auf Barbara und Deena, vertieften sich fast schon ätherisch in sie. Kommunikation. Das war das Wort, das ihm in den Sinn kam.

Pauls Gesichtsausdruck in der Mitte der Gruppe war anders. Martin richtete seine Aufmerksamkeit darauf, eine unmißverständliche Mischung von Verehrung und Lust, seine Nasenflügel blähten sich, und seine Lippen waren leicht geöffnet, während Paul Deena wie versteinert anstarrte.

Die Intensität von Pauls Blick fesselte Martin. Genau das war es. Wußte sie es?

Deena küßte Barbara und stand auf. Dann begann sie damit, im Kreis herumzugehen und jeden zu küssen und mit jedem ein paar Worte zu wechseln. Sie reagierten, so kam es ihm vor, mit tiefer Zuneigung. Niemand schrak auch nur andeutungsweise vor ihr zurück. Sie war äußerst liebenswert.

Es war perfekt – zu perfekt, wie ein Theaterstück, das jemand ausgeheckt und einstudiert hatte, um die Jury zu beeindrucken.

Die Erfahrung von Tausenden von Tagen bei Gericht marterte

ihn mit einem Gedanken. Hatten Paul und Deena vor Tims Tod ein Verhältnis gehabt? Daß sie jetzt Witwe war, hatte sie offensichtlich schwer getroffen, aber nicht völlig matt gesetzt. Er hätte erwartet, daß sie die meiste Zeit im Bett lag und nichts essen konnte. Sie war nicht überzeugend.

Mein Gott, was war er für eine abgestumpfte Kreatur, krank, auch nur daran zu denken. Aber er war zu häufig Zeuge von Verrat geworden, um nicht seine Antenne auszufahren. Er konzentrierte sich auf Deena, als sie stehenblieb und sich nach vorne beugte, um ihn zu küssen. Paul war durch Jon auf seinem Schoß in seiner Bewegungsfreiheit gehindert, aber er hob einen Arm und legte ein Hand an ihre Hüfte. Eine allzu vertraute Berührung.

Pauls Hand auf ihrer Hüfte schien Deenas Bewegungen zu beschleunigen. Sie gab ihm ein leichtes Küßchen auf die Stirn, gab ihm einen Klaps auf die Schulter und trat zurück, aus seiner Reichweite. Kaum wahrnehmbar, umgab sie für ein, zwei Sekunden etwas Förmliches. Martin erkannte es an ihren Mundwinkeln und am Recken des Halses. Es war ein Zeichen des Mißfallens, ein inneres Sträuben gegen den Übergriff eines Fremden. Er konnte nicht sehen, ob sie sich entschloß, Jon nicht zu küssen. Wenn sie es tat, müßte sie erneut in die Reichweite von Paul. Statt dessen streichelte sie voller Zuneigung Jons Haar, ging weiter zu Gene und küßte ihn gefühlvoll auf die Wange, während sie etwas murmelte, was Martin nicht hörte. Pauls Enttäuschung war deutlich zu sehen.

Erleichterung erfaßte Martin. Sie war unschuldig. Er bewunderte ihre Stärke. Was für eine Erziehung mußte jemand genossen haben, um so gelassen und würdevoll zu sein in einer solchen Situation.

Tim würde es gefallen. Tim würde es absolut gutheißen.

Deena ging von Gene weg und umarmte Kemp. Und dann stand sie vor Martin und zögerte. Sie mußte das nicht tun. Er war kein enger Freund von ihr, er war nicht mal mehr ein enger Freund der Reuschels. Er haßte es, hier auf dem Präsentierteller zu sitzen, wo alle zusahen, wo Paul zusah. Sie konnte ihm die Hand geben. Das würde genügen.

Er rührte sich nicht einmal, als sie sich niederbeugte und ihn warm auf die Schläfe küßte.

14

Es kam ihr nicht richtig vor, daß alle so schnell abfuhren. Große Trauer lag vor ihnen. Sie alle hätten mindestens das Wochenende über bleiben sollen. Es war wichtig, nach einem Todesfall so lange wie möglich zusammenzubleiben, um den Kummer zu heilen. Barbara stand im dunklen Durcheinander der Zufahrt, während die Autos für die Abfahrt bereitgemacht wurden. Sie würde Gail und Kemp am nächsten Morgen nicht mehr sehen. Sie würde Linda und Christopher nicht mehr sehen. Nur Deenas Eltern würden vom Motel noch einmal herkommen, um Jon einzuladen und mit ihm zum Flughafen zu fahren. Es war nicht richtig. Es war zu schnell. Aber es war Deenas Wunsch.

»Auf Wiedersehen.« Martin blieb vor ihr stehen.

»Auf Wiedersehen.« Er war stachelig, dieser nette Mann. War schon als Junge stachelig gewesen. Sie hütete sich, ihm mehr als ein Händeschütteln anzubieten. »Danke, daß du gekommen bist.«

Gail ließ das Fenster herunter und winkte. Als Barbara bei ihr war, flüsterte sie: »Bist du sicher, daß das so in Ordnung ist?«

»Es ist in Ordnung.«

»Willst du wirklich morgen nach Hause fahren, Mom?«

»Dad fährt«, flüsterte sie. »Die Hütte ist zu beladen mit Erinnerungen.«

»Ich möchte nicht fahren.«

Barbara sah sich nach Gene und Deena um. Sie waren beide

außer Hörweite und unterhielten sich mit Leuten in anderen Autos. »Wir sollten Deenas Wunsch anerkennen. Dad und ich kommen in ein paar Wochen für den Sommer zurück. Dann sind wir bei dir.«

»Ich bin froh, daß wir nur ein paar Stunden zu fahren haben. Mom, ich werde dich wirklich vermissen.«

»Ich werde dich auch vermissen.«

Plötzlich erschien Deena, um mit Gail zu sprechen. Barbara ging zum Haus und drehte sich dann um, um zu warten und zu winken. In wenigen Minuten würde die Zufahrt leer sein.

Sie war nicht dumm. Sie wußte, warum Deena darauf bestanden hatte, allein im Haus zu sein. Deena wollte freie Bahn haben, um Nachforschungen über Tims Tod anzustellen. Nachdem Gene sie wegen der Fotos angeherrscht hatte, waren sie auf einmal verschwunden, und Deena hatte sie mit keinem Wort mehr erwähnt. Barbara hatte sich die Sache hundertmal durch den Kopf gehen lassen. Und auch Deena war nicht dumm. Sie hatte durchaus Gründe für ihren Verdacht – möglicherweise mehr, als sie genannt hatte. Und Barbara hätte ihr auch zugehört. Aber weder sie noch Deena würden Gene im Augenblick offen herausfordern.

Ihr kam es unwahrscheinlich vor, daß Tim ermordet worden war. Die Polizei hatte keinerlei Beweise irgendwelcher Art gefunden. Aber welche Frau würde keine Fragen stellen? Welche Mutter würde nicht fragen? Gene würde es auch tun, wenn er klar denken würde.

Um die Nachforschungen wirklich gründlich durchzuführen, würde Deena Hilfe brauchen, Hilfe von jemandem, der die Gegend und die Leute kannte. Sie konnte unmöglich einen solchen Zugang zu Cameron County haben, wie etwa Barbara ihn hatte. Dennoch gab es keine Möglichkeit für Barbara, ausführlich mit Deena zu sprechen, ohne daß Gene dabei war oder es zumindest bemerkte. Sie würde ihn nicht dermaßen provozieren. Er könnte eine Herzattacke oder einen Nervenzusammenbruch bekommen. Es war nicht der rechte Augenblick, ihm eine Auseinandersetzung aufzuzwingen. Er war emotional so labil, wie sie ihn noch nie erlebt hatte.

Paul blieb im Schatten. Deena war seit Minuten damit beschäftigt, von Auto zu Auto zu gehen und ein paar Abschiedsworte mit ihren Verwandten zu wechseln. Er würde sich gedulden, bis sie abgefahren waren und sie ihm ihre volle Aufmerksamkeit widmen konnte. Sie hatte ihn völlig umgehauen mit ihrer charmanten Rede und wie sie die Runde gemacht hatte und jeden einzelnen berührt hatte. Das Vorgefühl hatte ihm den Atem geraubt.

Deena fühlte sich stark zu ihm hingezogen. Es war ihm bereits klargeworden, als er sie das erste Mal gesehen hatte und sie sich beim Brunch ausführlich mit ihm unterhalten hatte. Ihr Körper war einladend gewesen, und sie hatte ihm geschmeichelt. Sie hatte sich soweit vorgewagt wie möglich, mit ihrem Mann neben sich. Heute nachmittag war es für Paul dann zur Gewißheit geworden, das Verlangen in ihr war gewachsen. Als sie sah, wie er Jon von der Anlegestelle zurücktrug, hatten ihre Augen vor Zuneigung geleuchtet. Sie war in seinen Schritt verfallen, als wären sie schon immer zusammengewesen. Heute abend, als sie in der Runde zu ihm gekommen war, hatte er ihr überwältigendes Verlangen gespürt und ihre Hüfte berührt, als Zeichen, daß er verstanden hatte. Sie hatte sich diskret verhalten, war zurückgewichen und hatte ihre Augen abgewandt. Sie war eine verführerische, rasend machende Mischung aus Sinnlichkeit und Scheu. Und sie besaß unbeirrbare Vorstellungen von dem, was sich gehörte.

Er würde ihr Zeit geben. Würde sie nicht drängen. Sie wußten beide, wohin der gemeinsame Weg ging, aber es ziemte sich nicht, ihn zu schnell zu beschreiten. Die allgemein akzeptierte

Trauerzeit war ein Jahr. Solange würde ihre gegenseitige Bindung erst einmal ihr Geheimnis bleiben.

Nacheinander fuhren die Wagen rückwärts die Einfahrt hinaus auf die Straße. Der Strahl ihrer Scheinwerfer hüpfte auf und ab. Deena winkte, bis alle außer Sichtweite waren. Er hatte gewaltigen Respekt vor ihrer Entscheidung und ihrem Insistieren darauf, übers Wochenende allein zu sein. Es konnte nicht leicht für sie gewesen sein, das durchzusetzen. Sogar Jon schickte sie weg. Aber sie hatte es getan, um direkten ungehinderten Kontakt zu Paul aufnehmen zu können – damit sie beide sich finden konnten.

Deena kam auf ihn zu. Jetzt würde er seine Chance bekommen. Der Mond war aufgegangen, aber die Zufahrt war gefleckt vom breitgestreuten Schatten der Bäume. Die Dunkelheit reichte aus, um ihre Gesichter zu verbergen, ihr Verlangen, auch wenn Barbara und Gene und Jon immer noch in der Nähe waren.

»Wir sehen uns.«

»Ja, natürlich«, antwortete sie, während sie an ihm vorbeieilte und die Stufen zur Küche hinaufging. Es hatte nicht unfreundlich geklungen, aber daß sie so kurz angebunden war, überraschte ihn. Er starrte auf das leuchtende Rechteck der Fliegengittertür. Sie kam nicht zurück.

»Du gehst zu Fuß nach Hause?« Gene klopfte ihm auf den Arm.

»Ja.« Sein Auto stand immer noch bei den McNaughtons, aber er würde im Bogen zurückgehen. Er tastete nach der Bleistiftlampe in seiner Tasche.

»Soll ich dich fahren?«

»Nein. Danke trotzdem. Gib mir die Hand«, sagte Paul zu Jon. Nachdem sie zweimal kräftig eingeschlagen hatten, drückte Paul Jons Kinn, und Gene brachte ihn zurück ins Haus.

Es war klug von Deena gewesen, nicht draußen bei Paul zu bleiben. Ihre Cleverneß erstaunte ihn. So war es viel sicherer.

»Paß auf dich auf«, sagte Barbara zu ihm.

»Sie auch.«

Einige Sekunden lang blickte sie ihn an. Im milchigen Licht sah er, wie sie sein Gesicht musterte. »Ich begleite dich noch zur Straße«, sagte sie.

Dieses Kind war wie ein eigenes für sie gewesen. Wie viele von ihren Plätzchen hatte Paul in den ersten zwanzig Jahren seines Lebens gegessen? Sie waren Freunde, sie und er. Er war ein seltsam bedürftiges Kind gewesen, hatte sich auf jede Gelegenheit gestürzt, bei den Reuschels zu übernachten, wann immer seine Eltern es erlaubten. Er war ihnen immer vorgekommen, als habe er Hunger – Hunger nach Zuneigung, nach etwas zu essen, nach Vergnügen. Sie hatte es versucht, Gene hatte es versucht, aber sie hatten seinen Hunger nicht stillen können. Nachdem seine Mutter tot war, war er noch schlimmer gewesen, unentwegt düsterer Stimmung und unentwegt bei ihnen. Er hatte es geradezu unheimlich heraus, immer genau zu den Mahlzeiten zu erscheinen und zu wissen, wann sie etwas Neues gekauft hatten, wie zum Beispiel den Pingpongtisch. Sie konnten ihn nicht abweisen. Es hätte seine Seele zerstört. Tatsächlich mochten sie ihn und konnten gar nicht anders, als den Versuch zu unternehmen, ihn zu retten. Es war ein Wunder, wirklich, wie er sich schließlich entwikkelt hatte. Ganz in Ordnung. Mehr als in Ordnung. Besser als die meisten. Ein netter loyaler Junge.

Sie näherten sich der Straße. Weniger als eine Minute blieben ihr, um Paul um Hilfe zu bitten. Sollte sie? Die Vorstellung von Deena allein im Haus, die Vorstellung von Deena, wie sie einer Mordtheorie nachspürte, machte ihr angst. Deenas Entscheidung war naiv und unklug.

»Ich ruf Sie ab und zu an, Mrs. R.« Paul beschleunigte seinen Schritt und vergrößerte den Abstand zwischen ihm und ihr.

»Paul –«

Er blieb stehen.

»Paßt du übers Wochenende ein wenig auf Deena auf? Nur... mal nach ihr sehen?«

»Sicher.«

»Ich... mach mir Sorgen um sie. Deena glaubt –« *Sag's ihm nicht. Du mißbrauchst ihr Vertrauen.*

»Glaubt –?«

»...daß... vielleicht... jemand... Tim getötet hat.« Es klang lächerlich und traf auf Schweigen. »Ich glaube... es nicht wirklich. Aber... sie tut es.«

Er antwortete nicht, Alles, was sie von seinem Gesicht sehen konnte, während er näher kam, waren seine Augen, geschockt, mitfühlend. »Warum?«

Die Fotografien gingen ihr durch den Kopf, der nicht wegzudiskutierende Fleck oder die Silhouette im Zentrum. Sie hatte zwischen Deena und sich einen Keil getrieben, indem sie die Fotos angesehen hatte, ohne Deena vorher um Erlaubnis zu fragen. Und Gene hatte Deena verärgert, indem er die Fotos abgewertet hatte. Anschließend war Deena zweimal für mehrere Stunden fort gewesen, hatte ihnen aber nicht verraten, wo sie gewesen war. Barbara und Gene waren offensichtlich von Deenas Überlegungen und Bemühungen ausgeschlossen. Sie hatten sie allein gelassen, und dafür zahlten sie. *Bewahr ihr Geheimnis.* »Ich weiß es nicht. Sie sagt es niemandem.«

Er glaubte ihr. Sie sah es in seinen Augen. »Ich paß auf sie auf«, sagte er.

15

Maddox Station glitzerte in der Dunkelheit, während Paul näher kam. Es war seine Lieblingsstation im New Yorker Bahnsystem, und er kannte sie alle. Ganz aus Holz, überladen mit kitschigen Verzierungen und Giebeln, verwitterte und verwelkte sie seit siebzig Jahren an diesem Ort. Die im Bogen herabhängenden Lampen mit ihren schrägen Schatten warfen trübe Lichtkegel über den Parkplatz. Schon etwas beherzter stellte er den Nissan zwischen zwei Lichtkegeln ab und betrat den Wartesaal. Das einfache Ticket nach Grand-Central kostete immer noch zweiunddreißig Dollar. Glücklicherweise hatte er es passend. Er brauchte nicht nach den Abfahrtzeiten zu sehen. Züge waren seine Spezialität. Der junge Mann hinter der Scheibe sagte kaum etwas. Paul hielt seine Stimme gesenkt und sprach so wenig wie möglich, als er die Fahrkarte kaufte. Dann ging er sofort zu einer Holzbank außer Sichtweite des Fahrkartenschalters und wartete.

Alte Bahnstationen rochen, als ob ihr Fußboden niemals geputzt worden sei, sondern seit Jahrzehnten jeden Tag nur mit einem Besen ausgefegt wurde. Staub schien beständig in der Luft zu hängen, pulvrige Ackerkrume, hereingeweht von den umliegenden Feldern. Er hing in den Ecken und mischte sich mit dem scharfen Geruch von alterndem Metall.

Die Atmosphäre von Maddox Station erfüllte ihn mit Ruhe. Von dieser Freiheit hatte er geträumt, die absolute Freiheit, die ihm Minute für Minute gestattete, zu kommen und zu gehen, zu fahren oder nicht zu fahren, ganz wie er wollte. Fasziniert hatte er als Kind mit dem Fahrplan in der Hand auf dem Bett gelegen und sich die Namen der Bahnhöfe und Stunde und Minute von Ankunft und Abfahrt der Züge eingeprägt. Jede Fahrplanänderung hatte er genauestens registriert, um für den Augenblick der Flucht von seinem Vater, für den leuchtenden irreversiblen Sprung in den Kosmos gerüstet zu sein. Jetzt kam es ihm lächerlich vor. Er hatte sich nie getraut, dies zu tun.

Das Rumpeln des einlaufenden Zuges scheuchte Paul von der Bank. Er ging hinaus auf den Bahnsteig und ließ die Lokomotive an sich vorbeidröhnen. Quietschend glitt der Zug in den Bahnhof und blieb zischend stehen. Er stieg ein und nahm einen Sitzplatz am Fenster, so daß er den Bahnhof und den Parkplatz im

Blick hatte. Der Nissan war verborgen im Schatten, und er wußte, für die nächsten vierundzwanzig Stunden war es in Ordnung, wenn er dort stand. Alles, was er besaß, war auf besondere Weise verhüllt und deshalb geschützt. Er wußte nicht genau, wie es funktionierte.

Einen Augenblick lang war er sich seines Planes nicht ganz sicher. Hatte er alles gründlich durchdacht? Er hatte sich ordentlich abmühen müssen, um etwas auszuhecken. Barbara hatte ihm in ihrer typisch unauffälligen Art aufgelauert. *Deena glaubt, daß vielleicht jemand Tim getötet hat.* Nicht mit mehr Gemütserregung geäußert wie eine Bestellung im Restaurant. Einen Augenblick lang hatte es ihm die Sprache verschlagen. Sie schien es nicht bemerkt zu haben. Das war Barbara. Sie kannte ihn nicht. Zwanzig Minuten hatte er im Auto gesessen, bevor er sich in der Lage fühlte, die Zufahrt der McNaughtons zu verlassen. Deena hatte ihm nicht den geringsten Hinweis über ihre Zweifel gegeben. Hieß das, daß sie ihn verdächtigte? Oder war sie nur grundsätzlich vorsichtig. *Sie sagt es niemandem.*

Wenn sie ihn nun ganz einfach hereinlegen wollte...

Der Zug fuhr mit einem Ruck los. Das Rucken war ein Makel in amerikanischen Zügen. In Europa nahmen die Züge sanft Fahrt auf. Maddox Station glitt am Fenster vorbei, und die glitzernden Lichter jenseits der Station verblaßten. Sein eigenes Spiegelbild erschien plötzlich in der Scheibe, verschreckte Augen, zerwühlte Haare.

Ruhig. Er war immer noch am Drücker. Jetzt, wo er ihre Ängste kannte, war Deena ein offenes Buch für ihn. Er war klug vorgegangen, indem er den Nissan in Maddox gelassen hatte. Er würde den Bronco benötigen, um am Wochenende auf sie aufzupassen. Er mußte ihn holen, damit er bereit war. Dieser Wagen war eine Dschungelkatze, er schlich durch den Busch, schnell, leise. Ohne ihn hätte er längst nicht alles geschafft, was er getan hatte. Nenn es Aberglaube, aber beim geringsten Zweifel brauchte er den Bronco. Der verdammte Wagen war irgendwie unsichtbar. Soweit er wußte, war er nie im Zusammenhang mit einem Verbrechen genannt worden. Und das war glattweg unglaublich. Überall war er mit ihm hingefahren.

Er würde den Bronco morgen nach Maddox fahren und ihn anstelle des Nissan am Bahnhof lassen. Dann war der Bronco in Reichweite, falls er ihn brauchte. Das Bild von Deena, wie sie unter seinem Griff kämpfte, schmerzte ihn. Sie war so vielversprechend als Quelle der Freude, *seine* Quelle der Freude. Aber er war verflucht. Die Frauen, die er bis in die tiefsten Tiefen seiner Seele bewunderte, bewiesen ihm stets unwiderlegbar ihren Verrat.

Und Jon... so süß an seiner Schulter. Paul hatte ihn in den Schlaf wiegen dürfen. Auch Jon würde er verlieren.

Blumenduft zog durch den Eisenbahnwagen. Der kräftige reine Geruch von Hyazinthen. Er sah sich um, erschrocken, verwirrt. Die anderen Sitze waren leer.

16

Deena kuschelte mit Jon unter der Bettdecke, sie noch angezogen, Jon im Pyjama. Sie saßen sich mit gekreuzten Beinen unter einem Dach aus Decken und Laken auf dem Bett gegenüber. Im Schein der Taschenlampe sah er krank aus, dünn, blaß und mit dunklen Rändern unter den Augen. Beim letzten Mal, als sie eine Iglu-Versammlung abgehalten hatten, war Tim dabeigewesen. Jon hatte sich die Iglu-Idee als Möglichkeit ausgedacht, die Welt auszuschließen, um die ungeteilte Aufmerksamkeit seiner Eltern für wichtige Dinge zu haben. Sie glaubte, daß sie es sechs- oder achtmal gemacht hatten. Nach seinen Regeln war Jon die einzige Person, die einen Rückzug in den Iglu fordern und die einzige Person, die ein Treffen beenden konnte.

Allmählich wurde es stickig. Bisher hatten sie die Zeit damit verbracht, gemeinsam um Tim zu weinen, aber die Tränen waren ihnen ausgegangen. Ein paarmal hatte sie geglaubt, Jon wollte ihr etwas erzählen, aber er tat es nicht. Deena hob eine Ecke des Lakens an, um kühle Luft aus dem abgedunkelten Zimmer hereinzulassen. Sie legte eine Hand um Jons Fuß und rieb ihn.

»Ich vermisse Daddy«, sagte er.

»Ich auch.«

»Und –« Er begann, heiser zu weinen.

Jetzt kommt es, dachte sie. *Er läßt es heraus.* »Sag's mir«, flüsterte sie.

»Nein.« Er sackte nach vorn gegen sie, und sie legte ihre Arme um ihn.

»Ist es ein Geheimnis?«

»Du wirst denken, ich sei nicht mutig.«

»Ich finde, du bist *sehr* mutig. Erstaunlich mutig. Aber du mußt nicht mutig sein, damit ich dich liebhabe. Manchmal fühle ich mich auch nicht mutig.«

Er wischte seine Nase an ihrem Ärmel ab. »Ich möchte nicht mit Großmutter mitfahren. Ich möchte bei dir bleiben.«

»Das ist es?«

»Ja.«

Sie hatte verloren. Ihre Verfolgung von Tims Mörder war vorüber. Mit Jon an ihrer Seite würde sie nicht beweglich genug und nicht anonym sein. Sie konnte ihn nicht in Gefahr bringen, sie würde es nicht tun. Nein, wenn Jon bei ihr blieb, mußte sie die Suche aufgeben. Aber wie konnte sie seine Bitte ignorieren? Nichts war wichtiger für sie als Jon. Er hatte genug Schaden genommen. »Du kannst bleiben.«

»Wirklich?«

»Ja.«

Er richtete sich hoffnungsvoll auf. »Mom, versuchst du diesen Mann zu kriegen? Möchtest du deshalb, daß ich fahre?«

Er bekam sehr viel mit. Und sie tat alles, um es vor ihm zu verbergen. »Ja.«

»Warum kann die Polizei ihn nicht schnappen?«

»Vielleicht können sie es, aber ich möchte dabei helfen. Ich hab es eilig. Ich möchte nicht, daß er entkommt. Je mehr Zeit vergeht, um so kleiner wird die Chance, daß wir ihn finden.«

Jons Augen wurden groß. »Er hat Daddy weh getan?«

»Ja.«

»Bist du sicher.«

»Irgend jemand hat es getan. Da bin ich mir sicher.«

»Woher *weißt* du das?«

Das Bild von Mimi ließ sie zögern. Mimi, hilflos und zerbrechlich, und Arlene. Sie waren so verletzbar. Sie durfte sie Jon gegenüber nicht erwähnen. Es konnte ihm herausrutschen.

»Ich *weiß* es eben. Frag mich nicht. Bitte.«

Sie schwitzten beide. Jon knipste die Taschenlampe aus und zog die Decken zur Seite. Sie legten sich zurück auf die kühlen Laken. »Die Versammlung ist noch nicht zu Ende«, sagte er.

Sie lachte leise. »Okay.«

Er lachte auch und hustete. »Tu einfach so, als ob wir noch im Iglu wären.«

»Okay.«

»Weißt du, wer Daddy gestoßen hat?«

»Nein.«

»Glaubst du, *er* hat gesehen, wer es war?«

Hatte er? *Die meisten Opfer kennen ihre Angreifer.* »Ich... vielleicht.«

Die Art und Weise, wie Paul Kincaid sie angefaßt hatte, kam ihr wieder in den Sinn. Sie spürte seinen Daumen und seine Finger auf ihrer rechten Hüfte. Er hatte sie gekniffen, eine merkwürdige Liebkosung. Ein Fehltritt. Seltsam. Es hatte sie ärgerlich gemacht und in Verlegenheit gebracht. Er hatte eine emotional prekäre Situation ausgenutzt. Daß er es in aller Öffentlichkeit getan hatte, war noch beleidigender. Ihm war klar gewesen, daß sie ihn in dieser Situation nicht zurechtweisen würde.

Sie kannte das, hatte es häufiger erlebt. Sie konnte es nicht verzeihen, hatte Paul kaum »Gute Nacht« sagen können. Interpretierte sie seine Absicht falsch? Vielleicht hatte er nur einen kleinen Fehler gemacht, hatte die Situation falsch eingeschätzt. Vielleicht hatte es gar nichts bedeuten sollen. Sie mußte vorsichtig mit ihren Vorwürfen sein. Er war schon lange vor ihr mit den Reuschels befreundet gewesen.

Jon kuschelte sich an sie. »Mommy... glaubst du wirklich, daß du den Mann kriegst?«

Diese Sache mit Paul war Nonsens. Sie mußte es vergessen, ihm vergeben. Er war nicht lasterhaft. Nicht wirklich.

»*Glaubst* du es?«

»Ich kann alles, wenn ich es will. Du nicht?« Sie knuffte ihn spielerisch.

»Ich möchte, daß du ihn schnappst. Ich fahre mit Großmutter nach Hause.«

»Jon...«

»Ich tu's, wenn du versprichst, daß der Mann *dir* nichts antut.«

Sie war so müde, daß sie das Gefühl hatte, ihr Hinterkopf würde zerspringen. Das Kopfkissen begann sie einzuhüllen. Sie hatte Barbara und Gene gesagt, daß sie herunterkommen und sich noch ein wenig mit ihnen zusammensetzen würde. Aber sie begann zu gleiten. Sie hielt Jon fester, ein Anker, während sie davonglitt.

»Ich fahre mit Großmutter, wenn du es mir versprichst.«

Sie hörte ihn kaum noch.

»Versprichst du's?«

Sie stand vor dem leeren Sarg, im Regen, die gelben Rosen bewegten sich hin und her.

»Mom?«

Die Worte kamen verwischt und schwer, als sie sie hervorstieß. »Okay, Baby... ja.«

17 Myra richtete die Fernbedienung auf das Fernsehgerät, drückte mit dem Daumen auf den roten Knopf und ließ ihn wieder los. Ein Meer von holzkohlefarbenem Grau verschluckte ihn. Er hatte es verdient und Schlimmeres. Der Mann hatte überhaupt keinen Verstand, machte jeden Abend so weiter mit diesen schrecklichen Nachrichten, jeden Abend, jeden Abend. Ein Verurteilter, der auf dem elektrischen Stuhl Feuer fängt, kann man sich das vorstellen, ein Baby, das von einem Hund gefressen wird. Wer braucht so etwas zu wissen? Steif erhob sie sich und steuerte auf den rückwärtigen Teil der Diele zu, wobei sie sich mit der Hand an der Wand abstützte. Daniel wollte keinen Fernseher in seinem Zimmer. Daniel war schlau. Nichts als schlechte Nachrichten im Fernsehen. Die brauchte man wahrhaftig nicht; wenn man krank war, brauchte man sie nie, sie machten einen krank, das war bewiesen. Er war immer noch wach und wälzte sich unter den Decken hin und her. Schlief fast überhaupt nicht mehr, konnte nicht mehr schlafen. Wie müde konnte er überhaupt werden, wo er die ganze Zeit im Bett lag? Wollte, daß die Deckenlampe an war, Tag und Nacht, wie eine Sonne, seine Privatsonne. Sie knipste sie nie aus. Sie hätten nach Florida ziehen sollen, solange noch Zeit dazu gewesen war. Dort hätte er Sonne haben können. Nachher ist man immer schlauer, aber was nützte es. Das war kein Ort zum Sterben, die Stadt, der Verkehrslärm in den Ohren, zu wenig Platz, und die Häuser hielten die Sonne ab. Jetzt konnte sie mit ihm nicht mehr woanders hinziehen, hatte weder die Kraft noch das Geld dazu, und er wollte sowieso nicht mehr weg.

»Wie geht es dir, Daniel?« Immer der gleiche Satz, aber ihr fiel kein anderer ein, es passierte nicht viel in ihrem Leben, und sie würde ihm nicht sagen, in welch erbarmungswürdigem Zustand die Welt war, auf keinen Fall. Er wollte nicht, daß sie ihm aus Büchern vorlas, er wollte keine Musik hören, er lebte in einem Vakuum, letztlich wollte er es so, was konnte sie tun? Mit jedem Tag versank er tiefer, was konnte sie tun?

»Ganz gut.« Er sprach keuchend, aber er war niemand, der klagte. War Daniel nie gewesen, war mal auf der Arbeit von einem Balken gefallen und hatte sich das Rückgrat zerschmettert, kein Wort hatte er gesagt, und nachher war es wie neu. Das war Daniel, wie neu. Obwohl nicht dieser Daniel, der jüngere, den sie im blauen Samtkleid geheiratet hatte.

Lautes Klopfen erschreckte sie. Ihr Ruf. Die Wohnungstür. Das Klopfen hallte in ihrer Brust wider. Sie beruhigte sich, ging durch den Flur und näherte sich vorsichtig dem Wohnzimmer. Ein forderndes Klopfen, hämmernd, anhaltend. Unverschämt. Sie stellte sich die Tür vor, wie sie ihr plötzlich entgegenkam wie eine Brücke über einen Burggraben, und Rowdys hereingetrampelt kamen, sie schlugen und zu Boden warfen. Niemand, nur Barbaren, klopfte so spät noch an der Tür.

Sie könnte die Polizei anrufen. Die Polizei, diese faule Bande, kamen, wann sie wollten. Einmal hatte sie es versucht. Zwanzig Minuten hatten sie gebraucht, fast eine halbe Stunde, sie hätte verblutet sein können, mit durchschnittener Kehle. Sie hatte sich beschwert, und sie hatten gelacht. Einer hatte gesagt, *kaufen Sie sich eine Pistole*, und der andere *vergessen Sie nicht, ihn in die Wohnung zu ziehen, sonst müssen wir Ihnen 'ne Mordanklage anhängen.*

Das Klopfen hörte auf. Vielleicht war es jemand, der Hilfe brauchte, jemand konnte da draußen auf dem Boden liegen und war ohnmächtig geworden. Sie holte den Hocker und stellte ihn unter den Spion. Als sie daraufstieg, hatte sie eine Idee. Warum hatte sie nicht früher daran gedacht? Sie konnte ein hübsches Taschentuch über den Hocker legen, um die Stickerei vor ihren Schuhen zu schützen, ein Damentaschentuch, mit Spitzen bestickt. Sie konnte es mit weißem Garn befestigen und ab und zu abnehmen, um es zu waschen.

Haar. Das war alles, was sie durch den Spion sehen konnte, ein Kopf von oben. Versteckte vielleicht sein Gesicht. Ein Trick. Na, sie war nicht dumm. Sie konnte warten. Haut, Augenbrauen, eine Nase. *Mr. Trayne.* Wieder Mr. Trayne. Wollte wieder etwas borgen, vermutete sie, kam spät, als ob sie den Tag nicht von der Nacht unterscheiden könnte, als ob sie keine Lust hätte zu schlafen. Hielt irgend etwas vor seinem Gesicht in die Höhe, als ob sie es sehen könnte, was nicht der Fall war, es war zu nah.

Die Schlüssel. Er hielt die Schlüssel hoch. Er hatte ihr das Auto zurückgebracht. War heute die Beerdigung gewesen? War das gestern abend gewesen, als er hier gewesen war? Die Schlüssel... Sollte nur nicht glauben, daß sie sich um diese Uhrzeit deswegen abhetzte.

Sie stieß die Riegel zurück und öffnete die Schlösser – eine Plage, *eine Plage*, einige gingen so rum auf, die anderen andersrum, ein Test, wie sie damit zurechtkam, Fingerfertigkeit war gefragt, sie konnte es immer noch, dauerte gerade mal eine Minute. Sein zerzaustes Gesicht war direkt in der Tür, als sie öffnete. Er sah aus wie ein Tier, das aus dem Käfig wollte. Man weiß ja nie.

»Haben Sie vollgetankt?«

»Äh.«

Nicht Äh-*ja*, nur *äh*. Er hatte es vergessen, wieder vergessen. »Haben Sie, Mr. Trayne?«

»Äh, nein.«

Millionen Jungen wie diesen hatte sie in ihrer dritten Klasse gehabt, sie wünschte, sie hätte einen Nickel für jeden, die Jungen, nicht so sehr die Mädchen, die Mädchen wollten gefallen, aber die Jungen, *hab ich vergessen*, vergaßen ihre Hausaufgaben, vergaßen ihre Bücher, vergaßen ihr Mittagessen, vergaßen ihr Milchgeld, vergaßen, vergaßen. Sie hatte es nie geschafft, ihnen beizubringen, daß sie an die Sachen dachten, sie wäre zu nachsichtig, hatten die anderen Lehrer immer zu ihr gesagt, *zu nachsichtig*, und jetzt waren sie alle da draußen, ihre Jungen, und ließen Leute mit Kleinigkeiten hängen wie dieser. »Sie haben es vergessen.«

»Ja.« Er war wenigstens so anständig und sah zerknirscht aus. Möglicherweise war er bereit, zu sühnen. Sie dachte an Daniel. Er war noch wach.

»Nun... dann kommen Sie doch rein.«

»Oh, nicht jetzt sofort.«

»Warum nicht?« Er hatte ein Geschäft gemacht, einen Handel, das Auto für einen Besuch, und jetzt versuchte er, einen Rückzieher zu machen, jetzt, wo er bekommen hatte, was er wollte, genau wie Daniels Sohn Seth, wich immer der Verantwortung aus, sogar der Höflichkeit, wenn Sie sich das vorstellen können, sogar einfacher Höflichkeit.

Mr. Trayne griff durch den Spalt und versuchte, ihr die Schlüssel zu geben. Er hatte behaarte Finger. Sie trat einen Schritt zurück und sah ihn streng an. »Ich bin völlig erledigt, Mrs. Swenk. Vielen Dank für das Auto. Wirklich. Vielen Dank.« Er ließ die Schlüssel vor ihr baumeln und lugte um die Tür herum. Jetzt sah sie streng auf die Schlüssel. Mr. Trayne gegenüber würde sie nicht nachsichtig sein. Wenn er bisher nichts gelernt hatte, dann konnte er jetzt damit anfangen. »Sie haben mir etwas versprochen«, sagte sie streng.

»Ich weiß. Ich komme wieder.«

»Wann?«

»Äh...«

»Wann, Mr. Trayne?«

»Ich weiß es nicht.«

»Das reicht nicht.«

Die behaarten Finger bewegten sich Richtung Schlüsselbrett. Bevor sie etwas sagen oder tun konnte, hatte er sie hingehängt, an den richtigen Haken. Die Hand und das Gesicht zogen sich aus dem Türspalt zurück.

»Ich bin enttäuscht von Ihnen, Mr. Trayne.« Sie ging näher heran. Er war verschwunden.

Sie warf die Tür zu und kämpfte mit der Kette. Als sie sie geöffnet hatte, steckte sie den Kopf hinaus in den Flur. Sie sah ihn am Ende des Ganges. Mit gleichmäßigen Schritten entfernte er sich. Ärger übermannte sie. »Das nächste Mal *können Sie sich einen Wagen mieten*!« schrie sie. Mr. Trayne drehte sich nicht um.

Ihr Kinn begann zu brennen und ihre Wangen. Sie hatte *geschrien*. In ihrem eigenen Haus. Mitten in der Nacht.

Er hatte es verdient, dieser Mann.

18

Der Portier hatte Pakete für ihn, ein halbes Dutzend – braun, die UPS-Nummern darauf waren handgeschrieben mit schwarzer Ölkreide. Die meisten waren gepolsterte Kuverts, zugenietet oder umgefaltet und mit Klebeband zugeklebt. Eines war ein kleines Kästchen. Paul sammelte sie zusammen und fuhr mit dem Aufzug nach oben, die Pakete gegen die Brust gepreßt. Die verschiedenen Formen und die unterschiedliche Beschaffenheit taten ihm gut, weich, hart, die saubere Perfektion der Ecken und Kanten, der Computeraufdruck mit seinem vollen Namen auf den Etiketten. *Paul Michael Kincaid, Paul Michael Kincaid.* Ihr Äußeres trug noch Spuren des Geruchs von Warenhäusern voller frisch eingetroffener Erzeugnisse: handgestrickte Pullover, Regenschuhe, Baumwollhosen, Leinenkoffer in Spitzenqualität, Seidenkrawatten. Er konnte nicht riechen, was sie im einzelnen enthielten, weil alles in Plastikfolie eingeschweißt war.

Zeitschaltuhren hatten die Beleuchtung für ihn eingeschaltet. Mit dem Absatz kickte er die Tür zu und ließ die Pakete auf den Eßzimmertisch fallen. Sie lagen da, verkantet, mit der Oberseite nach unten oder richtig herum. Weihnachtsbescherung. Eine Schwäche, dieses ständige Ordern aus First-class-Katalogen. Ein Laster. Aber es befriedigte seine Seele. Er genoß es, das Klebeband auf den Päckchen mit dem Messer aufzuschlitzen, die Reißbändchen von den Umschlägen abzuziehen und den Inhalt auszuleeren. Unweigerlich platzten kleine Fetzen vom Papier aus der Polsterung heraus wie Konfetti. Es hatte etwas von einer feierlichen Handlung, dieses Ritual. Es stärkte sein Selbstwertgefühl, und er brauchte Selbstbetätigung, heute abend ganz besonders. Deena Reuschel war nicht aufrichtig. Das Gespenst ihres Verrats hatte ihn durch die Nacht verfolgt, entlang der laut dröhnenden Schienen, hinein in Tunnels und wieder heraus, bis in das trostlose Loch nach Grand Central hinein, quer durch die Straßen Manhattans. Block um Block war er gelaufen und außer Atem und einsam an dem Haus, in dem er wohnte, angekommen.

Er drehte am Dimmer, bis der Leuchter den Tisch in gleißendes Licht tauchte. Unter dem aufklappbaren Deckel des Kästchens fand er eine in Stein geschnittene ägyptische Katze aus dem Metropolitan Museum. Das größte Päckchen enthielt ein graugemustertes Baumwollhemd von Eddie Bauer. Langsam entfernte er die Verpackungen, würdigte jede Neuerwerbung, prüfte Machart und Größe und legte die Geschenke, die er für sich gekauft hatte, in eine Reihe: Lederhandschuhe von Pittard, eine analog-digitale Sportuhr, dicke Merino-Wollsocken, ein Adreßbuch aus Japan-Lack. Dann steckte er die Verpackungen sorgfältig in den Abfalleimer in der Küche. Ein wenig Papierstaub war auf dem polierten Mahagoni zurückgeblieben. Er wischte ihn behutsam mit einem feuchten Flanelltuch auf und schüttelte das Tuch über der Spüle aus.

Erstaunt stellte er fest, daß er immer noch seinen Mantel anhatte. Er zog ihn aus und hängte ihn ordentlich in den Schrank neben der Wohnungstür. Er fühlte sich unwohl, versuchte, einen Entschluß zu fassen, was er als nächstes tun sollte, versuchte, nicht an Deena zu denken. Der Haufen von Sachen auf dem Tisch verwirrte ihn. Ihre Magie war verflogen. Das kostbare Garn und die edlen Oberflächen waren abgestumpft. Das meiste brauchte er überhaupt nicht, und ihm war der Stauraum ausgegangen. Kürzlich hatte er einige seiner Bestellungen wieder eingepackt und zurückgeschickt.

Er würde sie bis morgen beiseite legen und mit dem abendlichen Training beginnen. Die Gewichte würden seine Energie zurückbringen.

Er stapelte die Sachen aufeinander, brachte sie in sein Schlafzimmer, hielt inne und überlegte es noch einmal. Es stand außer Zweifel, daß die Schubladen und der Schrank voll waren. Aber es war nicht seine Art, Dinge einfach liegenzulassen. Herumliegende Sachen störten sein Gefühl für Balance und Zweckmäßigkeit.

Er ging zum Gästezimmer. Eine dunkle Vorahnung durchfuhr ihn. Er mochte diesen Raum nicht, mochte ihn überhaupt nicht. Er betrat ihn nur selten, konnte sich nicht erinnern, wann er zum letzten Mal darin gewesen war. Er legte das Bündel, das er trug, aufs Bett und ging zur Kommode. Nacheinander öffnete er jede einzelne Schublade in der Front und betrachtete blinzelnd ihren Inhalt: Hemden, Pullover, Accessoires, Unterwäsche, Briefpapier, Kunstobjekte, offensichtlich in ihrer Originalverpackung, an einigen Sachen hingen Preisschildchen. Er erinnerte sich an keines von ihnen. Nicht ein einziges. Hatte er das alles bestellt? Wann?

Es war mehr als bizarr, es war eindeutig nicht normal, daß er sich nicht erinnern konnte. Er kam an einen Wendepunkt in seinem Leben, in diesem Augenblick, genau hier, und er begriff nicht, was dies alles bedeutete.

Die Tür des Kleiderschranks war fest verschlossen. Er starrte sie an, versuchte sich vorzustellen, was er wohl alles dahinter versteckt hatte. Ein senkrechter Abgrund hinter der Tür war alles, was ihm in den Sinn kam, die Betonmauern waren fortgeblasen, die Sterne winkten ihn in die Vergessenheit.

19 Ein handadressierter Umschlag von Jennys Mutter tauchte jedes Jahr in Martins Briefkasten auf, exakt eine Woche vor seinem Geburtstag. Er sah ihn immer schon durch den Schlitz, weil er unausweichlich pink- oder lavendelfarben war. Er bekam nicht viel farbige Post. Bekam überhaupt nie viel Post. Strom- und Gasrechnungen und Bankauszüge, das war's im wesentlichen. Seine Eltern und seine Schwester, wenn er mit ihnen kommunizierte, was selten war, bevorzugten das Telefon. Er besaß keine Kreditkarte, hatte keine Zeitungen abonniert und stand deshalb auch nicht auf Adressenlisten. Das Ausbleiben von Briefen und Anrufen – besonders persönliche – empfand er als angenehm. Aufmerksamkeit von anderen brachte den Druck mit sich, sich zu revanchieren oder zumindest zu antworten. Niemand im Büro kannte sein Geburtsdatum. Er wollte keine Kollegen, die ihm Topfpflanzen auf den Schreibtisch stellten.

Martin lag auf der Couch und betastete das alljährliche Geschenk von Patricia Cunningham, ein mit Wachs versiegelter lavendelfarbener Umschlag. Er hatte keinen bestimmten Geruch – weder Parfüm noch Rauch. Patty verhielt sich konsequent umweltfreundlich. Die Karte im Umschlag würde auf recycletem Papier gedruckt sein, und auf der Rückseite würde sich der Name einer Tier- oder Kinderschutzorganisation finden. Die Illustration würde rührselig sein. Korrektur: *überschwenglich*. Genauso ihr Gruß. Patty Cunningham weigerte sich, ihn aufzugeben. Alle paar Monate kam sie vorbei und bestand darauf, daß er einen Spaziergang mit ihr machte. Sie liebte es, im Central Park auf einer Bank zu sitzen und in guten Piano-Bars hängenzubleiben. Sie mochte Antiquitätengeschäfte im Village. Er riß den Umschlag auf und zog die Karte heraus. Ein Teddybär auf einem Kinderstuhl vor einer riesigen pinkfarbenen Schleife. Der aufgedruckte Spruch lautete: mit einem Herz voll von Liebe. Darunter hatte sie geschrieben: *Herzlichen Glückwunsch zum Geburtstag, Martin. Du bist der Beste. Ich drücke Dich und küsse Dich. Patty.*

Ein objektives Auge, das diese Karte zu sehen bekäme, würde sich fragen, ob sie sich in ihn verliebt hatte. Es war überfließend. Kindlich. Aber sie war die einzige, die begriffen zu haben schien, wo er angelangt war. Sie verstand die Mondlandschaft seiner Gefühle, sie war die einzige, die unerschrocken weitermachte und ihm ihre Zuneigung aufdrängte. Mehrfach hatte er versucht, sie abzuschütteln, aber sie blieb hartnäckig.

Er beantwortete ihre Karten und Anrufe nicht. Aus Prinzip. Eines Tages würde sie aufhören. Es würde eine Erleichterung sein. Er empfand Sympathie für Jennys Vater, der nach Jennys Tod unter Pattys erbarmungslosem Optimismus gelitten und sich schließlich eine andere Wohnung genommen hatte, inklusive Scheidung. Patty verfügte über eine unerbittliche Energie, nicht als Reaktion auf den Verlust, sondern weil sie davon überzeugt war – egal was passierte –, das Leben sei die Reise wert.

Martin zielte auf den Papierkorb. Die Karte flatterte durch die Luft, traf aber die Wand und fiel zu Boden.

Im Haus war es ruhig geworden. Die Straße schickte ihm dann und wann leise *Glückwünsche*, die durch die Scheiben der Fenster fächelten. Er blockierte seine Gedanken und begann auf der Oberfläche des Schlafes zu gleiten, entschlossen, nicht unterzugehen, sondern nur zu dösen. Wasser tropfte ab und zu in die Schüssel unter dem Kühlschrank. Er stellte sich die unsichtbaren Staubwolken vor, die von den Vorhängen, von der mit einer Schmutzschicht überzogenen Tapete, von seinen Büchern und Kleidern, sogar von seiner Haut aufstiegen. Stiller Schnee. Sie konnten warten, die Stapel von schmutzigem Geschirr, der abgetretene Teppich, die altersschwachen Polster, die Decken, die trockenen Zeitungsartikel, die mit sprödem Klebeband an seinen Ärmeln klebten.

Als er das Pumpen in seinen Lungen spürte, rappelte er sich hoch. Die Luft war ein Festkörper, den man ihm in die Kehle gedrückt hatte. Er setzte sich auf, sein Puls beschleunigte. Ein paar

Minuten lang war alles in Ordnung gewesen, er hätte es schaffen können einzuschlafen. Was hatte ihn zurückgeholt?

Er selbst. Jedesmal.

Enttäuscht und heftig atmend, ging er zu seinem Schreibtisch. Die Frauen erwarteten ihn, ihr frischer Blick war voller Hoffnung. Solange er ihre Bilder behielt, solange war er gebunden. Verpflichtet.

Er hob den Zeitungsausschnitt über Jenny an und zog ihn vom Bücherregal ab. Dann machte er sich vorsichtig an den anderen zu schaffen. Sie lösten sich leicht ab. Er stapelte sie auf seine Schreibunterlage, ein unebener Stapel, die Quadrate und Rechtecke aus Papier waren verzogen und wellig von feuchtem Wetter und der Gluthitze. Nur der von Carmela war noch geschmeidig und Tims, als Martin ihn zum Schluß auf den Stapel legte.

Er schuldete ihnen nichts, er mußte sie aus seiner Obhut entlassen, mußte von ihnen in seine eigene Zukunft entlassen werden. Er brachte die Artikel zum Papierkorb und legte sie hinein. Pattys Karte landete obenauf.

20

Paul saß bewegungslos auf dem Stuhl im Gästezimmer und starrte vor sich hin, ohne zu blinzeln. Es war wichtig, daß er versuchte zu verstehen, was er getan hatte, was man mit ihm gemacht hatte und was er noch tun mußte.

Er war von Geburt an verkorkst gewesen, hatte den Spott und die Falschheit der anderen verdient. Alles, was er sich gewünscht hatte, war an ihm vorbeigegangen. Ihn hatte man ignoriert, hatte ihn subtil verhöhnt und beschämt. Sogar sein eigener Verstand zeigte ihm seine Verachtung, versteckte sich und trickste ihn aus. Ihn würde niemals jemand wählen.

Fast war es vorüber, das bittere Sehnen und die lange Zeit des Bedauerns. Nur ein Mensch konnte ihn noch erlösen. Er würde zu ihr gehen, jetzt, bevor es Tag wurde.

Freitag

1 Plötzlich stürzte der Raum auf Deena. Durch den Aufprall stöhnte sie auf. Merkwürdige Formen blähten sich und verschwanden in der Dunkelheit. Reglos lag sie da und versuchte sich zu erinnern, wo sie war.

Ihr Haar, die Kopfhaut, das Kopfkissen, das Nachthemd waren schweißnaß und heiß. Sie mußte geträumt haben, einer dieser Fieberträume. Gleich war alles wieder in Ordnung. Sie würde aufstehen und ihren Morgenmantel anziehen.

Sie faßte nach Tim und fand Jon.

Wo war Tim?

Es war kein Alptraum gewesen, die Wirklichkeit war der Alptraum.

Die Feuchtigkeit unter ihr gefror mit einem Schlag zu Eis. Jon rührte sich nicht, als sie aufstand und sich das feuchte Nachthemd in der Dunkelheit vom Körper zog, den Morgenmantel umlegte und den Gürtel festschnürte. Wieder im Bett, drehte sie das Kopfkissen um und versuchte das Zittern unter Kontrolle zu bekommen. Sie war stolz gewesen, nicht jemand zu sein, der davonlief, wenn die Situation schwierig wurde. Sie hatte immer getan, was getan werden mußte, souverän und furchtlos. Sie hatte sich von Bergen abgeseilt, hatte ihr Segelboot durch tosende Stürme gesteuert. Sie konnte auch das schaffen, akzeptieren, daß sie Witwe war. So konnte sie nicht noch oft aufwachen, schokkiert und völlig verängstigt. Sie konnte es nicht ertragen. Und sie wollte es auch nicht.

Sie würde die Dinge in die Hand nehmen, für sich selbst, für Jon, und sich Gewißheit verschaffen, daß Tim ermordet worden war. Sie würde den Entschluß fassen, Tims Killer auszutricksen, und wenn sie erst einmal den Entschluß gefaßt hatte, war es irgendwann auch vorbei.

Ihre Füße wurden langsam wieder warm und dann ihre Knie. Sie rollte sich auf die Seite. Ihr Atem ging wieder ruhiger. Sie lag im Kokon der Laken, hellwach, lauschte, versuchte zu verstehen, was sonst noch auf sie einhämmerte.

Das nächtliche Gesindel trieb sich überall herum, auf Bänken, in Hauseingängen. Keiner gab einen Laut von sich, wenn Paul näher kam. Sie hängten sich auch nicht an ihn, wenn er vorbei war, sondern schienen vorsichtig zurückzubleiben.

Niemand stellte sich ihm in den Weg. Die düsteren Gehsteige vor ihm waren leer, Block für Block, der Verkehr neben ihm schwach und leise. Als er in das bessere Viertel kam, in dem das Parkhaus lag, hörte jede Bewegung auf. Kein Auto, kein Schrei einer Katze durchbrach die Stille. Die Häuser waren schwarz, die Musik und die Unterhaltungen so weit weg, daß er das Gefühl hatte, sie drängen aus einem anderen Universum zu ihm. Da wußte er, daß er gerufen worden war. Aus Gründen, die seine Vorstellungskraft überschritten, war ihm seine Würde zurückgegeben worden, und man würde ihn führen. Er würde die beste Stelle für seinen Zweck finden, was immer dieser auch war, und was immer er erreichen wollte, würde ihm voll und ganz zuteil werden. Er mußte nur seinem Willen folgen.

Er lief die Rampe und die Stufen hinauf und betrat die Betonfläche. Der Truck stand genauso da, wie er ihn verlassen hatte. Er sprang beim ersten Startversuch an.

Das Tor würde sich leise öffnen. Der im Mondlicht daliegende Highway würde sich wie eine geölte Spur vor ihm dahinschlängeln, und er würde ohne Zwischenfall am vereinbarten Ort eintreffen. Alles würde gut für ihn verlaufen. Wenn er einmal gerufen worden war, war er unbesiegbar.

In Maddox parkte er den Bronco perfekt parallel und Kühler an Kühler mit dem Nissan und wartete, während der Truck klikkend abkühlte. Seine beiden Fahrzeuge waren die einzigen auf dem Parkplatz. Die geschlossene Bahnstation bildete ein leeres braunes Rechteck vor einer Muschel aus leuchtenden Wolken. Er kurbelte das Fenster herunter und ließ den gleichmäßigen Rhythmus der Grillen herein.

War das richtig? Hatte man ihm die Anweisung gegeben, das Auto zu holen?

Minuten vergingen. Ein feiner Regen begann zu fallen, befeuchtete Pauls Kragen und Schultern und besprenkelte die Windschutzscheibe mit winzigen Sternen. Schließlich erreichte ihn die Zustimmung. Er schloß den Bronco ab und öffnete den Nissan.

Weil er nicht wagte, seine Taschenlampe zu benutzen, stürzte Paul zweimal im Wald zwischen der McNaughton-Zufahrt und dem Sommerhaus der Reuschels. Der feuchte Untergrund aus Blättern gab nach, wo Vertiefungen im Boden waren. Jedesmal wenn er zu Boden ging, folgte ein Trappeln von Tieren im Unterholz. Feuchte Ringe krochen die Beine seiner Jeans empor. Während er seinen Weg erspürte, wurde er auf mysteriöse Weise zwischen den Bäumen hin und her zu einer erhöhten Stelle geführt, von wo aus man die Stufen zu Tims Tür sehen konnte. Der Trampelpfad endete unvermittelt in einem Nest von Ranken. Die Energie verließ ihn, und er hockte sich hin.

Hinter der Mauer von Tims Zimmer trieben Deena und Jon im Schlaf aufeinander zu. Ihre Schuhe waren auf jeder Seite des Bettes ordentlich auf den Boden gestellt. Er sah ihre Gesichtszüge deutlich vor sich, sah die verschiedenen Schichten der Dinge um sie herum: Vorhang, Rouleau, Bettdecke, Laken, der Überfluß an pastellfarbenen Blumen auf den Stoffen, Sturzbäche von Blütenblättern, pink- und bernsteinfarben und blau. Er lag zwischen Deena und Jon, trank den Duft ihrer Körper und versank ermattet in seinem Stolz, den er so mutig aufs Spiel gesetzt hatte. Die Vorstellung hielt ihn warm, während der Mond unterging.

Kälte senkte sich allmählich zwischen den Bäumen herab. Fast völlige Dunkelheit. Paul zog den Reißverschluß seiner Jacke zu und schlug den Kragen hoch. Plötzlich war er sich nicht mehr sicher, was ihn zu dieser Stunde hierhergeführt hatte. Es war zu früh, um sich Deena zu nähern. Ihre Familie war noch in der Gegend und würde fast bis Mittag bleiben. Warum hatte man ihn geschickt? Immer wenn er an einen speziellen Ort geschickt worden war, hatte sich auch seine Beute vorher dorthin gezogen gefühlt. Aber in diesem Fall hatte er gar keine Beute ausgewählt.

Diese Merkwürdigkeit war mehr als verwirrend. Es mußte fast bedeuten, daß die Beute ohne sein Wissen ausgewählt worden war. Der Gedanke flößte ihm Ehrfurcht ein. Er umschritt die Anhöhe in engen Kreisen. Unsichtbare Grenzlinien hielten ihn fest. Die Übung klärte seine Situation. Er sollte warten. Er würde warten.

Über ihm stießen die Vögel die ersten vereinzelten Schreie des Morgens aus. Eine dünne karmesinrote Linie begann den Horizont entlangzureisen. Einzelheiten des Sommerhauses wurden schemenhaft erkennbar. Er überprüfte noch einmal seine Position und entschied, daß er durch hohe Büsche und dichtes Gehölz von allen Seiten ausreichend vor Entdeckung geschützt war. Es müßte schon jemand in sein Territorium eindringen, um ihn zu sehen. Er zog einen Schokoriegel aus der Tasche und aß ihn langsam auf. Wärme breitete sich in seinem Magen aus, füllte seine Brust, als hätte er Whiskey getrunken.

Deena beobachtete, wie der Raum langsam heller wurde und die Möbel auftauchten wie Felsen in einer kahlen Landschaft. Sie war den größten Teil der Nacht wachgelegen, unfähig zu schlafen, hatte aber auch nicht nach unten gehen wollen, wo sie möglicherweise auf Gene oder Barbara gestoßen wäre. Sie wollte sich nicht unterhalten. Sparsam mit Worten umzugehen, erhielt ihr irgendwie ihre Kraft.

Vorsichtig verließ sie das Zimmer, um Jon nicht aufzuwecken, und ging ins Bad. Rituale wie Baden und Ankleiden kamen ihr jetzt ermüdend vor. Sie tat es, weil es getan werden mußte. Sie staunte, wie unmerklich die Zeit verstrich im Reich der Trauer, der Tag vermischte sich mit der Nacht, die Nacht mit dem Tag mit der Nacht. Es gab keine Vorfreude, genausowenig wie Ungeduld und Vergnügen. Wann war sie das letzte Mal zufrieden und voller Optimismus aufgewacht? Sonntag. Sonntag in Manhattan. Das pfirsichfarbene Hotelzimmer, die Aussicht mit Sonnenaufgang, die freundlichen Neckereien und die Liebe, Tim unter ihr, stark, unsterblich.

Die Wanne war rutschig. Mit einer Hand an die Wand gestützt, stand sie minutenlang unter der Dusche, versuchte, ihre Muskeln und Gelenke zu lockern, versuchte, sich einen Vorrat an Kraft zuzulegen. Sie würde in den nächsten Tagen außerordentliches Durchhaltevermögen brauchen. Schon Jon heute morgen fortgehen zu lassen, würde eine Qual sein und ihm möglicherweise schaden. War sie standhaft genug, um es zu tun? Machte sie sich etwas vor, wenn sie glaubte, sie könne ganz auf sich allein gestellt Einfluß nehmen auf das, was am Ende bei dieser Situation herauskam?

Voller Unbehagen dachte sie an einen französischen Hellseher, dessen Abendveranstaltung sie einst besucht hatte. Ohne Zögern und in allen Einzelheiten hatte er Fragen aus dem Publikum über die Vergangenheit, Gegenwart und Zukunft beantwortet und hatte erklärt, daß das Leben eines jeden für ihn wie ein vorher aufgezeichnetes Videoband sei. Er brauchte es nur vor- und zurückzuspulen, um sich die Stelle anzusehen, die sie untersuchen wollten. Darüber hinaus konnte er nichts tun, um etwas auf dem Band zu ändern. Jedes menschliche Leben war in Beton gegossen, sagte er. Er hatte alles versucht, um Ergebnisse zu beeinflussen und, nachdem er immer wieder gescheitert war, schließlich aufgegeben und das Unausweichliche akzeptiert. Die

Vorstellung hatte sie so verstört, daß sie mitten in seinem Vortrag gegangen war. Freunde hatten ihr später gesagt, daß er erstaunlich akkurat in seinen Einblicken und Vorhersagen über sie gewesen sei. Daß sie das so einfach hinnahmen, hatte sie beruhigt, und sie hatte ihn bewußt aus ihrem Gedächtnis gestrichen.

Es beunruhigte sie sogar jetzt noch, wenn sie an ihn dachte, an sein weißes Haar und seinen Bart, an die ergebene Ernsthaftigkeit seines Gesichtsausdrucks, seine unerbittlichen Verkündigungen von der Bühne herunter. *Weshalb dann überhaupt irgendeine Anstrengung?* hätte sie gefragt, wenn sie die Antwort hätte hören wollen. *War die menschliche Existenz nur eine Art kosmischer Scherz?*

Nein, das konnte sie niemals akzeptieren – die Vorstellung, daß das Schicksal durch das Universum auf einen zuraste wie ein Meteor, und man konnte nicht zur Seite springen oder es verhindern. Kein Pfad war vorgezeichnet. Jeder machte seinen eigenen Weg.

Sie wusch sich schnell, stellte das Wasser ab und erwartete zu frieren, während sie das Handtuch vom Halter nahm und ihr Haar trockenrieb, aber Wärme stieg gleichmäßig von der Bodenklappe auf. Sie hatten den Ofen eingeschaltet.

Etwas Tröstendes lag in dieser simplen Tatsache. Ihre Anwesenheit gab ihr das Gefühl, von Gefährten umgeben zu sein.

Sie zog den Morgenmantel über, putzte sich die Zähne und nahm sich ein wenig Zeit mit dem Make-up und dem Fönen. Es war Tage her, seit sie sich um sich selbst gekümmert hatte. Das entspannte Formen der Locken mit der Bürste war ein Zeichen für das allmählich wiederauflebende Interesse an ihrem eigenen Wohlbefinden. Gleichgültig was man ihr angetan hatte, es gab etwas tief in ihrem Innern, das wollte gedeihen. Sie würde versuchen, nett zu sich selbst zu sein.

2 Martin beugte sich zum Badezimmerspiegel vor, den Rasierapparat in der Hand. Glänzende Haut und unschuldige Augen schauten ihm entgegen. Er hatte es ganz ordentlich hingekriegt, den Bart und den Schnäuzer abzurasieren. Aber ohne seine Maske fühlte er sich nackt und verletzbar. Jeder, der wollte, konnte jetzt seine Gedanken lesen. Sie standen ihm förmlich im Gesicht geschrieben.

Er prüfte die Koteletten. Gepflegt und gleichlang. Aber er mußte noch die Haare in der Nase und die Augenbrauen stutzen, um eine runde Sache daraus zu machen. Bei der Zeitung würden sie aus den Schuhen kippen, wenn er hereinmarschierte. Ohnmacht? Gelächter? Was auch immer. Es war gut so. Er nahm Veränderungen in Angriff. Dies war die erste.

Nein, dies war die zweite. Die Zeitungsausschnitte wegzuwerfen, das war die erste gewesen. Er wußte, daß er sich irgendwie in die richtige Richtung bewegte, als er heute morgen ohne Beschwerden aufgewacht war. Er hatte traumlos geschlafen. Dieser verdammte Streß mit dem Atmen war ausgeblieben.

Durch das Schnippeln an den Nasenhaaren mußte er niesen. Er schnüffelte, während er seine Augenbrauen kämmte und trimmte. Dann betrachtete er das Nest von Haaren im Waschbecken. Er drehte den Kopf ins Profil und begutachtete seinen Pferdeschwanz. Paßte nicht zum kahlen Gesicht. Er mußte ihn auch abschneiden. Aber nicht jetzt. Er war schon fast zu spät. Er mußte halbfertig zur Arbeit gehen wie gewöhnlich. Vielleicht konnte er ihn in der Mittagspause abschneiden lassen.

Er wühlte in der Küche nach einer Papiertüte, fand eine, machte das Waschbecken im Badezimmer sauber, indem er das Haar mit Toilettenpapier aufwischte und die feuchten Klumpen in die Tüte warf. Er trug die Tüte zum Papierkorb und starrte hinunter auf Patty Cunninghams Karte.

Sie geht. Er stopfte sie in die Tüte. Tim starrte ihn vom Boden der Vertiefung an. Martin wandte die Augen ab und griff nach den Ausschnitten. Er stopfte sie alle in die Tüte und drehte diese oben zusammen, um sie zu verschließen.

Es war unumgänglich. Sie machten ihn verrückt. Er wollte nicht länger verrückt sein, er wollte nicht verantwortlich sein, er war für *niemanden* verantwortlich, außer für sich selbst.

Nässe begann durch das braune Papier zu lecken. Hilflos hielt er den Beutel, der schlaff und feucht wurde. Es tropfte bereits, als er aus dem Apartment in den Flur platzte und zum Müllschlukker im hinteren Treppenhaus rannte. Einen Augenblick lang hatte er Angst, er würde es nicht schaffen, sich davon zu trennen. Die Tüte klebte an seinen Fingern, dann an der Klappe, bevor sie nach unten fiel.

3 Arlene ließ den Waschlappen in der Schüssel kreisen und wusch Mimis Arme. Ihrer Schwiegermutter ging es viel besser heute morgen. Sie hatte Hunger gehabt und gut gegessen. »Dir gefällt die neue Aussicht, nicht wahr?« Arlene war wirklich glücklich, als sie die Frage stellte. »Es ist schön da draußen.« Mimi brauchte nicht zu antworten. Arlene kam es vor, als sei ihr Körper ein wenig beweglicher und kräftiger; ihre Aufmerksamkeit war aufs Fenster gerichtet. »In ein paar Monaten ziehst du wieder in dein eigenes Zimmer, wenn du willst. Oder wir geben dir als nächstes Toms Zimmer, damit du eine Weile auf die Straße sehen kannst. Ich wünschte, ich wäre früher darauf gekommen, dir eine neue Aussicht zu bieten. Warum ist mir das nicht eingefallen?« Sie legte den Waschlappen in die Schüssel zurück und tupfte Mimis Arme mit dem Handtuch trocken.

Wie hart sie alle gestern abend geschuftet hatten, um Heathers Möbel und Kleider in Mimis Zimmer zu schaffen und Mimi herüberzubringen. Erst hatte es wie ein unmögliches Unterfangen ausgesehen, aber dann hatte es mit Nicks und Tonys und Heathers Hilfe nur zwei Stunden gedauert. Nick hatte unter vier Augen dagegen protestiert, als sie die Sache erstmals vorgeschlagen hatte. Er war der Ansicht, daß Mimi gar nicht merke oder daß es ihr egal war, wo sie lebte. Arlene kannte Nicks Mutter besser als er. Mimi war es nicht egal. Und der Umzug zeitigte Wirkung. Mimi mußte nicht länger auf den Punkt blicken, wo Mr. Reuschel gestorben war. Sie war jetzt auf der anderen Seite des Hauses und schaute auf tiefen Wald. Die Eichhörnchen und Vögel würden ihr eine gute Gesellschaft sein.

Arlene zog Mimi ein frisches Nachthemd an, stellte sich neben ihr Bett und massierte ihr sanft die Kopfhaut. Dann begann sie, Mimis Haar zu kämmen, arbeitete sich von unten nach oben vor, Zoll für Zoll, löste langsam Knoten und Knäuel. Eigentlich wäre es besser, Mimis Haare abzuschneiden, dachte sie, aber sie war abergläubig in diesem Punkt. Ein Haarschnitt würde vielleicht Mimis verbliebene Lebenskraft schwächen. Diese Vorstellung war biblisch, und Arlene glaubte ein wenig daran.

Sie und Mimi waren enger verbunden denn je, seit Mrs. Reuschel ins Haus gekommen war. Noch immer hatte Arlene Nick und den Kindern nichts von dem Vorfall erzählt. So loyal er war, sie konnte seine Reaktion nicht vorhersagen. Das letzte, was sie wollte, war noch einmal die Polizei an der Haustür und daß es die Runde machte, jemand von den Trakas sei Zeuge des Verbrechens gewesen. Sie und Mimi waren viel zuviel allein, um das als angenehmes Szenario ansehen zu können. Nein, besser blieb es verborgen.

»Das hätten wir.« Sie legte den Kamm beiseite. Mimi wirkte entspannt. Jetzt war vielleicht der richtige Zeitpunkt, um sie nach dem Truck zu fragen, den sie in dem Feld gesehen hatte. Es würde nur ein paar Minuten dauern. Arlene hatte Bilder von verschiedenen Trucks aus Zeitungen ausgeschnitten und hatte sie bereitgelegt. Sie würde Mimi Buntstifte zeigen, immer nur einen, um die Farbe herauszubekommen.

4 »Es steht etwas heraus«, sagte Barbara. Deena ließ den Kofferdeckel noch einmal aufspringen, und Barbara schob den Ärmel eines Pullovers von einem der Scharniere. »Jetzt versuch's.« Sie und Deena stemmten sich auf den Koffer, bis er geschlossen war. Barbara sperrte ihn zu, und sie stellten ihn vom Bett auf den Fußboden. Als sie sich wieder aufrichteten, musterte Barbara Deenas Aussehen. Deenas Gesichtsfarbe war ständig blasser geworden seit Tims Tod. Blaue Venen standen an ihrem Hals vor. Ihre Ellbogen und Schulterblätter waren spitzer denn je. Hatte Deena gestern etwas gegessen? Wenn ja, dann hatte Barbara es nicht mitbekommen. »Paß auf dich auf«, flüsterte sie.

»Natürlich.« Ihre musikalische Stimme – ein so elementarer Bestandteil ihrer Persönlichkeit – war verschwunden. Sie sprach ohne Betonung.

»Wann sehen wir dich wieder?« Deena würde dafür sorgen, daß Jon zu ihr Kontakt hielt, in diesem Punkt war sich Barbara sicher. Aber sie hatte Angst, daß Deena sich von ihnen entfremdete. Sie sorgte sich um Deena wie um eine Tochter, wie um einen Freund. Eine Veränderung in ihrer Beziehung würde ihr weh tun. Hatte sie bereits begonnen, sich zu verändern?

»Ich weiß es nicht.«

Deena war ihr gegenüber immer ausweichender geworden seit dem Vorfall mit den Fotos. Barbara hatte das falsch gehandhabt.

Gene und Jon kamen, um das Gepäck zu holen. Gene nahm den großen Koffer, Jon mühte sich mit ihrem Handkoffer ab. Sie sah, wie Gene den Impuls unterdrückte, Jon den kleinen Koffer abzunehmen und ihn selbst zu tragen. Dann fand Jon eine Methode, ihn hochzuheben und folgte Gene.

Wenn sie noch ein privates Wort mit Deena wechseln wollte, dann jetzt. Die Fliegengittertür an der Küche knallte zu. Barbara ging ums Bett herum, um sicherzugehen, daß Gene nicht im Haus war. Sie konnte hören, wie er in einiger Entfernung mit Jon redete. Deena beobachtete sie verwundert.

Ehrlichkeit war das einzige, was sie wieder zusammenbringen konnte. Barbara mußte ihre vorgetäuschte Haltung aufgeben. »Ich glaube dir«, sagte sie zu Deena. »Das mit den Fotos. Das mit deinem Verdacht. Es tut mir leid, daß ich mich bei der Sache mit Gene nicht auf deine Seite gestellt habe. Ich hatte Angst, daß er sich noch mehr aufregt.«

Ein Ausdruck großer Intensität erschien auf Deenas Gesicht. Sie nickte.

»Ich mache mir Sorgen, weil du hierbleibst und dich um diese Sache kümmerst. Ich möchte dir helfen. Aber ich muß mit ihm fahren.«

»Es ist in Ordnung.«

Das metallene *Knarren* des Kofferraumdeckels echote im Haus, als er zugeschlagen wurde. Es blieben nur Sekunden für eine Lösung. »Sag mir, was ich tun kann.«

»*Denk* für mich«, sagte Deena eindringlich. »Sei mein Verstand. Ich ruf dich an.«

»Ja.« Jetzt hatten sie eine direkte Verbindung, so wie es auch früher gewesen war.

»Und sag niemandem, was ich mache.«

Barbara bekam Gewissensbisse wegen Paul. Sie hatte es ihm erzählt. Er gehörte praktisch zur Familie.

Es war unaufrichtig gegenüber Deena, nicht zuzugeben, was sie getan hatte. Aber es könnte sie wieder entfremden. Vielleicht konnte sie Deena den Weg ebnen, um Paul zu vertrauen. Dann konnte es gutgehen. »Ich habe Paul gebeten, am Wochenende nach dir zu sehen. Möglicherweise könnte er irgendwie als Informationsquelle dienen. Er hat viel Mitgefühl. Seine Mutter ist ertrunken, als er ein Kind war.«

Deenas Augen verengten sich. »Sie ist *ertrunken*?«

»Ja. Als er zwölf war.«

»Findest du das nicht merkwürdig?«

»Warum?«

»Drei Todesfälle durch Ertrinken unter Nachbarn? Wo ist sie ertrunken?«

Sarah Kincaid, dünn und scheu, kam ihr in den Sinn. Sarah, die sich bückte, um die Blumenbeete umzugraben. »Auf ihrem Grundstück.«

»Im See?«

»Nein, dort gibt es einen Teich.«

»Barbara?« Gene rief.

»Ich komme!«

»War es ein Unfall?« flüsterte Deena.

»Ja.«

»Ohne Zeugen?«

»Ja.« Konnte es einen Zusammenhang zwischen diesen drei Vorfällen geben? Jahre lagen dazwischen, und die Umstände waren jeweils andere gewesen. Hätte sie eine Verbindung sehen sollen?

»Hallo.« Gene stand auf einmal da. »Wir verpassen unser Flugzeug, Barb.« Er legte einen Arm um Deena. »Kann ich es dir nicht noch ausreden?«

Deena sah Barbara an.

»Es ist noch nicht zu spät, um mit uns nach Hause zu fahren – du und Jon. Ich tue alles, um Tickets zu bekommen«, sagte Gene. Es tat Barbara weh, als sie die tastende Verzweiflung in seiner Stimme hörte.

Deena schüttelte den Kopf.

Da war sie. Paul schreckte auf. Deena kam aus dem Einstellplatz. Sie lief neben Genes und Barbaras Wagen her, der langsam rückwärts hinausfuhr. Sie schickte sie wirklich weg, wie sie es versprochen hatte. Beherrschte Freude stieg in ihm auf. Er kniff die Augen zusammen, um ihre Figur genauer erkennen zu können, schlank, fabelhaft. Tau bewegte sich mit ihr, hinter ihr, ein verblüffender Hintergrund für das lebhafte Rotbraun ihres Haares.

Der Wagen wurde schneller, und Jon rannte nebenher und winkte. Paul ging in Deckung. Als der Wagen außer Sicht war, rief sie Jon zu, und als er bei ihr war, zog sie ihn sanft an ihre Hüfte.

Sie würde auch Jon noch an diesem Morgen fortschicken und allein auf Pauls Eintreffen warten. Dann konnten sie sich offenbaren, vorsichtig tastend, wie jung Verliebte es taten.

Sie war fort. Verschwunden. Sie mußte im Haus sein, aber er konnte ihre Silhouetten hinter den silbern glänzenden Fensterscheiben nicht erkennen. Seine Füße kribbelten vom langen unbeweglichen Stehen. Er machte einige Kniebeugen. Die Blätter seufzten unter seinen Stiefeln.

Deena Reuschel hatte er schon immer haben wollen. Das wußte er jetzt. Es war ihm während der Jahre mit den Weihnachtsgrüßen und Familienfotos von Tim nicht bewußt gewesen, aber sie hatte sich unauslöschlich in sein Gehirn eingeschrieben: jede Pose, jedes Kleid, jeder Satz von ihr blieb bei ihm. Dieses Jahr würde er Tims Stelle in den Fotos einnehmen und mit seinem eigenen Namen unterschreiben.

Es sei denn... Verblüfft stand er da und lauschte in die äußerste Ecke seines Verstandes.

Es sei denn, sie war die Beute.

5 Martins nacktes Gesicht brannte und juckte. Er hatte vergessen, wie scharf der Wind schneiden konnte. Er war durch die trocken-kalten Straßen gelaufen, seit er die Subway verlassen hatte. Er zeigte auf sein Namensschildchen, während er am Portier im Erdgeschoß vorbeigaloppierte, die Rezeption umrundete und zur Rolltreppe lief. Die Kunst, die Stufen schnell zu nehmen, hatte er perfektioniert, immer zwei auf einmal, dann langsamer werdend, wenn er nach oben kam, um die Aufmerksamkeit nicht auf seine Ankunft zu lenken. Während er Richtung Lokal-

redaktion glitt, kamen Dutzende von Schreibtischen und Leute in sein Blickfeld. Glücklicherweise beachtete ihn niemand. Die riesigen Ohrreifen und das kolossale wirre Knäuel von Ella Chalmers Frisur waren nicht zu sehen in ihrem Glaskasten. Er war sicher, zumindest für den Augenblick. Harvey Delittuso hing über dem Telefon, sein knochiger Rücken bewegte sich auf und ab. Hinter ihm schien der Papierberg auf Martins Schreibtisch höher zu sein denn je. Er würde sich reinhängen, würde ihn heute unter Kontrolle kriegen, Sachen wegschmeißen. Er war in der richtigen Stimmung. Delittuso warf den Hörer auf die Gabel, ließ sich in seinen Stuhl zurückfallen und rollte zu seinem Computer. Mit dieser Bewegung fiel Martins Blick auf den Kaffeebecher, seinen Kaffeebecher. Ein zusammengerolltes Blatt Papier ragte daraus hervor.

Noch jemand ertrunken.

»Trau niemals jemandem vom Fernsehen«, schnappte Harvey, während Martin herankam. »Ich hab Jordan Baines die schlichte Frage gestellt – hey. Du hast dir den Bart abrasiert.«

Betroffen ging Martin um ihn herum und nahm die Story aus der Tasse. Eine Meldung aus dem Ticker. Eine Frau war beim Fischen am Pier ertrunken.

»Kennst du die auch?« Harvey sah ihn an.

Sandra Monroe Evans, 39. »Nein.«

»Gott, ich dachte schon. Erschreck mich nicht so.«

Der Frühstückskrapfen, den er bei einem Straßenhändler gekauft und unterwegs hinuntergeschlungen hatte, hatte sich in den letzten dreißig Sekunden verfestigt, ein Stein, direkt über seiner Gürtelschnalle. Die Worte auf der Seite paßten nicht zusammen. Er begriff ihren Sinn nicht. Er zog seinen Mantel aus und stopfte ihn unter den Schreibtisch.

Sandra Monroe Evans ... Martin setzte einen Finger unter die Zeile und bewegte ihn sorgfältig vorwärts ... *ertrunken* ... Er las die Meldung zweimal, schließlich verstand er, was passiert war.

Sie paßte nicht ins Muster. Sie war zu alt und war vierzehn Jahre verheiratet gewesen.

Falls es ein Muster gab.

»Ich sammele sie nicht mehr«, sagte er zu Harvey. »Du brauchst sie nicht mehr rauszuziehen.«

»Ich tue alles, was du sagst.« Harvey benahm sich auf einmal wie ein Besucher im Krankenhaus.

»Und mach dich nicht über mich lustig.« Martin steckte die Story in den Rundordner und wühlte in der Unordnung auf seinem Schreibtisch nach einem Skizzenblock, der noch nicht voll war. Die Holzkohlestifte waren nur noch stumpfe Stummel. Sie mußten genügen. Er riß ein paar Streifen Sandpapier von einem Blatt ab und stopfte sie in die Tasche. Die Stifte würde er im Gericht spitzen. Machte Rachel Culver wahnsinnig, sein verstohlenes Gekratze.

»Gehst du?« Harvey stand auf.

»Bin schon weg.«

Wieder auf der Straße, lief er, bis seine Rippen schmerzten, rannte fort von den Erinnerungen an seine süße Jenny, rannte, als ob sie ihn jagten, über Bordsteine, Treppen hinauf, Treppen hinunter, durch Kontrollen, über polierte blinkende Kacheln. Der Gerichtsdiener sah ihn kommen und öffnete geräuschlos die Tür zum Gerichtssaal. Er fand Rachel und setzte sich schnaufend neben sie in dem stickigen, überfüllten Raum, während die hohe aufgeregte Stimme eines weiblichen Teenagers eine Zeugenaussage machte.

»Tardy«, flüsterte sie. Dann betrachtete sie zweimal sein neues Äußeres und zupfte ihn billigend am Ärmel.

Martin zeigte auf die Zeugin. Rachel schrieb den Namen auf den Rand ihres Blocks: *Susan Yeager.* Tochter in einem Sorgerechtsfall, der einen tödlichen Ausgang genommen hatte. Die Mutter hatte den Vater erschossen. Die Mutter hatte den Vater beschuldigt, das Kind sexuell mißbraucht zu haben.

Martin peilte Susan an. Die Zeugenaussage der Mutter hatte er bereits gehört, und er war zu dem Schluß gekommen, daß sie log.

Susan unterbrach ihre Sätze durch nervöse Blicke auf ihre Mutter, die mit dem Rücken zu Martin an einem Tisch saß, der mit ihren Anwälten bevölkert war. Nachdem es einige Male zwischen dem Staatsanwalt und Susan hin und her gegangen war, war Martin sicher, daß Susan stillschweigend von ihrer Mutter Anweisungen erhielt. Ihre Äußerungen beschleunigten oder verlangsamten sich ohne logischen Grund. Und sie entbehrten der Art von Emotionen, die durch Erinnerung an sexuellen Mißbrauch hervorgerufen werden. Er hatte erlebt, wie es wirklich war. Zeugenaussagen von Kindern, die so verstört waren, daß sie eine Unterbrechung nach der anderen brauchten, um die geringfügigsten Details erzählen zu können. Das war hier nicht der Fall. Nicht annähernd. Obwohl es nicht einstudiert war. Sie verfiel nicht in die wiederholende Redeweise, die durchs Einstudieren hervorgerufen wurde. Ein cleverer Schachzug.

Die Haltung stimmte auch nicht. Nicht angespannt genug. Nicht gebeugt und zittrig. Körperhaltungen waren unterschiedlich. Darauf mußte man achten. Zwei Leute konnten ähnliche, wahre Geschichten erzählen und durchaus unterschiedlich betroffen sein. Aber das hier...

Er zog ein Stück Sandpapier aus seiner Brusttasche und begann die Holzkohle daran zu reiben. Rachels Kinnmuskulatur spannte sich irritiert an.

Rachel stellte niemals Vermutungen an, wer unschuldig und wer schuldig war. Sie hatte Martin schon mehrfach beschimpft, weil er so voreingenommen war. *Ist nicht mein Job, das zu entscheiden*, hatte sie gesagt. *Ich bin nur hier, um die Geschichte aufzuzeichnen.* Aber wenn sie die Wahrheit nicht wirklich kannte – wirklich kannte, im Bauch –, dann hörte sie auch nicht richtig zu und schaute nicht richtig hin. Man konnte sich nicht irren, wenn man alles in sich aufnahm.

Jurys machten Fehler. Er nicht. Die Dinge fügten sich für ihn zu einem Muster. Körperhaltungen, Hautfarbe, Augenbewegungen, sprachliche Nuancen. Er wußte zuviel. Einige der Urteilssprüche, bei deren Verkündung er dabeigewesen war, hatten sein Vertrauen in das Verfahren ernsthaft erschüttert. Aber er war immer noch hier und zeichnete Susan Yeager.

Er war ein Heuchler. *Ich bin nur hier, um die Geschichte aufzuzeichnen.* Das war es, was er mit seinen Todesfällen durch Ertrinken tat, mit den Zeitungsausschnitten. Sie für die Aufzeichnung festhalten und dann ab mit ihnen in den Müll. Er wußte verdammt gut, daß es in dem konfusen Durcheinander ein erkennbares Muster gab. Und es würde ein weiteres Opfer geben.

6

Großmutter und Großvater Harpers Leihwagen war riesig. Wenn Jon wollte, konnte er sich auf den Rücksitz legen und ganz ausstrecken, ohne mit dem Kopf oder den Füßen anzustoßen. Aber er hatte nicht vor, auf dem Weg zum Flughafen zu liegen. Wenn er im Auto lag, wurde ihm schlecht. Er mußte aus dem Fenster sehen, auf die Dinge, die vorbeizogen, oder er mußte anhalten und an der Straße auf und ab gehen, bis ihm besser war. Wenn er das tat, kamen alle zu spät.

Der Rücksitz war nicht gut geeignet, um aufrecht zu sitzen. Er rollte in ihn zurück. Er war zu weich. Aber er würde nichts sagen. Diese Großmutter und dieser Großvater wollten nichts Unangenehmes hören. Seine Großmutter Harper sagte immer »Mußt du nicht«, wenn er ihr sagte, was mit ihm war. Zum Beispiel, als er das Gefühl hatte, er müßte sich übergeben, hatte sie gesagt: »Nein, mußt du nicht.« Sie sagte es mit einem freundlichen Lächeln, aber er fühlte sich nur noch schlechter. Manchmal sagte sie »Ja, bestimmt«. Aber das sagte sie nur, wenn er so etwas sagte wie: »Ich hab keinen Hunger.« Dann sagte sie »Ja, bestimmt« mit diesem kleinen Lächeln.

Seine Mutter steckte ihre Hand hinter Großvater Harpers Kopf vorbei ins Auto und wackelte mit den Fingern. Jon faßte danach und drückte sie. »Mach dein Fenster auf, Jon«, sagte sie. Großvater Harper drückte auf einen Knopf, und das Fenster neben Jon rauschte und öffnete sich zur Hälfte. Sie ließ Jons Finger los und kam an sein Fenster. »Ich hab dich lieb«, sagte sie. »In ein paar Tagen bin ich wieder bei dir. Kannst du es noch ein bißchen weiter herunterlassen, Dad?«

Großvater Harper drückte wieder auf den Knopf, aber das Fenster blieb halb geöffnet. »Geht nur halb runter.«

Seine Mutter wölbte ihre Lippen zu einem Kuß vor. Jon war wütend auf sie. Irgendwie. Er tat so, als ob er nicht wüßte, was sie wollte. Sie machte einmal das Kußgeräusch. »Du bist mein Freund«, sagte sie.

Er hatte Angst. Würde sie nach Kalifornien zu ihnen nach Hause kommen? Oder würde sie jetzt sterben? Er wollte ihr noch etwas von dem Mann sagen. Ihr noch mal sagen, daß sie aufpassen sollte. Aber sie wollte nicht, daß Großvater und Großmutter irgend etwas davon mitbekamen. Er spürte, wie sich alles in ihm im Kreis drehte, ganz schnell.

»Tschüs.« Seine Mutter winkte ihm, und er sah, wie sie vom Auto wegglitt. Das Auto fuhr an. Rückwärts. Die Zufahrt hinauf. Und sie war ganz allein. Ohne irgend jemanden.

»MOM!« Es war laut. Großmutter Harpers Schulter hob sich an ihr Ohr. Großvater stoppte.

Seine Mutter kam heran und sah ihn an. »Was ist?«

Jon wölbte seine Lippen zu ihr vor. Sie drehte ihren Kopf seitwärts über das Glas und küßte ihn. »Es ist alles in Ordnung«, sagte sie. Sie hörte sich an, als ob sie erkältet sei. »Dad, er ist nicht angeschnallt. Jon, schnall dich an.«

»Möchte ich aber nicht.« Das würde sie noch ein paar Minuten beschäftigen. Sie würde ihn nicht fahren lassen, bevor er nicht angeschnallt war.

»Jon...« Sie weinte und sagte überhaupt nichts mehr, ging nur zurück, immer weiter zurück. Großvater und Großmutter bemerkten auch, daß sie weinte. Großvater fuhr los. Die Zufahrt hinauf. Jon schaute weiterhin auf das rote Haar seiner Mutter, während sie kleiner und kleiner wurde. Das Auto fuhr immer weiter bergauf. Er mußte sich am Sitz festhalten, um nicht umzufallen. *Bumms.* Die Straße. Sie fuhren wirklich los. Seine Mutter stand einfach nur da. Er wußte, daß sie ihm nachschaute.

Sie begannen die Straße entlang vorwärts zu fahren. »Schnall dich an«, sagte Großmutter Harper.

Er kniete sich hin und schaute durchs Rückfenster. Seine Mutter stand hinter den Bäumen. Er konnte sie überhaupt nicht mehr sehen. Das Auto machte einen Ruck und begann schneller zu werden. »Ich fahre nicht mit euch«, sagte Jon. Warum hatte er das gesagt? Er mußte. Er hatte es versprochen.

»Doch, tust du«, sagte Großmutter Harper.

»Nein, tu ich *nicht*!«

»Jonny Boy –«, fing Großvater an zu reden, aber Jon wollte es nicht hören. »Tu ich *nicht*, tu ich NICHT!« schrie er. »Vielleicht sollten wir –«, sagte Großvater zu Großmutter. Großmutter redete über ihn. »Er wird sich schon beruhigen.«

»Nein! Nein! Nein! Nein! Neeeeiiiiinnnn!« Jon hörte sich an wie Genes Hund Candy, wenn sie eine Feuerwehrsirene hörte. Er hatte nur Lärm machen wollen, aber jetzt fing er auch noch an zu weinen, weil er an seine Mutter dachte, wie sie da stand, ganz allein, und weinte. Vielleicht war der Mann ja schon hinter ihr her. Vielleicht war sie ja schon tot, wenn sie jetzt zurückfuhren. Sogar wenn sie ganz schnell zurückfuhren. Vielleicht war sie gerade jetzt tot. »Neiiiiinnnn! Neiiiiinnnn! Neiiiiinnnn!« Sein Schreien klang im Auto besonders laut.

Das Auto hielt mit einem Ruck. »Maria –«, sagte sein Großvater.

Der Mann hatte Jons Mutter gepackt. Der Mann war hinter

ihr, zerrte sie rückwärts zu Boden. »Ich fahr nicht mit. Ich *fahre* nicht!«

»Jon!« Großmutter Harper hatte sich herumgedreht. Sie kam aus ihrem Sitz hoch und versuchte ihn anzufassen.

»Nein! Neiiiinnnn! Nein!«

»Jon!«

Er rückte weg, so daß sie nicht an ihn herankam.

»Fahr zurück«, sagte seine Großmutter zu seinem Großvater.

»Ich muß eine Stelle finden, wo ich drehen kann«, sagte Großvater.

»Tu das.« Großmutter lehnte sich jetzt über den Vordersitz nach hinten. Sie packte Jons Arm. »Jon, beruhige dich.«

Aber er konnte nicht. Die Schreie kamen aus ihm heraus, ohne daß er etwas dazu tat. Seine Mutter war tot. Tot, wie sein Dad. Er hatte solche Angst, solche Angst, solche Angst, solche Angst. Vor der Windschutzscheibe wurde die Straße zu Bäumen und wieder zur Straße. Das Auto heulte auf, dann rummste es und noch einmal. Sein Körper hüpfte auf und ab und auf und ab, aber er schaffte es, auf dem Sitz zu bleiben. Er hielt nach Großvater Reuschels Zufahrt Ausschau, die mit der Burg als Briefkasten. Als er sie sah, hielt er nach seiner Mutter Ausschau, aber sie war nicht mehr da. »Mommy! Mommy!« Er versuchte, direkt aus dem Fenster zu schreien. »MOMMY!« Das Auto senkte sich nach vorn und fuhr hinab, direkt vors Haus. Wo *war* sie? Warum kam sie nicht?

Er wußte, wie man die Autotür aufmachte. Er wußte, daß sie nicht verschlossen war. Er mußte am Griff ziehen und *drücken*. Die Tür ging auf, und die Zufahrt bewegte sich darunter entlang. Schnell, aber sie wurde langsamer. Er konnte die Füße raushängen und laufen. Die Tür schwang zurück und klemmte einen Schuh über den Zehen ein. Dann ließ sie ihn los, aber er fiel hinaus, auf den Boden. Großmutter Harper schrie. »Earl, halt an!«

Seine Schulter senkte sich. Er drehte sein Gesicht, damit er sich nicht die Nase zerschlug. Worauf er aufschlug, war weich und hatte Arme. Seine Mutter lief neben dem Auto her und hielt ihn hoch. Seine Füße waren noch im Auto. Das Auto stoppte. Sie stoppten. Sie zog ihn heraus und richtete ihn auf. Dabei verrenkte sie ihm den Hals. Sein Fuß fühlte sich an, als ob jemand hineinbeißen würde. »Was *machst* du denn nur?« sagte sie zu ihm. Ihr Gesicht war verzerrt und bleich.

»Ich möchte bei dir bleiben! Ich möchte nicht weg! Ich will nicht. Ich tu es nicht!« Sie versuchte besser nicht, ihn wegzuschicken. Er würde dafür sorgen, daß sie es nicht tat. Er fing so laut an zu weinen, wie er es noch nie vorher getan hatte. Aber nicht zu laut, weil er hören wollte, was sie sagte. »Du brauchst nicht zu fahren, Jon. Du brauchst nicht.«

7 Arlene öffnete die Kaffeekanne und schüttete den Kaffeesatz oben auf die Eier- und Melonenschalen in die Plastikschüssel. Eines der Kinder hatte einen Toast auf einem Teller liegenlassen. Sie nahm ihn zusammen mit der Schüssel und schob die Fliegengittertür mit dem Rücken auf. Ein Postkartentag. Die Sonne bleichte die Planken, blauer Himmel zwischen den Blättern und Ästen. Sie würde versuchen, die Schmetterlinge in ihrem Magen zu ignorieren und klar zu denken. Mimis Reaktion auf die Bilder von Trucks war fantastisch gewesen in ihrer überlegenen Ruhe. Es war die wachste Mimi gewesen, die sie seit ihrem Schlaganfall erlebt hatte, ihre Aufmerksamkeit war total, das Läuten der Glocke definitiv und durchdringend. Mr. Reuschels Mörder hatte einen jeepartigen Truck gefahren, ein schweres Fahrzeug, hoch, mit großen Rädern. Er war silbern gewesen. Nicht grau, silbern.

Sie legte den Toast für die Vögel auf das Geländer der Veranda und schlenderte zum Komposthaufen, um den Abfall auszuschütten. *Vergeude nichts, begehre nichts.* Sie waren beinahe stolz auf den eingezäunten Abfallhaufen. Er sonderte einen schweren Geruch ab, nicht im mindesten unangenehm, und lieferte schwarze fruchtbare Erde für den Garten. Sie schüttete den Abfall oben auf den Hügel und schaute zu Mimis Fenster hinauf. Der Winkel war zu steil. Arlene konnte sie nicht sehen.

Arlenes Reaktion auf Mimis überlegte definitive Antworten an diesem Morgen war ein immer stärker werdendes Gefühl, eine überfließende Woge, die sie mit Kopfschmerzen zurückgelassen hatte. Der Mann in dem Truck war immer noch irgendwo da draußen. Eine Bedrohung. Arlene hatte sehr aufmerksam die Nachrichten verfolgt. Weder Tim Reuschel noch irgendwelche Nachforschungen waren erwähnt worden. Wo war Deena Reuschel? War sie nach Kalifornien abgereist? Bestimmt würde sie Arlene irgendwann kontaktieren, um an die Beschreibung des Wagens zu kommen.

Die Vorstellung, auf einen Anruf zu warten, der vielleicht nicht kam, die Vorstellung, daß Deena möglicherweise ihre Anstrengungen einstellte und nach Hause fuhr, erfüllte Arlene mit Angst. Sie hatte angefangen, ihre Haltung in der Frage, ob sie sich an die Polizei wenden sollte, noch einmal zu überdenken. Man stelle sich vor, der Killer käme zum Tatort zurück und entdeckte ihr Haus, so wie Deena es getan hatte. Oder er hatte es bereits entdeckt. Falls Deena ihn nicht länger verfolgte, mußte Arlene es wissen, um sich zu entscheiden. Jede Minute, die verging, konnte ihn näher zu ihnen bringen.

Tim Reuschels Todesanzeige und der Artikel in der Zeitung hatten ihr den Standort des Reuschelschen Hauses am See verraten. Sie hatte die Telefonnummer ausprobiert und festgestellt, daß der Anschluß stillgelegt war. Wenn sie Deena sprechen wollte, mußte sie dorthin.

Arlene ging rasch ins Haus und stellte die Plastikschüssel in die Spüle. Konnte sie Mimi allein lassen? Ihr Zustand schien sich stabilisiert zu haben. Arlene hatte sie regelmäßig für kurze Zeit allein gelassen, um die Kinder zur Schule zu fahren oder um ein paar Lebensmittel einzukaufen. Es würde nicht mehr als eine Stunde dauern, wenn sie einen schnellen Trip zum See und wieder zurück machte.

Es könnte dort schwierig werden. Möglicherweise war Deenas Familie da. Das beste war, sie hatte eine vorbereitete Nachricht wie letztes Mal.

Paul hatte angefangen zu schwitzen. Er zog seine Jacke aus und ließ sich darauf in einem Büschel junger Triebe nieder. Jons Anwesenheit änderte alles. Deena mußte völlig durcheinander sein deshalb, aber was konnte sie tun? Das Auto war ganz einfach zurückgekommen und Jon war hinten herausgefallen. Sie mußte Jon gestatten zu bleiben. Er wußte das. Aber er war enttäuscht.

Danach hatte er versucht, die Zone zu verlassen, Hunger und Schlafmangel nagten an ihm. Aber die Grenzlinien waren immer noch da. Dort, wo er aus irgendeinem Grund gebraucht wurde, war sein Platz. Er würde warten.

8

Deena hatte eine Stunde gebraucht, um Jon wieder zu beruhigen, hatte ihn geschaukelt, hatte gesummt, hatte darauf geachtet, daß sie sich langsam, entspannt und gleichmäßig bewegte. Sein stockender Atem war schließlich in tiefe gleichmäßige Atemzüge übergegangen. Jetzt schien er munter und hungrig zu sein. Er stand auf einem Hocker neben ihr am Herd und rührte mit einem Kochlöffel in den Baked Beans, während sie mit einer Gabel die Würstchen aus dem kochenden Wasser fischte und sie in die dampfenden Brötchen steckte. Vögel zwitscherten und sangen vor den Fenstern. Die Illusion von Routine hatte ihr gutgetan. Sie war gezwungen gewesen, ihre Situation ausführlich zu überdenken und die Möglichkeiten einzugrenzen. Immer wieder kam sie auf Paul zurück.

Niemand sonst, den sie hier kennengelernt hatte, und niemand zu Hause in Kalifornien hatte sie so sehr irritiert wie Paul. Es mochte viele Verdächtige außerhalb ihres unmittelbaren Bekanntenkreises geben, aber sie hatte im Augenblick keinen Zugriff darauf. Sie war begrenzt in dem, was sie sehen und tun konnte. Also war es sinnvoll, wenn sie ihre Anstrengungen auf das Zentrum dieses Kreises konzentrierte und sich allmählich nach außen vorarbeitete, so weit sie kam.

Sie mußte es zurückhaltend angehen. Sie hatte Jon genug angetan und hatte ihm genug erzählt. Es war Zeit, seine Gefühlswelt und sein Vertrauen wieder herzustellen. Gene hatte recht gehabt. Einen Augenblick lang dachte sie über Gene nach. Er war ganz untypisch hart gewesen, was die Fotos betraf. Hatte er die Wahrheit durchschimmern sehen, sie aber geleugnet, um Jons Sicherheitsempfinden zu schützen? Oder ihres? Gene besaß eine beneidenswerte Klugheit, die sie all die Jahre bewundert hatte. Vielleicht hatte er vor, die Sache anders anzugehen. Später und von einem anderen Blickwinkel aus. Sie verfügte nicht über solche Behutsamkeit.

Sie richtete die Hotdogs, Bohnen, Kartoffelchips, Möhren und Plastikbecher mit Apfelsaft auf den Tellern fertig an, stellte den Herd ab und reichte Jon die Servietten und Gabeln. »Bring das schon mal raus, okay? Wir essen auf der Veranda am See.«

Er hüpfte vom Hocker herunter. Als sie an die französischen Türen kam, stellte sie fest, daß die frischen Triebe über Nacht gewachsen und ihr Grün lebhafter geworden war. Sie machten die Landschaft sanfter und umschlossen das Haus. Wieder dachte sie an die Jahrzehnte, die eine Familie in der Unverletzlichkeit dieses Hauses verbracht hatte, eine Familie, so freundlich und so liebevoll zueinander, daß es schien, nur die Zeit könne sie verändern.

Sie und Jon waren hier nicht sicher. Das durfte sie nicht vergessen.

9 Die Luft teilte sich mit einem einzigen gedämpften Ton und blies Paul ins Gesicht. Er versuchte seine Augen zu öffnen. Durch einen Schleier hindurch stiegen Deena und Jon auf ihn zu. Der Baumstamm, schartig an seiner Schulter, nahm Gestalt an. Er war eingedöst. Sein linker Arm war taub. Aufgeschreckt zuckte er hin und her, versuchte wieder Gefühl in seine Beine zu bekommen und verfolgte die Auf- und Abbewegungen der Körper, so gut es ging. Sie liefen auf dem Kies, nicht auf dem Gras, kamen in schrägem Winkel auf ihn zu. Er war nicht bereit, er mußte sich bereitmachen. Er verlagerte das Gewicht, brachte seine Blutzirkulation wieder in Gang. Die hochstehende Sonne zeigte ihm, daß es Mittag war. Er hatte nicht lange geschlafen.

Ihre Rücken waren ihm zugewandt, als sie auf die Straße marschierten. Er rappelte sich hoch, eine lähmende Steifheit war in seinen Knien. Sie gingen Richtung Osten auf sein Haus zu. Ihr schlendernder Gang ließ darauf schließen, daß sie einen Spaziergang machten, um sich zu erholen, nicht um etwas Dringendes zu erledigen. Er konnte sie problemlos einholen. Er überlegte, welche Route ihn am besten verdecken würde. Er konnte die Straße überqueren. Die Sträucher wuchsen dort eine halbe Meile lang sehr dicht.

Ein Netz von Zweifeln hielt ihn gefangen, während er einige tastende Schritte den Hügel hinauf machte. Jenseits eines engen Radius spürte er einen Widerstand gegen sein Weiterkommen. Er empfand es als Dichte in der Atmosphäre. Verwirrt zog er sich zurück. Deena und Jon waren nicht länger in Sichtweite.

Ein blauer Kombi kam aus der anderen Richtung und fuhr langsam hinter der Baumreihe entlang. Er rumpelte in die Zufahrt und fuhr bis ans Haus. Eine kräftige Frau stieg auf der Fahrerseite aus und ging Richtung Küche. Er konnte sie nicht mehr sehen, aber ein leises Rappeln drang zu ihm. Etwa eine Minute lang war es immer wieder zu hören. Der Wind legte sich plötzlich, und die Geräusche wurden deutlicher. Er hörte das Quietschen der Zugfeder an der Fliegengittertür und dann ein leises Zuschnappen. Sie mußte etwas zwischen die Fliegengittertür und die Haupttür gesteckt haben. In diesem Augenblick wußte er ohne jeden Zweifel, daß sie für ihn dort war. Er hatte den ganzen Morgen auf sie gewartet, auf diese Frau.

Befreit lief er den Hügel hinauf, stieß Zweige aus dem Weg und sprang über Baumstümpfe. Er trat jetzt sicher auf, seine Stiefel landeten sauber auf natürlichem Untergrund und trieben ihn hinauf zu den terrassenförmig angelegten Böschungen. Sein Atem ging gleichmäßig in seiner Brust, sein Schritt war locker und flink.

Er hörte den Kombi zurücksetzen und wenden und dann, einige Herzschläge lang, verlor er seine Spur. Der Boden wurde eben, und er lief zu seinem Auto. Er hatte es unabgeschlossen stehenlassen, der Schlüssel steckte. Er legte den Gang ein und fuhr ihn bis zwanzig Yards an die Straße heran. Wenn sie nicht in wenigen Sekunden erschiene, würde das bedeuten, daß sie nach rechts gefahren war. Richtung Deena und Jon. In diese Richtung würde er ihr nicht folgen.

Sie würde kommen. Er war am richtigen Ort.

Er ließ das Fenster herunter und beobachtete die Straße, während ihm der erdige Geruch des Sees entgegenschlug.

10

Jon schlenderte vor Deena her und schleppte Zweige von Weidenkätzchen und Forsythien. Die Mittagssonne, die vom Asphalt der Straße reflektiert wurde, war ein schimmernder Hintergrund für sein honigblondes Haar, seine rote Jacke und die geschwungenen gelben und grauen Gerten. Sie hob die Kamera ans Auge und blieb stehen. Das war hübsch von hinten: der Junge, die Haltung, die Farben. Jon hörte, wie der Verschluß klickte und drehte sich um. »Nein, bleib so«, sagte sie. »Genau so, wie du warst. Das ist sehr schön.« Er grinste sie an. *Auch mal wieder. Noch mehr Fotos von mir.* Dieses Grinsen war nett. Sie hielt es fest, und er ging weiter, ohne daß seine Bewegungen durch bewußte Körperkontrolle an Natürlichkeit verloren. Der Gang eines Fünfjährigen, locker, eifrig. Sie sank aufs Knie, schoß eine Serie, konzentrierte sich auf seine flüssigen Bewegungen, paßte den Bildausschnitt der Entfernung an.

Durch den Sucher war der rohe Holzzaun um Mike Kincaids Landhaus deutlich im Hintergrund zu erkennen. Von seinem Auto war nichts zu sehen. Sie stand auf und schlenderte hinter Jon her.

Sie würde nicht lange brauchen. Fünf Minuten innerhalb des Zauns. Vielleicht hatte sie Glück. *Vielleicht.*

Das Grundstück der Kincaids war typisch für diese Gegend: starker Baumbewuchs und natürlicher Boden. Es stellte sich heraus, daß das einstöckige Haus, dessen Umriß am umgebenden Buschwerk in etwa erkennbar war, eine Holzfassade hatte, die zum Zaun paßte. Der Hof und der See waren nicht zu sehen. Hatten die Kincaids eine Garage? Alle Sommerhäuser am See schienen statt einer Garage Einstellplätze zu haben. Sie nahm an, daß sich dieser eher an der Seite als hinter dem Haus befand. Möglicherweise konnte sie ihn einsehen, wenn sie halb durch die Zufahrt war.

Jon entfernte sich ein Stück weiter von ihr. Sollte sie ihn zurückrufen? War jetzt die beste Zeit? Sie blickte die Straße entlang und dann zu dem Sommerhaus.

»Jon.«

Er sah über die Schulter. »Hm?«

»Komm bitte her.«

Er kam zurück und hüpfte komisch.

»Du lustiger Käfer.« Sie lächelte. »Hör zu. Ich hab Pauls Grundstück noch nie gesehen, und ich möchte es mir gerne anschauen. Wir wagen einen schnellen Blick. Ich hab gehört, daß es sehr schön ist.«

Jon stellte sich gerade hin und starrte sie an. Sie spürte, wie sein Kinderradar sie abtastete.

»Okay?«

»Joho.« Er lief jetzt neben ihr her. Die Art, wie er auf seine Schuhe sah, während er lief, sagte ihr, daß sie ihm nichts hatte vormachen können. Er wußte, dies war eine Art Mission.

Schuldgefühle meldeten sich, aber die Neugier war stärker. Sie mußte den Teich sehen. Etwas zu sehen, hieß Antworten zu bekommen. Es war, als ob ihre Augen und ihr Gehirn ein einziges Organ bildeten. Zu sehen hieß zu verstehen.

Die Zufahrt bestand aus feinem Kies auf Lehm, die Ränder bildeten dekorative Felsbrocken. Der Kies war in letzter Zeit weder aufgefüllt noch geharkt worden, stellte sie fest; Autoreifen und ein harter Winter hatten ihn ziemlich in den Lehm eingearbeitet. Sie umrundete mit Jon einige Reifenspuren, die mit Wasser vollstanden. Das Haus und das Grundstück umgab eine Atmosphäre allgemeiner, aber nicht massiver Vernachlässigung. Büsche waren teilweise über die Fenster hinausgewachsen. Das Ende einer Regenrinne hing lose herab. Unkraut wucherte in den Blumenbeeten, ohne sie vollständig erstickt zu haben. Auf halber Strecke zum Haus sah sie den Einstellplatz – an der Seite, wo sie ihn vermutet hatte. Er schien leer zu sein. Himmel schimmerte durch dichte Ranken, die ihn einhüllten. Sie ging einige Schritte zur Seite und kniff die Augen zusammen. Leer, ja, der Zementboden war voller kleiner Pfützen.

Hier ist Paul aufgewachsen. Das war Pauls Zuhause.

Die Bäume tropften noch vom Regen der vergangenen Nacht. Der Sonnenschein erzeugte eine nebelartige Atmosphäre. Gelbe, orangefarbene, purpurne, blaue, rote, weiße und rosafarbene Flecken entpuppten sich als prächtige Blumenbeete. Tulpen, Feuerlilien, Osterglocken. Zwiebelgewächse allesamt. Erstaunlich dicht gepflanzt. Hunderte. Hinter ihnen ein schmaler Streifen des Sees.

Sie hörte das Auto, bevor sie es sah. Das Geräusch von Fahrtwind und schnelldrehenden Rädern in einiger Entfernung auf der Straße. Es kam ins Blickfeld und heulte auf, als es heruntergeschaltet wurde. Ein altes Auto, schwarz, ein wenig verrostet. Es bog im rechten Winkel ab und kam die Zufahrt entlang auf sie zugeflogen. Steine spritzten hinter ihm auf. Das Geräusch erschreckte sie. *Mike Kincaid. Das mußte er sein.* Er stoppte neben ihnen mit einem argwöhnischen Blick.

»Mrs. Reuschel, hallo.« Höflich, aber nicht herzlich. Eine Aufforderung für eine Erklärung.

Sie hatte ein oder zwei Sätze vorbereitet, aber unter seinem prüfenden Blick kamen sie ihr lahm vor. *Wollte mal sehen, wo Tim als Kind gespielt hat. Wollte ihnen ›Tag‹ sagen. Wollte die Blumen sehen.* Zur Beruhigung und um sich Mut zu machen, legte sie eine Hand auf Jons Kopf, aber ihr fielen keine passenden Worte ein. Sie hatte ganz eindeutig unbefugt das Grundstück betreten und war nicht willkommen.

»Dürfen wir uns Ihren Garten ansehen?« fragte Jon und zog die Nase kraus.

Mike fixierte Jon. »Meinen Garten?«

»Ja.« Jon lächelte ihn breit an.

Die Furchen in Mikes Wangen glätteten sich. »Warum?«

»Nur so aus Spaß.«

»Nur zu.« Er fuhr weiter und setzte das Auto in den Einstellplatz.

Jon atmete hörbar aus, sobald Mike außer Sicht war, und sah sie konspirativ an.

Sie zwickte ihn ins Ohrläppchen.

11 Martin bedeckte die Muschel des Telefons mit seiner Hand. »Ed, sprichst du Spanisch?«

»Nee, Sir. Kann kaum Englisch.«

»Scheiß«, zischte er.

»Wer ist das?« Flanders schob mit gespielter Ungeduld sein Kinn vor. »Ich dachte, du rufst dein Büro an?«

»Eine Minute.«

»Du benutzt mein Telefon, Junge. Wär besser, es ist was Offizielles.«

»Ist es.« Martin legte den Hörer ans Ohr. »Señora, Ich-bin-auf-der-Suche-nach-der-Familie-von-Carmela-Azaña.«

»No comprendo. *Carmela?*« Die Frau mußte über Siebzig sein und hatte möglicherweise sowohl Schwierigkeiten mit dem Hören als auch mit dem Verstehen.

»Si!« Sein High-School-Spanisch war zehn Jahre nach dem Abitur praktisch null. »Carmela-Azaña. *Familia.*« War das richtig? »Por favor.« Er brüllte. Flanders gab ihm ein Zeichen, daß jetzt Schluß sei. Martin ignorierte ihn.

»Carmela esta muerta«, sagte die Frau kläglich.

Muerta. *Dead.* Er hatte die richtige Nummer. Sie wußte über Carmela Bescheid. Er konnte die Adresse aus dem Zeitungsartikel benutzen. Jemand, der Carmela nahestand, lebte noch hier. »Muchas gracias, Señora.« Was hieß *auf Wiedersehen?* »Buenos.« Das hieß »gut«. Das andere Wort fiel ihm nicht ein. Machte nichts. Sie hatte aufgelegt.

12 Das Haus der Kincaids brannte in Deenas Rücken, während sie sich mit Jon entlang zerbrochener Trittsteine zum See schlängelte. Mike Kincaid war hineingegangen, aber er beobachtete sie. Sie brauchte nicht hinzusehen, um sich sicher zu sein.

»Das ist unheimlich«, sagte Jon.

Der Weg hörte bald auf, verlor sich in einem Meer von Blüten:

Tulpen, Hyazinthen, Narzissen, Lilien. Die Zwiebeln waren vor vielen Jahren offensichtlich in Gruppen gepflanzt worden und wuchsen jetzt ohne Pflege wild weiter. Riesige Spinnweben zwischen herabhängenden Zweigen und dem Durcheinander von Blüten glänzten matt. Ihre klebrigen Fäden blieben an ihrer Haut und ihrem Haar hängen, während sie Blumen zertraten, als sie weitergingen.

»Wie weit gehen wir noch?« Jon stand bis zu den Hüften in Blüten und Grünzeug. Ranken zerrten an seinen Hosenbeinen.

»Soll ich dich tragen?«

»Nein.«

Wo war der Teich? Das Gelände fiel nur sehr allmählich zum See hin ab. Etwa auf halber Strecke zwischen dem Haus und dem Wasser dünnte der dichte Pflanzenbewuchs etwas aus und ging über in hohes Gras. Von einem tiefergelegenen Punkt aus würde sie das gesamte Terrain überblicken können. »Bleib hier. Du kannst mich die ganze Zeit sehen.«

Er ging zum letzten Trittstein zurück und stampfte mit seinen Turnschuhen auf. »Fühlt sich an wie Käfer in den Jeans.«

Auch ihre Beine juckten. Mücken vielleicht. Sie rieb sich die Unterschenkel durch Hosen und Socken. »Ich bin gleich wieder da.« Vorsichtig setzte sie einen Fuß vor den andern. Schwirrende Schwärme winziger Insekten schienen den Weg zu versperren, während sie unter tropfenden Bäumen entlanglief. Die von Unkraut überwucherten Beete hörten an einem Flecken mit riesigem Schilfgras auf. Vom Seeufer aus suchte sie das gesamte Gelände um das Sommerhaus ab. Jon, winzig vor der ausladenden Naturkulisse, winkte.

Wenn es hier einen Teich gegeben hatte, dann war er jetzt nicht mehr da, aufgefüllt oder abgedeckt. Kein Flecken Wasser war weit und breit zu sehen. Ihr geübtes Auge teilte die Szenerie in Abschnitte auf, faßte jeden einzeln ins Auge, suchte. Und dann sah sie ihn.

13 Das rote Auto war seit Meilen in Arlenes Rückspiegel geblieben, vielleicht seit sie vom See weggefahren war. Es blieb so weit zurück und hatte so dunkel getönte Scheiben, daß sie den Fahrer nicht erkennen konnte. Die Vorstellung eines anonymen Verfolgers ließ sie schaudern. Bei jeder Kurve des Highways verlor sie den Wagen aus dem Blick, aber er tauchte immer wieder auf, hielt einen konstanten Abstand.

Sie war fast zu Hause. Wer auch immer es war, konnte sie dort abfangen, auf dem Weg, der zum Haus hinaufführte. War sie erst einmal abgebogen, kam sie nicht mehr heraus, falls der rote Wagen den Weg versperrte. Sollte sie an der Abbiegung vorbeifahren, weiter nach Somerset hinein und Hilfe holen? Was war mit Mimi?

Sie mußte sich sofort entscheiden. War es Unsinn, zu glauben, sie würde verfolgt werden? Warum sollte ihr jemand folgen? Hatte es etwas mit dem Mord an Mr. Reuschel zu tun?

Gewohnheitsmäßig bremste sie, als sie sich der Abzweigung näherte. Der rote Wagen wurde ebenfalls langsamer. Sie würde es jetzt beenden, jetzt auf der Stelle. Sie wollte lieber wissen, was los war, als noch länger im unklaren zu bleiben. Nicks Gewehr stand in der Garagenecke. Sie würde schnell zum Haus fahren, auf die Fernsteuerung drücken, um das Garagentor zu öffnen, reinfahren und in Stellung gehen.

Der rote Wagen war jetzt direkt hinter ihr, fast an ihrer Stoßstange, als sie sich zum Abbiegen bereitmachte. Sie steuerte in das Sträßchen und trat das Gaspedal durch. Ihre Finger waren schon auf der Fernsteuerung für das Tor, aber sie war noch zu weit entfernt, um sie auszulösen. Im Rückspiegel sauste das rote Auto an der Einfahrt vorbei, fuhr hügelabwärts weiter auf dem Highway. Das Garagentor öffnete sich vor ihr. Sie fuhr den Wagen in die Garage, saß da und sah verwirrt in den Spiegel. Nichts spiegelte sich darin, außer dem geschäftigen Jagen der Vögel vor dem stillen Grün. Kein rotes Auto. Sie mußte damit aufhören, sich Dinge einzubilden, und sich wieder beruhigen.

Der Kombi war in einer nicht gekennzeichneten, kaum sichtbaren Lehmstraße verschwunden. Die Lage sagte ihm alles, was er wissen mußte: *Es gab einen Zeugen für den Mord an Tim.* Ungläubiger Schwindel erfaßte ihn, und einen Augenblick lang konnte er nicht denken.

Er hatte gewußt, daß sie da war, er hatte ihre Gegenwart gespürt, als er in den Truck gestiegen war. Es stimmte. Stimmte. Er mußte es akzeptieren und die Sache von hier aus angehen.

Paul setzte den linken Blinker, trat auf die Bremse und suchte nach einem Platz, wo er das Auto stehenlassen konnte. Es mußte eine geschützte Stelle sein, damit sie ihn nicht vom Berg oben sehen konnte. Möglicherweise hatte sie gemerkt, daß er ihr gefolgt war, und hielt jetzt nach dem Auto Ausschau. Steinige Befestigungen säumten eng die Straßenränder. Der Highway verengte sich auf zwei Spuren, als er den Fuß des Hügels erreichte. Er wollte sich nicht zu weit von ihm entfernen, falls er schnell verschwinden mußte. Hügelaufwärts oberhalb der Zufahrt mochte es brauchbare Nischen geben, aber in ihr Blickfeld zurückzukehren, das war keine gute Idee. Nervosität überfiel ihn und verebbte wieder. Es würde sich ein Platz für ihn finden. Und er würde behütet werden – wie immer.

Tims Frau hatte ihren kleinen Jungen allein gelassen und war ganz an den See herangegangen. Jetzt lief sie zurück Richtung Teich. Mike behielt sie im Blick, indem er von einem Fenster zum anderen ging. Das Gelände war ein Dschungel. Mike hatte sich nicht überwinden können, im Garten zu arbeiten, seit Sarah gestorben war. Er hatte ihn sich selbst überlassen, die Blumen vermehrten sich, und das Unkraut wucherte. An den meisten Tagen sah er nicht einmal zum See oder zum Teich. Er hatte es geschafft, dieses Stück Land aus seinem Kopf zu verbannen. Paul ging manchmal hinaus und mähte ein bißchen, wenn er nicht da war.

Er mähte um die Blumen herum. Sie waren so sehr ein Teil von Sarah gewesen, daß er wußte, Paul würde sie nicht anrühren. Solange sie gelebt hatte, hatte ihr Wohlgeruch das Haus erfüllt. Sie hatte geduftet wie Rosen, Hyazinthen, Flieder. *Sarah.*

Nicht eine einzige Blume hatte Paul seit ihrem Tod ins Haus geholt. Manchmal stellte er sich vor, wie sich die Zwiebeln unter der Erde vermehrten, sah, wie sie in der stillen Dunkelheit dem feuchten Humus frische Triebe aussandten, um sich zu vermehren. Jedes Jahr brachte mehr und mehr Blüten, als wenn sie noch immer bei ihnen wäre und ihre Pracht nährte.

Deena Reuschel hatte den Teich fast erreicht. Hatte ihr jemand gesagt, daß Sarah dort umgekommen war? Martin hatte sie im Wasser treibend gefunden, ihr schönes Gesicht zerschunden und leer, ihre Arme ausgestreckt, um einen wolkenlosen Himmel zu umarmen. Damals hatte er gedacht, daß kein zukünftiger Kummer diesen jemals übertreffen konnte.

Deena schien wie gefesselt zu sein von dem Anblick. Was sah sie wohl? Nur klägliche Überreste von dem, was er einmal gewesen war, als Sarah sich noch um ihn gekümmert hatte. Sie hatte den Teich als Schmuckstück gehalten, umgeben von Felsbrocken und einem niedrigen weißen Drahtzaun. Zu jeder Jahreszeit hatten farbige Tupfer die Wasseroberfläche gesprenkelt, Spiegelungen von Frühlingsiris, Sommerastern, Herbstringelblumen und Winterstechpalmen. Jetzt war er zugewachsen, der Zaun war zu Rost geworden und die Steine waren von frostigen Wintern zersetzt.

Er hätte den Teich als Tribut an Sarah instand halten sollen. Er hatte sich deswegen oft Vorwürfe gemacht. Aber Sarah zu gedenken, das war nicht möglich, ohne sich an ihren unerklärlichen Tod zu erinnern und an die merkwürdige Reaktion ihres gemeinsamen Sohnes. Am Anfang war es Mike so vorgekommen, als ob er seinen Kummer nur vortäuschte. Er war damals zwölf Jahre alt gewesen und voller hinterhältiger Großmäuligkeit, eine gerissene herausfordernde Aufsässigkeit, die er schon von frühester Kindheit an gezeigt hatte, eine Aufsässigkeit, die Mike immer wieder versucht hatte, aus ihm herauszuprügeln. Pauls Trauer, auch wenn sie vielleicht tief war, schien gleichzeitig mit einer gewissen Befriedigung einherzugehen. In ruhigen Momenten ertappte er Paul dabei, wie er ihn mit triumphierender Miene ansah.

Ja, Mike hatte Sarah am meisten geliebt. Und Paul wußte das.

Aber als dann Mikes verheerende tagtägliche Trauer langsam nachzulassen begann und Paul anfing, stärker zu werden, kam ihm ein neuer Gedanke, so furchtbar, daß er ihn monatelang nicht in Worte fassen konnte: Sollte das Kind seine Mutter geopfert haben, um seinen Vater zu treffen – und war ihm dann schließlich klargeworden, daß die Tat nicht mehr ungeschehen gemacht werden konnte?

Die Böschung war steil, aber so dicht von Bäumen bestanden, daß das Unterholz verrottet war. Paul kam ungehindert voran, während er der Sonne entgegenstieg. Abwärts würde es schon etwas anderes sein. Keine Möglichkeit, den Hügel langsam zu nehmen. Er mußte für einen schnellen Abstieg die Bäume als Stützpunkte benutzen. Bei diesem Winkel und dieser Geschwindigkeit würde der Boden schlüpfrig sein.

Er blickte zurück. Teile der Straße tief unter ihm waren zu erkennen. Fast hatte er den Kamm erreicht, und immer noch atmete er ohne Anstrengung. Das Gewichtheben hielt ihn in hervorragender Form. Was immer er da oben auf dem Hügel antraf, er würde es zu einem Vorteil erledigen. Er würde keine Fehler machen.

Das Gelände wurde allmählich eben, und ein zweistöckiges Haus tauchte über dem Horizont auf. Paul war einen Augenblick lang desorientiert und dachte über die Lage des Hauses nach: hoch, dicht von Bäumen umstanden und so nah am Fluß, daß das Geräusch des gurgelnden Wassers hinter ihm heraufdrang. Er kauerte sich hin und rief sich eine Landkarte ins Gedächtnis. Er war südlich des Flusses, westlich von dem Feld, wo er am Montag geparkt hatte, und kam seitlich auf das Haus zu. Von der anderen Seite mußte man die ganze Breite des Flusses überschauen können. Das bedeutete, das Haus war mit der Front flußaufwärts gebaut worden, möglicherweise genau gegenüber von dem Feld und der Klippe. Falls das so war, war es neu, trotz des Tarnanstrichs, der künstliches Alter vortäuschte. Neu gebaut im vergangenen Jahr oder so. Deshalb hatte er es nicht gekannt.

Um das Haus herumzugehen und seine exakte Position zu der Stelle, wo der Mord stattgefunden hatte, zu überprüfen, war Zeitverschwendung. Er wußte, daß er recht hatte. Aber er würde es trotzdem tun, nur um sicherzugehen. Dann würde er herausfinden, wie er hineinkam.

Der Teich war kleiner, als Deena erwartet hatte, absolut rund und von kleinen Felsbrocken gesäumt. Eine Überfülle von Unkraut und Blumen verdeckte sie fast, aber man sah, daß sie vor langer Zeit gleichmäßig und präzise gesetzt worden waren, obwohl das Wetter viele von ihnen mit der Zeit verschoben hatte. Das Wasser hatte die Farbe von Holzkohle, was auf eine große Tiefe hindeutete. Deena fragte sich, ob der Teich durch eine unterirdische Quelle mit dem See verbunden war.

Es war schwer, sich vorzustellen, wie Sarah Kincaid hier einen fatalen Fehler gemacht haben sollte. Die Felsbrocken lagen direkt am Rand des Teichs, eine Art Barriere, eine Sicherheitszone. Um die Felsbrocken herum lief ein Band von Blumen und darum ein kniehoher Zaun, schief und an einigen Stellen gebrochen. Sarah mußte innerhalb des Zauns gewesen sein, als sie fiel. Möglicherweise hatte sie den Halt in dem Blumenbeet verloren, war ausgerutscht und mit dem Kopf auf einen der Steinbrocken geschlagen.

Oder hatte sie mit einem kleinen Spaten in der morastigen Erde gegraben, als die unerwartete Anwesenheit einer zweiten Person sie hatte aufschauen lassen?

Oder... war sie – wie Tim – in Gedanken gewesen, als sie von hinten angegriffen und ins Wasser gestoßen wurde?

Deena stieg über den Zaun, wobei sie über die Schulter zurückschaute, und ging dann zum Teich. War es möglich, herauszubekommen, was Sarah Kincaid zugestoßen war? Minutenlang stand sie inmitten voll erblühter Iris, die auf dicken Stengeln zitterten. Es war die einzige Blumenart, die Sarah hier gepflanzt hatte. Es mußten ihre Lieblingsblumen gewesen sein. Deena zählte mindestens ein halbes Dutzend unterschiedlicher Sorten in verschiedenen Kombinationen von purpur, weiß, blau und goldfarben. Viele wuchsen wegen des Unkrauts schief, aber sie wuchsen immer noch kräftig.

Sarah sprach nicht zu ihr. Sie spürte ihre Gegenwart nicht mehr, so wie sie Tims gespürt hatte. Wo immer die beiden jetzt waren, sie waren nicht am gleichen Ort. Enttäuscht überstieg sie wieder den Zaun. Eine Wolke ließ fahle Schatten über den Teich gleiten, sie streiften die Iris, Reihe für Reihe, ließen ihre zerbrechlichen Blütenblätter irgendwie lebhafter erscheinen. Der Keil von Sonnenlicht, der auf den Iris übrigblieb, wurde kleiner und kleiner, bis er verschwand und der Kreis sich schloß.

Deena starrte auf ihre Hand, auf den Hochzeitsring, den sie trug. Ein Kreis von Iris. Sie zog ihn vom Finger und ließ ihre Hand über die eingravierten Blüten gleiten. Iris in einem Kreis. Paul hatte den Ring nach dem Teich gestaltet.

14

Die Küche wirkte tröstlich auf Arlene, die Zeichnungen der Kinder zierten den Kühlschrank, Briefe von guten Freunden steckten in den Fächern ihres eingebauten Ahornschreibtischs, ordentlich zusammengefaltete Bahnen von noch nicht zugeschnittenem Stoff waren neben ihrer Nähmaschine in der Ecke gestapelt. Sie buk seit mehr als einer Stunde Plätzchen mit Nüssen und Bananenbällchen mit Rosinen. Mimi schlief noch. Eichelhäher rauften sich auf dem Geländer, wo sie heute morgen den Toast hingelegt hatte.

Die Wohlgerüche aus dem Backofen und die nach Pinien duftende Luft, die ihr durch die Fensteröffnung über dem Spülbekken entgegenströmte, bestärkten Arlene in dem Gefühl, daß ihre Welt völlig in Ordnung war, sicher, unverletzbar. Sie trug die Bananenschalen zum Komposthaufen und ging gelösten Schrittes zurück in die Küche, während die Sonne sich durch die Maschen ihres Pullover stahl und ihre Bluse und die Haut darunter erwärmte. Ein wunderbarer Tag, um draußen zu sein. Ein schöner Tag. Sie würde die Straße hinunterschlendern und den Schulbus abwarten. Es war fast Zeit.

Sollte sie die Küchentür verschließen? Sie war nur wenige Minuten fort. Sie schloß sie niemals ab. Warum heute? Sie müßte auch das Fenster schließen. Ärgerlich. Als sie in die Küche kam, fiel ihr Blick auf das rote Licht am Backofen. Sie hatte ihn angelassen. Sie drehte an dem Knopf, lauschte einen Augenblick den schimpfenden Eichelhähern und schloß dann Tür und Fenster. Schrecklich, so zu leben, unruhig, defensiv. Es war ihr unangenehm.

Sie betrat die Garage und dachte wieder an das rote Auto und die Panik, die es bei ihr ausgelöst hatte. Sie war töricht gewesen. Sie drückte die Knöpfe der Automatik, das Garagentor öffnete sich, und sie blickte das Sträßchen hinunter. Sollte sie die Fernsteuerung mitnehmen, oder sollte sie die Garage offenlassen? Sie konnte sie die ganze Zeit über einsehen. Sie würde die Kinder beunruhigen mit ihrer Abschließerei. Und sie würden wissen wollen, weshalb. Sie wollte nicht, daß sie sich in ihrem eigenen Zuhause ängstigten. Nein, das tat sie ihnen nicht an. Sie würde ganz einfach wachsam sein.

Paul drückte sich an der rückwärtigen Außenmauer des Hauses entlang. Er brauchte nur zwei Sekunden, um in diese Garage zu kommen. Die Frau schaute immer wieder zurück, während sie hinunter zur Straße ging. Ihr saß eindeutig etwas im Nacken. Die Situation gefiel ihm nicht, aber er mußte es versuchen. Es gab keine Möglichkeit festzustellen, ob man von der zweiten Etage einen Blick auf den Fluß und das Feld hatte. Er mußte sicher sein, bevor er sie ins Visier nahm. Er machte sich Sorgen, daß sie vielleicht nicht allein war, obwohl er während der anderthalb Stunden, die er sie nun beobachtete, niemanden gesehen hatte. Etwas Einsames hatte sie umgeben, aber das Haus war zu groß und stand zu isoliert, als daß sie allein darin hätte wohnen können. Und sie hatte auf der einen Seite der Garage geparkt, als ob sie Platz für ein zweites Fahrzeug lassen würde.

Noch einmal blickte sie zurück und dann zur Straße. Er sprang hinter der Mauer vor in die Garage und schlüpfte schnell hinter den Kombi. Auf dem Boden daneben war in der Mitte ein frischer Ölfleck. Wahrscheinlich war sie verheiratet, und ihr Ehemann war mit dem zweiten Wagen zur Arbeit gefahren. Wo ging sie hin? Sie war jetzt fast am Ende der Lehmstraße und schaute immer noch zurück. Er hielt sich im Schatten und ging ins Haus.

Ein schönes Haus, ordentlich, es roch nach frischem Gebäck. Das Mobiliar war nicht neu, aber auch nicht antik. Er ging sofort zum Fenster an der Vorderfront. Baumwipfel schwankten in einiger Entfernung, darüber ein riesiger Streifen Himmel. Den Fluß konnte man von hier aus nicht sehen. Er mußte nach oben.

Die Treppe ließ ihn innehalten. Sie führte zu einem Absatz und er konnte nicht sehen, was jenseits der Biegung war. Es könnte ihn dort jemand erwarten. Mit gestrecktem Hals und nach hinten gedrehtem Kopf schlich er von Tritt zu Tritt. Niemand war in dem Flur. Als er oben angekommen war, stellte er fest, daß der Zugang zum Speicher in die Decke eingelassen war.

Das bedeutete, daß er sich nicht um ein drittes Stockwerk zu kümmern brauchte. Er würde das, was er suchte, auf dem zweiten finden.

Er ging nach rechts in das Schlafzimmer, das nach vorn herausging. Das war es. Eine pinkfarbene Bettdecke und ein Ankleidetisch, alte Puppen, Mädchenkleider. Vor dem Panoramafenster bildeten blaßgrüne Blätter einen Schirm. Vor Tagen waren die Blätter noch kleiner gewesen, der Blick auf den Fluß freier. Durch Lücken zwischen Büscheln von Blättern sah er das Wasser, das Kliff, das Feld. Aber wer war Zeuge seiner Tat geworden? Das Mädchen, von der Schule zu Hause, weil es krank war? Oder die Mutter, während sie sich im Zimmer des Mädchens aufhielt? Beide? Keiner von beiden?

Hatten sie mit der Polizei gesprochen? Wenn ja, dann hatte er nichts davon mitbekommen. Er vermutete, daß die Frau die einzige Zeugin war und daß sie beschlossen hatte, die Familie zu schützen und nichts zu unternehmen.

Aber sie hatte Deena kontaktiert. *Wie?* Sie konnte die Reuschels durch Zeitungsberichte über Tims Tod ausfindig gemacht haben. War das der Grund, weshalb Deena glaubte, Tim sei ermordet worden? Weil die Frau es ihr gesagt hatte?

Das andere Fenster führte zu dem Lehmweg hinaus. Die Frau stand unten an der Straße und blickte zum Haus herauf. Er achtete darauf, daß er sich seitlich hielt und sein Körper vom Vorhang verdeckt wurde, als er zu ihr hinuntersah. Dadurch, daß sie jetzt in die Sache verwickelt war, hatte sie alles verdorben, und er konnte nichts dagegen tun. Er wußte nicht, welche Schritte sie bereits gegen ihn unternommen hatte, mit wie vielen Leuten sie gesprochen hatte. Es lag nicht mehr in seiner Hand.

Man konnte ihn finden. Finden und bestrafen, ihm sein Leben nehmen. Deena würde niemals ihm gehören.

Die Frau wandte sich zur Straße um. Ein Schulbus, noch ein ganzes Stück entfernt, kam auf sie zu. Wenn sie jetzt mit ihm im

Haus wäre, würde er eine Geldsumme von ihr fordern, für den Schaden, den sie angerichtet hätte.

Er trat vom Fenster weg und schlich durch den zweiten Stock. Eines der Schlafzimmer gehörte eindeutig einem Jungen, und eines schien das Elternschlafzimmer zu sein. Keines führte auf den Mordschauplatz hinaus. Am äußersten Ende, ganz hinten im Gang, blieb er stehen, und sein Blick fiel in so etwas wie ein Krankenzimmer. Medikamente standen aufgereiht auf einer Kommode. Eine Bettpfanne auf einem Holzstuhl. Eine Gehhilfe am Fußende des Bettes. Die Form eines zierlichen Körpers lag unter den Laken. Er trat ein wenig näher heran, sah jetzt mehr vom Bett. Noch immer sah er kein Gesicht, aber es schien ihm, daß die Person schlief, weil der Körper sich absolut nicht bewegte. Vorsichtig beugte er sich nach vorn. Der Kopf gehörte einer alten Frau, runzlig und mit weißen Haaren. Ihre Augen waren geschlossen. In dem Augenblick, in dem er sie ansah, öffneten sie sich und fixierten ihn voller Schrecken.

Ein Fehler, daß sie ihn gesehen hatte.

Er mußte blitzschnell handeln. Es war Wahnsinn, sie so zurückzulassen, da sie ihn identifizieren konnte. Er ging auf sie zu, seine Angst und seine Wut verstärkten sich so plötzlich, daß alles um ihn herum still wurde. Nichts drang mehr zu ihm, außer diese schwarzen Augen, die ihn unerklärlicherweise zu erkennen schienen.

Ihr Mund klappte auf. Ihre Kehle und ihre Zunge begannen zu zucken. Ihre Brust hob sich, und ein unmenschlicher Schrei schnitt durch seinen Körper. *Aaaaarrraaah.* Die Angst in ihren Augen war wildem Zorn gewichen. *Eeeehhhrrraaaa. Awwwaaaa.* Sie wußte, was er getan hatte und wer er war, sagte sie. *Jaaaarraaaa. Waaaarraaa.* Die scharfe, verzerrte Sprache hämmerte auf ihn ein. Über sie gebeugt, spürte er, wie die Schwingungen ihrer Stimme tief in sein Gehirn drangen, seine Gedanken und Überlegungen abwürgten. Ihr Arm schnellte hoch, runter, hoch, runter und läutete eine Glocke. Ihr Lärm prallte gegen ihn, die Wände, die Decke.

Von irgendwoher antwortete eine Klingel mit einem schrillen andauernden Ton und holte ihn wieder zurück. Er war hier in Gefahr. Dieser alten Frau etwas anzutun, würde nichts anderes als Rache nach sich ziehen. Sie konnte offensichtlich nicht sprechen. Sie mußte einen Schlaganfall gehabt haben. Sie konnte niemandem sagen, wie er aussah, sie war keine Bedrohung. Und sie konnte ihn nicht erkannt haben – sie lag im falschen Zimmer. Konnte ihn nicht gesehen haben, konnte nicht gesehen haben, was er getan hatte. Ihr Fenster führte zur falschen Seite hinaus. Sie kippte zur Seite, immer noch läutete sie die Glocke, ihre Augen klagten ihn an, ihre gurgelnden Worte zerrten an ihm. Er nahm die Stufen im Laufen, begriff, daß die andere Klingel das Läuten des Telefons war.

Das Geschrei von Kindern hallte bereits in der Garage. Dort konnte er nicht hinaus. Es blieben ihm nur noch Sekunden. Er öffnete die Küchentür. Die warme Nachmittagsluft hüllte ihn ein, als er hinausfloh und die Tür leise hinter sich ins Schloß zog.

15

Sie hatte die richtige Nummer. Mimis Glocke läutete im Hintergrund. »Arlene?«

»Ja?«

»Hier ist Deena. Ist es ungünstig im Augenblick?«

»Ich bin gerade mit den Kindern hereingekommen, und Mimi ruft nach mir.«

»Okay. Aber bitte, könnten Sie mir sagen – hat sie noch etwas zu dem Truck gesagt?«

»Ja. Ich habe es aufgeschrieben. Haben Sie die Nachricht nicht bekommen?«

»Nein.«

»Sie steckt in einem versiegelten Umschlag mit Ihrem Namen

drauf. Ich habe ihn zwischen die Fliegengittertür und die Haupttür am Einstellplatz gesteckt. Etwa um eins.«

Nachdem sie das Haus mit Jon zum Spaziergang verlassen hatte. Als sie von Mike nach Hause gekommen waren, um das Auto zu holen, waren sie nicht ins Haus gegangen.

»Sie sagte, es war ein Geländewagen. Allradantrieb. Wie ein Landrover, verstehen Sie?«

»Ja.«

»Silberfarben. Sie sagte, er war glänzend silbern. Nicht grau. Hören Sie, ich muß gehen. Tut mir leid.«

Einsamkeit packte Deena, als sie in die tote Leitung lauschte. Mit der Beschreibung des Trucks besaß sie ein weiteres signifikantes Stück Information. Wenn sie nur jemanden hätte, mit dem sie darüber sprechen könnte, einen Erwachsenen, dem sie vertraute. Sie verließ die Telefonzelle und schaute durch die Schaufensterscheibe des Cameron-Toy-Shop. Jon stand in einer Ecke und bestaunte die große elektrische Modelleisenbahn, die auf den Gleisen über ihm entlangflitzte. Löcher waren in die Wände gestemmt, und der Zug verschwand durch eines von ihnen, um aus dem nächsten wieder aufzutauchen. Sie konnte Barbara anrufen, solange er noch beschäftigt war, und sie nach Einzelheiten über Paul fragen. Sie und Gene waren jetzt wahrscheinlich zu Hause.

Nein, das würde sie nicht tun. Barbara und Gene hatten zu großen Kummer. Paul war mit der Familie seit seiner Geburt befreundet. Vielleicht fanden sie ihre Fragerei beleidigend und im Augenblick fehl am Platz.

Was sollte sie tun? Sie hatte Bob Norville angerufen. Tim war unter der Erde, die Autopsie war abgeschlossen. Aber es wurden keine verfrühten Schlüsse gezogen. Sie würden langsam und akkurat vorgehen. Kein Wort darüber, wann die Resultate voraussichtlich vorlagen und wann – oder ob überhaupt – sie Nachforschungen in die Wege leiten würden.

Sie würde nicht eher nach Kalifornien zurückgehen, bevor sie es taten, und wenn sie das gesamte Beweismaterial selbst liefern mußte. Die Spuren waren hier, nicht zu Hause. Sie hatte mit ihrem Auftragsdienst gesprochen und mit Tims Büro. Außer Kondolenzschreiben und geschäftlichen Nachfragen war nichts eingegangen. Nach Hause zu fahren wäre zwecklos. Sie blieb hier und beobachtete Paul. Ihr Instinkt hatte sie zu ihm geführt. Ihr Instinkt würde die Wahrheit über ihn ans Licht bringen.

Waren die Iris auf den Eheringen, die er für sie und für Tim angefertigt hatte, zum Gedächtnis an Sarah Kincaids Tod eingraviert? Hatte ihr Tod ihn so sehr getroffen, daß sein ganzes späteres Leben davon überschattet war?

Gab es eine Verbindung zwischen ihrem und Jennys Tod? Und Tims? Waren sie alle ermordet worden? Von *Paul*?

Warum?

Wenn er sie umgebracht hatte, dann war er gerissen. Seine Planungen waren nahezu perfekt und über Jahre unentdeckt geblieben. War es naiv von ihr, wenn sie glaubte, sie könne einen solchen Menschen täuschen und zur Strecke bringen?

Plötzlich dachte sie an Martin und seine unauslöschbare Trauer um Jenny. *Ich fange an, mir einzubilden, daß ihr das jemand angetan hat. Ich möchte so verzweifelt daran glauben, daß ich es tatsächlich tue. Ich glaube es. Aber es kann nicht stimmen.*

Sie sah auf die Uhr. Vier. Martin würde noch arbeiten. Sie konnte ihn dort nicht anrufen. Er war ein zurückgezogener Mensch, er würde es hassen. Sie würde es morgen versuchen, bei ihm zu Hause, und hoffentlich hängte er nicht ein, wenn sie anfing, ihn über Paul auszufragen.

War es das richtige, jetzt zurück zum Haus zu fahren? War Paul im Begriff vorbeizukommen? Sie durfte ihn nicht unterschätzen. Sie tippte an die Scheibe des Spielzeugladens und winkte Jon, daß er herauskommen sollte. Er zeigte auf den Zug. Sie nickte.

Paul würde sie nicht bekommen. Welche angeborenen Talente Paul auch immer besitzen mochte, sie hatte mehr. Was immer er für Gefühle haben mochte, ihre waren stärker. Wenn er Tim getötet hatte, würde sie ihn kriegen und ihn zur Strecke bringen.

Jon kam aus dem Laden, drückte sich an sie und umarmte sie.

»Komm, wir holen uns ein Eis, bevor wir das Essen einkaufen«, sagte sie und umarmte ihn ebenfalls.

»Hast du den Zug gesehen?«

»Ja. Der war wirklich toll.«

Außerdem würde sie zwei Taschenlampen kaufen, eine für das Haus und eine für das Handschuhfach im Auto. Und tanken würde sie, falls sie das Gefühl hatte, sie müsse Jon mitten in der Nacht aus der Hütte fortbringen.

16

Die Adresse war ein Sandsteinhaus in einem anständigen Viertel. Das überraschte ihn und sollte es eigentlich nicht. Er wußte es besser. Bei Gericht hatte er gelernt, daß Vorurteile mit die nutzlosesten Dinge waren, die man mit sich rumschleppen konnte. Sie hielten einen vom Sehen ab.

Niemand kam an die Tür. Er hatte den ganzen Weg hierher umsonst gemacht. Was Carmela zugestoßen war, ging ihn sowieso nichts an. Ihre Familie würde sein Eindringen ablehnen. Warum sollten sie mit ihm sprechen, selbst wenn sie zu Hause waren?

Er hätte den Pferdeschwanz abschneiden sollen. Er sah immer noch wie ein Penner aus. Die Leute wechselten häufig die Straßenseite, wenn sie Martin auf sich zukommen sahen. Er mußte irgendwie einen verstörten Gesichtsausdruck haben. Sie wandten den Blick ab und liefen schnell an ihm vorbei. Was war es nur? Im Spiegel bekam er ihn nie zu fassen.

Er saß auf den Stufen vor dem Haus der Azañas, die Hände in den Taschen seines Trenchcoats, durch seine Kleider spürte er die Kälte des Steins. Kochgerüche zogen vorbei und machten ihn hungrig. Zwiebeln, Steak, Knoblauch. Er *war* ein Penner, preßte ständig die Nase ans Glas und war unfähig, ernstzunehmende Beziehungen zur menschlichen Rasse aufzunehmen.

Die Dämmerung senkte sich über die Häuser, und die Stille der Abendessenszeit setzte ein. Die Bürgersteige leerten sich. Aus dem Haus der Azañas drang leises Lachen. Er stand auf und schaute zu den Fenstern. In einem der hinteren Räume im Erdgeschoß war Licht. Er klopfte erneut, denn er fand keine Klingel. Niemand kam.

Seit sie aus der Stadt heraus waren, hatte Jon leise gesungen, Kindergartenlieder über böse Bären, Mama-Marienkäfer und dünne Schweinchen. Immer wenn er mit einem zu Ende war, applaudierte er sich selbst und verbeugte sich aus Spaß. Als sie durch die letzte Kurve vor der Hütte fuhren, brach er mitten im Satz ab und folgte Deenas Blick zu dem roten Auto in der Zufahrt. »Paul ist hier!« sagte er.

So früh. Hatte er heute nicht gearbeitet? Sie hatte frühestens nach dem Abendessen mit ihm gerechnet.

Was war, wenn er Arlenes Nachricht gefunden hatte? Sie steuerte das Auto den Hügel hinunter, an seinem vorbei. Der Umriß von seinen Schultern und seinem Kopf hinter den dunkel getönten Scheiben erfüllte sie mit Vorahnungen. Warum saß er nur so da?

Noch bevor sie den Motor abgestellt hatte, war Jon aus dem Auto heraus und rannte los. Sie beobachtete im Rückspiegel, wie Paul sich ihm in den Weg stellte, ihn hochhob und grinste. Jon tätschelte Pauls Wangen, während sie sich unterhielten. Sie verstand nicht, was sie sagten, aber in der Art, wie Paul ihn hielt, lag Zuneigung. Schuldgefühle meldeten sich. Was, wenn Paul unschuldig war? Er kam jetzt auf sie zu, Jon immer noch auf dem Arm. Sie packte ihre Handtasche, aber bevor sie die Tür geöffnet hatte, war er da und öffnete sie. Er stand so dicht davor, daß sie ihn berühren mußte. *Sieh ihm in die Augen.* »Hallo, Paul.«

Seine Augen wirkten arglos. »Wie geht es dir, Deena?«

»Okay soweit.«

»Ich dachte, du und Jon, ihr wärt vielleicht einsam, also hab ich um drei Uhr Schluß gemacht und bin hier raufgefahren.«

Sie nickte. Paul setzte Jon ab und holte die Tüte mit den Lebensmitteln vom Rücksitz. Zum ersten Mal fiel ihr der kraftvolle Bau seines Oberkörpers auf. Seine mächtige Brust und der dicke Bizeps paßten zu einem Gewichtheber.

»Wir haben heute deinen Garten besichtigt«, sagte Jon. »Du hast ja Millionen von Blumen. Zu viele!«

Paul zögerte den Bruchteil einer Sekunde und lächelte dann. »Du hast recht. Es sind zu viele.«

»Warum gibst du nicht welche weg?«

Er legte eine Hand auf Jons Kopf. »Wenn du welche möchtest, gebe ich sie dir. Pflanz sie bei deiner Großmutter in den Garten. Hast du Lust?«

»Na klar.«

Ganz normale Neckereien. Neckereien eines ganz gewöhnlichen Mannes, eines vertrauten Nachbarn. Paul fuhr keinen silbernen Truck. Er war nicht unheimlich. Er war nicht derjenige, den sie suchte. Verlegen wegen ihrer Gedanken suchte sie in ihrer Handtasche nach dem Hausschlüssel und ging die Stufen hinauf.

»Ißt Paul Spaghetti mit uns?« fragte Jon.

Sie entriegelte die Fliegengittertür, zog sie vorsichtig auf und suchte die Türschwelle nach der Nachricht ab.

»Tut er das?«

Sie griff in die Küche und schaltete das Licht auf der Veranda ein.

»Mom?«

Keine Nachricht.

»Mom!«

»Hast du Lust, Paul?« fragte sie mit ruhiger Stimme, während er die Lebensmittel zum Küchenschrank brachte.

»Sehr gern«, antwortete er, ohne sich umzudrehen.

Der Garten hinter dem Haus war winzig und von einem stämmigen Beagle an einer Kette mit Beschlag gelegt. Martin begutachtete ihn im Zwielicht. Der Schwanz und die Ohren standen hoch und bewegten sich. Der da würde nicht beißen, würde nicht mal bellen, darauf wettete er. Martin ließ ihn seine Schuhe beschnüffeln und ablecken und streichelte dann die seidigen Ohren des Hundes. Hunde mochten ihn aus irgendeinem Grund. Mit Hunden hatte er noch nie Probleme gehabt.

Menschen waren eine andere Geschichte. Und er hatte den Eindruck, daß diese Versammlung ein besonders schwieriges Publikum werden könnte. Mehr als ein halbes Dutzend Typen schwirrten im Lärm der Küche umher, keiner von ihnen sprach Englisch. Er hockte sich neben den Hund und flüsterte:

»Hungrig?« Der Hund fiepte und stemmte seine Vorderpfoten gegen Martins Brust. »Okay, Lassy.« Martin klopfte seine Taschen ab und förderte ein Päckchen Cracker zutage, die vom Mittagessen übriggeblieben waren. Er wickelte sie aus und verfütterte sie an den Beagle. Der Hund verstand Englisch. Ein gutes Zeichen dafür, daß es im Haus noch jemanden gab. Ein Lichtstrahl nagelte ihn in seinem grellen Schein fest. »Quien es?« rief ein Mann mittleren Alters vom Türrahmen aus Martin zu.

»Mi nombre es Martin Trayne.« Brillant. Es klappte. Ein bißchen mehr Übung, und er könnte es.

Der Mann beriet sich mit mehreren anderen Männern in der Küche. Martin verstand kein Wort davon, aber ihr Tonfall verriet Vorsicht.

»Por favor, señor, kann ich mit Ihnen sprechen?« rief Martin. *Das war nicht richtig.* Darf ich... Wie sagte man das?

»Worüber?« Ein jüngerer Mann jetzt, die Hände in die Hüften

gestemmt. Ein Durchbruch. Er konnte in Englisch weitersprechen.

»Carmela Azaña.«

Stille. Im Hintergrund Gemurmel, dazwischen weibliche Stimmen. Wieder Stille.

»Ich habe geklingelt, aber niemand hat aufgemacht«, sagte Martin, während er näher an das Haus heranging. Er hielt die Hände hoch, damit sie sahen, daß er keine Waffe bei sich trug. Der junge Mann öffnete die Fliegengittertür und hielt sie mit dem Fuß auf, eine Geste, die Martin als Aufforderung auffaßte, einzutreten. Der andere Mann wich zurück.

Martin stand mitten auf der Bühne. Jede Person in der Küche musterte ihn sorgfältig, als er eintrat. Er hatte die Vorbereitungen für eine Mahlzeit unterbrochen. Schüsseln mit dampfendem Essen standen auf den Küchenmöbeln. Hinter dem Durchgang zum Eßzimmer stand ein langer Tisch, gedeckt mit weißem Leinen.

Die Frauen schienen besonders von Martins Gegenwart bewegt zu sein. Er vermutete, daß eine von ihnen Carmelas Mutter war, die mit dem wunden verletzten Blick. Die anderen Frauen bezeugten ihre Achtung, schirmten sie durch die Stellung ihrer Körper sogar ab. Sie war ganz eindeutig das Zentrum der Versammlung.

»Bin ich hier richtig? Sind Sie Carmelas Familie?«

Der junge Mann nickte.

Seine Geschichte kam ihm auf einmal lahm vor. Er war kein Detektiv oder Reporter. Er war eine Art Kuriositätensammler. Ein Fremder, der Informationen haben wollte, die ihn nichts angingen. Und er schürte ihren Kummer.

Jenny, wunderlich und scheu, drehte sich vor ihm im Kreis. Die Erscheinung war so deutlich, daß sie ihm die Stimme raubte. Er legte eine Hand an seine Kehle.

Ihre Gesichter wurden unscharf. Niemand rührte sich.

»Ich war verlobt«, sagte er stockend, »mit einer Frau... die ertrunken ist... vor unserer Hochzeit. Ihr Name war Jenny Cunningham.«

Der junge Mann begann, leise spanisch zu sprechen, seine Sätze kamen wie ein Echo. Martin begriff, daß er übersetzte.

»In den vergangenen Jahren habe ich begonnen, mich zu fragen, ob Jenny vielleicht ermordet worden ist. Sie ist ertrunken, während sie allein schwimmen war, in einem See, vor sieben Jahren. Seit damals sind mir eine Reihe Zeitungsartikel von anderen Frauen etwa gleichen Alters zu Gesicht gekommen, die ertrunken sind, während sie allein waren. Ich habe mich auch bei ihnen gefragt, ob sie vielleicht ermordet wurden. Möglicherweise von derselben Person. Ich bin hier, um einige Fragen bezüglich Carmela an Sie zu richten. Ich hoffe, meine Fragerei macht Sie nicht ärgerlich. Ich muß Frieden finden. Ich muß fragen.«

Er machte eine Pause. Nichts von dem, was er gesagt hatte, löste Überraschung bei ihnen aus. Sie musterten ihn intensiv.

»Das erste, was ich fragen möchte, ist, ob sie verlobt war. Alle Frauen, die umgekommen sind, waren verlobt. Außer... bei Carmela bin ich mir nicht sicher.«

Das wurde nicht sofort übersetzt. Der junge Mann sah Martin mißtrauisch an. Als die Übersetzung kam, hatte sie einen Beiklang. Obwohl Martin kein Wort verstand, verwirrte ihn die offensichtliche Änderung im Tonfall. Die Leute sahen ihn nervös an. Der Übersetzer schien ihre Erlaubnis abzuwarten, antworten zu dürfen. Martin nahm an, daß Carmela tatsächlich verlobt gewesen war, aber aus einem bestimmten Grund war das Thema tabu. Hatte der Verlobte Carmela abgewiesen? War ihr Tod ein Selbstmord gewesen?

»Bitte«, sagte Martin zu dem Mann. »Ja oder nein?«

Eine Art Zeichen durchlief die Gruppe. »Ja.«

»Ist es möglich, daß ich mit ihrem Verlobten spreche? Ist er hier?«

Nachdem das übersetzt war, spürte Martin, wie er taxiert wurde. Sie beurteilten ihn und versuchten zu entscheiden, ob sie ihm vertrauen konnten. Was war ihr Geheimnis? Wenn er sich nur trauen würde, die Leute so anzustarren, wie er es bei Gericht tat, dann würde er dieses Schauspiel in seine wesentlichen Teile zerlegen und begreifen können, was dahintersteckte. Einen Augenblick lang war ihm unwohl. Dann wagte er, sie sich genauer anzusehen, bemerkte Ähnlichkeiten und wies Rollen zu: die Mutter, der Vater und ihre beiden erwachsenen Töchter. Ein Sohn im Teenageralter war der Übersetzer. Eine Tante, vielleicht die Schwester der Mutter. Über die anderen drei Männer, die zusammenstanden, war er sich nicht ganz im klaren. Sie schienen nicht verwandt zu sein mit der Familie. Zwei waren möglicherweise Freunde oder Ehemänner der Töchter. Der dritte... unterschied sich sehr deutlich vom Rest der Versammlung. Mitte Zwanzig, schwarz gekleidet und mit der düsteren Förmlichkeit eines Menschen, der doppelt so alt war wie er. Schnell sah Martin ihn sich noch einmal an. Kummer in den Augen, um die Mundwinkel. *Der Verlobte? Carmelas Verlobter?* Konservative Kleidung, nicht genauer klassifizierbar. Trauerkleidung? Nichts blinkte, außer einem goldenen Ring am kleinen Finger. Und ein identischer Ring am nächsten Finger. Eheringe? Seiner und ihrer? Die Ringe, die sie nicht hatten tragen können, weil Carmela umgekommen war, bevor sie geheiratet hatten?

Schock, als Martins Augen sie genauer ins Visier nahmen, ihre matt funkelnden Muster. Es waren exakt die gleichen wie diejenigen, die Paul für Jenny und Martin gemacht hatte. Und für Tim und Deena.

Dann trat der Mann vor.

17 Das *Feuer* war wieder da. Ganz allmählich war es in den äußeren Rand seines Blickfeldes gesickert. Er wußte, warum es zurückgekommen war. Jon saß neben ihm auf dem Fußboden in Tims altem Zimmer, Deena in der Ecke.

»Wir brauchen Schiffe. Gibt es Schiffe?« sagte er zu Jon.

Jon kroch hinüber zur Kommode und durchsuchte die Spielsachen in der oberen Schublade. »Ja!« Er ließ zwei auf den Teppich fallen. Ein Schlepper und eine Fähre.

Paul nahm sie und setzte sie auf den Handspiegel, den sie als Ozean benutzten. Sie waren gealtert wie die anderen Spielsachen, ihre Farbe war verblaßt und abgesprungen seit den Tagen, als Paul und Tim mit ihnen gespielt hatten. »Was noch?«

Jon betrachtete das Miniaturland, das sie gebaut hatten, den Flughafen und die Flugzeuge auf dem Bett und das Geflecht von Straßen und Autos, das den Teppich bedeckte und zwischen Häusern, Kirchen und Tankstellen verlief. Er seufzte.

»Wirst du müde?«

»Nein.«

Deena sprach zum ersten Mal seit einer Stunde. »Noch ein paar Minuten, Jon, dann müssen wir aufräumen.«

»Ich bin nicht müde.«

»Es ist beinahe Zeit fürs Bett.« Sie stand langsam auf und ging in die Diele. Sekunden später schloß sich die Badezimmertür.

Jon kletterte auf Pauls Rücken. »Kommst du morgen wieder?«

Paul lehnte sich vor und zog ihn sachte nach vorn, bis er einen Purzelbaum machte. »Wenn du möchtest. Wenn deine Mom es möchte. Sie scheint ein bißchen nervös zu sein heute abend, meinst du nicht?«

»Ja.«

»Deine Großmutter Reuschel hat mir gesagt weshalb.«

Jon lag auf dem Rücken und betrachtete Paul neugierig. »Warum?«

»Du weißt es.«

Das zeigte Wirkung. Deena mußte dem Kind etwas gesagt haben.

»Stimmt's?«

Jon nickte zaghaft.

»Aber deine Mom hat es mir nicht selbst gesagt. Deshalb werde ich nichts zu ihr sagen. Ich frage mich nur, ob sie sich sicher ist. Glaubst du, sie ist sich sicher?«

Jon sah ihn unbehaglich an, ohne zu antworten.

Sie konnte es beweisen. »Wird schon okay sein.« Er tätschelte Jons Bein. »Komm, wir räumen alles auf.« Er zog den Plastikkorb aus dem Wandschrank und fing an, das Spielzeug hineinzuwerfen.

18

»Ich hab's begriffen, Mart, aber du weißt verdammt gut, daß wir das nicht tun können. Wir können nicht einfach auf einen wilden Verdacht hin jemandes Sachen durchwühlen. Wir brauchen einen Durchsuchungsbefehl. Ich versuche einen zu kriegen, ich tu's für dich. Aber es ist Freitag nacht. Es ist Wochenende. Das braucht Zeit.«

Es war unfreundlich auf der Straße, Ruß fiel auf ihn, während der Verkehr vorbeizischte. Diese Unterhaltung führte nirgendwohin. Er hätte sich gar nicht erst damit abgeben sollen, Flanders anzurufen. »Hilfst du mir, Ed, oder nicht?«

»Ich helfe dir.«

»Jetzt. Ich meine JETZT.«

»Ich helf dir suchen, aber nicht ohne Durchsuchungsbefehl. Du mußt es richtig anfangen, sonst greift es nicht. Das ist das wichtigste. Es muß greifen.«

»Ich bin hier draußen.« Das weiße Licht auf dem Dach eines Taxis wechselte die Spur und kam zu ihm herüber.

»Bleib dran. Vermassel es jetzt nicht. Mart? Mart? Bleib dran. Bleib eine Minute dran.«

Martin hängte den Hörer an die Gabel. Er schwang noch hin und her, als sein Taxi davonfuhr.

Jon schlief auf seiner Schulter, aber Paul wollte nicht aufhören, ihn hin und her zu wiegen. Wenn er aufhörte, mußte er die andere Reise antreten. Das *Feuer* wartete, überlegen, geduldig, weise. Wartete darauf, Deena zu empfangen.

Er hatte einiges verpfuscht. Er hatte die Gaben verschmäht, die man ihm zugedacht hatte. Und das war die natürliche Konsequenz: Sein Truck war am See gesehen worden. Sein impulsiver Ungehorsam hatte ihn zum ersten Mal für einen Zeugen sichtbar gemacht. Die Frau hatte den Wagen in der Nachricht für Deena perfekt beschrieben, die Nachricht, die jetzt in seiner Tasche war. Konnte sie auch *ihn* beschreiben?

Er würde sich nicht fangen und ins Gefängnis stecken lassen. Er konnte eine Existenz unter der Willkür eines Gefängniswärters nicht akzeptieren, beherrscht und verhöhnt zu werden. Wie viele weitere Zeugen gab es? Wieviel wußte Deena? Die Situation war zu komplex für ihn geworden, um sie allein zu lösen. Nur das *Feuer* konnte alles auslöschen und ihn erlösen.

Deena saß in eine Decke gewickelt auf der Couch und beobachtete mit sanften Augen, wie er das Kind wiegte. Der honigsüße Duft ihres Haares eine Versuchung, die lieblichen reifen Kurven ihres Körpers eine Verlockung. Er durfte nicht schwanken. Er mußte zurück und neu anfangen. Sie opfern. Die Dinge wieder in Ordnung bringen.

»Mrs. Swenk. Mrs. Swenk!« Schweißgebadet hörte Martin auf, mit der Faust gegen ihre Tür zu hämmern und lehnte seine Stirn enttäuscht gegen den Türpfosten. »Mrs. Swenk!« Sie mußte einfach da sein. Sie ging niemals irgendwohin. »Mrs. Swenk!«

Klong. Sie hatte das Ding auf der anderen Seite gegen die Tür gestellt. Er malte sich immer aus, wie sie sich auf einen Hocker stellte, um durch den Spion zu sehen. *Pamm, pamm.* Sie kletterte drauf. Gott sei Dank.

Er trat zurück, damit sie ihn gut sehen konnte. Erkannte sie ihn ohne Bart? »Mrs. Swenk, ich bin's, Martin Trayne. Bitte, machen Sie auf.« Respektvoll blickte er auf den runden Glaspunkt. »Machen Sie die Türe auf, bitte!« *Knarr.* »Mrs. Swenk, bitte! *Bitte!*«

Er war ein Untersuchungsobjekt unter ihrem Mikroskop. Er zog seine Krawatte gerade und versuchte, ansprechend auszusehen.

Quietsch. Sie stieg herunter und bewegte den Hocker. Er zählte bis neun. Die Schlösser begannen zu klicken. Er strich seinen Mantel glatt, sein Haar. *Wamm.* Sie betrachtete ihn durch den Türspalt. Mißbilligung.

»Mr. Trayne, es ist nach zehn Uhr. Was wünschen Sie?«

»Ihr Auto. Ich muß es leihen.«

»Nehmen Sie sich einen Leihwagen.«

»Ich habe keine Zeit. Es handelt sich um einen Notfall.«

»Nein, Mr. Trayne. *Nein.*« Sie versuchte, die Tür zuzustoßen, aber er hatte einen Fuß dazwischen.

Die Schlüssel waren an dem Brett direkt neben ihr. Innerhalb seiner Reichweite. Seine Hand schoß durch die Öffnung und riß sie vom Haken.

19

Wenn sie Paul noch ein paar Minuten täuschen konnte, nur noch ein paar Minuten, dann war es überstanden. Er würde gegangen sein, und sie hatte eine Chance zu verschwinden, wegzulaufen und Jon mitzunehmen. Sie stand am Bett, als Paul Jon hineinlegte. Jon schlief fest, war völlig entspannt. Es würde schwierig werden, ihn schnell auf die Beine zu bekommen. Vielleicht konnte sie ihn tragen. Es würde riskant sein, den Wagen zu benutzen. Paul könnte es hören, wenn sie ihn anließ.

Der Schall trug in klaren Nächten weit über den See. Und er würde nicht weiter weg sein als das Haus seines Vaters.

Daß sich die ganze Sache so schnell zuspitzen würde, hatte sie nicht vorausgesehen. Als sie festgestellt hatte, daß Paul die Nachricht genommen hatte, saß sie in der Falle. Während des Essens und den ganzen Abend über hatte er sie vorsichtig und, wie sie es nennen würde, sehnsuchtsvoll angesehen. Sie spürte jetzt deutlich seine launige, verschlagene Art und hatte den ganzen Abend daran gearbeitet, seine Gefühle ruhig zu halten. Blitzschnell könnte er auf sie losgehen.

Langsam ging sie hinter ihm die Treppe hinunter. Er würde bestimmt gehen. Es war fast elf Uhr. Mitten in der Küche blieb er stehen. Sie wünschte, sie könnte sein Gesicht sehen. Sie mochte es nicht, wenn sie sein Gesicht nicht sehen konnte.

Sein Ausdruck war abwesend und gleichzeitig entschlossen. Er streckte seine Arme nach ihr aus. *Sie hatte das alles mit dem Brunch in Bewegung gesetzt, ihre Einladung und ihre Aufmerksamkeit Paul gegenüber. Sie hatte ihn in gewisser Weise dazu verleitet. Und er hatte Tim umgebracht, um sie zu bekommen.*

Sie ging auf ihn zu. Er legte seine Hände auf ihre Oberarme. Dann war sein Körper an ihrem, und er streichelte ihren Rücken. Schwach vor Angst legte sie ihre Wange an seine Schulter. Er wollte ihre Zuneigung. Solange sie bereit war, sie ihm zu geben, würde er Jon und ihr nichts tun. Sie mußte ihn tun lassen, was er wollte.

Seine Lippen senkten sich auf ihre. Es war der Kuß eines Liebhabers, voller Versprechen und Lust. Tränen brannten wie Säure in ihren Augen. *Du verfluchter Hurensohn.* Er verschränkte seine Arme auf ihrem Rücken, drückte sie an seine Brust und an seinen Bauch. Als er losließ, sah sie Jon hinter ihm im Eßzimmer. *Sie war verloren, sie fiel, fiel, fiel. Verloren.* Sie blinzelte, um die Tränen zurückzuhalten. Jon war verschwunden. Hatte sie ihn wirklich gesehen?

Paul küßte sie auf die Stirn. »Gute Nacht.«

»Gute Nacht.« Sie küßte ihre Fingerspitzen und legte sie an seine Wangen. Dann stand sie an der Tür und winkte ihm zu, als er abfuhr.

Jon war auf der Treppe, saß oben auf den Stufen, sein Gesicht war naß von Tränen. Sie stieg zu ihm hoch und setzte sich neben ihn. Sie lehnten sich aneinander. Sie war so müde, so müde. »Jon, ich muß dir etwas sagen. Über Paul.«

»Wolltest du, daß er das bei dir tut?«

»Nein. Aber...« Wieviel sollte sie ihm sagen? »Es war wichtig, daß er nicht traurig wurde.«

»Warum?«

»Weil – Paul ist durcheinander. In seinen Gefühlen. Er empfindet schlecht in seinem Innern. Und ich glaube, daß das manchmal dazu führt, daß er Menschen weh tun möchte. Es kann sein... daß er derjenige ist, der Dad weh getan hat.«

»Ich würde ihn schlagen, wenn er das getan hat.«

Sie legte seinen Arm um ihn. »Ich auch.«

»Wird er *uns* auch weh tun?«

»Nein. Weil wir heim nach Kalifornien fahren. Sobald die Sonne herauskommt. Wir lassen die Polizei auf ihn aufpassen.«

»Warum fahren wir nicht jetzt?«

»Weil er uns vielleicht beobachtet. Ich möchte es nicht in der Nacht versuchen. Morgen früh tun wir so, als ob wir einkaufen gingen. Wir nehmen nicht mal unsere Koffer mit.«

»Was ist denn, wenn er versucht hereinzukommen, während wir schlafen?«

»Das wird er nicht. Es gibt keinen Grund für ihn, das zu tun. Ich habe dafür gesorgt, daß er sich glücklich fühlt. Das ist es, was er wollte.«

»Er hat mich gefragt, ob du dir sicher bist.«

»Sicher womit?«

»Irgend etwas, das Großmutter Reuschel ihm gesagt hat.«

»Und was war das?«

»Ich weiß es nicht. Vielleicht was über Daddy.«

»Was hast du geantwortet?«

»Nichts.«

»Gut.« Er konnte kaum noch den Kopf gerade halten. »Komm zurück ins Bett und laß uns kuscheln.« Sie nahm ihn an der Hand.

»Du sollst bei mir bleiben, Mom.«

»Mach ich.«

»Die ganze Nacht.«

»Mach ich.«

»Ich mag Paul nicht mehr, Mom.«

Paul parkte im Gebüsch am Badestrand. Das hölzerne Floß, von bleichem Mondlicht überflutet, war der einzige graue Fleck in einem schwarzen See. Er konzentrierte sich darauf, versuchte seinen Zorn zu kontrollieren. Deena hatte ihn herablassend behandelt. Sie wußte, was er getan hatte. Wenn sie es nicht gewußt hätte, hätte sie nicht zugelassen, daß er sie küßte. Sie war zu anständig für so etwas.

Er wäre bereit gewesen, sie zu retten, sich dem *Feuer* zu widersetzen. Aber sie war treulos, falsch wie alle anderen.

20

Barbara ließ sich auf der Längsseite in den dunklen Swimmingpool gleiten. Die Solarzellen hatten ihn, während sie fort waren, auf konstanten zweiundzwanzig Grad gehalten. Sie war immer dankbar für den Luxus ihres Swimmingpools in Florida, aber heute abend mehr denn je. Schwimmen vor dem Zubettgehen entspannte sie. Vielleicht würde sie schließlich doch ein wenig Schlaf finden. Sie glitt durchs Wasser und ließ sich auf dem Rücken treiben. Tim war ein Zittern in ihrer Brust.

Jenseits des Fliegenschutzes trieben Hunderte von Sternen in der schwarzen Nacht. Wo war er jetzt, ihr Junge?

Und Deena und Jon... Was würde aus ihnen werden ohne den Anker seiner Liebe?

Jon... und Deena...

Den ganzen Tag über, auf den Flughäfen und im Flugzeug, hatte Barbara versucht zu überlegen, welches Wissen sie besitzen mochte, das ihrer Schwiegertochter helfen konnte. Wenn Barbara glaubte – wie sie Deena gesagt hatte –, daß Tim ermordet worden sein könnte, dann mußte sie auch an die Idee glauben, daß die drei Todesfälle durch Ertrinken möglicherweise zusammenhingen. Sie mußte ihre eigene Blockade überwinden und nachdenken.

Barbara war nicht in der Hütte gewesen, als Sarah ertrank. Es war im Frühjahr passiert. April? Sie und Gene hielten sich mit Tim in ihrer Winterwohnung in Manhattan auf. Er war damals zwölf Jahre alt gewesen, Gail zwanzig, verheiratet und aus dem Haus. Patty Cunningham hatte angerufen und die tragische Nachricht übermittelt. Barbara hatte Sarah nicht besonders nahegestanden – Sarah hatte nur Mike nahegestanden. So daß Barbara eher Kummer wegen Paul empfand als wegen Sarah. Er hatte seine Mutter angebetet, und, wie vorherzusehen war, ihr Tod schmetterte ihn völlig nieder. Er veränderte seine Persönlichkeit ernsthaft und bleibend.

Und Jenny? Barbara war mit der ganzen Familie am See gewesen, als sie starb. Juli. Es war im Juli. Einzelheiten von dem Morgen waren verschwommen, bis auf diejenigen aus der Zeit, nachdem man sie gefunden hatte. Die waren schrecklich lebendig. Tim und Martin waren völlig gelähmt und schluchzten unkontrollierbar, fast selbstmörderisch. Es brauchte ihre und Genes gesamte emotionale Reserven, um sie wieder auf die Beine zu bringen.

Und was war mit Paul? Sie erinnerte sich nicht mehr an seine

Anteilnahme während der unglaublich harten Zeit des Zorns und der Schuldgefühle, die die anderen beiden Jungen über Wochen heimgesucht hatten. Er schien getroffen zu sein, sicherlich. Aber auf ganz andere Weise.

Pauls Vater und Martins Eltern hielten sich während der stürmischen Zeit im Hintergrund. Sie erinnerte sich, wie sie gedacht hatte, daß die Situation Mike Kincaid umgeworfen haben mußte, weil sie ihn auf das schrecklichste Ereignis seines Lebens zurückwarf. Martins Eltern waren, nun ja, gefaßt. Sie waren immer gefaßt. Das war ihre Art.

Barbara glitt langsam durch das Wasser, vor und zurück, von einem Ende zum andern. Die Übung wirkte sich auf ihre Muskulatur aus, entspannte ihren Rücken und lockerte ihre Gelenke. Sternbilder stiegen langsam auf, diagonal über ihr. Spektakulär. Ein Schauspiel. Das gleiche Schauspiel, das sie so gerne betrachtet hatte, seit sie ein Mädchen war. Der unermeßliche Raum des Universums hielt immer wieder Hoffnung für sie bereit.

Sie kletterte aus dem Swimmingpool, schlüpfte in die Ärmel ihres Bademantels und zog den Gürtel um ihre Hüfte fest. Sie haßte es, in die abgeschlossenen Räume des Hauses zu gehen. Wenn sie ein Kind wäre, würde sie ihre Matratze nach draußen holen und friedvoll unter dem sich wandelnden und trotzdem immer gleichen Himmel liegen und schlafen.

Was konnte sie Deena über Jenny erzählen? Barbara hatte versprochen zu helfen. War sie mental zu erschöpft, um jetzt eine Idee zu haben? Irgendwo in ihr schlummerte ein Hinweis, ein kleiner Fetzen eines Details aus erster Hand, das konstruktiv sein konnte. Aber welche Erinnerung war es?

Martin war zu spät gekommen, um Jenny am Badestrand zu treffen. Nichts Ungewöhnliches. Von dem Augenblick an, wo er laufen gelernt hatte, hatte er in einer abstrakten Welt gelebt, ein Träumer. Er war der Junge, der Schwierigkeiten hatte, mit dem Problem zurechtzukommen, daß man nicht den einen Ort verlassen und im selben Moment woanders ankommen konnte. Er rannte immer hinter der Uhr her.

Aber an diesem Morgen... Er war mehr als fünf Minuten zu spät, die Zeit, die er brauchte, um von zu Hause zum Badestrand zu fahren. Er war zwanzig Minuten zu spät dran gewesen. Weil...

Warum? Barbara stand am Rand des Pools und versuchte, sich genau daran zu erinnern, was passiert war. Er hatte ein wenig verschlafen. Und... Paul hatte Martins Auto am Abend zuvor ausgeliehen – das war es. Anstatt es wieder bei Martin in die Einfahrt zu stellen, hatte er es bei sich geparkt. Das hieß, Martin mußte erst per Anhalter rüber zu Paul, um es zu holen.

Hätte Paul das Auto dort abgestellt, wo es vereinbart gewesen war, dann hätte Martin vielleicht Jennys Leben retten können. Aber Paul war an diesem Abend unterwegs gewesen und hatte Bier getrunken, erzählten die Jungen, hatte sich nicht mehr so richtig unter Kontrolle gehabt. War damals auf dem College und tat, was Jungen eben so tun, wenn sie auf dem College sind.

Martin hatte Paul nicht die Schuld für das gegeben, was passiert war. Er gab sich selbst die Schuld. Immer noch.

21

Martin war einmal mit Patty Cunningham bei Gino's gewesen. Ihr hatte es dort nicht gefallen, und sie waren nach einem Drink wieder gegangen. Er mochte es auch nicht. Es hatte eine Treibsandatmosphäre. Keine Luft, nur Rauch. Verstärker mit zweitklassigem Rock an der Schmerzgrenze. Eine Menschenmenge, die jeder Feuerschutzbeamte auseinandertreiben würde, wenn er nicht auf der Gehaltsliste stünde. Zwanzig Dollar Verzehrzwang.

Es konnte eine Stunde dauern, im Gino's jemanden zu finden, alle auf den Beinen und beim Tanzen, ein Dickicht von Zuckungen und sich windenden Armen. Martin bahnte sich heftig seinen

Weg durch die Menge auf der Suche nach dem von Derek Vealey. Derek war das geografische Zentrum des Geschehens – sein natürlicher Fundort –, hüpfend und schwitzend, klatschend und sich schüttelnd vor Lachen.

22

Die kühler werdende Stelle neben ihr im Bett weckte Claire Flanders auf. Die Wiesen und Obstgärten ihres Traumes glitten hinweg, und das Knarren und Tappen vom Ankleiden ihres Mannes drang leise zu ihr. Er stand vor dem Spiegel, der bis zum Boden reichte, und knöpfte sich seine Uniformjacke zu. »Ed?«

»Schhhh. Schlaf weiter.«

»Wo gehst du hin? Es ist Samstag.«

»Nein, es ist noch Nacht.«

»Warum bist du auf?«

»Es gibt etwas, worum ich mich kümmern muß.«

Viele Jahre hatte sie mit Ankleiden in der Morgendämmerung und Abschiednehmen ertragen müssen. Sie haßte es. Die Stadt war nachts grausam. Sie hatte gelebt, als würde sie in ihrem eigenen Leben kampieren, und immer darauf gewartet, daß ihr Partner mit aschfahlem Gesicht an der Tür erschien. Fast war sie erleichtert gewesen, als es schließlich passiert war und man sie in ein stickiges Krankenzimmer gebracht hatte, um die Hand ihres Mannes zu halten und zu weinen. Sie hatten ihn fast umgebracht, die Namenlosen, und ihn auf einem Dock in Brooklyn liegenlassen. Danach war er sicher. Man wies ihn dem Gerichtsdienst zu. »Worum mußt du dich kümmern? Was ist es?«

Er setzte seine Mütze auf und zog an seiner Jacke. »Schlaf weiter.« Dann nahm er die Decke von seiner Bettseite und legte sie über ihre. »Mach's dir jetzt gemütlich.« Er beugte sich zu ihr hinunter, um sie zu küssen. Süßer Atem von seinem Kaugummi traf ihre Lippen.

Samstag

1 »Ich schulde dir was.«

»Du schuldest mir was? Du schuldest mir dein erstgeborenes Kind«, sagte Derek, als er Martin in Pauls Atelier ließ. »Ich wünschte, du würdest mir sagen, was vor sich geht.«

»Vertrau mir ganz einfach.«

»Wenn ich das nicht täte, wäre ich nicht hier.«

»Gib mir die Taschenlampe.«

»Ich halte sie für dich.«

»Ich klaue nichts, ich möchte mich nur umsehen.«

»Also sieh dich um.«

Martin durchquerte den Raum und ging hinter die Theke. Derek direkt hinter ihm. »Ich möchte den Ladentisch sehen.« Derek ließ den Strahl der Taschenlampe darübergleiten. *Sauber.* Die Schubladen waren abgeschlossen. »Die Regale dort.« *Kunstzubehör. Bücher.* »Zeig mir die hintere Wand.« *Ein Safe. Und ein halbes Dutzend große Holzfächer, alle mit Schlössern.* Martin probierte jedes einzelne von ihnen, ohne Erfolg.

»Was suchst du?«

»Seine Kundenunterlagen.«

»Die sind da drin.« Derek klopfte an die Tür von einem der Fächer.

»Scheiße.«

Derek neigte leicht den Kopf und wich zurück. »Laß uns gehen.«

»Du hast einen Generalschlüssel.«

Ein Zucken des Kinns in Martins Richtung.

»Stimmt's?«

»Woher weißt du?«

»Gut getippt.«

»Hör zu, ich kann nicht...«

»Du bist der Geschäftsführer. Du kannst tun, was du willst.«

»Aber...«

»Tu es! Das hier ist wichtig, Mann. Ich mache keine Witze.«

Derek suchte die Schlüssel an seiner Kette durch und wählte den kleinsten aus. »Und dein Zweitgeborenes auch noch«, murmelte er. Er öffnete das Schloß und zeigte auf einen langen brokatbezogenen Kasten auf einem Brett. Martin stellte den Kasten auf die Theke und befühlte den schweren Stoff. Eine Vorahnung beschlich ihn. Der in Scharnieren gelagerte Deckel ließ sich ganz leicht öffnen. Der Karteikasten war alphabetisiert, Reiter trennten die sechsundzwanzig Buchstaben. Die Karteikarten waren ordentlich und ohne Eselsohren. Sie rochen neu. Typisch Paul, so pingelig zu sein. Diese Karten würden in perfekter Reihenfolge stehen, entweder getippt oder mit Pauls akribischer Druckschrift von Hand beschriftet. »Mehr Licht.«

»Verdammter Befehlston.« Derek kam näher.

Martin las die erste Karte. Chinesische Tusche. Pauls Schrift. *Aardema, Justine, 1235 Lochmoore Circle*... Er betrachtete die detaillierte Zeichnung des Schmuckstücks, das Paul für sie angefertigt hatte. Ein silbernes Halsband mit einem rechteckigen Onyx. *Abingdon, Horace und Constance, 346 Park Avenue South, Apartment*... Eine Brosche mit traubenförmig angeordneten Diamanten.

Er wechselte nach T und suchte seinen Namen. Er war nicht da. Weder Tim noch Deena waren unter R eingeordnet. Was war mit Jenny?

»Wie lange willst du noch machen? Sie können mich in Öl sotten hierfür.«

Cuisette, Walter. Cullen, David. Cummings, Gena. Cunningham, Jennifer, 84512 Timberline Drive... ihr Ring. Sorgfältig gezeichnet mit dem Irismotiv. Kein Hinweis auf Martin und seinen dazu passenden Ring. Die Karte war datiert und mit dem Wort *Geschenk* in der unteren rechten Ecke gekennzeichnet.

Warum war Deena nicht in dem Karteikasten?

Was war mit Carmela? *Azaña, Carmela, 4431 Rem* ... der gleiche Ring. Irismotiv. Kein Carlos Leal. Auch nicht unter L.

»Mart –«

»Sei ruhig, Derek.«

Beth Pyle, das Opfer vor Carmela. War sie da? Sein Herz machte einen Satz. *Pyle, Beth Anne, 946 West 13th Street* ... Ein Hochzeitsring. Gezeichnet mit dem Irismotiv. Feine kalte Schweißperlen prickelten auf Martins Oberlippe.

»Was ist das?« Derek las über seine Schulter.

»Warte ...« Rebecca Turregano. Die vor Beth. Die Glieder seiner Finger kamen ihm riesig vor. Er hatte Schwierigkeiten, die Karten herauszuziehen. *Turregano, Rebecca, 258 Lexington* ... Irishochzeitsring.

Paul hatte Jenny umgebracht. Sie war die erste gewesen.

Er hätte es sehen müssen. Paul hatte Jenny angebetet. Niemand hatte übersehen können, wie entsetzt er gewesen war, als sie und Martin sich verlobt hatten.

War Paul auch auf den Rest eifersüchtig gewesen?

Sie würden alle hier sein. Suzanne McVaughn, Alison Hout, Marie Sietz, Deborah Lundin. Ermordet, weil sie wegen eines Schmuckstücks in Pauls Atelier gekommen waren. *Was für ein raffinierter Plan. Mein Gott.* Der Kreis der potentiellen Opfer ideal, zufällig und endlos.

Hatte Paul jede zukünftige Braut auf die gleiche Weise markiert? Martin zog eine ganze Abteilung heraus und überprüfte jede Karte. Nein. Einige der Hochzeitsringe hatten ein Blattmuster. Efeu. Er erinnerte sich nicht an die Namen. Hatte Paul bestimmte Bräute ausgewählt und andere nicht?

Es hatte keinen Sinn. Er konnte das Gehirn dieses Mannes nicht ergründen. Zuviel auf einmal, verwickelt und verwirrend.

»Das reicht«, zischte Derek. »Laß uns abhauen.«

»Eine Minute noch.«

Er steckte die Karten wieder zwischen die Reiter. Warum hatte Paul vor sechs Jahren für Deena den Irisring angefertigt, ihr aber gestattet, weiterzuleben? Sie mußte in diesem Kasten sein. Irgendwo. Noch einmal blätterte er die Rs durch. Harper. Ihr Mädchenname war Harper gewesen.

Harper, Deena, 31776 Coronado Parkway... Das Irismotiv. Er drehte die Karte um. *Reuschel, Timothy, 77 Idlewood*... Eine Zeichnung von Tims gleichem Ring. Die Bräutigame waren also auf der Rückseite. So funktionierte es.

Hatte Paul Tim *anstelle* von Deena getötet? Warum? War er das einzige männliche Opfer? Wie viele Menschen in dem Karteikasten waren zukünftige Opfer?

Es würde die ganze Nacht dauern, um es herauszubekommen.

Martin klopfte auf die Karten, bis sie wieder genau ausgerichtet waren, und stellte den Kasten auf das Brett zurück, exakt dahin, wo er gestanden hatte. Sein Atem ging schwer und flach. »Kommt Paul samstags her?«

»Ist anzunehmen. Aber das muß nichts heißen. Er sollte auch heute hier sein und war es nicht.«

»War er nicht?« *Deena.* Paul hatte sie mit dermaßen unverhohlenem Interesse verfolgt. War er bereits zum See gefahren?

Sie war in Gefahr. Paul fand sie attraktiv, und sie hatte erkennbar nichts für ihn übrig. Wenn er Tim umgebracht hatte, um sich an sie ranzumachen, dann würde er eine unliebsame Überraschung erleben. Sie sah nicht aus, als ob sie einer Konfrontation aus dem Weg ginge. Und sie wußte garantiert nicht, mit wem sie es zu tun hatte.

Oder... hatte Paul immer schon vorgehabt, auch sie zu töten?

2 Die Geräusche der Nacht schärften Deenas Wachsamkeit. Das Holzhaus schien sich mit dem Wind zu bewegen, kippte kaum wahrnehmbar, richtete sich wieder auf, kippte in die andere Richtung, richtete sich auf, seufzte. Der Wind erzeugte leises Rascheln alter Blätter an den Außenwänden und pfiff flüsternd in den Giebeln. Wenn er nachließ, setzte sich das Haus mit einem hörbaren Ticken Brett für Brett wieder zur Ruhe.

Jon lag unter der Bettdecke warm an ihr, schlief den Erschöpfungsschlaf und verfiel gelegentlich in Schnarchen. Wenn er das tat, rollte sie ihn in eine andere Lage, damit er aufhörte. Sie mußte horchen können. Horchen auf Paul.

3 Derek machte sich mit einer Serie gemurmelter Flüche Luft. Martin hatte ihn praktisch bei Gino's gekidnappt, ihn hierhergeschleppt, damit er, der Himmel wußte, weshalb, in Paul Kincaids Sachen herumwühlen konnte, und war dann abgezischt, ohne einen Ton von sich zu geben, nicht einen einzigen Ton. Er konnte nicht mal die zwei Minuten warten, bis Derek abgeschlossen hatte. Nicht mal zwei lächerliche Minuten. Herzlichen Dank. Das war eine Rattenpackgegend. Er könnte überfallen werden, wenn er aus der Hintertür kam und den Alarm wieder einschaltete. Und Martin war mit dem Auto verschwunden. Er würde sich ein Taxi heranwinken müssen. Niemand, der richtig im Kopf war, ging von hier aus zu Fuß.

Vielen Dank. Er fummelte an der Alarmanlage und drückte die Knöpfe. In der Gasse war es dunkel wie im Innern einer Kuh. Der Strahl seiner Taschenlampe verblaßte zu gelb. Großartig. Jetzt gaben auch noch die Batterien ihren Geist auf. Wunderbar. Irgendein Penner würde ihm die Kehle durchschneiden, und vor Montag würden sie nicht mal seine Leiche finden.

Er eilte dem schwachen Schein der Straße entgegen, umrundete Müllcontainer und Tonnen und behielt mit schnellen Blikken die Straße hinter sich im Auge. Wie eine Erscheinung aus einem Alptraum tauchte eine Gestalt vor ihm auf, von hinten angeleuchtet, gesichtslos. Ein Mann mit Schirmmütze. Jetzt passierte es. Das hatte er davon, daß er ein anständiger Kerl war. Durch das Alarmsystem kam er nicht schnell genug wieder rein, um sein Leben zu retten. Vielleicht konnte er einfach ein paar Knöpfe drücken und das System auslösen. Er machte das Licht aus und wich langsam zurück. »Polizei!«

Helles Licht schien grell in seine Augen. Der Lichtschein einer starken Lampe erfaßte ihn.

»Sergeant Ed Flanders, New York Police Department. Ich würde gerne mit Ihnen reden.«

4 Flanders winkte einen Streifenwagen heran und beugte sich herunter, um zu sehen, wer darin saß. Kevin Doland. Len Patterson fuhr. *Freunde.* Glück gehabt. Er konnte Glück gebrauchen. Er war zu spät gekommen, um Martin noch im Haus der Art-Guild zu erwischen, und der Geschäftsführer konnte ihm nicht viel sagen, außer Kincaids Privatadresse, Telefonnummer und eine Beschreibung seines Autos.

Doland schüttelte Eds Hand. »Was ist los?«

Er merkte, wie überrascht Doland war. Seit mehreren Jahren hatte niemand mehr Ed auf der Straße gesehen. In die Überraschung mischte sich Freude. Sie waren noch immer eine enge Bruderschaft.

»Bin jemand auf der Spur. Mordverdacht. Noch kein Fahndungsbefehl, aber ich muß ihn schnell finden. Paul Michael Kincaid. Lebt hier um die Ecke.«

»Nicht zu Hause?«

»Glaube nicht. Macht nicht auf und geht nicht ans Telefon. Sein Auto ist nicht in der Garage. Roter Nissan Maxima. Neuestes Modell. Er soll nicht merken, daß er gesucht wird.«

»Du meinst, er ist da draußen und legt noch jemanden um?«

»Ich hab ein ungutes Gefühl bei der Sache. Drei Uhr nachts und ausgeflogen. Laßt ihn durch den Computer laufen, seht zu, daß ihr seine Autonummer rausbekommt. Ich möchte wissen, wo er ist. Hier ist seine Adresse. Ich halte seine Wohnung im Auge. Wir treffen uns hier wieder in zwanzig Minuten.«

Doland nahm den Zettel. »Was ist das für eine andere Adresse? Martin Trayne.«

»Informant. Kannst du jemanden kriegen, der für mich dort mal vorbeigeht? Soll anklopfen und rausfinden, ob er zu Hause ist. Meldet sich immer nur der Anrufbeantworter, wenn ich wähle.«

»Sicher.«

Der Straßenkreuzer zog davon und nahm die Wärme des Motors mit sich. Eisige Kälte breitete sich in seinem Innern aus. Seit er verprügelt worden war, litt er unter diesem ständigen nervösen Angstzustand. Fühlte sich nie und nirgends wohl in seiner Haut. Nicht mal zu Hause. Und würde es wahrscheinlich auch nie mehr. Es war zwei Jahre her, und sein Kopf sagte ihm immer noch, daß er ein ständiges Ziel sei, mit und ohne Uniform. Vor allem mit. Und vor allem auf der Straße.

Heute nacht stachen die Nadeln ununterbrochen in seinem Bauch. Er hatte keinen Partner, kein Auto, außer dem eigenen, hatte keine wirkliche Ermächtigung für die Überwachung. Aber er konnte Martin nicht im Stich lassen. Er hatte es versucht. Hatte den Pyjama angezogen und war kurz eingeschlafen. Mit Darmkrämpfen war er wieder aufgestanden.

5

Martin trat aufs Gaspedal. Was war los? Schon wieder die Batterie? Nichts war los, das war's, was los war. Der Wagen rollte aus. Er drehte am Steuer und lenkte ihn auf den Seitenstreifen. Von allen gottverlassenen Plätzen ... Er schielte auf die Tankanzeige. *Leer.* Er hatte es verbockt. Hatte es ganz einfach verbockt.

Wo war er? Nahe nirgendwo, da war er. In der Nähe vom gottverdammten Nirgendwo auf dem Hell's Highway. Da war er. Kein Mensch würde anhalten und ihm helfen. Er sah aus wie ein verdammter Schlitzer. Er entriegelte die Motorhaube und stieg aus. Er mußte die Motorhaube offenstehen lassen. Vielleicht meldete ihn jemand. Er stellte sie hoch und schaute dann im dämmrigen Licht einer kleinen Lampe in den Kofferraum. Mrs. Swenk hatte nichts Neues hineingetan. Ein Reifen und ein Wagenheber, das war alles, was da war. Sie war nicht mal damit gefahren, seit er das Auto gehabt hatte. Natürlich. *Er* war derjenige, der nicht getankt hatte. Er schlug den Kofferraumdeckel zu und sah sich um. Um diese Zeit mitten in der Nacht würde auf dieser Straße einmal in der Stunde ein Auto vorbeikommen. Er entdeckte nicht den geringsten Lichtschein von Häusern. Und er war noch Meilen von Cameron entfernt. Seine einzige Hoffnung war, daß ihn jemand zu einer Telefonzelle mitnahm. Super Chance.

Er wühlte im Handschuhkasten nach dem Erste-Hilfe-Kasten, klickte ihn auf und fand eine kleine Schere. Er würde sich den Pferdeschwanz hier und jetzt abschneiden. Er packte ihn nahe dem Gummiband und säbelte daran herum, bis ihm die Finger weh taten. Die Schere war so gut wie unbrauchbar – eine Kinderschere ohne Klingen. Sie schnitt nur ein paar Härchen auf einmal. Schließlich hatte er den Pferdeschwanz in der Hand. Er hielt ihn hoch und betrachtete ihn. Das Fell eines toten Tieres.

Ein schlechter Witz, ihn so abzuschneiden. *Er* war ein Witz. Sein Leben, ein Witz. Niemand würde ihn von hier mitnehmen und irgendwo hinbringen. Er war im Begriff, zu spät zu kommen. Wieder zu spät. Zu spät für Deena.

6 Paul zog sich leise an und machte das Bett. Sein Vater würde ihn nicht vermissen. Er war daran gewöhnt, daß Paul zu den merkwürdigsten Stunden kam und ging. Es war Mikes Höflichkeit, ihm nie Fragen zu stellen. Eine ironische Verkehrung seit den Tagen, als Mike ihn jede Minute des Tages überwacht und alles, was er unternehmen wollte, sadistisch unterbunden hatte.

Er suchte seine Sachen zusammen und rollte sie ins Hemd, das er am Tag zuvor getragen hatte. Mike war nicht in seinem Zimmer. Er würde im Fernsehsessel schlafen. Schlief er überhaupt jemals in seinem Bett, dem Bett, das er mit Sarah geteilt hatte? Wahrscheinlich nicht. Paul hatte ihn nicht mehr darin liegen sehen, seit sie ertrunken war. *So lange her.* Seine Erinnerung an die Zeit, bevor sie starb, war fast perfekt. Ihr Tod zog eine Linie durch sein Gedächtnis. Diesseits der Linie waren die Einzelheiten verschwommen. Er hatte nur wenige klare Bilder von den dazwischenliegenden Jahren. Aber er konnte sich – präzise – an das Gesicht seines Vaters erinnern, nachdem er sie tot im Teich entdeckt hatte. Alles, was Paul sich gewünscht hatte zu sehen, war vorhanden, und mehr: Schrecken, Ungläubigkeit, Leere und Agonie. Es war, als hätte ein Riese seinen Vater mit unglaublicher Gewalt gegen die Wand geschmettert. Er war völlig gebrochen.

Paul klemmte sich die Rolle mit Kleidern unter den Arm und schaute ins Wohnzimmer. Mike saß im Fernsehsessel und schlummerte. Er rief keinerlei Gefühle mehr in Paul hervor. Das hatte Paul nicht erwartet. Er hatte geglaubt, er würde seinen Vater für immer hassen.

Auf der Rückseite des Hauses tauchte Paul in die köstliche taufrische Nacht. Das war die beste Stunde, die Sterne leuchteten am hellsten, der Wind legte sich allmählich, um sich für den nächsten Tag zu rüsten. Er startete den Maxima ohne Probleme und fuhr langsam mit abgeschalteten Scheinwerfern rückwärts aus dem Einstellplatz.

Mike horchte auf das schwächer werdende Geräusch von Pauls Wagen. Wo fuhr er nachts hin? Das mysteriöse Kommen und Gehen seines Sohnes schürte eine immer stärker werdende Angst in ihm. Hatte Paul sich auf etwas Illegales eingelassen, vielleicht sogar auf etwas wirklich Böses? Mike sprach ihn nie darauf an. Er hatte keine Kontrolle über Paul. Hatte sie nie gehabt, obwohl er es versucht hatte. Er hatte Paul erzogen, wie er selbst erzogen worden war, nach zwei grundsätzlichen Prinzipien: Verhätschele deine Kinder nicht – sie werden zu Feiglingen. Lobe deine Kinder nicht – sie werden eitel und faul. Was immer Mike getan hatte, um Paul zu leiten und zu bessern, hatte er zu Pauls eigenem Besten getan. Aber irgendwie hatte es nicht funktioniert. Gott allein wußte, weshalb.

Paul hatte Mike für grausam gehalten, er wußte das, aber er hatte gehofft, Paul würde eines Tages verstehen, daß dieses Vorgehen in seinem eigenen Interesse war. Mike war niemals grausam gewesen, nur streng. Es war wichtig, Kinder stark zu machen, bevor die Welt sie am Genick packte. Die Welt konnte einen Menschen zerbrechen, der nicht stark war.

Mike setzte sich im Fernsehsessel auf und dachte an den Hund. Er konnte sich nicht an seinen Namen erinnern, nur daß er immer bei Paul gewesen war und bei ihm im Bett geschlafen hatte. Nach dem ersten Grundschuljahr – Paul hatte herumgebummelt und seine Noten versaut – hatte Mike den Hund zur Strafe weggegeben. Es funktionierte. Pauls Noten waren danach perfekt. Schließlich war es nur ein Hund, was war das schon, verglichen mit der Zukunft eines Menschen. Aber irgendwie hatte Paul Mike das nie verziehen.

7 »Zwei Wagen sind registriert. New Yorker Nummernschilder«, sagte Patterson.

»Ein roter Nissan Maxima und…?«

»Ein silberner Bronco.«

Flanders stand neben dem Streifenwagen. Er nahm seine Mütze ab und rieb sich mit den Fingerspitzen die Kopfhaut, sein Lieblingstrick, um sich selbst wiederzubeleben. Die frühen Morgenstunden waren die schlimmsten. Er steckte in einem Gulli.

»Derselbe Wohnsitz?«

»Ja.«

»Möchte wissen, wo er den Truck stehen hat.«

»Garage?« Patterson reichte ihm einen Plastikthermosbecher mit Kaffee durchs Fenster.

»Nadel im Heuhaufen.«

»Fangt mit den Garagen in der City an. Wenn sie aufmachen.«

Es spielte keine Rolle, wo er den Wagen normalerweise parkte. Es kam darauf an, wo er jetzt stand. Wo war Kincaid jetzt? Flanders verbrannte sich mit dem Kaffee den Gaumen. Seine Nebenhöhlen begannen zu schmerzen. Er hatte nicht den geringsten Beweis gegen Paul Michael Kincaid – nur das Wort von Martin Leland Trayne, so wie er war, und er war ein komischer Kauz.

Martin in Panik. Das allein war schon merkwürdig. Die meiste Zeit war er sich nicht mal sicher, ob Martin überhaupt anwesend war, so zurückhaltend war er. Es war das absolut erste Mal, daß er Martin aufgeregt erlebt hatte. High.

Martin kannte die Polizeiarbeit, und er kannte die Gerichte. Er mußte etwas außergewöhnlich Konkretes und Dringendes gehabt haben, sonst hätte er Ed nicht zu Hause angerufen. Er würde die Theorie über Kincaid und die Ringe und die Bräute zweifellos beweisen können, sonst hätte er sich nicht darauf eingelassen, nicht Martin. Martin war ein bißchen runtergekommen und etwas neben der Spur, aber er war nicht bekloppt. Während der vergangenen sechs Jahre hatte Ed gelernt, daß er ihm bedingungslos vertrauen konnte. Martin hatte den Rasiermesserblick. Er konnte riechen, wen er vor sich hatte, so wie Cops. Ed brauchte ihn nicht mal zu fragen, um zu wissen, was er dachte. Er brauchte nur die Abendzeitung zu nehmen und sich Martins Zeichnungen anzusehen. Da war alles drin, genau so würde er Schuld und Unschuld in einem Gesicht zeichnen, wenn er zeichnen könnte.

»Martin Trayne zu Hause?«

»Nichts zu sehen von ihm.«

Jetzt wurde es kitzlig. Eine Überwachung konnte Kincaid warnen. Er konnte durchschlüpfen und verschwinden.

Wo zum Teufel steckte Martin? Irgendwo von Kincaid festgenagelt und starrte in einen Revolverlauf?

»Überprüft die Unfallambulanzen und Neuzugänge der Krankenhäuser auf Trayne und Kincaid. Stellt fest, ob einer von beiden aufgetaucht ist. Und wir brauchen ein APB für beide Fahrzeuge von Kincaid. Nur feststellen, wo er ist. Er darf nichts merken.«

»Du hast doch wohl mehr als nur einen Verdacht?« Doland sah ihn scharf an.

Ein APB war gefährliches Terrain, er konnte einen den Arsch kosten. Man verlangte ihn nicht ohne guten Grund. Und er hatte keinen, außer dem Loch in seinem Magen. Aber das hieß eine ganze Menge. Das Flattern ließ langsam nach, und die alten Instinkte stiegen wieder an die Oberfläche.

Im Kopf ging er seine Kontakte bei der Staatspolizei durch. Verschiedene schuldeten ihm noch einen Gefallen. Seit langem. Ein Marker für nachts ... nachts ... *Sheldon McGuire.* »Ist Shelly McGuire noch in der Zentrale?«

»Ja.«

»Mach mir 'ne Verbindung mit ihm.«

8 Der Bronco stand allein mitten auf dem Parkplatz von Maddox Station, erhob sich wie ein Monument vom flachen glänzenden Asphalt. Sein Anblick beruhigte Paul augenblicklich. Er hatte so viele Details wie möglich ausgearbeitet. Für den Rest würde gesorgt werden. Er mußte sich seinem Schicksal anvertrauen. Die Symmetrie des Universums würde wiederhergestellt werden. Gleichgewicht. Sobald Deena beseitigt war.

Er hatte einfach nicht genug Vertrauen. Das war sein Fehler. Er wollte die unvorhergesehenen Wendungen des Lebens verstehen, Ereignisse, die er nicht geplant oder vorhergesehen hatte. Manchmal war er überzeugt, daß dieses Etwas, was ihn lenkte, mit ihm herumspielte. Er traute ihm nicht im mindesten. Manchmal.

Er brachte den Schlafsack vom Auto hinüber zum Truck. Den Schlafsack in der Hand zu halten, machte ihn traurig. Aber was sollte er tun? Er konnte die Zukunft nicht ändern. Oder die Vergangenheit.

Er ließ den Maxima zurück, und der Bronco grollte unter der Berührung seines Fußes. Die Straßen waren breit und verlassen, leergefegt für ihn. *Sarah.* Er hatte die scharfe Veränderung, die nach ihrem Tod passiert war, nie verstanden. Sie war für ihren Mangel an Liebe bestraft worden, für ihre unterwürfige Passivität, die seinem Vater gestattet hatte, ihn Jahr um Jahr zu foltern. Sie hatte Paul im Stich gelassen. Und dafür hatte sie bezahlt.

Und er hatte sich befriedigt gefühlt. Bis ihr Testament geöffnet wurde. Ihr Anwalt hatte in einen Stuhl geflegelt das Testament mit monotoner Stimme verlesen und ihren letzten Willen verkündet. Ihr gesamter weltlicher Besitz sollte unverzüglich ihrem einzigen Kind überschrieben und, bis er einundzwanzig war, von der Bank für ihn verwaltet werden. Eingeschlossen war das beträchtliche Erbe von ihren Eltern, das genügend Gewinn abwarf, daß weder sie noch Mike arbeiten mußten.

Bei dem Testament lag ein einzelner, an Paul adressierter Brief, in dem sie mit bewundernden Worten zu ihm sprach und ihn ihren »einzigen und kostbaren Sohn« nannte. Mike wurde nicht erwähnt. Nicht im Testament und nicht im Brief. Nicht ein einziges Mal.

Sie hatte erkannt, wer Mike war. Hatte erkannt, wer Paul war. Und hatte in ihrem Herzen heimlich gewählt.

9 »Nick...« Arlene schüttelte ihn. Er fühlte sich, als hätte er höchstens fünf Minuten geschlafen. Konnte noch nicht morgen sein. Das Bett neigte sich zu der Seite, auf der sie saß. Er rutschte zu ihr.

»Nick...« Er sah sie erst verschwommen und dann klar. Sie war angezogen, Pullover und Hose. »Es geht um Mimi.«

Er stemmte sich auf einen Ellbogen hoch. »Geht's ihr schlechter?«

»Ich weiß, was mit ihr los ist! Sie hat's mir gesagt, gerade eben.«

»Okay.« Er griff nach dem Sweatshirt, das über dem Kopfbrett hing. »Müssen wir sie einliefern?«

»Während ich heute an der Bushaltestelle war, war ein Mann... hier im Haus. Er war in ihrem Zimmer.«

Unmöglich.

»Sie dachte, er würde sie umbringen.«

»*Was?*« Jetzt hatte er das Sweatshirt, aber sie hing an ihm, hart, weinte fast.

»Ich weiß, warum es passiert ist, Nick.«

»*Warum?*«

»Ich... muß dir was erzählen.«

10 Der dort hielt an. Martin kniff nervös die Augen zusammen, als das Fahrzeug auf den Seitenstreifen steuerte und bis an sein Auto heranfuhr. Ein kleiner Laster, undeutlich hinter hohen Scheinwerfern. Eine gute Möglichkeit, um verlorenzugehen, um vier Uhr nachts auf der Landstraße mit einem liegengebliebenen Auto. Leichte Beute. Martin fröstelte, duckte sich in den Kragen seines Mantels und steckte die Hände tiefer in die Taschen. Hatte er eine Wahl?

Der Typ, der seine Beine herausschwang, trug eine Baseballmütze. Lange Haare wehten darunter hervor. Schnurrbart, Bart. Groß wie ein Baumstamm. Locker kam er auf Martin zu. »Kiste will nicht?«

»Kein Benzin.«

»Hm.« Er ging zurück zum Laster.

Martins Augen hatten sich an die Scheinwerfer gewöhnt. Ein Pickup. Er sah den Umriß eines Gewehrs in einem Gestell im Rückfenster. Der Mann stand vornübergebeugt auf der Ladefläche dahinter. Dann war er unten und kam schnell auf Martin zu. Mit einem Reservekanister.

11 Die Szene funkelte durch ihren Schleier. Die riesigen bunten Glasfenster und mächtigen Orgelpfeifen, ihre Brautjungfern, herausgeputzt, lächelnd, Tim im weißen Smoking. Sie hielt seinen Blick fest, während sie den Gang hinunterschritt, der Arm ihres Vaters lag stark unter ihrer Hand.

Eine Explosion drückte sie gegen das Kopfbrett des Betts. Schlagartig wach, suchten ihre Augen den Raum ab. Jon lag neben ihr in die Laken gewickelt und schnarchte. Was hatte sie gehört? Dreiundzwanzig nach vier auf der Uhr. Tim. Der Traum war so real gewesen.

Pang, pang. Unten. Nicht innen, sondern außen. Glas. Die französischen Türen. Die Seite zum See hin.

Pang.

Sie entwirrte die Bettdecke und griff nach ihrem Bademantel. Nein, sie war angezogen. Sie war vollständig bekleidet ins Bett gegangen. Außer den Schuhen. Sie tastete nach ihnen. *Pang.* War es die Fliegengittertür, die im Wind knallte? Sie lauschte. Es ging kein Wind. Schnell band sie ihre Schuhe zu und schlich in die Diele. Es war richtig gewesen, kein Licht anzulassen. Sie wollte nicht, daß sie von außen gesehen werden konnte.

Sie saß auf der obersten Stufe. Die Stille schien sie einzuhüllen. Sie sog Luft ein, aber irgendwie drang sie nicht durch. Sie begann, durch den Mund zu atmen. Warum hatte sie Jon gestern abend nicht von hier weggebracht? Sie hätte das Auto gehabt, ein Werkzeug. So hatte sie absolut keinen Vorteil auf ihrer Seite.

Pang. In der Küche. Das Fenster? Fensterglas. Draußen. Er war immer noch draußen.

Wenn sie nur etwas sehen würde. Dunkelheit verwirrte sie immer, blockierte einen Teil ihres Gehirns. Stufe für Stufe ging sie hinunter und blieb an das Geländer gelehnt unten stehen.

Keine Geräusche mehr. Sie wartete minutenlang, konzentrierte sich auf den Schimmer der Fenster in der Dunkelheit. Was war das, was sie gehört hatte? Ein Waschbär? Eine Katze? Wenn es Paul gewesen wäre, hätte er das Fenster sofort eingeschlagen und wäre eingestiegen. Sie hätte den leichten Luftzug gespürt, hätte seine Körperwärme gespürt, als sie die Stufen hinuntergegangen war.

12 Barbara Reuschel lag im Bett, ihre Augen waren geöffnet. Das Wetter war böig. Die Dattelpalme vor dem Haus pochte seit Stunden aufs Dach. Sie hätte sowieso nicht gut schlafen können, aber das sporadische Klopfen störte sie. Sie würde Gene bitten, die Palmwedel heute zu kappen. Ein paarmal war sie eingedöst und hatte sich wie im Fieber durch das Ge-

schnatter in ihrem Kopf gewunden, durch Sätze und Phrasen, die in vielen Sprachen auf sie einredeten. Durch jedes Pochen auf dem Dach wurde ihr Gehirn in den Wachzustand zurückgezerrt, als Erinnerung – an etwas, das sie unterlassen hatte. Aber was? Sie hatte versagt. Ihr Sohn war verloren.

Wer sollte ein Interesse daran gehabt haben, ihn zu töten? Er war ein gutmütiger und umgänglicher Mensch gewesen, geradeheraus zu jedem, nichts von einem Heimlichtuer. Bestimmt hätten sie oder davon Deena gewußt, wenn er Ärger gehabt hätte. Er mußte völlig überrascht worden sein.

Die einzige Zeit, in der er seine Gefühle ihr und Gene gegenüber zu verheimlichen schien, war das Jahr gewesen, in dem Jenny sich mit Martin verlobt hatte. Barbara hatte immer geglaubt, daß Tim in sie verliebt war. Sie war liebenswert. Reizend und süß. Barbara hatte auch immer geglaubt, daß Paul sie liebte. Um diese Verlobung hatte eine gewisse Spannung gelegen. Dann starb sie.

Barbara drehte sich auf den Bauch. Schläfrigkeit überkam sie. Wer hätte Jenny Cunningham umbringen sollen? Deena mußte sich täuschen.

Sarah und Jenny. Und Tim.

Wenn Jenny ermordet worden war, mußte es ein Fremder getan haben. Die einzigen, die wußten, daß Jenny an dem Badestrand sein würde, waren Tim, Martin und Paul. Wie er es jeden Morgen machte, war Tim zum See gejoggt, um sich mit Jenny und Martin dort zu treffen. Er war kurz nachdem Martin sie aus dem Wasser gezogen hatte angekommen.

Martin... Nein. Martin war empfindlich. Ging mit Tim zum Fischen, nur um ihm Gesellschaft zu leisten. Fing niemals Fische. Konnte keiner Fliege etwas antun. Ein kleiner Junge, der die Deckel von den Gläsern aufschraubte und die Glühwürmchen und Spinnen freiließ, die andere Jungen gefangen hatten. Nein. Er nicht. Nicht Martin.

Paul. Hatte etwas Gerissenes an sich. Sie haßte es, dies auszusprechen. Ein Schleicher manchmal. Eifersüchtig. Aber fähig, einen Mord zu begehen?

Vielleicht. Gott vergebe ihr den Gedanken.

Wenn er es getan hatte... wenn er Jenny getötet hatte, wie konnte er wissen, daß er damit davonkommen würde? Martin sollte von Anfang an mit ihr zusammen am Badestrand sein, so war es geplant.

Paul hatte Martins Auto. Könnte Paul das Auto mit Absicht zurückgehalten haben, damit Martin mehr als die üblichen paar Minuten zu spät kam?

Ja. Er konnte es getan haben. Er manipulierte Situationen zu seinem Vorteil. Sie hatte es dutzende Male beobachtet. Aber warum sollte er das getan haben? War er wütend, daß Jenny Martin gewählt hatte?

Was war mit Sarah... Nein. Paul war damals erst zwölf, zu jung.

Tim. Hatte Paul Tim ermordet? Barbara hatte ihm gesagt, daß Deena einen Mordverdacht hatte. Er würde vermuten, daß sie Gründe hatte, Beweise. Vielleicht war er jetzt hinter ihr her. Und Jon.

Sie stand auf. Panik mischte sich zwischen ihre Gedanken. Deena wußte nicht, wer Paul möglicherweise war. Und Paul war dort. Genau dort am See.

Es würde zu lange dauern, es Gene zu erklären, ihn zu überzeugen. Sie mußte den Entschluß fassen, und sie mußte es jetzt tun.

Sie konnte die Polizei anrufen, damit sie vorbeifuhr und Deena und Jon abholte, sie in Schutzhaft nahm. Das konnte eine Stunde dauern. Länger. Cameron hatte ein Polizeiauto und zwei Deputies. Besser jemanden am See anrufen, damit er sie holte. Aber um diese Jahreszeit war er größtenteils verlassen.

Die Palmwedel schlugen wieder hart aufs Dach. Sie legte die

Hände an den Kopf. Es konnte passieren. Sie durfte nicht warten.

Die Person – die *einzige* –, die in der Nähe war und helfen konnte, war Mike Kincaid. Und Paul war bei ihm.

Ein Wimmern. Noch ein Wimmern. Laut. Mike setzte sich ruckartig auf, der Fußteil des Lehnstuhls klappte nach unten. Das Telefon. Vorsichtig. Er hatte geschlafen. Er wollte nicht aufspringen und sich stoßen. Wieder ein Läuten. Er hatte den Fernseher angelassen. Im Licht des leeren Bildschirms stolperte er zum Schreibtisch. Mußten schlechte Nachrichten sein. Oder eine falsche Nummer. Es war mitten in der Nacht.

»Ja.«

»Mike?«

»Ja.«

»Hier ist Barbara Reuschel.«

»Bar –«

»Mike, sag bitte nichts. Hör mich zu Ende an. Du mußt mir helfen. Bitte hilf mir. Du mußt zu Deena rüberfahren und sie und Jon mitnehmen, ohne jemandem etwas davon zu sagen, auch nicht Paul. Du mußt es jetzt tun. Bring sie zur Feuerwache in Cameron und sag ihnen, sie sollen dort bleiben, drinnen bleiben. Ich schicke jemanden, um sie zu holen.«

In all den Jahren, in denen er neben Barbara Reuschel gewohnt hatte, hatte sie ihn nie um einen Gefallen gebeten. Sie war höflich und herzlich gewesen und hatte ihn stets gemieden. Auch mit Sarah hatte sie nur das Nötigste zu tun gehabt. Aber Paul hatte sie mit Aufmerksamkeit überschüttet. Warum mied sie plötzlich Paul?

Weil es sich *um* Paul drehte.

»Tust du's? Mike, es ist wichtig.«

»Ja.« Er legte den Hörer leise auf die Gabel.

13 Deena kochte sich im flackernden Licht einer Gasflamme Tee und setzte sich im Dunkeln an den Küchentisch, um ihn zu trinken. Jenseits des Fensters verschwanden die Umrisse der Bäume, die sich gegen einen Himmel voller blasser werdender Sterne abzeichneten, allmählich im aufkommenden Nebel. Ihr tat alles weh, von der Anspannung, vom Hören, vom Sehen. Die Stille war total. War Paul hier gewesen und wieder gegangen? Oder lauerte er oben auf dem Hügel und wartete ab? Wann konnte sie es wagen, Jon anzuziehen und zum Auto zu bringen? Hatte sie recht mit Paul? Oder war ein anderer hinter ihnen her? War sie unsicher geworden und fing an, sich das alles einzubilden?

Ein entferntes summendes Heulen ließ sie aufstehen. Wo war das? Hörte sie wirklich etwas, oder klingelten ihre Ohren? Es wurde deutlicher. Sie lokalisierte es oben auf der Straße, und es kam auf sie zu. Die Äste und Stämme am Hügel warfen bewegliche Schatten. *Es bog ab. In die Zufahrt.* Sie packte die Tischplatte, die kalt war wie eine Fliese. Ein Truck rumpelte durch den Nebel, matter Glanz. Silber. Der silberne Truck.

Er stoppte in Sichtweite, Nebel wirbelte durch den Lichtstrahl der Scheinwerfer. Der Fahrer stieg langsam aus und blieb im Scheinwerferlicht stehen. Sein Gesicht war dem Haus zugewandt. Es war Paul.

Sie hatte das unheimliche Gefühl, daß er sie trotz der Dunkelheit sehen konnte. Er sah genau zu ihr hin. Schritt für Schritt wich sie zurück, weg vom Fenster, fand den Rand des Küchenlinoleums mit den Füßen, den Wohnzimmerteppich und dann das Treppengeländer, glatt unter ihren feuchten Händen. *Ruhig. Geh ganz ruhig hinauf. Rette ihn.* Jetzt brauchte sie ihre ganze Kraft.

Sie mußte Jon in Gails Zimmer bringen. Es war auf der Seite des Hauses, die nicht zur Zufahrt hin lag. Wenn sie Paul im Haus hörte, bevor sie das geschafft hatte, würde sie Jon durch die Tür in Tims Zimmer nach draußen bringen und dann den Hügel hinauf. Das nächste bewohnte Haus war... Mikes. War Mike zu Hause? Würde er ihnen helfen? Oder waren Paul und er in dieser Sache Partner?

Sie lief durch die Diele in Tims Zimmer, riß die Bettdecken zur Seite, griff nach Jon.

Er war nicht da.

»Jon!« Der Schrei schien tausendfach zurückzuhallen. »Jon!« *Er würde antworten. Wenn er könnte.*

Paul hatte ihn.

Irgendwie.

Das Mahlen von Gängen und Quietschen von Reifen schnitt ihr durch die Knochen. Der Truck war in Bewegung. Er drehte. Fuhr los.

Der Mann hatte ihn. Derjenige, der seinen Daddy totgemacht hatte. Versuchte er auch ihn totzumachen? Die Decke war zu fest um sein Gesicht gewickelt. Ihm war heiß, übel. Ihm wurde schlecht, weil es so holperte. Wo war seine *Mutter*? Er war aufgewacht, als ihm der Mann eine Decke so hart aufs Gesicht gedrückt hatte, daß er nicht schreien konnte, nicht mal atmen, und ihn dann ganz fest in die Decke gewickelt hatte. Dann hatte er noch etwas anderes um ihn gewickelt, mit Reißverschlüssen, und der Mann hatte sie zugezogen. War das Paul? War der Mann Paul? Er hatte ihn durch die Tür direkt neben dem Bett nach draußen gebracht, die Treppen hinunter und den Hügel hinauf und ihn dann flach auf den Boden in einem Truck gelegt. Es klang wie ein Truck. Wußte seine Mutter, daß der Mann ihn hatte? Hatte der Mann sie auch? Hatte er sie schon totgemacht?

Mike starrte durchs offene Fenster seines Autos. Pauls Bronco rammte in Reuschels Zufahrt vor und zurück, drehte. Er hatte den Bronco seit Jahren nicht gesehen, nicht mehr seit Paul ihn damals gekauft hatte. Dahinter, angestrahlt vom Licht der Scheinwerfer, erschien Deena Reuschel. Schreiend. »*Jonnn! Jonnn!*« Sie kam vom Einstellplatz gelaufen und rannte hinter dem Bronco her, der Fahrt aufnahm. Was hatte Paul getan? Das Kind mitgenommen? Mike stellte seinen Wagen quer vor die Zufahrt, zog die Handbremse und sprang hinaus. Paul mußte anhalten. Er würde ihn dazu zwingen.

Der Bronco scherte aufs Gras aus und steuerte auf die Lichtung hinter dem Wagen zu. Mike stellte sich in den Weg und hob die Hand. Er mußte es beenden, hier und jetzt. Er wußte, was Paul war, hatte es gewußt, seit Sarah tot war. Er hatte alles vermasselt mit Paul, war zu hart zu ihm gewesen. Und dann hatte er weggesehen. Nur an nichts schuld sein.

Könnte er doch noch einmal von vorn anfangen ... das Baby in der blauen Decke nach Hause bringen ...

Der Bronco kam schnell auf ihn zu. Er hatte das Baby gewollt, seinen Sohn, hatte soviel Gutes für ihn gewollt, wollte es immer noch. »Paul! Stop! Stop!« Die Worte wehten im Röhren des Motors zu ihm zurück.

Sein Vater. Brüllte Befehle. Der Mund, die Zähne, die erhobene Hand. Stand ihm immer im Weg, quälte ihn, boxte, schlug. Er konnte nirgends hin, entkam ihm nicht. Mike stand im Weg, zwischen dem Auto und den Bäumen. Zwischen ihm und der Freiheit, die Hand erhoben, bereit zuzuschlagen. *Was ist mit dir, Paul, häh? Was ist los. Bist du feige? Komm ran.*

Geh zur Seite. Sein Vater stand mitten im Scheinwerferlicht, unnachgiebig. *Hau ab, verdammt.* Paul trat das Gaspedal durch. *Weg.* Mike wich nicht, selbst in der letzten Minute. Sein Gesichtsausdruck änderte sich nie. Er schrie Paul noch an, als die vordere Stoßstange ihn mit einem Ruck erfaßte und er blitzschnell unter dem Wagen verschwand. Es kam kein weiterer Ruck, nur ein stetiges Hüpfen, während der Bronco über Steine und unebenen Untergrund weiter aufwärts kletterte, hinauf auf die Fahrbahn, auf die befestigte Kurve der Straße.

Sie tat alles mechanisch, schnell, so schnell sie konnte. *Zündung. Nicht zuviel Gas. Bremse los. Licht an. Rückwärtsgang. Rückwärts, rückwärts, herum, vorwärts, herum, mehr Gas.* Sie konnte sich keinen Fehler leisten, durfte nicht riskieren, daß sie ihn abwürgte, sie durfte nicht denken, nicht wirklich denken. Paul hatte Mike umgefahren. Sie hatte gesehen, wie Mike im Scheinwerferlicht auf den Truck zugelaufen war. Ihre Sicht war versperrt gewesen, als der Wagen ihn überrollte, aber sie hatte den dumpfen Schlag gehört, hatte gesehen, wie Mikes zerschundener Körper rollend unter dem Truck auftauchte. Bestimmt brauchte er Hilfe, aber sie konnte wegen ihm nicht anhalten. Wenn sie das tat, verlor sie Jon.

Mike versperrte ihr jetzt den Weg, blutig, sein Kopf zur Seite gebogen, in spitzem Winkel zum Körper. Tot. Zweifellos tot. In einem einzigen entsetzlichen Augenblick lenkte sie um ihn herum und fuhr weiter.

Deena tauchte so plötzlich in Pauls Rückspiegel auf, daß er das Steuer verriß. Der Seitenstreifen der Straße kam auf ihn zu, und er brauchte seine ganze Konzentration, um den Bronco auf der Straße zu halten. Sie hing an ihm, stetig, nah, versuchte vorbeizukommen, ihre Scheinwerfer blinkten auf und blendeten ihn.

So hatte er es nicht geplant. Es war geplant, daß sie ihm in einem Abstand folgte, den ganzen Weg zu den Höhlen in Sichtweite. Angelockt werden sollte sie, im richtigen Augenblick überrumpelt und dann über die steile Felstreppe für immer verschwinden. Den Jungen würde er dann gehen lassen, den Jungen, der nichts gesehen und nichts gehört hatte. Er würde den Schlafsack ganz einfach irgendwo hinlegen, wo Jon bald gefunden werden würde.

Aber alles flog auseinander, in Stücke, als wenn das Zentrum losgelassen hätte, als wenn er nicht länger geleitet würde. Sein Vater war vor ihm wie eine Erscheinung aufgetaucht. Warum? Wer hatte ihn geschickt? Paul hatte ihn besiegt, der Körper hatte nachgegeben, war unter dem Gewicht des Wagens zusammengebrochen. Kein Geist. Mike höchstpersönlich. Sein Körper. Und sie...

Rammte den Truck mit der Front ihres Wagens. Raste in die Kurven, versuchte vorbeizukommen, erst auf der einen Seite, dann auf der anderen. Ihr Gesicht konnte er im Rückspiegel nicht sehen, nur eine lodernde Flamme war hinter ihm, als käme ein unmenschliches, halb tierisches Wesen näher und näher. Konnte das denn Deena sein?

In dem Schleudern und Rütteln wartete er darauf, daß die Kontrolle an ihn zurückgegeben wurde, war fest davon überzeugt, daß es geschehen würde. Die Gabe senkte sich wie stets über das Geschehen, gab ihm seine Überlegenheit im geschmeidigen Universum zurück. Er hatte getan, was man ihm befohlen hatte. Man würde ihn beschützen.

Dann war sie an der Außenseite, versuchte ihn abzudrängen, so daß er abbremsen mußte. Sie befanden sich auf der großen Kurve am hinteren Ende des Sees, wo die Straße sich zu einer Spur verengte. Plötzlich war er auf dem Schotter, auf Lehm und Gras in der weiten trockenen Mulde, die den Badestrand umschloß. Die Scheinwerfer leuchteten aufs Wasser, Bäumchen splitterten rechts und links. Wie wahnsinnig trat er auf die Bremse. Der Bronco krachte auf einen Baumstumpf, und der Motor starb ab, er schleuderte gegen die Windschutzscheibe. Sie drehte um, kam schlingernd auf ihn zu, setzte sich quer hinter den Truck, so daß er nicht mehr weg kam.

Da wurde ihm klar, daß er geprüft wurde. Das *Feuer* würde nicht einschreiten. Er selbst mußte zeigen, daß er würdig war.

Der Truck mußte irgendwo dagegengefahren sein. Jon hatte einen fürchterlichen Schlag im Rücken gespürt, und jetzt hörte man kein Motorengeräusch mehr. Die Decke hatte sich gelokkert. Wenn er sie ganz los bekam, konnte er vielleicht entkommen. Er versuchte, sich mit den Armen herauszuwinden, aber dadurch tat seine Brust noch mehr weh, also stemmte und stieß er mit seinen Armen und Beinen.

Das funktionierte. Jetzt war er nicht mehr völlig zugeschnürt. Aber da war das andere schwere Ding um ihn. Er konnte es mit den Fingern fühlen. Es hatte einen Reißverschluß außenrum. Genau wie er gedacht hatte. Vielleicht war es ein Schlafsack, wie der, den er zu Weihnachten bekommen hatte. Wenn es so einer war, dann wußte er, wie man herauskam. Er mußte nur herausfinden, wo der Reißverschluß anfing.

Sie durfte nicht warten. Falls Jon noch am Leben war, tat Paul ihm möglicherweise im Truck etwas an. Sie hatte ihm mit dem Auto den Fluchtweg abgeschnitten. Sie mußte das Auto lassen, wo es war, und ihn stellen.

Paul kam aus dem Truck, über der Schulter einen großen Sack. Was war das? *War das Jon?* Paul sah nicht zu ihr hin. Er ging langsam auf den See zu. Sein gemächlicher Schritt versetzte sie in Angst.

Zu Fuß würde sie nicht rechtzeitig an ihn herankommen. Sie löste die Handbremse, ließ den Wagen vorwärts rollen und achtete darauf, daß Paul im Scheinwerferlicht blieb. Die Lichtkegel strahlten über das schwarze Wasser, beleuchteten die Umrisse des hölzernen Floßes. Er ging schneller. Sie beschleunigte, und er begann zu laufen, steuerte auf einen kurzen Anlegesteg zu, der in den See hineinragte. Ein Druck mit dem Fuß aufs Gaspedal, der Wagen schoß auf ihn zu, und sie riß die Handbremse hoch. Sie stolperte hinaus und war auf dem Steg, als er das äußerste Ende erreichte, den Sack von seiner Schulter zog und ihn mit beiden

Armen hin und her schwingen ließ. *Er wollte ihn werfen.* Er streckte sich vor. Sie glaubte, einen kurzen erstickten Schrei zu hören. Der Sack fiel hinter Paul in die Tiefe, als der sich zu ihr umdrehte. Fast lautlos wurde er vom Wasser verschluckt.

14 Der Anblick von Mike Kincaids Wagen, quer vor der Zufahrt der Reuschels, traf Martin wie ein Faustschlag. Der Wagen schien leer zu sein. Die Fahrertür stand auf, Auspuffgase stiegen hinter den leuchtenden roten Rücklichtern auf, die Scheinwerfer strahlten die Bäume an. Martin stoppte und stieg aus. Eine unendliche Stille sprach jenseits der leise im Leerlauf summenden Motoren zu ihm: *Es war zu spät.*

Er ging an dem Wagen vorbei und bemerkte Radspuren, die auf die Straße in Richtung der McNaughtons führten. Jemand lag halb den Hügel hinunter zusammengesackt am Boden. Das Haus dahinter war dunkel.

Benommen und mit weichen Knien ging Martin Schritt für Schritt die Steigung hinunter. Als er näher herankam, bemerkte er zwei Dinge gleichzeitig. Die Person auf dem Boden war tot. Und Martin lief in seinem Blut.

Sie durfte keinen Kopfsprung machen. Es konnte hier flach sein. Pauls Arm war ausgestreckt und versuchte sie zu packen. Deena drehte sich zur Seite, spürte, wie seine Fingerspitzen ihre Rippen berührten, als sie ihm auswich und sprang. Das eisige Wasser schwappte über ihre Beine, packte ihre Schultern, verdrehte ihren Kopf. Es war tiefer, als sie erwartet hatte. Sie tastete mit Händen und Füßen, ihre Lungen brannten. Sie fand keinen Boden, fand nichts. Etwas berührte sie und legte sich um ihren Hals.

Jon konnte den Teil mit dem Reißverschluß nicht mehr finden. Er hing mit dem Kopf nach unten, trat, versuchte, aus dem Sack herauszukommen. Der Mann hatte ihn ins Wasser geworfen, und jetzt sickerte es in den Sack, langsam, kalt. Er ging unter, ging unter, einfach so. Er lag auf dem Bauch, etwas Schweres drückte ihm auf den Rücken. Dann war es umgekehrt, er lag auf dem Rücken unter einem Berg. Jedesmal wenn er versuchte, den Reißverschluß mit den Händen zu finden, bewegte er sich oder der Sack bewegte sich. »Mommy!« Er hatte geschrien, aber es klang ganz dünn. Sie wußte nicht, wo er war. Wenn sie es wüßte, würde sie ihn rauslassen. Das Wasser war in seinen Kleidern, in seinen Haaren, in seiner Nase. Ihm war kalt. Bald war der Sack ganz voll Wasser. Er sah nichts, außer Schwärze, und er hatte sich völlig in der Decke verheddert.

Vielleicht ließ sein Dad ihn heraus. Sein Dad war schon tot und konnte überallhin wie ein Geist. Jon versuchte, ihn zu rufen, aber es ging nicht. Er hatte keine Stimme mehr. Draußen vor dem Schlafsack kam sein Vater durchs Wasser gelaufen, direkt vom Himmel, und sah nach ihm.

Als er Deenas Hals in seiner Armbeuge einklemmte, drehte sie sich ihm zu, sah ihn überrascht an, dann krümmte sie den Rükken. Ein wohliger Schauer durchlief Paul, als er seine Umarmung fester zuzog. So war es immer, das seidige Zurückzucken, der intimste Augenblick. Er stellte sich vor, daß der Höhepunkt des Liebesakts ähnlich sein mußte, die Frau zuckte langsam wie unter Wasser, streckte sich dem Mann entgegen, um sich dann in ihrer eigenen Ekstase wegzudrehen, während er sie festhielt. Alle hatten sie es getan. Alle seine Bräute.

Deena war stark. Er hatte es vorhergesehen. Sie versuchte nicht, ihn zu beißen, wie manche es getan hatten. Sie war Muskulatur und Strategie, umschloß sein Knie mit ihren Beinen, ihre Arme kamen hoch und faßten nach hinten, um seinen Kopf seitlich zum Knie herunterzuziehen, versuchte, ihn unter die Wasseroberfläche zu zwingen, damit auch er Atemnot bekam.

Er ließ sie gewähren, ließ sie kurz Luft holen und wußte, daß es ihr Mut machen würde. Er genoß es, sie im Glauben zu lassen, daß sie gewinnen könnte. Sie würde länger kämpfen, anstatt aufzugeben.

Dieser Kampf verlief wie all die anderen. Friedvolles Selbstvertrauen durchdrang ihn. Er brachte seine Opfer dar und würde erlöst und wieder aufgenommen werden. Von jetzt an würden die Dinge für ihn wieder gut verlaufen.

Das Wasser fing an, auf seiner Haut zu brennen. Er durfte nicht zulassen, daß es ihn wärmte. Unterkühlung war tödlich. Er mußte sich beeilen und schnell zum Ende kommen, schneller, als ihm lieb war. Er drückte sie wieder unter Wasser, preßte sie mit dem Rücken gegen seine Brust, sein Arm lag weiterhin um ihren Hals. Nach wenigen Sekunden hörte sie auf zu kämpfen und ließ los. Ihre Schenkel streckten sich. Ihr Kopf rollte zur Seite. Aber er spürte den Puls hinter ihrem Brustbein. Manche taten das, gaben vor, bewußtlos zu sein. Er ließ seinen Griff unverändert fest und wartete.

Er hatte den Daumen auf dem Reißverschlußöffner. Verzweifelt versuchte er, ihn zu fassen, als der Sack gegen etwas stieß und liegenblieb. Wasser war überall in seinem Gesicht, drückte ihm in den Ohren. Er konnte nicht atmen, aber er hatte den Reißverschlußöffner. Es waren zwei. Man konnte sie jeweils in die andere Richtung ziehen, damit man ihn schnell aufbekam.

Sie klemmten. Er versuchte, einen Finger dazwischen zu bekommen. Eines bewegte sich. Er drückte. Sein Finger fühlte sich an, als faßte er auf eine Messerklinge, aber machte ein Loch, und Wasser kam herein. Er mußte seine Hand schrecklich verbiegen, damit er mit dem Finger auf dem Reißverschlußöffner blieb, dann half ihm das Wasser, ihn weiter aufzuziehen, und das Loch wurde größer. Er konnte den Kopf durchstecken und war halb draußen.

Er zog den Sack aus wie Hosen. Draußen war es wärmer, und er fühlte sich schläfrig. Zu müde, um zu schwimmen. Das Wasser trug ihn ohne seine Hilfe nach oben, genau wie sie ihm in der Schwimmklasse gesagt hatten, aber er stieg nicht schnell genug nach oben. Er würde atmen müssen, bevor er oben angekommen war.

Deenas Herz hämmerte gegen ihre Rippen. Sie wußte, daß Paul es unter seinem Ellbogen fühlen konnte. Er würde warten, bis es aufhörte. Sie konnte ihn nicht täuschen. Deshalb ließ er nicht los.

Sie wurde schwächer, konnte ihn nicht länger attackieren und versuchen, ihn müde zu machen. Sie gehörte ihm.

Es war egal. Diejenigen, die sie geliebt hatten, lebten nicht mehr. Sie konnte sich jetzt der Strömung überlassen und fortgleiten zu den Sternen. Sie hoffte, daß sie ohnmächtig wurde, damit sie den starren stechenden Wasserschwall in ihrer Brust nicht spürte.

Eine Parade in einiger Entfernung zog ihre Aufmerksamkeit auf sich. Sie konnte sie noch nicht sehen, aber sie hörte das Durcheinander von Stimmen und die blechernen Hörner. Trommeln, schwach und stetig.

Ein Schlag stieß sie aus Pauls Armen hoch in die Luft. Das Wasser schäumte, und Luft drang in ihre Kehle. In den Schatten, die die Scheinwerfer machten, kämpfte Paul mit einem anderen Mann. Jemand, den sie noch nie vorher gesehen hatte. Paul deckte ihn mit harten schnellen Schlägen gegen den Kopf ein, während sie sich ringend aufs Floß zubewegten. »Deena... hol Jon raus!« rief der andere Mann ihr in einem Aufstöhnen zu.

Sie sah sich um. Jon schwamm in der Nähe des Ufers. Wie war das möglich? Er trat ruhig Wasser, sein Mund stand offen vom Schock. »Jon!« rief sie.

Er antwortete nicht.

»Jon! Bist du in Ordnung?«

»Ja.«

»Geh weiter! Komm aus dem Wasser! Lauf weg!«

Jon lehnte sich vor und begann zu kraulen. Sie sah, wie er sich langsam dem Ufer näherte. Paul hatte den anderen Mann am Haar gepackt und schlug ihn mit der Stirn seitlich gegen das Floß. *Paul würde ihn töten.* Sie mußte etwas unternehmen. Sie stieß sich in die Richtung ab und erkannte in dem benommenen Gesicht ihres Retters merkwürdig vertraute Züge. *Martin.* Er war's. Ohne Bart und Schnurrbart und mit kurzen Haaren. Als sie die beiden fast erreicht hatte, sackte Martins Kopf nach unten, und er tauchte unter. Paul hielt weiter fest, wurde anscheinend von Martins Gewicht hinabgezogen und tauchte dann allein wieder auf.

Es durfte nicht sein, daß Martin tot war. Er tat nur so. Er würde hinter Paul wieder aus dem Wasser auftauchen und ihn angreifen.

Aber es war so. Auf der glatten ruhigen Oberfläche des Sees waren nur sie beide, und Paul bewegte sich ruhig und stetig auf sie zu. Unbeholfen begann sie von ihm fortzuschwimmen. Wegen der Temperatur des Sees fühlte sie eine große Schwere. In Sekunden würde er bei ihr sein.

Sie hörte, wie er die Richtung wechselte, gleitend, dann mit kraftvollen Zügen schwimmend. Sie hielt inne und schaute sich um. Jon war direkt vor ihm und torkelte aufs Ufer zu. Paul überholte ihn ohne Schwierigkeiten, hob ihn hoch und taumelte mit Jon unter dem Arm weiter. Sie waren im Schlamm, auf dem Lehm, im Gras neben dem Truck. Dann *im* Truck, seine Lichter wurden schwächer, die Zündung mahlte, als Paul versuchte, ihn zu starten.

Die Decke pochte auf Martins Kopf. Pochte wieder. Und wieder. Er hob seine Hände, um es zu unterbinden. Die Decke war aus Brettern. Er öffnete die Augen und sah blaßgoldene Strohhalme in gleichmäßigem Abstand über ihm in der Dunkelheit. Er war im Wasser. Kaltes, *kaltes* Wasser. Stieß oben an etwas Metallenes. Mit Mühe hielt er mit einer Hand die Decke von sich fern und untersuchte mit der anderen das Metall. Eine Metalltonne. Er war unter dem Floß.

Die Erinnerung sprang ihn an. Er und Paul. Deena. Jon. Hatte sie draußen im See gesehen, Paul hatte Deena unter Wasser gedrückt. Er hatte das Auto so gestellt, daß die Scheinwerfer auf Paul gerichtet waren, war ausgestiegen und ins Wasser gesprungen. Es war ein ungleicher Kampf gewesen. *Wo waren die drei jetzt?*

Er keuchte vor Angst und Schmerzen, während er den Weg zum Rand des Floßes ertastete, sich unter Wasser drückte und unter dem Floß wegtauchte. Verschwommen erschien die Szene vor seinen Augen, die Scheinwerfer eines Autos leuchteten in seine Richtung. Sein eigenes Auto. Pauls Truck und Deenas Wagen waren nicht mehr da. Er war allein.

Schwindel. Verzweifelt hing er an der Seite des Floßes und wartete, daß er vorbeiging. Es wurde schlimmer. Er konnte sich nicht länger festhalten. Er glitt am Floß entlang, Hand für Hand, suchte nach der Leiter und bekam sie unter einen Fuß. Wenn er sich nur hochziehen könnte. Er setzte die Beine ein, drücken, drücken. Gleich würde er ohnmächtig werden. Mit einem lauten Knacken in den Ohren fiel er aufs Floß und rollte auf den Rükken. Der Himmel drehte sich über ihm, die bleichen Sterne blinkten ein letztes Mal, und die Sichel des Mondes verblaßte, als sie in die Bäume stürzte.

15

Ein doppelter scharfer Knall an der linken Seite katapultierte Flanders zurück ins Bewußtsein. Für Sekundenbruchteile versuchte er verzweifelt, die Quelle zu lokalisieren. Doland und Patterson hatten sich neben ihn gesetzt. An der Stellung von Dolands Faust erkannte er, daß dieser gerade auf seinen Wagen geklopft hatte. Er schüttelte sich wach. Er hatte mit dem Kopf auf dem Steuer gedöst.

»In den Krankenhäusern nichts, aber sie haben den Nissan gefunden.«

»Wo?«

»Maddox Station.«

Flanders winkte ab, als Doland ihm eine Tüte mit Donuts hinschob. »Überprüft die anderen Stationen wegen des Bronco.«

»Gemacht.«

»Was denkst du?«

»Über Kincaid?« Doland sprach um einen Bissen Donut herum.

»Ja.«

»Ist aus der City da raufgefahren, hat den Nissan abgestellt und ist dann mit dem Zug irgendwohin.«

»Hat er den Bronco vielleicht an einem anderen Bahnhof abgeholt?«

»Möglich.«

Das trübe Licht der Morgendämmerung hing wie Nebel über der Straße. *Die Wahrheit ist nie das, was du denkst. Flanders' Gesetz. Sie war stets unfehlbar das Gegenteil.* »Er ist in der Gegend.«

»Von Maddox Station?« Patterson jetzt.

»Im Umkreis von dreißig Meilen.«

»Hubschrauber?« Doland hatte den nächsten Donut in Angriff genommen.

»Vor acht sieht der kein Land«, sagte Patterson.

Endstation. Nur der Liebe Gott konnte einen Hubschrauber anfordern und bekam dann auch einen. Niemand besorgte ihm einen Hubschrauber, egal wie viele alte Kontakte er mobilisierte. Was immer als nächstes passierte, es würde auf dem Boden passieren müssen.

16 Deena schaffte es, in Sichtweite des Trucks zu bleiben, während Hauptstraßen in Nebenstraßen und schließlich in kleine schlängelnde Sträßchen ohne Markierungen übergingen. Paul raste immer tiefer ins Land hinein, in abgelegene Gegenden ohne jede Bebauung, ohne Autos. Über Meilen hatte sie immer wieder die Lichthupe betätigt, sich auf die Hupe gelehnt, gehofft, daß ein vorbeifahrender Polizeiwagen oder ein besorgter Autofahrer ihr half. Aber es herrschte kaum Verkehr, und niemand folgte ihr. Paul fuhr ein unglaubliches Tempo. Offensichtlich kannte er die Gegend sehr gut. Sie traute sich nicht, das Gaspedal durchzutreten und zu versuchen, an ihn heranzukommen. Ständig kamen tiefe Schlaglöcher und Haarnadelkurven, steile Gefällestrecken ohne Leitplanken. Ihr einziges Ziel war, ihn nicht zu verlieren.

Unablässig stand ihr Jon vor Augen, welche Ängste muß er ausstehen, was hatte er nicht schon alles ertragen müssen. Hoffnungslosigkeit überwältigte sie. Bilder von Martin, wie er ihr über den See hinweg zurief, attackierten sie, wie er litt, von ihr fortstürzte, um allein zu sterben. Wasser tropfte noch immer aus ihren Haaren und Kleidern, durchnäßte den Sitz und bildete Pfützen unter ihren Füßen. Erstaunlicherweise hatte sie weder Turnschuhe noch Socken verloren. Die Schuhe waren schwer und kalt, aber sie würde sie brauchen. Ihr klares Denken, das ihr am See geholfen hatte, war verschwunden, und an seine Stelle war eine schwerfällige Dumpfheit getreten. Ihr Kopf verweigerte den Dienst, war nicht mehr in der Lage, richtig zu reagieren. Das Auto schlingerte von einer Seite zur anderen, während sie versuchte, die Kontrolle zu behalten. Die warme Luft des Ventilators drang nicht zu ihr. Wenn Paul irgendwann anhielt, was dann? Sie hatte keine Reserven mehr. Zum ersten Mal verstand sie. Es gab so etwas wie Zufall. Sie hatte die Katastrophe nicht heraufbeschworen. Sie war zufällig über sie hereingebrochen, wie sie es bei so vielen andern auch getan hatte. Und ungeachtet ihres Willens, war das Ergebnis genauso zufällig. Der Keim des Mitleids: Zu wissen, daß das Schlimmste über jeden hereinbrechen kann, ungebeten und unverdient. Ihre Augen brannten. Sie blinzelte gegen einen heißen Sturzbach von Tränen an. Als sie wieder klar sehen konnte, war der Truck verschwunden.

17 »Warum ziehst du nicht ab, Flanders, und legst dich ein bißchen hin? Wir sagen ihnen, sie sollen dich anrufen, wenn sie den Bronco finden.«

Die Bürgersteige Manhattans waren immer noch fast leer, aber Müllabfuhr und Taxis brachten allmählich Leben auf die Straßen. Es war eine Frage von Minuten, bis Eds Wagen den Verkehr blockieren würde. Es war Zeit abzuhauen. Gib auf. Erst einmal.

»Bleibt noch *eine* Minute.« Er hatte es versaut. Martin war immer noch nicht aufgetaucht. Kincaid war nicht nach Hause gekommen. Waren sie zusammen? Was lief da ab? War es vorbei?

Taxis kurvten, ohne zu hupen, um die in Doppelreihe geparkten Polizeiwagen. Doland und Flanders starrten sich durch die geöffneten Fenster an. Was konnte Ed noch tun? Er hatte alle Regeln beachtet. Besonders die erste: *Fragen, fragen, fragen.* Er hatte sogar Shelley wegen des Hubschraubers angehauen. Sie konnten es ganz einfach nicht deichseln von da, wo Ed saß – oder Shelly. Eds Verdachtsmomente reichten einfach nicht aus.

Die ganze Sache hing schief. Ed durchschaute diese Geschichte im Augenblick einfach nicht. Er gehörte nicht mehr auf die Straße. Sie hatten es aus ihm rausgeprügelt. Er hatte verloren. Zum zweiten Mal hintereinander. »Okay, ich bin weg.«

Doland nickte. Der Streifenwagen zog davon. Ed legte den Gang ein und scherte vom Bordstein weg. Vor ihm wechselte die Ampel auf Grün, aber der Streifenwagen bewegte sich nicht. Instinktiv setzte Ed sich dahinter, um ihm Deckung zu geben. Doland stieg aus und kam auf ihn zu.

»Sie stoppen Raser da oben.«

»Was?«

»Cameron County. Die Gegend von Maddox Station. Sie haben klares Wetter und schon eine Cessna in der Luft. Stoppt Raser. Sie werden sie für 'n Weilchen abziehen, um nach dem Bronco zu suchen. Shelly läßt grüßen.«

18

Sie war nicht mehr hinter ihm. Paul nahm den Fuß vom Gaspedal. Wenn er auf die Bremse trat und Deena ihn noch sehen konnte, würde sie wissen, daß er wegen ihr gebremst hatte. Diesmal hatte er aufgepaßt, daß er es richtig machte, immer ein gutes Stück vor ihr, aber innerhalb ihrer Reichweite. Jon begann wieder, sich hin und her zu winden, und Paul preßte seinen Arm fester um seine Brust, bis er still in seinem Schoß lag. Der Morgen streute staubige Lichtkavernen über die Landschaft. Die letzte Abbiegung hatte sie nicht genommen. Aber sie würde zurückkommen, wenn sie ihn nicht fand.

Wie aufs Stichwort erschien die Seitenfront ihres Wagens. Sie fuhr rückwärts. Einen Augenblick stand sie still, dann schoß das Auto vor und die Scheinwerfer leuchteten auf, als sie in den schmalen Lehmweg einbog. Eine Meile weit führte er sie das sich schlängelnde Gefälle hinunter, wurde schneller und schneller, ließ sie weiter und weiter zurück, bis ihr Auto schließlich mit der Landschaft verschmolz. Zufrieden nahm er die letzte Biegung auf den Parkplatz vor den Höhlen. Sie würde den Truck exakt im richtigen Augenblick sehen. Wenn er bereit war.

Die Gegend war für ihn versiegelt worden. Keine Seele, keine Bewegung irgendeiner Art. Nicht mal ein Vogel im Flug. Sie würde versiegelt bleiben, bis er fertig war. Er würde in eine jungfräuliche Welt zurückkommen, in eine Welt, die für ihn geschaffen war. Wenn er die Nerven behielt.

Jon hing schlaff unter seinem Arm, während er ihn zur

Höhle trug und seine Lampe anknipste. Es würde weniger als drei Minuten dauern, den Jungen loszuwerden. Dann würde er zurückkommen und Deena holen.

Wo befand sie sich? Es waren keine Schilder zu sehen gewesen, aber sie näherte sich einer gepflasterten ebenen Fläche. Auf einer Seite stand Pauls Truck. Soweit sie sehen konnte, war er leer. Sie legte die restliche Strecke schnell zurück und parkte mit einem Schwung direkt neben dem Truck. Das Blut pochte ihr in den Ohren, während ihre Augen die Bäume, Sträucher und Felsbrocken absuchten. Ein einziger Pfad führte den Hügel hinunter zu einer breiten niedrigen Öffnung im Felsen. Mitten in dem schwarzen Torbogen zog ein einzelner Lichtblitz ihre Aufmerksamkeit auf sich. Hatte sie wirklich etwas gesehen? Sie starrte in die Dunkelheit. Keine weitere Bewegung war zu erkennen.

Eine Höhle. Dort hinein konnte sie Paul nicht folgen, und er wußte es.

Sie hatte eine Taschenlampe gekauft. Gestern. Ihre Finger wollten ihr nicht gehorchen. Sie krallte nach dem Handschuhfach. Schließlich gelang es ihr, das Fach zu öffnen und die Taschenlampe herauszuholen. Wie tief war die Höhle? Versteckte sich Paul dort nur? Oder gab es ein Labyrinth von Gängen, durch das sie Paul verfolgen mußte? Zweimal hatte sie mit ihrer Mutter Höhlentouren gemacht und dabei festgestellt, daß sie Höhlen nicht mochte. Höhlen waren unberechenbar, voller natürlicher Fallen und makabrer Überraschungen. Es war Wahnsinn, eine Höhle ohne Karte und ohne geeignete Ausrüstung zu betreten.

Der Überhang verdeckte einen riesigen Tunnel. Sobald sie sich darunter hinweggeduckt hatte und drinnen stand, spürte sie einen drastischen Temperaturunterschied. Ihre nassen Kleider schienen vom Frost steif zu werden. In Minuten konnte sie hier erfrieren. Hatte Paul Jon wirklich hier hereingebracht? Sie lauschte und hörte das rhythmische Geräusch von Fußtritten. Warum gab Jon keinen Laut von sich? War er schon tot?

Der Tunnel bestand aus weichem schwarzem pulvrigem Gestein mit glitzernden Einschlüssen. Kohle? Sie versuchte, mit dem Lichtstrahl die Länge des Ganges abzuschützen, aber er schien endlos zu sein. Sie richtete den Strahl auf ihre Füße und auf den Boden unmittelbar davor und bewegte sich vorsichtig vorwärts. Hier würde Paul sich nicht verstecken, nicht in diesem Abschnitt. Es gab nichts, was ihm Deckung geben konnte. Als sich ihre Augen an die Dunkelheit gewöhnt hatten, ging sie schneller. Ihre Kleidung schnitt bei jedem Schritt ein, und ihre Haut brannte wie wild. Ab und zu blieb sie stehen und hörte ihn immer noch vor sich hergehen – sein Schritt war ungleichmäßig. Offenbar trug er Jon und wurde müde. Das einzige Licht war ihres. Der Tunnel wurde felsig, während sie immer tiefer in die Erde hineinging und die Temperatur immer weiter sank. Vor Steifheit begann sie zu stolpern.

Plötzlich sah sie sein Licht, diffus im aufgesplitterten Kopfstück der Höhle. Sie erkannte keine Formen mehr, hatte Angst zu fallen, Angst vor den Vorsprüngen und Spalten in den Wänden. War sie nur desorientiert, oder war ihre Taschenlampe schwächer als vorher? Der Tunnel öffnete sich zu einer ungeheuren ebenen Eisfläche. Ein Raum. Gigantisch. In einem einzigen Augenblick nahm sie alles in sich auf: Paul auf der anderen Seite des Eises, Jon fest an seiner Hand, die ungeheure Decke der Kathedrale, der Nebel, die unzähligen Durchgänge zu anderen Räumen und natürlichen Kammern. Im Dämmerlicht erstreckten die Felswände sich nach allen Seiten wie gesponnene Spitze, anmutige Öffnungen führten zu weiteren Öffnungen und diese wiederum zu anderen. Ein majestätisches Labyrinth.

»Gib mir meinen Sohn!« Ihre Worte prallten zu ihr zurück, verstärkt und gebrochen, in zahllosen verschiedenen Tonlagen.

»Komm und hol ihn dir.«

Jon fing leise an zu weinen, als sie vorsichtig das Eis betrat. War darunter Wasser? Wie tief? Paul hätte diesen Weg nicht genommen, wenn er gefährlich wäre. Sie ging weiter. Sobald sie sich bewegte, zog Paul sich weiter zurück und nahm Jon mit. Jon weinte jetzt ein wenig lauter, mit klappernden Zähnen. Es war ein unheimliches Weinen, ohne Leben, eine gemessene Klage. Etwas Lebendes, Pulsierendes war an der Decke über ihr, und sie begriff, daß sie mit Fledermäusen bedeckt war. Ein feiner Regen umsprühte sie. Schnee.

Bei jedem Schritt, den sie machte, führte Paul Jon einen Schritt zurück. Dann hob er ihn hoch, und ihre Silhouetten schienen einzusinken und in der Erde zu verschwinden. Ihr Licht flakkerte, als sie es auf sie richtete.

»Paul, laß ihn gehen.«

»Komm und hol ihn.«

In ihren Waden und Füßen hatte sie längst kein Gefühl mehr. Jon mußte kurz vor dem Kollaps sein. Sein Körpergewicht war ein Drittel von ihrem. Jede Sekunde konnte er an Unterkühlung sterben. Paul bewegte sich weiter rückwärts und abwärts, während sie auf ihn zukam. Sie erreichte den Rand der Eisfläche und sah, daß sie auf der obersten Stufe einer natürlichen Treppe stand. Es war verblüffend, ein Phänomen. Sieben oder acht Stufen waren in den Fels gehauen. Sie variierten etwas in der Höhe und Tiefe. Irgendwann einmal mußte Wasser durch die Höhlen geflossen und durch diesen Durchgang in tiefergelegene Höhlen gerauscht sein. Dabei hatten sich diese Stufen gebildet.

Wohin wollte Paul? Die Treppe schien vor einer Mauer zu enden. Unten angekommen blieb er stehen, drehte sich zu ihr um und wartete auf sie. Jon hing schlaff an seinem Arm und wimmerte.

Vorsichtig ging sie die Stufen hinunter. Sie waren an manchen Stellen glatt. Als sie halb unten war, war sie nahe genug, um in Pauls Augen zu lesen: Gier und Selbstvertrauen. »Gib ihn mir.«

Er antwortete nicht.

Sie ahnte das kommende Verhängnis. Er hatte sie noch viel schlimmer in die Falle gelockt, als sie vermutete. Da war noch etwas anderes, etwas, das sie nicht sah und womit sie nicht rechnete. Etwas, das sie entdecken sollte. Sie spürte es, bevor sie es sah. Direkt hinter ihm, zwischen der letzten Stufe und der Wand, ging es senkrecht in die Tiefe. Wenn sie mit ihrem Licht die Stelle erreichte, lächelte er.

Ein Abgrund, vier Fuß breit. Pauls blutende Füße nur ein paar Zoll vom Rand entfernt. Es war ganz einfach, Jon hineinzuwerfen und sie zu packen, wenn sie nah genug war. Sie würden niemals gefunden werden. Sie hatte keine Zweifel, wie endlos tief der Schacht war. Vor ihr stand ein Meister.

Vor ihr stand ein Wahnsinniger. Paul konnte nicht gewinnen. Sein Truck würde mit Mikes Tod in Verbindung gebracht werden und wahrscheinlich auch mit Martins. Es war *vorbei*. Verstand er das? Wieviel sollte sie ihm sagen?

Das Lächeln blieb auf seinem Gesicht, und sie begriff, daß es keine Bedeutung hatte. Er wollte nur eines, sie für Vergehen bestrafen, die er ersonnen hatte. Was war im Leben dieses Mannes schiefgelaufen, das seine Seele so vollständig zerstört hatte? Wenn sie es wüßte, wüßte sie vielleicht auch, was sie sagen sollte.

Deenas Mut entzückte ihn. Mit einer unglaublichen Haltung stieg sie die Stufen herab, hielt auf jeder an und beobachtete seine Augen. Als sie näher kam, streckte sie ihm ihre Arme entgegen, still bittend, er möge ihr den Jungen zurückgeben.

Das *Feuer* breitete hinter ihr seine Schwingen aus. Sie konnte nicht zurück, und sie war sich der Pracht, die sich hinter ihr entfaltete, nicht bewußt.

»Du willst ihm doch nicht weh tun, Paul. Gib ihn mir.«

Sie war in seiner Reichweite. Er sah an ihr vorbei auf den strahlenden Glanz.

Was sah Paul dort? Er blickte hinter sie und hinauf, sein Gesicht spiegelte Ehrfurcht und Anbetung. Sie widerstand dem Drang zurückzuschauen, weil sie in Jons Gesicht die Wahrheit lesen konnte. Sein Blick war leer und auf sie gerichtet. Er blinzelte nicht einmal. Über ihr auf den Stufen war nichts.

Glaubte Paul, etwas Übernatürliches sei hier um ihn? Verwirrte Menschen waren oft davon überzeugt, daß sie von einer Macht geleitet wurden, die nur sie hören und sehen konnten. Es war eine wilde Vermutung – ihre einzige. Sie mußte sie nutzen. Sie wagte nicht zu zögern. Paul konnte sie jeden Augenblick töten. Sie mußte es versuchen.

Langsam, ganz langsam, drehte sie sich um, um ihn nicht zu erschrecken, und gab sich beherrscht überrascht beim Anblick seiner Vision. Als sie sich wieder zu ihm zurückdrehte und das Erstaunen in seinen Augen sah, wußte sie, daß sie richtig geraten hatte.

»Du willst Jon doch nicht weh tun«, flüsterte sie. »Du wolltest doch nie jemandem weh tun, oder?«

Der Junge bewegte sich an seiner Brust, und Paul begriff. Es war ein Spiel, ein teuflisches Spiel. Das Feuer hatte ihn von Anfang an verachtet, hatte nichts anderes im Sinn gehabt, als ihn von allen zu trennen, die ihn gern hatten. Er war dazu verführt worden, sie zu zerstören, einen nach dem andern.

Sarah am Teich, die Iris in voller Blüte. Sie hatte gekniet, mit dem Rücken zu ihm, ohne zu merken, daß er da war. Leise hatte er sich angeschlichen, sie hochgerissen, einen Arm um ihre Hüften, eine Hand fest auf ihre Augen gepreßt. Sie durfte ihn nicht sehen, durfte nicht ahnen, daß er ihr etwas antun wollte. Der Gedanke, daß sie es womöglich mitbekam, war ihm unerträglich. Dann würde er es nicht zu Ende führen können. Es bräche ihm das Herz.

Er zerrte sie in den Teich, die purpurnen und gelben Farbschatten der Irisblüten schlossen sich über ihnen. Die Temperatur des Wassers schockierte ihn, machte ihn zornig und hemmungslos. Er packte sie fester. Sie wehrte sich, griff zurück, faßte ihn an der Schulter, stieß ihm ins Gesicht. Ihr Stoßen erlahmte schnell zur bloßen Berührung. Sie befühlte seine Wangen, seine Stirn, rieb, tastete. Ein Schauer durchlief sie. Sie fiel nach vorn, ihre Hände streichelten seine Arme auf eine vertraute Art. Viele Abende hatte sie ihn so in den Schlaf gewiegt, während er aufwuchs.

Es war noch nicht zu spät, oder? Sie lebte, war bei Bewußtsein. Schluchzend versuchte er, sie an die Oberfläche zu ziehen, aber sie wollte ihm nicht helfen. Sie war wie ein Stein. Er kämpfte mit ihrem Gewicht, konnte sie nicht länger festhalten, sie entglitt ihm, vergeblich tauchte er nach ihr in dem tiefschwarzen Wasser.

Sie hatte gewußt, wer es war. Hatte geglaubt, das Kind, das sie liebte, haßte sie. Und hatte den Tod gewählt.

Deena stand vor ihm und dann neben ihm auf dem Gesims und klopfte ihm freundlich auf die Schulter. Er lehnte sich gegen sie und drückte ihr Jon in die Arme. »Komm *mit* uns«, sagte sie ruhig. »Es wird alles gut.«

Das *Feuer*, hungrig und gierig, wartete auf sie. Es würde Paul nicht durchlassen. Schließlich wußte er, wie unersättlich es war. Und nicht zuletzt wußte er auch, wie er es befriedigte.

Sie war so unterkühlt und bewegungsunfähig, daß sie Jon nicht festhalten konnte. Sie spürte, wie er ihr entglitt, als sie versuchte, das Gleichgewicht wiederzuerlangen. Panisch kam er auf die Füße und wippte auf der Kante. Der Abgrund saugte an ihnen.

»Halt dich an meiner Hand.« Ihre Stimme war die eines Fremden. Sie spürte Jons Finger kaum auf ihren. Statt dessen packte sie ihn unter dem Arm. Der erste Schritt erschien unüberwindbar. Wenn Paul nicht mitkam, würden sie ihm den Rücken zudrehen. *Gefährlich.* Aber Paul hätte sie nicht an sich herangelassen, wenn sie nicht nahe an der Wahrheit gewesen wäre mit der Vision. Er wollte davor gerettet werden, was immer es auch war. »Komm mit uns«, sagte sie noch einmal zu ihm. Paul antwortete nicht. Sein Blick fixierte die Stufen.

Jon sank ihr entgegen. Wenn sie nicht losging, solange er noch gehen konnte, würden sie hier umkommen. Sie konnte ihn nicht tragen. Und es blieben nur noch wenige Augenblicke, bevor das Eis sie besiegte.

Mit all ihrer Kraft führte sie Jon auf die erste Stufe. Sie mußten die Treppe vorsichtig nehmen, oder sie kamen niemals oben an. Paul hatte sich nicht gerührt. Sie achtete genau auf seinen flachen Atem, lauschte nach der geringsten Änderung.

Die zweite Stufe.

Paul war in Bewegung. Deena versuchte, sich schnell umzudrehen, aber ihre Reflexe waren zum Verrücktwerden langsam. Er hatte die Laterne auf den Boden gestellt und richtete sich gerade wieder auf. Der glitzernde Strahl der Lampe zeigte an die Decke. Er sah sie nicht an, sondern an ihr vorbei. Sie waren immer noch in seiner Reichweite. Mit einer einzigen Armbewegung konnte er sie zurückholen. Sie durfte nicht darüber nachdenken. Sie mußte weitergehen. Sie konzentrierte sich auf die dritte Stufe und half Jon hinauf. Hielt inne.

Hinter ihr stürzte die Welt mit einem Knistern in sich zusammen. Die Energie, die von Paul ausging, war überwältigend. Sie hatte das Gefühl, gepackt und zu ihm gezogen zu werden. Im gleichen Augenblick wurde ihr klar, daß er sie nicht berührt hatte. Jon verharrte unter ihrem Griff. Sie duckte sich und starrte dumpf auf den Punkt, wo Paul gestanden hatte.

Dort war nichts, außer der Laterne auf dem Gesims.

Er war gefallen. Oder gesprungen. Plötzlich war ihr schwindlig, und sie riß Jon an sich und hielt ihn fest. Paul schrie nicht, aber ein leises Donnern war viele Sekunden lang zu hören und entfernte sich weiter und weiter.

Im Tunnel hörte Jon auf zu atmen und streckte sich langsam in ihren Armen. Sie hatte ihn die restlichen Stufen hinauf und durch den Tunnel getragen, hatte mit ihm gesprochen und ihn geschüttelt, um ihn wach zu halten. Er wog jetzt fast nichts mehr, sein Haar war überkrustet mit Eis. Die Taschenlampe, gefroren in ihrer Hand, schickte einen schwachen weißen Kreis hüpfend über die Wände. Sie sah nicht, was vor ihr war, sie sah nur das weiße Loch, das der Eingang sein mußte, durch den sie vor vielen Jahren gekommen war. Sie wußte nicht mehr, wie man lief. Wußte nicht mehr, wie man fuhr. Erinnerte sich nicht mehr an die Straßen, die sie genommen hatte, um hierherzukommen. Es gab keinen Grund zur Eile.

Das weiße Loch war niedrig. Das hatte sie vergessen. Sie legte Jon sanft auf die Erde und zog ihn hindurch. Die ganze Welt kam zu ihr als Schwarzweißfoto, keine Farben. Nicht einmal Grau. Bäume voller Blätter, ein gewundener Pfad, ein Auto, ein Truck. Hinter dem Truck ein Polizeiwagen.

Sie versuchte zu rufen, aber sie hörte nur den Atem in ihrer Kehle. Jon war zu schwer, um ihn hochzuheben. Dann waren sie bei ihr, die Uniformen, Männer, legten ihn flach hin, lauschten an seiner Brust. Einer kreuzte seine großen Hände über Jons Herz, und ein anderer beugte sich über ihn und küßte seinen Mund.

Epilog

1 Martin hielt sich seinen bandagierten Kopf, während er durch die Halle lief. Sein Gehirn hing lose in seinem Kopf und knallte schmerzhaft gegen die Schädeldecke. Er hätte früher aufbrechen sollen. Aber wer hätte denn geahnt, daß auf dem Highway zum Flughafen ein solches Verkehrschaos herrschte? Und dann hatte er festgestellt, daß er an den Geldautomaten mußte, um den Taxifahrer zu bezahlen. Eines Tages würde er den Dreh rauskriegen. *In seinen Träumen.*

Gate 46. Gott, wie weit war das denn? 41, 42, 43, 44, 45... 46. Die Wartezone war fast völlig leer. Er sah das Heck des Flugzeuges durchs Fenster. Es stand noch. »Hören Sie, kann ich...« Die uniformierte Frau an der Tür zum Rollsteig blinzelte ihn an. »Ich muß da rein.«

»Ticket?«

»Ich habe keines. Ich möchte nur...« Seit seiner Gehirnerschütterung fand er die richtigen Worte nicht mehr. Der Arzt hatte gesagt, es würde Wochen dauern. »...Besuch. Ich möchte jemanden besuchen. Bitte.«

Sie begann, den Kopf zu schütteln. »Also –«

»Ich brauche nur eine Minute.« *Sein Fehler.* Wenn er früher hier gewesen wäre... Die Schwäche überfiel ihn wieder und mit ihr ein fürchterlicher Schweißausbruch. Warum bekam er es nur niemals richtig hin? Nur ein einziges Mal.

Voller Sympathie sah sie ihn an, ihr Blick verweilte auf seinem Verband, dann nahm sie den Hörer von der Sprechanlage hinter sich. »Ich habe einen Gentleman hier, der für eine Minute an Bord kommt, um mit einem Passagier zu reden.« Zu ihm sagte sie: »Wir starten in zehn Minuten.«

Er lief die Rampe hinunter. Sie schien unter ihm zu schwanken, aber er wußte, daß es nicht stimmte. Er fühlte sich jetzt oft so, als sei er auf einem Schiff. Die zwei Stewards in der Nähe des Cockpits unterhielten sich. Er drückte sich an ihnen vorbei in die erste Klasse. Das Flugzeug war voll. Fast alle Blicke ruhten auf ihm, als er durch die Kabine lief. Sein Gesicht wurde heiß vor Nervosität, während er unter den Passagieren nach Deena suchte.

Sie saß in der hinteren Hälfte in einem Sitz am Gang und hatte die Augen geschlossen. Bleich. Sie war kaum zugegen. Niemals mehr würde er sie ansehen oder an sie denken, ohne Mitleid mit ihr zu empfinden.

Als ob sie seine Gegenwart gespürt hätte, schlug sie die Augen auf. Er kauerte sich neben ihr hin, um sich vor den neugierigen Blicken um sie herum zu verstecken. Sie verschränkten die Hände ineinander und sagten nichts. Sie legte einen Finger auf seinen Verband. Beim Anblick ihrer Tränen mußte auch er weinen, aber er schluckte seine Tränen hinunter.

Angeschnallt im Mittelsitz saß Jon. Er löste seinen Sicherheitsgurt und streckte die Arme nach ihm aus. Martin gab ihm einen spielerischen Knuff, und Jon erwiderte ihn. »Wo geht's hin, Partner?«

»Nach Hause«, sagte Jon. Es klang freundlich, aber er lächelte nicht dabei.

»Okay. Ich schreibe... dir.« Er war nicht gut in so was, war nie gut gewesen, würde es auch nie sein. Der ältere Mann neben Jon nahm alles mit erkennbarer Anteilnahme auf. »Wir bleiben in Verbindung«, sagte Martin zu Deena.

Ihre Antwort war nur ein Flüstern. Er mußte sich anstrengen, um sie durch den Lärm der anlaufenden Triebwerke zu verstehen. »Ich kann nicht. Erst mal.«

Er nickte, richtete sich auf und sah in die neugierigen Blicke der Passagiere. Die Stewards schlossen bereits die Gepäckfächer. Er klopfte sich auf die Taschen, fand aber nichts, was er Jon geben konnte. Statt dessen streckte er den Daumen in die Höhe.

Als der Jet auf der Startbahn Fahrt aufnahm, die Kabine laut vibrierte und Deena in ihren Sitz gedrückt wurde, hatte sie das Gefühl, langsam zerquetscht zu werden. Das Mosaik ihres Lebens begann in Einzelteilen auf sie zuzustürzen, erst wenige, dann mehr. Und mehr. Situationen, Gefühle, Informationssplitter, Teile von Gebeten, zarte Erinnerungen flogen in schneller Folge auf sie zu. Schlugen sie, verletzten sie, demütigten sie. Hoffnungen, Enttäuschungen, Blumen, Fotos, Flußläufe, ein Lächeln von Tim. Inmitten des Vorwärtsdrängens und des donnernden Lärms, der riesigen Hangars und der Stadt, die an den Fenstern vorbeiraste, taumelten ganze Unterhaltungen, Teile von Liedern und sonnendurchflutete Zimmerecken auf sie zu. Geheimnisse. Fragen. *So vieles:* Die hektische Betriebsamkeit um Jon in der Notaufnahme und auf der Intensivstation... der Schock und die Freude, als sie hörte, daß Martin überlebt hatte... der Krankenhausbesuch von Arlene, die in Deenas Armen geweint hatte. Der Autopsiebericht der Staatspolizei, der Deenas Behauptung bestätigte, daß Tim geschlagen worden war... das Öffnen von Pauls Akten und der Fund der Karteikarten mit seinen Bräuten... der Wandsafe mit den identischen Paaren von Ringen... Mimis eidesstattliche Aussage. Mikes stilles Begräbnis... die Zeitungsartikel und Fotos von Paul. Den Polizeibeamten, den sie besucht hatte – der, der die ganze Nacht drangeblieben war, um den silbernen Truck zu finden.

Rätsel. Verstellung. Gier. Sie. Und Jon. Allein jetzt.

Die Räder hoben ab, und sie waren fort.

Der Taxifahrer stellte ihre Koffer im Eingang ab, ging hinaus in den strahlenden kalifornischen Nachmittag und zog die Haustür hinter sich zu. Deena und Jon standen da und lauschten auf die Stille des Hauses. Es kam ihr so vor, als gehörte es nicht zu ihr, dieser ruhige Korridor, der blaßblaue Teppich und die Kirschholzmöbel, der antike Spiegel mit Goldrahmen, Kerzenleuchter aus Messing, der Vitrinenschrank mit ihrer Sammlung von Porzellanengeln. Das war eine Museumsnachbildung des Ortes, an dem sie einmal gelebt hatte. Für diesen Augenblick hatte sie niemanden bei sich haben wollen, keine Verwandten oder Nachbarn, nur Jon, ganz nah bei ihr. Sie hatte ihren Eltern gesagt, daß sie sie nicht am Flughafen abholen sollten, und Jon hatte sie erklärt, sie wünsche sich, daß er ruhig sei, wenn sie nach Hause kämen.

Sie gingen durch die Räume, ohne zu sprechen. Ihre Eltern hatten ihren Wunsch respektiert, nichts anzufassen oder hinzuzufügen. Es gab keine Begrüßungszettelchen, keine Blumensträuße, nur ihre eigenen Sachen, so wie sie sie an dem Morgen, an dem sie nach New York geflogen waren, zurückgelassen hatten. Das Fotomagazin lag mit der Seite aufgeschlagen auf dem Frühstückstisch, die sie gelesen hatte, während sie ihren Toast gegessen hatte. Spielzeug war auf der Couch verstreut. Der Einkaufszettel, einige Wörter darauf in Tims Handschrift. In der Gästetoilette fand sie Tims Zahnbürste neben dem Waschbekken. Er hatte sie nach dem Frühstück benutzt und vergessen einzupacken.

Gene hatte recht gehabt mit der Trauer. Sie hatte die richtige Zeit verpaßt. Jetzt, wo sie Zeit hatte zu trauern, würde sie es nicht mehr können. Jedenfalls nicht so wie die andern. Ihre Trauer würde eine feine bleibende Glasur auf der Zeit und auf ihrem Leben sein, auf ihrem Herzen und auf den Facetten dieses Hauses. Nichts würde jemals mehr normal sein. Das wußte sie.

2

Das Müllauto weckte Martin auf. Sein vertrautes Rumpeln ließ die Fensterscheiben klirren. Er lag ganz still, die helle Decke erstreckte sich über ihm. Er war in seinem Bett. In seinem Pyjama. Die Nacht war vergangen, ohne daß er es gemerkt hatte. Seine Lungen waren kräftig mit Luft gefüllt.

Der elfte Tag in Folge. Langsam begann er zu glauben, daß die Alpträume sich verzogen hatten und mit ihnen das Problem mit dem Atmen. Wetten würde er nicht darauf. Aber er hatte nicht mehr in seinen Kleidern geschlafen, seit er ins Krankenhaus eingeliefert worden war. Vorsichtig setzte er sich auf. Sein Gehirn schwappte nur noch leicht.

Behaglichkeit. Und Entspannung. Behaglichkeit und Entspannung. Fremde Gefühle. Ein Wunder. Daran konnte er sich gewöhnen. Chalmers würde versuchen, ihn ein bißchen durch die Mangel zu drehen, wenn er am Montag zurückkam, aber was machte es. Er war bereit.

Oder auch nicht. Die Gehirnerschütterung hatte seine Wahrnehmungsschärfe gebrochen. Er durchschaute Situationen nicht mehr wie früher. Die Prügel hatte ihn normal gemacht, nahm er an. Normale Menschen sahen die Dinge durch einen Schutzfilter.

Sein Blick ging zu der Ansammlung von Topfpflanzen auf der Kommode. Krankenhausgeschenke. Er war nicht besonders scharf darauf gewesen. Sie waren wie Babies, die einem jemand auf die Schwelle legte, damit man sich darum kümmerte. Es war nicht seine Sache. Vielleicht brachte er Daniel ein paar davon, wenn er heute morgen bei ihm vorbeischaute.

Er schaute sie durch. Einige braune Blätter, die anderen waren grün, wellten sich aber vor Trockenheit. Nicht so übel. Er ging ins Badezimmer, füllte einen Pappbecher mit Wasser und schüttete ihn in die dürren Nester und die schwammige Erde. Die Farben der Topfpflanzen erinnerten ihn an den Mann im Flugzeug neben Jon, seine Kleidung hatte aus zwei verschiedenen Grüntönen bestanden. Grüner Pullover, grüne Hosen, aber es paßte nicht. Biß sich. Na ja, die meisten Männer waren bei Grün- und Blautönen farbenblind.

Keine Frau würde ihren Mann jemals mit solchen Grüntönen aus dem Haus lassen. Dieser Herr hatte seine Kleidung selbst ausgewählt, tat es aber normalerweise nicht. Lebenslange Junggesellen lernen, was zusammenpaßt und was nicht. Und es war ein älterer Mann gewesen. Verheiratet?

Mehr Wasser. Martin stand über das Waschbecken gelehnt, seine Hand ruhte auf dem Wasserhahn. Der Mann hatte ihn – und Deena und Jon – voller Anteilnahme angesehen. Mitgefühl. Ein freundlicher Gesichtsausdruck. Traurige, verstehende Augen. Das war ein Mann, der die Liebe kennengelernt hatte. Und er litt selbst unter seelischem Schmerz.

Langsam füllte Martin den Becher. Eine Frau hatte diesem Mann normalerweise die Kleidung ausgesucht. Er reiste allein, eine lange Strecke. Von New York nach San Francisco. Soweit fuhr man nicht, ohne daß man eine Weile blieb. Ein Mann im Ruhestand würde eine solche Reise nicht ohne seine Frau machen. Wenn sie noch rüstig genug war, um zu reisen.

So ein Mann würde seine Frau nicht allein lassen, wenn sie krank wäre.

Ein Witwer. Gerade geworden.

Er drehte den Wasserhahn ab und sah überrascht in sein Gesicht im Spiegel. Er konnte es immer noch schaffen, konnte es wirklich noch hinkriegen, jawohl. Mein Gott. Er war wieder da.

3 Pastellfarbener Sonnenuntergang. Sie fliegt. In der kristallklaren Luft über der schmalen, von Bäumen gesäumten Straße. Herbstlaub hängt an ihnen wie Sterne. Der Wind hat ihre Jacke gebläht. Die Fahrradreifen singen unter ihr. Sie sieht sich um. Jon, der gestrampelt hat wie ein Wilder, rollt jetzt durch die feuchten, von ihrem Rad aufgewirbelten Blätter. Hinter ihm galoppiert ein glücklicher Hund.

Schnell fahren sie in die Einfahrt, lassen ihre Fahrräder auf den Rasen fallen und laufen sofort weiter. Wie ein einziges Knäuel platzen sie durch die Haustür. Candy ist aufgedreht. Sie will nicht aufhören, rast weiter durchs Haus in der tapsigen A[illegible] Golden Retriever. Nach jeder Runde rennt er in Jon hinein.

Er läßt sich auf den Wohnzimmerboden fallen und lacht. Candy springt ihm auf den Rücken, leckt seinen Hals, schnüffelt und winselt vor Freude. Deena ist jetzt auch unten, erschöpft, rollt sich auf dem Teppich hin und her. Sie versteckt ihr Gesicht vor Candy, er findet es und reibt seine kalte Nase daran. »Aus!« Deena lacht. »Aus, du Racker!«

Jetzt wirft sich auch Jon auf Deena, drückt sie, wühlt mit seinen Fingern in ihren Haaren, läßt sie auf ihrer Kopfhaut wirbeln. Sie küßt ihn, kommt mit Schwierigkeiten auf die Beine und stolpert über Candy.

Sie zieht ihre Jacke aus und wirft sie aufs Sofa. Sie ist völlig fertig. Fast zu müde, um die Pizza zu machen. Seit dem frühen Morgen hat sie die Zeit bei Jons Fußballmatch verbracht, in der Bibliothek, in der Gärtnerei, wo sie ein Geschenk für ihren Vater ausgesucht hat, im Garten beim Blätterharken. Sie wäscht ihre Hände am Waschbecken in der Küche, fängt an, sie abzutrocknen und hält inne, als ihr ein Gedanke durch den Kopf geht. Wegen Tim. Die Erinnerung an ihn hatte sie beim Einkaufen, beim Harken, beim Radfahren begleitet. Wie immer. Aber es hatte sie nicht mehr so geschmerzt. Das erste Mal. Es war ein ganz normaler Tag gewesen. Nichts Besonderes. Kein Schatten hatte über ihm gelegen.

Der erste normale Tag.